KATHRIN HANKE

Störtebekers Piratin

Die Legende vor der Legende Die Zeit der Freibeuter um 1367. Unter widrigsten Umständen kommt die kleine Ava nahe des Ewigen Meers in Ostfriesland zur Welt. Kurz nach ihrer Geburt verlässt die Mutter die Einöde ohne ihre Tochter, sodass die Kleine bei ihrer Großmutter Edda zu einem jungen Mädchen heranwächst. Dann wird Edda bei einem Überfall getötet – und ihr Mörder hat es auch auf Ava abgesehen. Doch sie kann fliehen und schlägt sich bis nach Mecklenburg in die Hansestadt Wismar durch, da sie glaubt, dort sicher zu sein. Hier trifft Ava auf Klaus Störtebeker. Der Sohn eines Gastwirts nimmt das Mädchen unter seinen Schutz, da taucht plötzlich Eddas Mörder in Wismar auf …

Klaus Störtebeker ist eine der bekanntesten Persönlichkeiten seiner Zeit im norddeutschen Raum, doch wie kam es dazu? Kathrin Hanke erzählt die Legende vor der Legende. Gekonnt verknüpft sie historische Fakten mit den Volkssagen über den Meister der Piraten und lässt ihn auf Ava treffen, die selbstsichere junge Frau, die an seiner Seite kämpft, lebt und liebt.

© studioline

Kathrin Hanke wurde in Hamburg geboren. Nach dem Studium der Kulturwissenschaften in Lüneburg machte sie aus ihrer Leidenschaft, dem Schreiben, ihren Beruf – sie schrieb als freie Mitarbeiterin Berichte für den Hörfunk und Zeitungen, arbeitete als Ghostwriterin sowie als Werbetexterin. Heute lebt Kathrin Hanke nach Stationen in anderen Städten mit ihrer Familie als freie Autorin in ihrer Heimatstadt Hamburg. Für ihre Bücher begibt sie sich immer wieder auf die Spuren historischer Figuren, da sie gern Fiktion mit wahren Begebenheiten verknüpft. Sie ist Mitglied bei HOMER, der Autorenvereinigung Historische Literatur e.V. sowie im Syndikat, der Autorengruppe deutschsprachiger Kriminalliteratur. Besuchen Sie die Autorin unter: www.kathrinhanke.com.

Bisherige Veröffentlichungen im Gmeiner-Verlag:
Hamburgs dunkle Seiten (2019)
Die Engelmacherin von St. Pauli (2018)
Die Giftmörderin Grete Beier (2017)
Zusammen mit Claudia Kröger:
Heidefluch (2019)
So kocht Lüneburg (2018)
Mordheide (2018)
Heidezorn (2017)
Wermutstropfen (2016)
Heideglut (2016)
Mörderische Lüneburger Heide (2015)
Eisheide (2015)
Heidegrab (2014)
Blutheide (2013)

KATHRIN HANKE

Störtebekers Piratin

Eine Liebe zur Zeit der Hanse

GMEINER SPANNUNG

Immer informiert

Spannung pur – mit unserem Newsletter informieren wir Sie regelmäßig über Wissenswertes aus unserer Bücherwelt.

Gefällt mir!

Facebook: @Gmeiner.Verlag
Instagram: @gmeinerverlag
Twitter: @GmeinerVerlag

Besuchen Sie uns im Internet:
www.gmeiner-verlag.de

Im Ehnried 5, 88605 Meßkirch
Telefon 07575/2095-0
info@gmeiner-verlag.de

1. Auflage 2019

Lektorat: Claudia Senghaas, Kirchardt
Herstellung: Mirjam Hecht
Umschlaggestaltung: U.O.R.G. Lutz Eberle, Stuttgart
unter Verwendung der Bilder von: © https://commons.wikimedia.org/wiki/File:Lucas_Cranach_the_Elder_-_Judith_with_the_Head_of_Holofernes_-_Google_Art_Project.jpg
und https://commons.wikimedia.org/wiki/File:Hendrik_Cornelisz._Vroom_-_The_Arrival_of_Elector_Frederick_V_of_the_Palatinate_and_Elizabeth_Stuart.jpg
und https://commons.wikimedia.org/wiki/File:Norvegia_Regnum_-_no-nb_krt_00704.jpg
Druck: CPI books GmbH, Leck
Printed in Germany
ISBN 978-3-8392-2486-1

Für meine Eltern

1. Kapitel – 1367 nach Christi

»Über Stock und Stein«

Diese Redewendung wurde bereits um 1300 genutzt und meint so viel wie »über alle Hindernisse hinweg oder auch querfeldein«. Sie erinnert an die schlechten Wege, die von Wurzeln und oftmals auch umgestürzten Baumstämmen oder abgebrochenen Ästen, eben Stöcken, und natürlich auch von großen wie kleinen Steinen gespickt waren. Andere beziehen die Redensart auf Grenzzeichen, die im Mittelalter sowohl aus hölzernen Stöckern als auch aus Steinen bestanden haben.

5. November 1367, im Moor zwischen dem Brookmer- und Harlingerland

Die Äste schlugen ihr hart ins Gesicht, doch sie registrierte es kaum. Und selbst wenn, hätte sie es einfach hingenommen. Sie kämpfte sich ganz bewusst durch das engmaschige Gestrüpp und war nicht auf dem Pfad geblieben, der ihr zwar die dicken Kratzer auf Stirn und Wangen erspart hätte, sie andererseits jedoch nicht wie die kräftigen Arme eines Vaters schützend umhüllt und vor den fremden Blicken und noch weitaus Schlimmerem bewahrt hätte. Wäre sie dem Pfad weiter gefolgt, wäre sie für ihre Jäger eine zu leichte Beute gewesen. Bald würden sie jedoch keine Büsche mehr schützen können, denn dann begannen die von Wasserläufen durchbrochenen Sümpfe, in denen nur noch vereinzelt hohe Sträucher standen, die einen Menschen verbergen konnten. Ihr blieb jedoch kein anderer Weg, nur die Hoffnung, dass ihre Verfolger sie nicht in dem Feuchtgebiet, in dem Gefahren lauerten, gegen die kein Schwert ankam und das grausamer sein konnte als Menschenhände, vermuteten und die entgegengesetzte Richtung zurück in den Wald einschlagen würden.

Geske atmete schwer. Sie spürte, wie eine kleine Welle des Schmerzes ihren Unterleib durchzog und hielt erschrocken für einen Moment inne. Konnte das sein? War es jetzt schon so weit? Die junge Frau hatte erst in ein paar Tagen damit gerechnet. Sie hockte sich hin und fühlte ihren hart gewordenen Bauch. Der Schmerz breitete sich in ihren Eingeweiden aus und lief bis in ihren Rücken hinein, von wo aus er sich dann so schnell, wie er gekommen war, wieder verflüchtigte. Die Magd setzte sich erneut in Bewegung. Die kurze Zwangspause hatte ihr gezeigt, wie müde und erschöpft sie war. Sie war inzwischen seit knapp einer Woche unterwegs. Dabei war sie stets auf der Hut gewesen und hatte einige Umwege in Kauf genommen, um sich im Verborgenen zu halten. Vielleicht hätte sie das nicht tun sollen, dann hätte sie es noch rechtzeitig geschafft und es wäre nicht hier bereits losgegangen. Allerdings hatte sie schon direkt bei ihrem Aufbruch in Hamburg gemerkt, dass ihr jemand folgte. Zunächst hatte sie gedacht, es seien diese jungen Kerle, vor denen sie sich einfach nur sorgsam in Acht nehmen musste. So wählte sie ihren Weg durch die Hansestadt derart, dass sie immer dort entlangging, wo auch viele andere Menschen unterwegs waren, so, wie es geraten wurde. Seit einiger Zeit war es bekannt, dass sich junge Männer aus vermögendem Haus ihre Langeweile damit vertrieben, durch die Gassen zu ziehen, um sich an jungen Frauen zu vergehen. Sie schnappten sich die Mädchen am helllichten Tag von der Straße weg, verschleppten sie in einen Hauseingang, unter eine Brücke oder – auch das hatte Geske gehört – sperrten sie für Tage in eine Kammer, und fielen nacheinander wie die Tiere über ihr Opfer her, wobei sie sich auch noch gegenseitig anfeuerten. Wenn die Männer fertig waren oder die Lust an dem Mädchen verloren hatten, ließen sie es einfach liegen. Bei ihren Vergehen waren sie immer vermummt und keiner kannte ihre genaue Identität. Einzig dass sie Söhne von wohlhabenden Bürgern wie Kaufmännern und Ratsherren waren, hatten manche Mädchen aus ihren Gesprächen, ihrer Ausdrucksweise und ihrer teuren Kleidung geschlossen. So ermahnten die Väter ihre Töchter und die Ehemänner ihre Frauen, nicht allein das Haus zu verlassen.

Das Haus von Geskes Herrschaft lag zwar nicht in der Gegend, in der die Vermummten ihr Unwesen trieben, schließlich wohnten sie selbst dort, dennoch hatte die Magd an sie gedacht, als sie das Kaufmannshaus am Burstah verlassen und bald darauf den Verdacht gehabt hatte, dass ihr jemand hinterherschlich.

Ein weiteres Mal musste Geske innehalten. Der erneute Schmerz in ihrem Unterleib baute sich, wie davor auch, nur langsam auf. Je weiter er sich ausdehnte, desto mehr nahm er auch an Intensität zu, die stärker war als beim ersten Mal. Bald hatte er scheinbar ihre gesamte Körpermitte bis in deren letzten Winkel erfasst und sie hätte gern geschrien, um ihm etwas entgegenzusetzen. Schnell steckte sie sich die Faust in den Mund, während sie sich gleichzeitig zusammenkrümmte und abwartete, dass ihre Qualen ihren Höhepunkt erreichten, um dann, wie zuvor auch, wieder abzuebben. Schon vorhin, als sie noch durch den Wald gewandert war, waren immer mal wieder kleine Wellen durch ihren Unterleib gezogen, die ihren Bauch hatten hart werden lassen. Sie hatte angenommen, dass sie durch die Strapazen der Wanderung und auch durch ihre Nahrung, die lediglich aus altem Brot und Wasser bestand, hervorgerufen worden waren. Woher hätte sie es auch besser wissen sollen? Jetzt ahnte sie jedoch in ihrer Pein, dass es lediglich die Vorboten gewesen waren. Als es endlich vorbei war, blieb sie in der Hocke. Sie wollte einen

Augenblick verschnaufen – sie war so müde. Gerade als sie nach einer kleinen Weile wieder aufstehen wollte, um weiterzugehen, baute sich erneut eine Welle in ihr auf und übermannte sie. Diese war noch heftiger als die zuvor und die junge Frau dachte, sie könnte es kaum aushalten. Abermals hob sie ihre Faust und schob sie sich in den Mund, um keinen Laut von sich zu geben, und dann, nach einer scheinbaren Ewigkeit, kam endlich wieder die Erleichterung, als wäre nichts gewesen.

Geske richtete sich auf. Ihre Faust hatte sie blutig gebissen, doch das kümmerte sie nicht. Sie ahnte, dass sie schnell machen musste, wenn sie ihr Kind nicht hier, mutterseelenallein, bekommen wollte. Bald war sie im Sumpfgebiet, der Baumbestand wurde bereits lichter, und dann hatte sie ihr Ziel fast erreicht – zumindest, wenn sie den richtigen Weg genommen hatte. Sie hatte das Gebiet einmal gut gekannt, aber das war lange her. Inzwischen hatte sich vieles verändert und sie ahnte nur noch die ungefähre Richtung, die sie einschlagen musste, da die Natur in diesem Landstrich einem stetigen Wandel unterlag. Vor allem das Wasser des Meeres suchte sich unermüdlich seinen Weg ins Landesinnere und grub sich beharrlich neue Schneisen. Deshalb musste sie Acht geben, nicht geradewegs ins Moor zu laufen und darin elendig für immer in die Tiefe der Erde hinabgesogen zu werden.

Wäre es nach ihr gegangen, hätte sie das Kind in Hamburg in ihrer Stube zur Welt gebracht, doch die Hausherrin hatte das nicht erlaubt. Bislang hatte sie jede unverheiratete schwangere Magd vor der Geburt weggeschickt. Über die Jahre waren es drei gewesen und keine von ihnen war zurückgekehrt. Das hatte ihr die

Köchin, die schon seit Beginn der Haushaltsgründung bei der Herrschaft arbeitete, erzählt, als sie eines Morgens mitbekommen hatte, wie Geske sich hinter dem Haus erbrach. Die Herrin, Juliane Spiekermann, hatte die Köchin aus dem Haus ihrer Eltern mitgenommen, als sie die Ehe mit Wilhelm Spiekermann eingegangen war. Beide stammten aus angesehenen Hamburger Kaufmannsfamilien und Juliane hatte ihrem Gatten im Laufe der Jahre drei Söhne geboren.

Geske hatte sich ihre eigenen Gedanken darüber gemacht, warum die Mägde nach ihrer Niederkunft nicht mehr zu den Spiekermanns zurückgekehrt waren. Zunächst hatte sie angenommen, die jungen Frauen hätten sich mit den Vätern ihrer Kinder zusammengetan, hatte dies aber wieder verworfen. Schließlich hätten sie dann, schon bevor der prallgefüllte Bauch zu sehen gewesen war, bei der Herrschaft um die Erlaubnis zur Heirat fragen können. Inzwischen glaubte Geske, dass die anderen Mägde zu ihren Familien heimgegangen waren oder sie waren nicht zurückgekehrt, weil sie sich schämten, da sie das Kind verkauft hatten, damit es auf einem Hof als Leibeigener sein Leben verbrachte. Natürlich gab es auch die Möglichkeit, dass die Frauen bei der Geburt gestorben waren, aber daran wollte Geske nicht denken, damals nicht und jetzt, hier in der Einöde, schon überhaupt nicht. Doch abgesehen vom Sterben, das in Gottes Hand lag, waren die anderen Möglichkeiten für sie nie in Betracht gekommen. Ab dem Moment, als sie geahnt hatte, dass ein Kind in ihr heranwuchs, hatte sie gehofft, mit ihm – wenn es erst lebend geboren war – ihrem ganz eigenen Plan vom Leben einen erheblichen Schritt näher zu kommen.

Dann hatte die Herrin sie jedoch zu sich gerufen. Juliane Spiekermann hatte auf ihren bereits leicht gewölbten Bauch gesehen, und in diesem Augenblick hatte sich das Kind in ihrem Leib zum ersten Mal geregt – so als wollte es dem bohrenden Blick ausweichen. Geske hatte geschluckt und unwillkürlich die Hand schützend auf ihre Rundung gelegt. Die Herrin hatte nicht gefragt, wer der Vater war, und sie war dankbar dafür gewesen, weil sie sonst hätte lügen müssen. Dennoch war sich Geske in jenem Moment plötzlich sicher gewesen, dass sie aus dem Haus gejagt werden würde, und ihr wurde zugleich klar, dass es ihren Vorgängerinnen ebenso ergangen war und sie nicht von selbst gegangen waren. Ganz abgesehen davon, dass sie als Unverheiratete sichtbar unkeusch gewesen war, machte die gottesfürchtige Juliane Spiekermann nicht den Eindruck, als würde sie es dulden, dass ihre Magd sich neben der Arbeit im Haushalt noch um ihr eigenes Kind kümmerte. Zu ihrer Überraschung hatte Juliane Spiekermann ihr dann allerdings den Vorschlag gemacht, dass sie ihr Kind in der Heimat gebären sollte, um dann, wenn sie wieder bei Kräften war, gemeinsam mit ihm zu den Spiekermanns zurückzukehren. Geske hatte ihr Glück kaum fassen können. Sie verstand zwar nicht so ganz, warum sie zu ihrer Niederkunft nach Ostfriesland zurückkehren sollte, um dann doch wieder hierherzukommen, doch dem Ton der Herrin hatte sie angemerkt, dass sie nicht widersprechen sollte. Natürlich hatte sie später darüber nachgedacht, dem Willen der Herrin nicht Folge zu leisten und irgendwo in Hamburg das Kind zur Welt zu bringen, dann hatte sie sich aber nicht getraut. Schließlich war die Herrin eine über jeden Zweifel erhabene Christin, und wer wusste schon, ob sie nicht eine ganz besondere Verbindung zu Gott hatte. So ähnlich wie ein Pfarrer. Den hinterging man auch nicht.

»Du musst dir nach deiner Rückkehr keine Sorgen um dein Kind machen. Es wird hier bei dir im Haus bleiben können. Und während du deinen Pflichten nachkommst, kann die Köchin in der Küche auf dein Kind achtgeben. Glaub mir, alles wird gut. Aber bitte verstehe, dass ich hier im Haus keine Niederkunft dulden kann. Gott liebt alle Kinder, aber die Leute werden reden, weil du unverheiratet bist. Wenn du aber mit dem Kind aus deiner Heimat zurück bist, werden wir sagen, dass der Vater des Kindes von dort kommt und du ihn geheiratet hast, er jedoch plötzlich gestorben ist. Das wird das Beste für alle sein«, hatte Juliane Spiekermann ihren vorherigen Worten Nachdruck verliehen und obwohl Geske sich fragte, wer diese Geschichte glauben sollte, hatte sie erleichtert genickt. Hauptsache, sie konnte mit ihrem Kind wieder hierherkommen, der Rest würde sich dann schon ergeben, hatte sie gedacht und dachte es auch jetzt inmitten des Sumpfes. Dafür mussten das Kind und sie allerdings am Leben bleiben.

Vor fünf Tagen, als ihr stetig gewachsener Bauch es kaum noch zuließ, dass sie ihren Aufgaben im Haus nachkam, war sie aufgebrochen. Nur die Köchin und die Herrin hatten davon Kenntnis, da sie Juliane Spiekermann hatte versprechen müssen, niemandem sonst von ihrer Abmachung zu erzählen. Warum das Juliane Spiekermann so wichtig war, wusste Geske nicht. Die Münzen, die sie ihr Woche für Woche bis zu ihrem Aufbruch für ihr Schweigen aushändigte, hatte sie allerdings gern entgegengenommen und sich tatsächlich niemandem anvertraut. Noch nicht einmal Wilhelm Spiekermann. Zu Beginn hatte sie es aus Berechnung nicht getan – auch sie hatte kein Interesse daran, dass der Herr von ihrem Gespräch mit seiner Ehefrau erfuhr – und dann war er sowieso weg gewesen. Er begleitete gerade seinen jüngsten Sohn, den zwölfjährigen Johannes, nach Nowgorod. Hier war das östlichste Kontor der Hanse angesiedelt, der Sankt-Peter-Hof, wo Johannes seine praktische Ausbildung zum Hansekaufmann aufnehmen und deswegen die nächsten Jahre verbringen würde. Im Anschluss sollte er in das Geschäft des Vaters einsteigen. Das alles hatte Wilhelm Spiekermann Geske vor seiner Abreise erzählt. Er hatte ihr noch viel mehr erzählt. Es war schön gewesen und hatte ihr die Kraft gegeben, trotz seiner Abwesenheit durchzuhalten – erst die für sie immer beschwerlicher werdende Arbeit im Haushalt und jetzt ihre Wanderung. Hoffentlich fand sie bald die Heimstatt ihrer Mutter, damit sie dort unter geübten und vertrauten Händen ihr Kind gebären konnte. Und bald darauf würde sie mit ihrem Neugeborenen, so, wie mit Juliane Spiekermann vereinbart, wieder nach Hamburg zurückkehren und nicht wie die anderen Mägde ausbleiben.

Es begann zu dämmern. Geske fröstelte. Sie war zwar in diesem Landstrich geboren, doch hatte sie sich hier schon als kleines Mädchen fehl am Platz gefühlt. Das hätte sie auch getan, wenn ihre Mutter sie nicht in der Einsamkeit, sondern in einer der Siedlungen großgezogen hätte. Sie war für das raue und einfache Leben in Ostfriesland nicht geschaffen. Sie wollte etwas Besseres für sich. Immer schon. So war sie mit 13 Jahren aufgebrochen und hatte sich alleine bis in die Hansestadt durchgeschlagen. Dort, auf dem Hopfenmarkt, hatte sie die Köchin der Spiekermanns kennengelernt – der älteren Frau war der Kartoffelkorb heruntergefallen und Geske hatte ihr geholfen, die Erdknollen wieder einzusammeln. Sie waren ins Gespräch gekommen, sie hatte erzählt, dass sie eine Arbeit suche und die Köchin hatte sie sofort unter ihre Fittiche genommen. Mit den Worten »Nicht dass du noch in die falschen Hände gerätst« hatte die Köchin sie mit in das Kaufmannshaus am Burstah genommen und ihr nach einem Gespräch mit der Hausherrin gesagt, dass sie bleiben konnte. Sie fragte sich, wie ihre Mutter reagierte, wenn sie bald wieder in deren Eingang stand. Sie war damals ohne Abschied mitten in der Nacht verschwunden.

Abermals kam eine Wehe. Dieses Mal war sie so heftig, dass Geske meinte, es nicht ertragen zu können. Sie schmeckte das Blut ihrer schnell in den Mund geschobenen Faust auf ihrer Zunge, doch das machte ihr nichts, denn im selben Augenblick spürte sie, wie es zwischen ihren Oberschenkeln warm wurde und Wasser aus ihr herauslief. Was war das? Würde jetzt das Kind hinterherkommen? Geske wurde schwindelig und gleich darauf schwarz vor Augen, obwohl die Sonne noch ihr letztes Licht auf den Flecken Erde hinunterschickte. Die Magd sackte in sich zusammen. In ihrer Ohnmacht bekam sie nicht mehr mit, wie eine Gestalt vorsichtig aus dem Dickicht heraus auf sie zutrat.

In der Nacht vom 5. auf den 6. November 1367, eine Höhle im Brookmerland

Edda senkte den grossen Holzlöffel in den Kessel, der an einem Dreifuß über der Feuerstelle hing, und rührte die im heißen Wasser schwimmenden Leinenlappen noch einmal um, bevor sie sie mithilfe des Löffels herausfischte und auf ein neben der Schlafstatt ausgebreitetes Tuch legte. Dann griff sie in ein kleines Körbchen und klaubte etwa eine Handvoll Kamillenblüten daraus. Es waren die letzten aus ihrem Vorrat. Sie hatte sie bereits im Mai, etwa fünf Tage nach der Blüte, gepflückt und getrocknet. Sie war froh, wenigstens noch einen Rest übrig zu haben, und nahm sich vor, im nächsten Jahr mehr zu sammeln, während sie die Blüten über die abgekochten und langsam wieder abkühlenden Lappen streute. Sie würde die Lappen bald brauchen und wollte vorbereitet sein, wenn es so weit war. Und die Blüten würden ihr Übriges tun. Hoffentlich. Die Alten hatten die Kamille dem Gott des Lichts, Baldur, geweiht. Warum, wusste Edda nicht, vielleicht, weil sie so rein und dabei strahlend aussah in ihrer Winzigkeit? Aber sie wusste, dass der Duft der Kamille beruhigend wirkte und half, dass Wunden sich nicht entzündeten.

Edda ließ ihren Blick über die Gestalt gleiten, die mit geschlossenen Augen auf den Fellen lag. Sie hatte die Felle auf das Tuch, das das Strohlager bedeckte und auf dem sie selbst sonst ruhte, geworfen, damit es wärmer für die Daliegende war. Sie glich ihr wie keine Zweite und dennoch wusste Edda, dass sie unterschiedlicher kaum sein konnten. Das lag keineswegs an der Anzahl an Jahren, die sie beide trennten. Es waren fast auf den Tag genau 16 Jahre, die Edda älter war, und gerade als ihre Gedanken nun in die Vergangenheit abschweifen wollten, verzog sich das Gesicht der Jüngeren und ihre Augen öffneten sich. Ihr Mund ging auf und sie entließ einen langgezogenen klagenden Schrei, der Edda erschauern ließ. Nicht weil es ihr graute oder sie nicht wusste, was sie tun sollte – sie hatte schon so einige Frauen ähnlich schreien hören und ihnen geholfen. Auch sie selbst hatte es einst getan. Ihr Herz krampfte sich zusammen, weil es ihre Tochter war, die da vor ihr lag und das ertragen musste, was so viele Frauen vor ihr erduldet hatten und auch noch nach ihr erdulden würden. Und als ihre Mutter fühlte Edda jeden Schmerz, der Geske in diesen Augenblicken heimsuchte, mit. Wie gern hätte sie ihrer Tochter die Qualen abgenommen und für sie ausgehalten, doch das lag nicht in ihrer Macht. Wenigstens konnte sie sie lindern. Zuvor musste sie jedoch überprüfen, wie weit fortgeschritten die Geburt war. Die Wehen kamen bereits in regelmäßigen kurzen Abständen. Als Edda Geske am Rande des Sumpfes gefunden hatte, war das noch nicht so gewesen. Doch inzwischen war mindestens eine Stunde, wenn nicht mehr, vergangen. Die Sonne war vom Himmel verschwunden und der Mond hatte ihren Platz eingenommen. Er war rund wie der Bauch von Geske.

Im ersten Augenblick hatte Edda ihre Tochter nicht erkannt. Sie war gerade beim Torfstechen im Bruchwald gewesen, als sie hinter einer Böschung eine Bewegung wahrgenommen hatte. Sie hatte ihren Korb, in dem sie den Torf sammelte, abgestellt und sich vorsichtig näher geschlichen. Der Torf diente ihr als Brennstoff zusätzlich zum Holz, jedoch roch ein Torffeuer recht stark und deshalb verwendete sie ihn nur, wenn das vorrätige Holz in ihrer Höhle knapp wurde. Vor allem aber nutzte sie Torf für ihre Gelenke, die gerade im Winter häufiger schmerzten. Sie legte dann jeweils einen Placken auf die betroffenen Stellen, umwickelte ihn mit einem Lappen und bald darauf entfaltete sich eine wohltuende Wärme, die tief in ihre Knochen eindrang. Edda strich ihrer Tochter sanft über die Wange. Abgesehen von ihrer Schwangerschaft hatte Geske sich auch sonst stark verändert, seit sie sie das letzte Mal gesehen hatte. Natürlich hatte sie sich in den vergangenen Jahren von einem jungen Mädchen zu einer Frau hin entwickelt, aber das war es nicht allein. Trotz des Glücks unter ihrem Herzen war Geskes Gesicht eingefallen und grau. Früher war Eddas Tochter eher rundlich gewesen und hatte stets einen rosigen Hautton gehabt. Ihr volles blondes Haar hatte immer mit der Sonne um die Wette geglänzt, doch jetzt wirkte es strohig und zerrupft, das konnte nicht allein von der Schwangerschaft herrühren. Obwohl Geske damals fast ohne Abschied und in aller Heimlichkeit gegangen war, hatte Edda geahnt, dass ihre Tochter ihr Glück in der Stadt suchen würde. Geske hatte sich nie mit Ostfriesland verbunden gefühlt und auch nicht mit der Natur, obgleich diese ihr eine relativ sichere Heimat geboten hatte. Edda gab sich selbst die Schuld daran. Immerhin hatte sie ihre Tochter aus der Gemeinschaft herausgerissen, so dass sie allein mit ihr in der Isolation hatte aufwachsen müssen. Es war für sie beide sicherer gewesen, dennoch hatte sie Geske um ein Aufwachsen in der Dorfgemeinschaft und vor allem um Freundschaften mit Gleichaltrigen gebracht. Darüber hinaus war das Leben mitten im Wald und dem angrenzenden Moor hart. Natürlich hätte Edda ihre Tochter auch in die Obhut einer der Dorffrauen geben und allein weggehen können, doch das hätte Geske sicher nicht vor der Gefahr bewahrt, die als ihre Tochter auf sie lauerte und irgendwann unerwartet aus dem Schatten heraustreten würde. Darum würde Edda es jederzeit wieder so machen wie damals. Als Geske etwas älter gewesen war, hatte sie versucht, es ihr zu erklären. Sie hatte es auch verstanden, dennoch hatte Geske sich gegen das Leben, das Edda für sie beide gewählt hatte, innerlich aufgelehnt. Das war schon so, als sie noch ein ganz kleines Mädchen gewesen war. Geske hatte stets lieber ihre hübsche Gestalt im spiegelnden Wasser bewundert, anstatt Kräuter zu sammeln. Dabei hatte sie das Dorfleben und damit die Eitelkeiten, die Menschen untereinander zutage brachten, niemals kennengelernt. Edda strich ihrer Tochter ein weiteres Mal über die Wange. Sie hatte den Heimatflecken mit ihr verlassen, als Geske erst wenige Wochen alt gewesen war. Es war zur Sommerzeit. Edda war damals instinktiv mit ihrer Tochter in die Sumpflandschaft gegangen, die von einem schmalen Streifen Wald umgeben war, in den sie sich zum Übernachten begeben hatte. Eines Abends hatte sie die Höhle entdeckt. Es war ein Zufall gewesen und sie hatte nahezu sofort für sich beschlossen, zu bleiben. In früheren Zeiten schien die Höhle von Wölfen oder wenigstens von einem genutzt worden zu sein, wie Edda anhand von Knochenresten vermutet hatte. Zudem hatte sie ganz in der Nähe im Moor einen toten Wolf entdeckt. Sie nahm an, dass er auf der Suche nach einem eigenen Revier auf Wanderung gewesen war und in der Höhle, so wie sie und Geske, Unterschlupf gefunden hatte. Vielleicht hatte er sogar bleiben wollen, war dann jedoch verhungert, da er einen verletzten Hinterlauf hatte und nicht mehr jagen konnte. Bei seinem Anblick war Edda sich sicher gewesen, dass Fenrir, der im Sumpf lebende Dämon in Wolfsgestalt und Sohn der Riesin Angrboda und des Feuergotts Loki, ihr ein Zeichen gesandt hatte und sie ab jetzt unter seinen Schutz nahm. Aus Dankbarkeit hatte sie den jungen, durch sein Moorgrab unversehrten Wolf in die Höhle geschleppt, ihm das Fell abgezogen, es zum Trocknen aufgespannt und es ihrer Tochter im darauffolgenden Winter als wärmende Decke gegeben. Auf diese Weise hatte Edda Fenrir gezeigt, dass sie seinen Schutz annahm. Den Wolfskopf trennte sie von seinem Rumpf und steckte ihn auf einen Pfahl, den sie zwischen Sumpf und Höhle aufstellte. Sie vergaß keinen Tag, als Opfergabe ein Stück Fleisch neben ihn zu legen. Die abgeschnittene Pfote des verletzten Wolfsbeins trug sie in einem Beutel, den sie an ein langes Lederband geknüpft hatte, das sie sich wiederum um den Hals gehängt hatte, als Talisman stets bei sich. Sie griff mehrmals am Tag an den Beutel, um Fenrir für ihr Leben zu danken. Auch jetzt umfasste sie ihn und murmelte dazu leise: »Danke, dass du mir meine Tochter wiedergebracht hast.«

Nachdem Edda Geske aus dem Sumpf heraus in die Höhle gebracht und auf das Lager gebettet hatte, hatte sie sie untersucht. Schweigend. Und auch vorher hatten sie keine Worte ausgetauscht: Als Geske im Sumpf aus ihrer Ohnmacht erwacht war, hatte sie das Gesicht ihrer Mutter stumm, aber mit staunenden Augen betrachtet und Edda hatte ebenfalls nichts gesagt, sondern sie nur liebevoll angelächelt, während sie ihr ein paar Haare aus der Stirn strich. Zu mehr war ihr keine Zeit geblieben. Eine weitere Wehe hatte Geske überrollt, sie das Gesicht vor Schmerz verziehen und erstickt wimmern lassen. Danach hatte ihre Tochter sich eilig aufrichten wollen, doch war ihr Körper dafür zu schwach gewesen. Ängstlich wie ein waidwundes Reh hatte sie ihre Mutter angeblickt und Edda hatte gespürt, dass dieser Blick nichts mit der normalen Furcht einer Erstgebärenden vor dem, was noch kommen würde, zu tun gehabt hatte. Flink hatte sie Geske unter den Armen gepackt, ihr hochgeholfen und sich beeilt, mit ihr zur Höhle zu kommen. Sie hatten zweimal anhalten müssen, um Wehen vorüberziehen zu lassen, und da hatte Edda die Faust ihrer Tochter gesehen. Die Handknöchel waren bis hinunter auf die weißen Gelenke blutig aufgebissen. In der Höhle hatte Edda die Hand ihrer Tochter verbunden und ihr ein hartes Stück Holz gegeben, auf das diese auch jetzt wieder biss, während sie versuchte, ihr Kind aus sich herauszupressen. Edda nahm einen der mit Kamille getränkten Lappen und fragte sich, was ihre Tochter angetrieben hatte, zurück zu ihr zu kommen und dabei zu riskieren, auf dem Weg hierher fast ihr Kind allein im Sumpf zur Welt zu bringen. Sie würde Geske später fragen, wenn das Kind aus ihrem Leib heraus war und sie hoffentlich noch lebte. Das viele Blut, das Geske bisher allein hier in der Höhle verloren hatte, sprach eher dagegen, aber die ältere Frau hatte in ihrem bisherigen Leben gelernt, die Hoffnung erst dann aufzugeben, wenn etwas unwiderruflich war. Sie stellte die Beine ihrer Tochter auf, spreizte sie auseinander und wusch etwas von dem Blut und Schleim, der aus Geske herausgekommen war, von deren Schenkeln. Währenddessen sang sie leise eine alte Weise, von der sie nicht wusste, woher sie kam, da sie von Generation zu Generation unter den Frauen in ihrer Familie weitergegeben worden war. Die Überlieferung besagte, dass die Weise nicht nur den Alten Göttern huldigte, sondern es vor allem erlaubte, mit ihnen in Verbindung zu treten. Und so schickte Edda mit den leise intonierten, melodisch aneinandergereihten Worten, die sich unablässig wiederholten, ihre Gedanken nach dem Göttersitz Asgard und bat, Geske am Leben zu lassen und auch das Kind in Geskes Leib nicht in die Unterwelt zu holen. Doch der Gesang hatte noch eine andere, viel direktere Wirkung: Er lullte denjenigen, der ihn auf Erden hörte, ein, nahm ihm Schmerz und Furcht und brachte ihn für einen Moment in die Zwischenwelt. So geschah es auch gerade mit Geske, die ihre Lider wieder geschlossen hatte und deren Gesichtszüge nun deutlich entspannter als eben noch waren. Edda beendete die Waschung von Geskes Beinen und legte, weiterhin summend, eine Hand mit leichtem Druck auf Geskes gewölbten Bauch. Die andere Hand schob sie in die Öffnung zwischen deren Schenkel. Was sie im Leib ihrer Tochter fühlte, ließ sie für einen Moment tief einatmen und ihren Gesang unterbrechen. Sie hatte es vermutet und jetzt Gewissheit. Das Kind lag falsch. Sie hätte in diesem Stadium der Geburt den kleinen Kopf fühlen müssen, stattdessen konnte sie die angewinkelten Beinchen des Kleinen fassen. Edda wusste, dass sie keine Zeit verlieren und handeln musste, sonst riskierte sie den Tod des noch Ungeborenen, zumal auch Geske enorm geschwächt war. Sie würde jetzt versuchen, schnell das Kind zu holen, und danach konnte sie Geske stärken und ihre Blutungen stillen. Die ältere Frau nahm ihren Gesang wieder auf. Nun brauchte sie umso mehr den Beistand der Götter, und Geske, die in diesem Moment unter einer weiteren Wehe vom Schmerz gerüttelt wurde, würde er weiterhin betören. Die wohltuenden Klänge, die tief in Eddas Kehle entstanden und ihren gesamten Körper ausfüllten, leiteten sie an, das zu tun, was getan werden musste.

6. November 1367, am Ewigen Meer

Edda stand auf dem Bohlenweg, der durch das Moor führte, und schaute zum nächtlichen Himmel hinauf. Der volle Mond – umgeben von einem Meer aus funkelnden Sternen, die sich auf dem Wasser spiegelten und an sich wiegende Glühwürmchen erinnerten – hatte ihr den Weg geleuchtet. Außerdem hatte ihr ein schmaler, flackernder Streifen in weiter Ferne zwar kein zusätzliches Licht, aber wenigstens eine Orientierungshilfe geboten – die Siedlung feierte das Winternachtsfest. Auch sie selbst hatte bereits am Morgen, als sie noch nicht gewusst hatte, dass der Abend ihr ihre Tochter zurückbringen würde, alles für ihr eigenes kleines Fest vorbereitet. Doch das würde warten müssen, zuvor hatte sie noch etwas zu erledigen und musste sich darüber hinaus um ihre Tochter kümmern. Ein plötzlicher Gedanke blitzte in ihrem Kopf auf. Was, wenn Geske und ihr Kind nicht durch Zufall heute bei ihr angekommen waren? Sollten sie die Opfergabe sein? Edda schüttelte ihren Kopf, als wollte sie eine lästige Fliege verjagen, und richtete ihren Blick wieder auf den flackernden Streifen, das Feuer, das die Siedlungsbewohner entfacht hatten. Alle waren dort versammelt und würden dem Beginn des Winters, den Ahnen und den Göttern, vor allem Hel, deren Zeit jetzt anbrach, huldigen. Der Frühling gehörte Freya, der Göttin der Fruchtbarkeit, und der Sommer Frigg, der Hüterin des

Herdfeuers und Haushalts. Hel aber war die Totengöttin, die Herrscherin der Unterwelt, von Helheim, das, fernab vom Licht der Sonne, tief unter der Erde lag und wo alles Sein entstand und wohin alles auch wieder zurückkehrte. Ab morgen, nach dem Winternachtsfest, würden sich die Menschen auf Erden deswegen in ihre Hütten zurückziehen und wie die Tiere für sich bleiben, um Kraft zu sammeln. Edda erinnerte sich für einen kurzen Moment wehmütig an die Zeit, als auch sie noch bei ihren Leuten gewesen war und eine feste Rolle während der Zeremonien innegehabt hatte. In diesem Jahr wurde das Vollmondfest recht spät abgehalten – sie schrieben den 6. November im Jahr 1367, ein Datum, das sie sicher niemals vergessen würde, dachte Edda und raffte ihre Schultern, um ihr Vorhaben in die Tat umzusetzen. Wie Geske wohl reagieren würde, wenn Edda zurückkam? Ob sie dann überhaupt noch reagieren konnte? In die Augenwinkel der Mutter stahlen sich Tränen hinein, die sie, fast schon grob zu sich selbst, mit dem Handrücken wegwischte. Sie seufzte. Geske hatte das Bewusstsein verloren, nachdem sie das Kind aus ihr herausgeholt hatte. Es hatte lange gedauert und als das Kind mit den Füßen zuerst aus ihrer Tochter gekommen war, war es blau wie die See nach einem heftigen Regen gewesen. Die dicke, noch pulsierende Nabelschnur hatte sich um seinen Hals gewickelt. Das Kind hatte nicht geschrien und sich auch sonst nicht geregt. Edda hatte gewusst, was das bedeutete. Ihre Enkelin – das Kind war ein Mädchen – war tot geboren. Sie hatte sie beiseite in einen bereits hergerichteten Weidenkorb gebettet. Es war der Korb, den sie gerade durch die Nacht trug und der fürs Erste das Kinderbettchen hatte sein sollen, jetzt aber für immer ein Totenbett war. Edda schluckte und so sehr sie ihre Augen auch senken wollte, um noch einmal ihre Enkelin zu betrachten, zwang sie sich doch, es nicht zu tun. Sie wollte ihr Herz nicht schwerer machen, als es bereits war. Die Kleine hatte ihren Mund und die Augen bereits bei ihrer Geburt geschlossen gehabt, so dass Edda es nun nicht tun musste, damit die ausgehauchte Seele nicht wieder in den Körper zurückkehrte, sondern auf den Schwingen des Seelenvogels hinüber in die andere Welt gleiten konnte. Edda schluckte ein weiteres Mal und lenkte nun doch ihren Blick in den Korb. Dabei kam es der älteren Frau so vor, als strahlte der Mond eigens auf ihre so ruhig daliegende Enkelin, die in dem sanften Licht aufzuleuchten schien. Edda fühlte sich seltsam berührt. Behutsam strich sie dem toten Kind über den blonden Flaum auf dem kleinen Kopf. Dann knüpfte sie das Lederband mit der Wolfspfote von ihrem Hals und legte es dem Kind um – das war das Mindeste, was sie für die Kleine noch tun konnte, bevor sie sie auf ihre Reise schickte. Sie musste sich sputen, denn sie wollte Geske in ihrem Zustand nicht zu lange allein lassen.

Bevor sie die Höhle verlassen hatte, hatte sie ihre Tochter gewaschen und die Lippen mit dem Absud von Bohnenkraut, das sie vor längerer Zeit von einem fahrenden Händler gegen einen ihrer Körbe eingetauscht hatte, benetzt. Sie hatte das Kraut zuvor nicht gekannt, da es von weit her aus dem Süden der Welt, vom Mittelmeer her, kam, aber sie hatte es genommen, da der Mann ihr versichert hatte, dass es belebend wirke. Inzwischen hatte Edda herausgefunden, dass es auch Entzündungen bekämpfte, doch sie verwendete es nur sparsam. Sie wusste schließlich nicht, ob sie dem Händler noch einmal begegnen würde, und die wenigen anderen Händler, die sie bisher nach dem Kraut gefragt hatte, kannten es nicht einmal. Auch bei Geske hatte die Pflanze ihre Wirkung nicht verfehlt und ihre Lebensgeister angeregt. Sie war aus ihrer Bewusstlosigkeit wiedererwacht und hatte nach einem kurzen Augenblick der Orientierungslosigkeit ihr Kind sehen wollen. Edda hatte ihrer Tochter behutsam über die Stirn gestrichen und ihr sanft geantwortet: »Nein, Liebes, Hel hat es in ihre geschmückten Hallen geholt. Behalte es so in Erinnerung, wie du es in dir gespürt hast, und nicht, wie es jetzt aussieht. In deinem Leib war es noch dein Kind, jetzt ist es nur mehr eine Hülle.«

»Hel?«, hatte Geske mit schwacher Stimme gefragt, doch Edda hatte die Erschütterung herausgehört, oder war es eher Enttäuschung gewesen? Noch immer war Edda sich da nicht sicher, allerdings war es auch nicht wichtig. Ihre Tochter hatte ihr Kind, das sie viele Monate unter ihrem Herzen getragen und das sie sogar dazu bewogen hatte, wieder in die Heimat zurückzukehren, verloren und das bedeutete großes Leid. Eddas Herz krampfte sich bei diesem Gedanken zusammen und sie litt mit ihrer Tochter, denn sie wusste, dass diese Wunde niemals ganz verheilen würde. Darum hatte sie Geske in der Höhle das tote Kind auch nicht gezeigt. Sie hatte nicht gewollt, dass ihre stark geschwächte Tochter dem Tod so direkt ins Antlitz sah.

»Ja, Hel«, hatte Edda erwidert. »Sie liebt Kinder und wird gut zu ihm sein.«

Edda hatte dies nicht nur so dahingesagt, um ihre Tochter zu beruhigen, sie glaubte an dieses freundliche

Bild der Göttin. Sie hatte bewusst nicht von dem Christengott gesprochen, obwohl Geske wahrscheinlich in ihrer Zeit in der Fremde mit ihm gelebt hatte. So, wie die Menschen es inzwischen taten. Hier in Ostfriesland war es anders. Die Menschen in den Siedlungen beteten zum Christengott, ließen jedoch auch nicht von den Alten Göttern ab, wie sich in ihren Festen auch heute wieder zeigte. Unwillkürlich sah Edda zum entfernten Feuerschein. Sie selbst war auch zur Christin erzogen, damit sie und ihre Familie vor dem immer mächtiger werdenden Klerus nicht auffielen. Ihre Großmutter war es jedoch gewesen, die ihr die Alten Götter nahegebracht hatte. Sie hatte ihr auch die Weise vorgesungen und sie in die Heilkräuterkunde eingeweiht. Jetzt war sie selbst eine Großmutter. Eine Großmutter von einer Totgeburt, die in einer Vollmondnacht am Rande des Ewigen Meers stand, um ihre Enkeltochter in Hels Reich zu schicken. Edda hoffte inständig, dass sie mit ihrem Glauben an die Göttin recht hatte. Es wurden die unterschiedlichsten Dinge über die Herrscherin der Anderswelt erzählt. Die einen fürchteten sie als grausame Totengöttin, die anderen verehrten sie als die Mutter allen Lebens, denn dort, wo es den Tod gab, musste vorher das Leben sein und umgekehrt, damit der Kreislauf stabil blieb. Edda atmete einmal tief ein und wieder aus. Wie es auch war, es war nun nicht mehr zu ändern. Das Kind war tot und trotz ihrer Traurigkeit und so schwer es ihr auch fiel, anerkannte Edda den Tod als Teil eines Ganzen. Sie hatte diese Erkenntnis schmerzlich lernen müssen und war den Göttern dankbar, dass sie ihr dadurch überraschend wenigstens noch Zeit mit ihrer Tochter geschenkt hatten, zu der es sie jetzt in die

Höhle zog. Hoffentlich war Geske in der Zwischenzeit nicht wieder in ihren Dämmerzustand zurückgefallen oder sogar ganz entschlafen, um ihrem Säugling zu folgen. Edda hatte sie mit den Worten verlassen: »Ich schicke das Kleine jetzt auf seine Reise. Es wird nicht lange dauern, ich bin bald wieder bei dir.«

Geske hatte nahezu unmerklich mit dem Kopf genickt und Edda hatte das als Einverständnis gedeutet. Sie hatte sich vom Lager ihrer Tochter erhoben, eine Kutte über ihr Leinenkleid gezogen und darüber noch ein dickes Wolltuch gewickelt. Dann hatte sie behände einen Topf mit heißen Kohlen gefüllt und in einen Beutel trockenen Torf und Reisig gesteckt. Samt dem Beutel, dem Topf und dem Weidenkorb mit dem darin liegenden reglosen Bündel hatte sie die Höhle verlassen. Der Topf stand jetzt neben ihr, während sie hier am Ewigen Meer, dem ausgedehnten Hochmoor, wieder die alte Weise anstimmte. Bis auf die Sterne, die auf den Wellen des eben noch ruhigen, jetzt aber vom Wind gepeitschten Wassers hin und her sprangen, lag der Moorsee schwarz und bedrohlich vor ihr. Sie ging in die Knie, holte aus dem Beutel das Reisig, das sie über die Kohlen streute, und pustete in den Kohlentopf, woraufhin sich das trockene Gestrüpp schnell entzündete. Dann gab sie den Torf hinzu. Nachdem auch dieser Feuer gefangen hatte und es im Topf ordentlich loderte, umwickelte sie ihre Hände mit dem Wolltuch, das sie trug, griff den Topf und schüttete seinen Inhalt in einen kleinen Kahn, der am Ufer vertäut lag. Es schien Edda fast, als würde er geduldig darauf warten, bis sie alles hergerichtet hatte, damit er mit dem Kind aufbrechen konnte. Es dauerte nicht lange, bis sich die Glut aus dem Topf in das Holz des Kahns gefressen und dieser Feuer gefangen hatte. Als die Flammen schon an den niedrigen Innenwänden hochzüngelten, stand die ältere Frau, noch immer leise singend, auf und holte den Weidenkorb heran. Sie schaute nicht noch einmal hinein, als sie ihn in das brennende Gefährt setzte. Dafür blickten ihre Augen suchend auf den Bohlen herum, bis sie im Lichtschein einen passenden Stein am Rand entdeckte. Sie nahm ihn auf und steckte ihn vorerst in die Tasche ihrer Kutte. Dann band sie den Kahn los, gab ihm einen Schubs und sah ihm nach, wie er mit seiner jungen Fracht auf den See hinausschipperte. Jetzt sang sie nicht mehr.

Der Kahn war noch keine drei Meter entfernt, als eine Windbö in ihn hineinwirbelte und die Flammen daraufhin hoch emporschossen. Edda drehte sich weg. Sie hatte getan, was getan werden musste. Wäre das Kleine schon älter gewesen, hätte sie ihm noch nach dem Brauch der Alten die Fuß- und Fingernägel geschnitten – aus den Nägeln der Toten, so war es überliefert, wurde das Totenschiff Naglfar gezimmert. Auch die sonst üblichen Totenschuhe hatte Edda weggelassen. Das Neugeborene konnte noch nicht laufen und es brauchte keine Schuhe, damit ihm der steinige Weg zu Hel leichter fiel. Bereits vorhin in der Höhle hatte Edda mit sich gehadert, ob sie das Kind wenigstens für einen oder zwei Tage aufbahren sollte, dann hatte sie sich jedoch dagegen entschieden. Es war noch rein und unschuldig und Hel schien das Kind schnell bei sich haben zu wollen, sonst hätte sie ihm schließlich etwas mehr Lebenszeit auf Erden geschenkt. Darüber hinaus hatte Edda sachlich gedacht: Obwohl der Körper so klein war, hätte sein Leichengeruch Tiere angelockt und mit diesen möglicherweise auch die Verfolger von Geske, von denen sich die ältere Frau inzwischen sicher war, dass es sie gab. Geske hatte nichts gesagt, aber sie hatte sich in ihrem Dämmerzustand zwei- oder dreimal auf ihrem Lager hin und her geworfen und ängstlich gewimmert. Edda hatte herausgehört, dass es nichts mit den Schmerzen der Geburt zu tun gehabt hatte, und sich ihre Gedanken gemacht. Immerhin hatte sie ihre Tochter beim Moor gefunden und es hatte dort so ausgesehen, als hätte Geske sich hinter einem Busch versteckt. Aber vor wem? Auch Edda war einst geflohen, doch dass diese Leute ihre Tochter aufgespürt hatten, konnte sich die ältere Frau nicht vorstellen. Oder sollte es doch so gewesen sein? Edda hatte in jedem Fall kein Risiko eingehen wollen und deswegen den kleinen Leichnam bereits jetzt von ihrem Unterschlupf hierher gebracht. Traurig verließ sie Schritt für Schritt den See, der ihre Enkelin auf seinen Wellen zu Hel tragen würde. Noch immer fragte sie sich, ob sie richtig gehandelt hatte, tröstete sich jedoch über ihre Unsicherheit hinweg, denn soweit sie wusste, waren sich auch die Götter bei Neugeborenen, die während oder kurz nach ihrer Geburt starben, nicht einig, da deren Existenz für den Augenblick ihrer Geburt zwischen den Welten lag. So brauchte Edda sich jetzt auch nicht zu grämen, dass sie das tote Kind nicht dreimal umschritten hatte, bevor sie es dem Wasser übergeben hatte, das es in die Unterwelt bringen sollte. Dafür hatte sie jedoch den Stein als Denkstein aus ihrer Kutte hinterhergeworfen – wer weiß, irgendwo würde er vielleicht wieder ans Ufer gespült werden und einem anderen Lebewesen den Weg weisen.

Edda fröstelte. Der Wind hatte wieder zugenommen, er pfiff durch das Schilf und peitschte über den See, so dass in den Ohren der Frau ein schriller Gesang der Natur ankam, der sie noch mehr erschaudern ließ.

Dieselbe Nacht, an anderer Stelle im Brookmerland

Durch die Vollmondnacht tönte der Ruf eines wilden Tieres. Es konnte aber auch das Geräusch des Windes sein, der seit einer Weile böig über das Land pfiff, das ihm ebenso fremd war wie die Zwerge, die als Gaukler immer mal wieder in Hamburg ihre Späße trieben. Wenn er sie erblickte, konnte er vor Neugier und zugleich Abneigung nicht die Augen von ihnen lassen. Genauso ging es ihm hier mit der ostfriesischen Landschaft. Auf der Landseite waren da die Marsch, das Moor und die Geest und auf der Seeseite das Meer, welches sich regelmäßig so weit zurückzog, dass nur noch die kleinen Pfützen und Priele daran erinnerten, wie kurz zuvor die Wassermassen den sandigen Boden verdeckt und gewaltige Wellen ihr Spiel getrieben hatten. Natürlich kannte er Ebbe und Flut von zu Hause. Auch die Elbe unterlag den Gezeiten, doch hier, in Ostfriesland, wurde man sich allein mit einem Blick auf das weite Watt schnell bewusst, was für eine kleine Kreatur der Mensch doch war.

Er stoppte sein Pferd und seine Männer taten es ihm gleich. Für einen Moment legte er den Kopf in den Nacken und schloss seine Augen. Fast schien es so, als würden die Windböen aus der Erde zu ihm allein hochsteigen, um ihn zu umwirbeln und in sich gefangen zu nehmen. Ihn schauderte. Ob diese Wahrnehmung vom Met herrührte, den er vorhin auf diesem Heidenfest getrunken hatte? Er und seine Männer waren durch Zufall dort hineingeraten. Sie hatten irgendwann auf ihrer Jagd die Spur verloren und als die Dämmerung zur Nacht geworden war, hatten sie ihre Pferde gewendet, um den Heimweg einzuschlagen, denn er war sich sicher, dass seine Beute in ihrem Zustand und in diesem unwirtlichen Landstrich nicht überleben würde, wenn sie nicht bereits das Zeitliche gesegnet hatte. Und genau darum ging es ihm, denn das war sein Auftrag. Natürlich ärgerte er sich darüber, nicht schon früher zugeschlagen zu haben, damit er jetzt Gewissheit hätte. Möglichkeiten wären vorhanden gewesen, doch er hatte bis zum Sumpf warten wollen, um sie im Moor einfach loszuwerden und nicht irgendwo verscharren zu müssen.

Er seufzte. Jetzt war es, wie es war und er hatte ein anderes Problem. Irgendwie musste er aus dieser Unwirtlichkeit wieder herausfinden, ohne selbst Schaden zu nehmen. Wahrscheinlich hätten er und seine Leute ebenso den falschen Weg gewählt, wenn es nicht bereits dunkel gewesen wäre, doch im Finstern hatten sie sich in dieser Landschaft überhaupt nicht orientieren können. Zwar hatte er ohnehin nicht vorgehabt, die Nacht durchzureiten, doch dann hatte er sich von der Natur gezwungen gefühlt, allen eine Pause zu gönnen. Aus einer Regung heraus hatte er jedoch kein Nachtlager in dieser unberechenbaren Wildnis aufschlagen wollen und so waren sie dorthin geritten, wo sie aufgrund von flackernden Feuern eine Siedlung vermuteten und auf eine Herberge hofften. Tatsächlich waren sie auf eine Menschenansammlung gestoßen, die jedoch vor dem Dorf, das auf einer Warft errichtet war, ihre Feuer aufgeschichtet hatte und etwas feierte, was sich ihm erst später erschlossen hatte. Natürlich waren er und seine Männer schon aufgrund ihrer Kleidung sofort als ferne Städter erkannt worden und die Menschen waren ihnen gegenüber reserviert gewesen, hatten sie aber geduldet. Gegen ein paar Münzen hatten sie Met bekommen, womit sie das trockene Brot, das sie in ihren Satteltaschen als Proviant mit sich trugen, heruntergespült hatten. Sie hatten sich in eine Ecke zurückgezogen und das Treiben der Ostfriesen verfolgt. Erst nach einer Weile begriff er, dass die Einheimischen ein Fest für ihre Alten Götter feierten, obwohl er auf einem Dach des Dorfes ein Kreuz ausgemacht hatte. Er selbst war durch und durch Christ, so wie es sich gehörte, und hatte einen mächtigen Schreck bekommen, wohinein er geraten war. Das verbarg er jedoch vor seinen Männern. Er hatte absolut kein gutes Gefühl gehabt. Was würde Gott von ihm denken? Würde dieser jetzt meinen, dass er den Heidengöttern huldigte, und deshalb zornig werden? Jetzt, hier auf seinem Pferd, während der Wind ihn auf so merkwürdige Weise umpfiff, fragte er sich das erneut. Immerhin hatte er mit einem Abtrünnigen gesprochen und gemeinsam das Glas erhoben, denn gerade, als er aufgestanden war, um die heidnische Feier zu verlassen, war der Häuptling auf ihn zugetreten. Sie hatten sich einander vorgestellt und er hatte erfahren, dass sein Gegenüber Keno I. tom Brok war. Der Familienname tom Brok hatte ihm sofort etwas gesagt und er hatte den Mann aufmerksam gemustert, ohne dass er unhöflich geworden wäre. Keno I. war um einen Kopf kleiner als er selbst und trotzdem strahlte der Häuptling eine gewisse Größe aus. Die tom Broks waren ein angesehenes und auch vermögendes Geschlecht in Ostfriesland und mindestens einer der Vorfahren von Keno I. war ein Konsul gewesen. Er hatte Keno I. tom Brok im flackernden Feuerschein seinen Respekt bekundet und sich innerlich geehrt gefühlt, dass der Mann in ihm ebenso einen Edlen erkannt hatte und ihm seine Gastfreundschaft anbot. Er hatte noch einen weiteren Krug Met getrunken, danach indes wieder aufgesattelt. Das, was auf dem Platz anscheinend an Riten durchgeführt wurde, hatte ihm nicht gefallen und auch seinen Männern war diese Geisterbeschwörung nicht geheuer gewesen – sie alle wollten Gott keinesfalls herausfordern, indem sie unter diesen Wilden ihr Lager aufschlugen. So waren sie wieder in die Nacht hineingeritten und nun stand er hier mit seinem Ross, schaute in die glitzernde Schwärze und spürte den Wind. Der Honigwein war ihm definitiv zu Kopf gestiegen, aber das taten die Humpen Bier auch, die er sonst so trank. Konnte es sein, dass diese Ostfriesen irgendetwas beigemischt hatten? Immerhin waren sie auf einem Fest zu Ehren ihrer heidnischen Götter gewesen. Er kannte sich mit dem Heidentum nicht aus und wollte es auch nicht. Abrupt drehte er sich zu seinen Männern um, die stumm darauf warteten, was er entscheiden würde. Kam es ihm nur so vor, oder waren sie nicht so nervös wie er? War er etwa heimgesucht worden? Ihm lief ein kalter Schauer über den Rücken und ungeachtet dessen, dass es dunkel war und das Tier sich in dieser auch am Tage unübersichtlichen Natur verletzen konnte, trieb er spontan sein Pferd an – ihm war, als wäre nicht er heute noch der Jäger gewesen, sondern als säße ihm der Teufel im Nacken.

Wenige Zeit später am Ewigen Meer

Schnellen Schrittes ging Edda den Bohlensteg zurück, fast schon rannte sie. Unter ihren Füßen fühlte sie mit jedem Auftritt, wie das Holz unter ihr mitschwang. Sie brauchte keine Fackel, sie kannte den Weg im Schlaf und die Beleuchtung durch den Nachthimmel reichte ihr nach wie vor völlig. Sie hatte es jetzt eilig, zurück zu ihrer Tochter zu kommen. Ihr war noch immer fröstelig, doch sie hatte das unbestimmte Gefühl, dass dies nicht von dem zunehmenden Wind hervorgerufen wurde, sondern aus ihrem Innern kam. Als hätte sie eine Vorahnung, ohne jedoch zu wissen, wovon. Aber sie war sich sicher, dass irgendetwas passieren würde, und was lag da näher, als dass es mit ihrer Tochter zu tun hatte? In der Regel träumte sie einschneidende Geschehnisse vorab. Auch ihre Vertreibung und die darauffolgende Flucht damals aus der Gemeinschaft hatte sie bereits einige Tage vor den Ereignissen geträumt und so war sie gewappnet gewesen. Dieses Mal hatte sie allerdings nichts geträumt oder zumindest keine Vorzeichen gesehen. Im Gegenteil, sie hatte in den letzten Tagen von sich selbst als kleinem Mädchen geträumt, wie sie im herrlichen Sonnenlicht glücklich durch das Feuchtgebiet gestreift war oder Beeren im Wald gesammelt und in einem See gebadet hatte.

Plötzlich drang Hufgetrappel an ihre Ohren. Oder täuschte sie sich und das war auch nur der Wind, der weiter zugenommen hatte und in kleinen Wirbelstößen durch die Nacht fegte? Edda hielt auf ihrem Weg inne und lauschte angespannt, wofür sie die Kapuze ihrer Kutte von den Ohren zog. Nein, es waren eindeutig die Hufe von Pferden, die durch das Feuchtgebiet trabten. Es mussten mehrere sein, aber wer trieb hier seinen Tross in dieser Eile voran? Ob es derjenige war, der Geske verfolgt hatte? Auf jeden Fall entfernten sich die Pferde. Edda war erleichtert. Wer auch immer das gewesen sein mochte, sie war seit jeher vorsichtig gegenüber Fremden und vermied jeden Kontakt, soweit er nicht notwendig war. Die Frau setzte sich wieder in Bewegung, dieses Mal jedoch nicht so schnell, sondern achtsamer und stärker auf die Geräusche der Umgebung achtend als zuvor. Nach ein paar Schritten meinte sie, etwas in ihrem Rücken zu spüren. Als sie erneut stehen blieb und sich umdrehte, war da jedoch nichts. Dafür sah sie in der Ferne den brennenden Kahn mit dem Leichnam ihrer Enkelin. Wehmütig blickte sie auf ihn. Die Reiter schienen ihn nicht bemerkt zu haben, sonst wären sie sicher stehen geblieben, überlegte Edda und fühlte sich in ihrer Wahrnehmung bestätigt, dass der Tross etwas weiter weg, ohne direkten Blick auf das Ewige Meer, vorbeigezogen war. Noch immer mit den Augen auf dem sich im nächtlich schwarzen Wasser widerspiegelnden Feuer ruhend, drang nur langsam in Eddas Bewusstsein, dass etwas merkwürdig war. Der Kahn bewegte sich nur auf einer Stelle mit den Wellen auf und ab, fuhr jedoch trotz des Windes nicht weiter. Sie runzelte die Stirn. Gut, er befand sich in der Nähe des Ufers, aber Edda glaubte nicht, dass er aufgelaufen war, der Kahn war flach und der See selbst in Ufernähe durchaus tief. Sie kniff die Augen zusammen, um besser sehen zu können, und tatsächlich konnte sie jetzt im flackernden Feuerschein erkennen, dass das Boot sich in einem Baum, dessen Äste sich über dem See frei entfaltet hatten, verfangen hatte. Edda spähte angestrengt hinüber. Wenn sie sich nicht täuschte, musste dort hinten die Esche sein, in der ein Seeadler wohnte und auf der besonders heilsame Misteln wuchsen. Und in ihren Wurzeln hatte ein Schwanenpaar sein Nest. Als sie jetzt daran dachte, überschwemmte sie die Erkenntnis wie die Flut den Meeresboden: Der alte Baum dort hinten war die Esche Yggdrasil! Dass sie darauf nicht schon früher gekommen war! Die Überlieferungen der Alten erzählten, dass die Unterwelt unter den drei Wurzeln des Weltenbaums lag und wiederum nur über den Todesfluss Gjöll zu erreichen war. Konnte es sein, dass sie hier bereits so lange lebte, ohne geahnt zu haben, was sie umgab? Hatte sie eben wahrhaftig ihre Enkelin direkt an Gjöll übergeben und stand sie jetzt an dessen Rand? Andererseits war die Götterwelt überall. Eddas Herz pochte. Ihre Gedanken huschten zu Geske, die allein in der Höhle lag, und Eddas Körper spannte sich an. Sie durfte ihre Tochter nicht so lange allein lassen – wer wusste schon, was die Götter für ein Spiel trieben! Edda raffte ihre Röcke und gerade, als sie sich wieder umdrehen und loslaufen wollte, sah sie mit Entsetzen, dass die Esche, an der der Kahn tatsächlich festzuhängen schien, ebenfalls Feuer gefangen hatte und die Flammen an ihr hochzüngelten. Die Brücke! Man erzählte sich auch, dass die Brücke vom Totenfluss in die Unterwelt aus Gold war, und das Feuer, das immer gefräßiger an den Ästen der Esche loderte, leuchtete weithin goldfarben. Dann ist es wohl so, sann Edda über das Schauspiel vor ihren Augen nach und wollte sich nun endgültig auf den Weg zurück zu Geske machen, als ein gellender Schrei, der den Wind zu zerreißen schien, sie ein weiteres Mal davon abhielt. Edda war unwillkürlich zusammengezuckt. Der Schrei hielt immer noch an und ging ihr durch Mark und Bein. Es war kein ängstlicher Schrei, vielmehr hörte die Frau Empörung heraus und er schien ihr gleichzeitig nach etwas zu rufen. Für Edda stand außer Frage, dass sie gemeint war. Doch wer schrie nach ihr hier auf dem Bohlenweg mitten im Moor des Ewigen Meers? Es war wohl kaum einer der Reiter, die zudem schon außer Hörweite sein dürften. Von Geske konnte er auch nicht herrühren. Die Höhle lag zu weit entfernt und selbst wenn sie sich hierher geschleppt hätte, hätte Edda den Ruf ihrer Tochter unter allen Geräuschen der Welt erkannt. Zwischen ihnen bestand ein unsichtbares Band. Sie hatte in den Jahren, als Geske fort von ihr gewesen war, immer wieder ein Ziehen im Brustkorb verspürt und dann gewusst, dass irgendetwas mit ihrer Tochter los war. Manchmal war es ein kleiner Hüpfer gewesen und manchmal ein stechender Schmerz – Freude und Unglück, so hatte sie es sich erklärt. Und vorhin war sie von einem inneren Drang aus der Höhle getrieben worden und hatte wenig später ihre Tochter halb tot und gebärend im Moor gefunden. Noch immer gellte der Schrei durch die Nacht. Ob es ein Tier war? Edda senkte ihren Kopf und zog sich ihre Kapuze darüber, damit sie das Geräusch wenigstens nur noch gedämpft hörte. Sie konnte sich jetzt durch nichts ablenken lassen, sie musste zu Geske und sich um sie kümmern, doch in dem Moment, als Edda ihren Fuß zum Schritt anhob, fegte der Wind ihr die Kapuze von den Ohren. Sie stockte mitten in ihrer Bewegung und ihr Herz klopfte wild. Sie rang mit sich und fragte sich gleichzeitig, was das zu bedeuten hatte, denn es zog sie nicht mehr zu Geske hin, sondern dem unablässigen Schrei entgegen, der ihr immer mehr wie ein Rufen vorkam. Fast schon zwanghaft bewegte sie ihren Kopf zur Seite und starrte in das Feuer. Erst drei Windstöße später begriff sie, dass der Ruf aus der Mitte des Feuers vom Kahn emporstieg. Das Kind! Ihre Enkelin! Konnte das sein? Ohne noch länger zu überlegen und ohne auf den Weg zu achten, soweit das in der Dunkelheit überhaupt möglich gewesen wäre, verließ sie den Bohlensteg und hastete am morastigen Ufer des Ewigen Meers entlang. Einige Male kam sie ins Straucheln und zweimal fiel sie der Länge nach hin, so dass ihre Kleidung bald vor Schlamm und Nässe schwer war, doch sie eilte unbeirrt weiter. Ihr schien, als ob das Schreien leiser und flacher wurde, je näher sie dem Kahn kam, der mittlerweile lichterloh brannte. Als sie keine zehn Ellen mehr von ihm entfernt war und das Feuer bereits ihr Gesicht erhitzte, verfing ihre Kutte sich in einem Busch und sie kam nicht weiter. Edda zog und zerrte und ihr war, als würden sie viele Hände davon abhalten wollen, zu dem Feuer und ihrer Enkelin zu kommen. Ihr kam es vor wie vor vielen Jahren, als die Menschen aus ihrer Feste sie daran hindern wollten, von ihrer Familie und vor allem von ihrem Gemahl Abschied zu nehmen. Damals hatte sie sich losmachen können, um ein letztes Mal über die geliebten Gesichter zu streicheln. Sie hatte die Konsequenzen ihrer Entscheidung gekannt und entsprechend getragen. Auch jetzt wusste sie, wie gefährlich das Feuer ihr selbst werden konnte, aber sie scherte sich nicht darum. Ihre Enkelin rief sie, da war die alte Frau sich inzwischen sicher, aber der Ruf wurde zunehmend kraftloser. Sie musste sich beeilen. Sie riss mit aller Kraft an ihrer Kutte und fast wäre sie noch einmal gefallen, als der Stoff sich mit einem Ruck von dem Strauch löste. Edda fing sich gerade eben noch und dann stapfte sie weiter die wenigen, aber beschwerlichen Schritte durch den Morast. Als sie direkt vor dem Feuer stand, gerade eben so nah, dass es nicht auf sie übergreifen konnte, traute sie ihren Augen kaum: Von Weitem hatte es wie eine einzige Feuersbrunst ausgesehen, doch jetzt musste sie feststellen, dass vom Kahn ausgehend zwei Flammen hochstiegen, die sich erst oberhalb der Esche zu einer einzigen vereinigten. Die eine stieg vom Bug des Kahns auf, dort, wo Edda das Feuer gelegt hatte, und die andere vom Heck. Die ältere Frau nahm an, dass ein Funken nach hinten geflogen war, doch im Grunde war es ihr gleichgültig. Sie hatte nur einen Blick für die Mitte des Kahns, in der der Korb mit ihrer Enkelin lag, die sie aus geöffneten Augen, in denen das Feuer sich tanzend widerspiegelte, erwartungsvoll und nun völlig still anschaute. Ein Wunder, dachte Edda, während sie das Mädchen zärtlich anlächelte. Nein, kein Wunder, Hel hat sie der Welt zurückgegeben, schoss es ihr dann durch den Kopf, während sie instinktiv einen Schritt zur Seite ans Ufer trat, in die Knie ging und ihre Arme in den See hineinsenkte. Kurz darauf erhob sie sich wieder, angelte den Kahn mit einem langem abgebrochenen Eschenast zu sich heran und griff mit ihren triefend nassen Armen flink in ihn hinein nach ihrer Enkeltochter.

2. Kapitel – 1367-1368 nach Christi

»Das Heft in die Hand nehmen«

»Hefte« bedeutet im Althochdeutschen »Griff« und meint auch heute noch den Griff eines Schwertes. Die Redewendung bezieht sich auf jemanden, der sein Schwert hält. Im Mittelalter durften sich nur Ritter und Edelleute bewaffnen, was gleichzeitig auch deren (Befehls-)Macht über Untergebene auszeichnete. Wer ein Schwert hatte und hielt, führte an. Wer also heute »das Heft in die Hand nimmt«, schwingt sich aktiv zum Anführer auf.

6. November 1367, in der Höhle

»Ava, du solltest sie wirklich Ava nennen«, sagte Edda nachdrücklich und betrachtete dabei liebevoll ihre Tochter, die gerade ihrer Enkelin die Brust gab.

»Ava? Der Name ist hübsch, aber ich dachte an Wilhelmina«, gab Geske zurück.

»Wilhelmina?«, war Edda überrascht. »Wie kommst du denn auf den Namen?«

»Er … er gefällt mir und er ist so schön städtisch«, erwiderte Geske trotzig, während sie ihrer kleinen Tochter zärtlich über den Haarflaum strich. Die ließ sich davon nicht stören und saugte genüsslich weiter die Milch ihrer Mutter ein. Sie scheint überhaupt nichts von der vergangenen Nacht zu wissen, dachte Edda und schalt sich im nächsten Augenblick selbst. Was sollte die Kleine schon mitbekommen haben, sie war ein Neugeborenes, das noch nicht einmal einen ganzen Tag alt war. Edda konnte das Wunder noch immer nicht richtig fassen. Nachdem sie das Mädchen in der Nacht aus dem brennenden Kahn gehoben hatte, hatte es fröhlich gegluckst und aufgeregt mit seinen Armen und Beinen gestrampelt. Nichts hatte darauf hingedeutet, dass das Kind kurz zuvor noch tot gewesen war oder es wenigstens den Anschein gemacht hatte. Die Kleine hatte regelmäßig geatmet, war wach und war ihr auf eine sonderbare Art zufrieden vorgekommen. Und bis auf die Tatsache, dass sie durch die Hitze um sie herum und wahrscheinlich auch vom Schreien ein puterrotes Köpfchen gehabt hatte, schien das Feuer ihr nichts angehabt zu haben. Das alles hatte sich bis jetzt nicht geändert und Edda war äußerst dankbar dafür. Sie fragte sich nicht, wie es dazu hatte kommen können, da sie sich sicher war, dass die Götter hier gewaltet hatten oder zumindest eine Göttin, Hel. So hatte sie vorhin noch in der Morgendämmerung, als ihre Tochter und Enkelin schliefen, einen ganzen Hasen zu dem Wolfskopf gebracht. Immerhin war Fenrir – der Dämon in Wolfsgestalt – nicht nur Eddas Schutzgott, sondern auch Hels Bruder. Für Hel hatte sie ebenfalls einen Hasen sowie einen Sud aus schwarzem Holunder gehabt, dies jedoch nicht neben den Wolfskopf gestellt, sondern zu der Esche am Ewigen Meer, Yggdrasil, gebracht. Dort hatte sie es, unbehelligt von dem Schwanenpaar, das auf dem Gewässer schwamm, in eine der Wurzeln gelegt. Edda hatte die Esche eingehend betrachtet. In dem Moment, in dem sie ihre Enkeltochter aus dem brennenden Kahn gehoben hatte, hatte der Wind nachgelassen und es hatte ohne Vorankündigung zu regnen angefangen. Wie sie mit einem Blick direkt festgestellt hatte, hatte der starke Regen das Feuer anscheinend schnell gelöscht. In der Nacht hatte sie sich keine Gedanken darüber gemacht, da sie nur zugesehen hatte, mit dem nackten Bündel in ihren Armen schnell zu ihrer Höhle und zu Geske zu kommen. Als sie heute Morgen jedoch an der erloschenen Brandstelle gestanden hatte, hatte sie mit Erleichterung gesehen, dass der Baum kaum einen Schaden davongetragen hatte. Lediglich die Äste, die vom Ufer über den See hinausragten und in denen sich der Kahn verfangen hatte, waren verkohlt, doch noch nicht einmal der Stamm des Baumes war von dem Feuer ergriffen worden. Dafür war der Kahn, oder vielmehr das, was von ihm übrig geblieben war, im See versunken – nur noch seine vom Feuer schwarze Bugspitze lugte aus dem Wasser heraus.

»Warum sagst du nichts«, fragte Geske jetzt in die Gedanken von Edda hinein. »Sie ist meine Tochter, nicht deine, und ich kann sie nennen, wie ich will.«

Edda erschrak über den zänkischen Ton ihrer Tochter. Sie hatte gehofft, Geskes Wut auf sie wäre in den letzten Jahren verflogen.

»Natürlich ist sie deine Tochter und das bleibt sie auch, Ava passt einfach nur so gut zu ihr«, sagte Edda beschwichtigend.

»Wieso, weil Ava von Awa, dem Wasser, kommt? Willst du sie so nennen, weil es heute Nacht geregnet hat oder weil sich hier, in diesem verdammten Ostfriesland alles darum dreht? Wilhelmina kommt von Wilhelm, das bedeutet Wille und Schutz oder irgendwie so was, das wird sie gebrauchen können und außerdem … ach, was geht es dich schon an«, fuhr Geske auf, schlug sich jedoch sofort eine Hand auf den Mund, weil sie laut geworden war und zudem geflucht hatte. Dies wiederum hatte das Kind an ihrer Brust erschreckt, so dass es jetzt weinte. Geske versuchte sofort, es zu trösten, doch das gelang ihr nicht, was sie immer ungehaltener machte. Edda beobachtete die kleine Szene, trat näher an das Lager heran und sagte: »Du solltest dich noch ein bisschen ausruhen. Die Anstrengung tut dir nicht gut. Du hast bei der Geburt viel Blut verloren und vorher die Strapazen der langen Wanderung hierher auf dich genommen. Gib mir die Kleine, ich kümmere mich um sie, während du schläfst und Kraft schöpfst.«

Die ältere Frau hatte ihre Worte mit Bedacht gewählt. Sie wollte ihre Tochter nicht noch mehr gegen sich aufbringen und machte sich zudem wirklich Sorgen um deren Zustand. Geske war blass und den Haferbrei, den sie ihr vorhin gegeben hatte, hatte sie kaum bei sich behalten können. Hinzu kam das Stillen, das zusätzlich an ihren Kräften zehrte, und das würde auch in der nächsten Zeit so bleiben. Geske nickte nur und schloss erschöpft ihre Augen, so dass Edda ihr das Kind aus den Armen nehmen konnte. Kaum hatte sie die Kleine hochgenommen, stieß diese auf und stellte daraufhin ihr Weinen ein. Über ihre Schulter schaute die ältere Frau zu Geske hin, die sich wie eine Katze eingedreht hatte und offenbar bereits schlief, wie ihr regelmäßiges Atmen zeigte. Edda lächelte zufrieden. Sie fühlte durch die Lumpen, in die sie die Kleine heute Nacht schnell gewickelt hatte, bevor sie sie Geske gegeben hatte, dass das Mädchen auf ihren Armen zwar von zarter Statur, aber durchaus kräftig war und sie sich im Moment keine Sorgen um es machen musste.

»Dann lassen wir deine Mutter einmal schlafen und ich kümmere mich um dich, kleine Ava«, flüsterte sie ihr liebevoll zu. Das Neugeborene schaute Edda aufmerksam an und es kam ihr vor, als sei dieser Blick überaus weise, als würden bereits die Erfahrungen mehrerer Leben aus ihm sprechen. Edda wurde einmal mehr warm ums Herz. »Für mich bist du Ava, mein wildes Wasser, gleichgültig, wie du sonst noch heißen wirst.«

9. November 1367, Brookmerland

Sie lief und lief. Fast war es so, als führten ihre Füße und Beine ein Eigenleben. Sie spürte sie kaum noch, aber sie wusste, dass sie sich schnell fortbewegte. Fort von ihren Verfolgern, deren Atem sie in ihrem Nacken fühlte. Die Äste schlugen ihr ins Gesicht, rissen an ihrer Kleidung und dann plötzlich strauchelte sie und blieb rücklings liegen. Sie lag mitten im Moor und kam wie ein dicker Käfer nicht mehr hoch. Der dichte Wald, durch den sie sich eben noch geschlagen hatte, war verschwunden und sie starrte nun ungehindert in den Himmel. Sie hatte gedacht, es sei schon Nacht, aber er zeigte sich ihr in einem wunderschönen Blau und die Sonne schien so kräftig, dass sie anfing zu schwitzen und ihre Augen schließen musste, da die Strahlen sich mit einem Mal so stark in ihre Augen bohrten, dass es schmerzte und sie nichts mehr sehen konnte außer einem weißen, dunstigen Flimmern. Das blieb auch so, als sie nun mit geschlossenen Lidern dalag. Der Schmerz war dagegen so schnell verflogen, wie er gekommen war, und plötzlich fühlte sie sich von dem hellen Licht dermaßen ausgefüllt und betört, dass sie es auch um sich herum spüren wollte. Es sollte sie umhüllen wie ein Kokon die Raupe. Flehend streckte sie ihre Arme nach oben, dem Licht entgegen, aber anstatt ihm auf diese Weise näher zu kommen, sackte sie ab. Das Moor zog sie Stück für Stück sachte, aber unerbittlich, in seine Tiefen hinein und anstatt vom Licht rundum geschützt zu werden, legte sich der kühle, schwarze Morast um ihren erhitzten Körper. Auch das weiße Licht wurde schwächer und nach und nach von Schwärze abgelöst. Sie wollte um Hilfe rufen, doch als sie den Mund öffnete, schwappte eine Welle fauliger Brühe in ihn hinein und erstickte ihren Schrei, bevor er sich Gehör verschaffen konnte. Instinktiv wollte sie mit den Armen und Beinen rudern, aber sie konnte sich nicht bewegen, sie war starr vor Angst. Ihr fiel ein, dass das auch besser so war, da Bewegungen ihr Sinken im Moor beschleunigen würden. Das hatte ihr ihre Mutter von klein auf eingetrichtert. Wo war ihre Mutter? Warum kam sie nicht, um sie zu retten? Auch ihre Augenlider konnte sie nicht mehr öffnen. Sie waren schwer wie Blei. Wahrscheinlich bin ich schon zu weit ins Moor eingesunken und es hat sich über mich gelegt, schoss es ihr durch den Kopf. Aber warum kann ich dann noch atmen, fragte sie sich in dem Moment, als die Schwärze aufgebrochen wurde. Sie wunderte sich nicht darüber, dass sie dies trotz geschlossener Augen sehen konnte, denn eben hatte sie das helle Licht schließlich auch durch ihre Lider hindurch gesehen. Plötzlich kam die Erkenntnis. Sie starb gerade.

So fühlte sich Sterben also an. Es tat nicht weh, nur die Angst vor dem Ungewissen war da und sie kam ihr weitaus schlimmer vor als körperliche Schmerzen. Sogar die Geburtsschmerzen waren erträglicher gewesen als diese Machtlosigkeit dem Schicksal gegenüber. Sie fixierte sich auf das strohhalmdicke Loch in der Schwärze, durch das das gleißende Licht sich seinen Weg zurück zu ihr bahnte, da ihre Furcht bei seinem Anblick sofort abnahm. Sich allmählich beruhigend, beobachtete sie, wie das Loch langsam größer wurde und eine Wasserwelle aus ihm herausschwappte. Die Welle wischte das Moor von ihrem Gesicht und schmeckte nach Salz, weshalb sie vermutete, dass es Meerwasser war. Hinter der Welle nahm sie ein Flattern wahr. Es war zart und zuerst dachte sie, sie hätte sich getäuscht, doch dann sah sie es ein weiteres Mal. Es erschien ihr, als wäre das Flattern näher gekommen. Wodurch wurde es verursacht? Sie strengte sich an und erschrak dann so heftig, dass ihr Herz bis in den Hals hinauf schlug: Es war ein dunkelroter, fast schwarzer Schmetterling, der aus dem hellen Licht auf sie zuzutanzen schien und jetzt sogar nach ihr rief: »Geske, Geske …« Mit aller Kraft riss Geske ihre Augen auf. Wo war ihr Kind?

In der Höhle

»GESKE, GESKE, MEIN LIEBES, alles ist gut. Da bist du ja, ich dachte schon, wir hätten dich verloren. Hast du schlecht geträumt?«, drang es liebevoll an Geskes Ohren. Im ersten Moment hatte sie nicht gewusst, wo sie war, doch dann hatte sich das Gesicht ihrer Mutter in ihr Blickfeld hineinbewegt. Sie hatte einen Lappen in der Hand, der nach Kamille duftete und mit dem Edda ihr scheinbar gerade die Stirn abgewischt hatte, zumindest fühlte sich ihre Stirn angenehm kühl an, während der Rest ihres Körpers zu brodeln schien. Und auch ihr Herz klopfte noch immer stürmisch von innen gegen ihren Brustkorb. Geske ließ ihren Blick kreisen. Sie befand sich wieder in der Höhle. Stimmte es, was ihre Mutter gesagt hatte? Hatte sie nur geträumt? Warum fühlte sie dann immer noch das Moor auf ihrem Körper und die Hitze, die der sie umhüllende Schlick in ihr hervorrief? Und flatterte da nicht auch der Schmetterling? Sie blickte an sich hinunter. Sie war in ein warmes Fell gewickelt. Wahrscheinlich hatte das sie so dermaßen überhitzt. Sie versuchte, das Fell von sich zu strampeln, doch es lag zu schwer auf ihr und sie fühlte sich schnell zu schwach. Geske erschrak und schaute sich ein weiteres Mal suchend in der Höhle um, während Edda das Fell von ihr hob. Dabei lösten sich feuchte Lappen von ihren Waden. Ihre Mutter hatte ihr also Wadenwickel gemacht. Das hieß, sie hatte Fieber gehabt oder hatte es vielleicht noch. Dann war das wohl alles nur ein böser Traum gewesen. Sie entspannte sich, doch gleich darauf fuhr sie innerlich zusammen, denn zwei Atemzüge später schoss ihr siedend heiß in den Sinn, dass die Geburt ihres Mädchens kein Traum gewesen war. Aber warum hörte sie nichts? Kein Geschrei oder wenigstens Gewimmer? Und sehen oder fühlen tat sie die Kleine auch nicht! Ein Mädchen – sie hatte so sehr auf einen Jungen gehofft. Das wäre besser für sie gewesen. Müsste das Neugeborene nicht neben ihr liegen? Sie stützte sich – so gut es ihre schlaffen Muskeln zuließen – auf und schaute ein weiteres Mal panisch umher. Sie konnte ihr Kind nirgends entdecken, obwohl der Raum durch mehrere Fackeln gut beleuchtet war.

»Wo … wo ist sie?«, fragte Geske ihre Mutter mit heiserer Stimme. Das Reden fiel ihr schwer und die wenigen Worte hatten in ihrer Kehle gekratzt, bevor sie ihre trockene Mundhöhle verlassen hatten.

»Trink erst einmal etwas«, forderte ihre Mutter sanft, woraufhin sich die Haare auf Geskes Unterarmen vor Furcht aufstellten.

»Nein«, krächzte die junge Frau, »erst will ich meine Tochter sehen. Oder willst du mich hinhalten, weil sie tot ist? Sag schon, Mutter, wo ist sie? Hab ich auch das nur geträumt, dass sie lebt …?«

»Sie ist hier«, sagte Edda beruhigend, erhob sich von Geskes Lager, auf das sie sich gesetzt hatte, nachdem sie das Fell weggenommen hatte, und deutete auf ein Tuch, das kreuzförmig um ihren Oberkörper geschlungen und in ihrem Rücken zusammengeknotet war. Das Tuch wölbte sich auf Brusthöhe. Ihre Mutter schob einen

Zipfel beiseite und Geske sah den blonden Kopf ihrer Tochter hinter dem groben Stoff.

»Sie schläft«, lächelte Edda Geske an, »ihr geht es gut.«

Geske war jedoch nicht beruhigt. Nach wie vor hämmerte ihr Herz gegen ihren Brustkorb. Der schlimme Traum hatte sie an etwas erinnert, was sie sich noch in Hamburg – genauso wie einen Sohn – sehnlichst gewünscht hatte, als ihr bewusst geworden war, dass sie ein Kind empfangen hatte. Nun aber hoffte sie, es wäre nicht der Fall. Denn der Traum hatte ihr auch Gewissheit darüber gegeben, was ihre Verfolger im Sinn gehabt hatten. Sie hatte es bei ihrem Aufbruch in der Hansestadt nicht wahrhaben wollen und selbst als sie sich hier im ostfriesischen Moor vor ihren Verfolgern versteckt hatte, hatte sie den Gedanken daran unterdrückt und sich eingeredet, dass sie sich irrte: Ihre Jäger hatten es gar nicht auf sie abgesehen, sondern das ungeborene Kind in ihrem Leib töten wollen!

»Hat sie … hat sie irgendwo ein Mal?«, fragte Geske ihre Mutter stockend.

Die runzelte die Stirn und meinte zögernd: »Ja, aber es ist nur ein kleines. Es ist eine Verbrennung, was ja aber auch kein Wunder ist. Wir können wirklich von Glück sagen, dass das Feuer sie so unversehrt gelassen hat. Sie lag immerhin mittendrin, die kleine Av… Wilhelmina. Du erinnerst dich doch? Ich hab dir davon erzählt, als ich sie wieder zurück zu dir gebracht habe.«

Geske nickte, denn mit den Worten der Mutter kam auch diese Erinnerung wieder. So fuhr Edda fort: »Und das Brandmal, das sie davongetragen hat, wird sie noch nicht einmal entstellen, weil es an einer Stelle ist, auf die kaum jemand achtet: Am rechten Fußknöchel, und es sieht aus wie … ach, schau selbst. Aber vorher hole ich dir einen Becher heißen Gerstenwassers mit Honig gegen dein Fieber und die trockene Kehle. Es wird dir guttun.«

Geske setzte sich noch weiter auf und es ging schon besser als eben noch, unterdessen ihre Mutter an den Dreifuß bei der Feuerstelle herantrat, um dort mit einer Kelle etwas aus dem daran hängenden Topf zu schöpfen und in einen Becher zu füllen.

»Hat sie … ist es ein Schmetterling?«, fragte die junge Frau in die Höhle hinein. Sie hatte Angst vor der Antwort ihrer Mutter, obwohl sie es sich im Laufe ihrer Schwangerschaft so sehr gewünscht hatte, dass ihr Kind gezeichnet war, um ihr ein besseres Leben zu verschaffen. Denn natürlich war ihr Dasein als einfache Magd in Hamburg nicht so, wie sie es sich vor Jahren bei ihrem Aufbruch hier aus Ostfriesland in die Stadt vorgestellt hatte. Wenigstens wohnte sie einigermaßen warm und trocken in der Kammer hinter der Küche, die sie mit der anderen Magd teilte, und nicht wie hier bei ihrer Mutter in einer einfachen Höhle. Als sie dann jedoch die Frucht ihres Hausherrn unter ihrem Herzen getragen hatte, hatte sie damit gerechnet, dass er ihr ein besseres Leben ermöglichen würde. Er war ein netter Mann und hatte ihr bei den verschiedensten Gelegenheiten, zu denen sie zusammengefunden hatten, stets die schönsten Dinge ins Ohr geflüstert. Er hatte ihr auch Geschenke gemacht – hübsche Haarspangen, eine gute Bürste und einmal sogar ein kleines Fläschchen Duftwasser, das er ihr von einer Reise mitgebracht hatte. Er hatte sie eindringlich gebeten, diese Dinge – und vor allem das Parfüm – nicht in der Öffentlichkeit oder gar bei der Arbeit zu tragen, da er befürchtet hatte, dass seine Gemahlin ihnen dadurch auf die Schliche kommen könnte. Ihr war das nur recht gewesen, schließlich hütete sie seine Geschenke wie einen unermesslichen Schatz und wollte diesen sowieso mit niemandem teilen, noch nicht einmal mit fremden Augen oder Nasen. Wilhelm Spiekermann hatte sie auch nicht fallenlassen, als sie ihm unter Tränen gestanden hatte, dass sie von ihm schwanger war. Er hatte nur mit den Schultern gezuckt, sie an sich herangezogen, ihr ins Ohr geflüstert, dass eine Schwangerschaft sie nun endgültig zur Frau machen würde, und sie liebkost. Danach hatte er ihr mit rauer Stimme das Versprechen abgenommen, niemandem zu erzählen, dass er der Vater ihres ungeborenen Kindes sei. Auch das hatte sie ihm versichert. Im Gegenzug hatte er beteuert, dass es ihr an nichts fehlen würde, wenn das Kind erst einmal da wäre. Als sie gefragt hatte, wie er sich das denn vorstelle, hatte er ihr erwidert: »Das wird sich dann schon zeigen.« Kurz darauf war er zurück in sein Kontor gegangen und sie hatte Kartoffeln geschält. Sie erinnerte sich in diesem Moment daran, als wäre es erst gestern gewesen, dabei war es schon Monate her. Drei Wochen später war Wilhelm Spiekermann gemeinsam mit seinem jüngsten Sohn nach Nowgorod aufgebrochen und sie hatten sich bis heute nicht mehr gesehen, weil sie auch der Forderung seiner Frau entsprochen hatte. Hätte sie das vielleicht nicht tun sollen? War es falsch gewesen? Hatte Juliane Spiekermann etwas mit den Männern zu tun, die sie von Hamburg bis hierher ins Moor gejagt hatten? War es Wilhelms Gattin gewesen, die sie und das Kind hatten töten wollen?

Wilhelm. Wilhelmina. Wenn ihre Tochter wirklich mit dem Schmetterling gezeichnet war, wie ihre Mutter es gesagt hatte, dann würde sie sie nicht so nennen. Nicht so nennen können, wenn sie wollte, dass aus der Kleinen eine erwachsene Frau wurde – es wäre zu deutlich. Das hatte ihr der Traum nachdrücklich klargemacht. Erneut überwältigte sie die Furcht, wie eben gerade noch das Moor, von dem sie jetzt wusste, dass es eigentlich das Fell gewesen war, in das Edda sie auf ihrem Krankenlager gewickelt hatte. Aber die Männer, die sie gejagt hatten, ließen sie nicht los. Sie waren auch in der Wirklichkeit da gewesen, wer auch immer sie geschickt hatte …

»Hier, trink das!«, unterbrach die Mutter Geskes Gedanken, indem sie ihr den Becher mit dem Gerstenwasser hinhielt. Sie nahm ihn entgegen und Edda begann daraufhin, den Knoten des Tragetuchs in ihrem Rücken zu lösen. Gleich würde ihre Mutter ihr die Fessel der Kleinen zeigen und als könne sie es durch den Themenwechsel aufhalten, fragte Geske: »Wie lange habe ich eigentlich geschlafen? Mir kommt es vor wie Tage.«

»Du hast nicht die ganze Zeit geschlafen, aber du hattest sehr hohes Fieber und warst drei Tage im Fieberwahn in einer anderen Welt. Du warst nicht ansprechbar. Aber jetzt scheinst du endlich über den Berg zu sein. Du hast immer noch Fieber und musst dich schonen, aber du bist wieder bei uns«, antwortete Edda. Ihre Worte klangen bestimmt, trotzdem hörte Geske die Erleichterung aus ihnen heraus.

»Ja, das bin ich«, flüsterte sie, wobei der Gerstensaft ihre raue Kehle schon wieder etwas geschmeidiger gemacht hatte. Sie beobachtete, wie Edda das schlafende Neugeborene aus dem Tuch wickelte und heraushob.

Geske stellte den Becher mit dem Rest des heilenden Safts auf den Boden und streckte die Arme nach ihrem Kind aus. Während sie es nahm, fragte sie überrascht: »Aber wie hast du sie ernährt, oder hast du sie mir an die Brust gelegt, während ich im Fieberwahn war?«

»Manchmal habe ich das tatsächlich getan. Aber nicht wegen der Kleinen, sondern deinetwegen. Deine Milch muss laufen, sonst schmerzen dir die Brüste, weil sie von innen verstopfen. Ansonsten habe ich ihr gesüßten Wein und Mehlsuppe gegeben. Sie ist eine gute kleine Esserin, du musst dir keine Sorgen machen. Und wenn es dir wieder etwas besser geht und ich dich länger allein lassen kann, dann werde ich losziehen und ein Schaf besorgen. Die Schafsmilch wird dir und auch der Kleinen guttun.«

Geske trat eine Träne ins rechte Auge. Sie war von der Fürsorge ihrer Mutter gerührt und für den Moment eines Augenaufschlags beschlich sie ein schlechtes Gewissen Edda gegenüber, die sie damals klammheimlich verlassen hatte, nur um jetzt wieder von ihr umsorgt zu werden, als hätte sie sie damals nicht, ohne auch nur einmal zurückzublicken, sich selbst überlassen. Ein dicker Kloß machte sich in Geskes Hals breit, der sich nicht herunterschlucken ließ. »Danke«, hauchte sie deswegen nur. Die Kleine schlief weiterhin friedlich, während Geske das Kinderhemd hochschob, das ihre Tochter trug, und nun langsam an deren rechtem Beinchen das dadurch freigelegte Band löste, das einen wärmenden Felllappen hielt. Kaum hatte sie das Lederband abgewickelt, fiel das Fell von dem Bein des Kindes ab. Edda hatte ihr interessiert zugeschaut, nahm jetzt das Füßchen des schlafenden Mädchens in die Hand und drehte es sanft, damit Geske das Mal sehen konnte. Die junge Frau schluckte, in ihrem Kopf begann es zu rauschen und sie hörte die Stimme ihrer Mutter nur noch dumpf, so als hätte sie Wasser in den Ohren: »Schau, das wird das Feuer gewesen sein. Sie hat Glück gehabt, denn das ist das Einzige, was ihr die Flammen zugefügt haben.«

Geske starrte das kleine Mal an, das knapp über dem Knöchel ihrer Tochter eingebrannt schien, aber sie wusste es besser. Tatsächlich hatte es die Form eines winzigen Schmetterlings. Sie kannte noch jemanden, der genau solch ein schmetterlingsförmiges Mal hatte: Wilhelm Spiekermann. Seines saß auf seinem Handrücken – an der Stelle, wo der Daumen anfing. Sie hatte gedacht, es sei eine Tätowierung, bis sie es aus nächster Nähe gesehen hatte und er ihr aufgrund ihres überraschten Ausrufs erzählt hatte, dass dieses Mal in jeder Generation seiner Familie vorkam. Es war das Zeichen der Spiekermanns, wurde jedoch nicht Schmetterling genannt, sondern Falter. Sie hätte sich das natürlich gleich denken können, da Tätowierungen verpönt waren. Zumindest bei guten Christen, wie er einer war. Das über Tätowierungen und Christen wusste sie von der Köchin der Spiekermanns. Die hatte vor einiger Zeit über einen Buckelkrämer geschimpft, der Geske nicht nur schöne Augen gemacht hatte, sondern auf dessen linker Schläfe ein Kreuz tätowiert war.

»Bei Mose heißt es: ›Ihr sollet keine Male um eines Toten willen an euren Leibe reißen, noch Buchstaben an euch ätzen, denn ich bin der Herr‹«, hatte die Köchin die Bibel zitiert.

»Aber es ist doch ein christliches Kreuz«, hatte Geske eingewandt.

Die Köchin hatte dazu abfällig gelacht: »Gottes Wort sollte niemand überhören. Gott kennt seine Schäfchen, und dieser Bursche will damit sicher nur etwas verheimlichen. Wahrscheinlich hat er irgendetwas auf dem Kerbholz und befürchtet, nicht als Christ erkannt zu werden, wenn er auf seinen Wanderungen von Ort zu Ort irgendwann ins Gras beißt. Die Leute kennen ihn nicht und das Kreuz kennzeichnet ihn als Christen und sichert ihm seine christliche Beerdigung. Das wird er zumindest hoffen. Aber ob Gott ihn dann in sein Himmelreich aufnimmt? Ich sag dir, der Bursche ist kein echter Frommer.«

Geske hatte daraufhin nichts erwidert, denn auch sie fühlte sich nicht als fromme Christin, obwohl sie regelmäßig zur Kirche ging und jeden Abend zu Gott ihr Abendgebet sprach. Doch schließlich hatte sie sich versündigt. Immer und immer wieder. Bei der Erinnerung daran wurde ihr auch jetzt wieder beklommen zumute. Gut, als es anfing, hatte sie sich noch geziert, doch relativ schnell hatte sie nicht nur an ihrem Herren Gefallen gefunden, sondern auch an dem, was sie miteinander machten. Sie war lüstern und sie hatte allein durch ihre weibliche Erscheinung ihren Herren zur Unzucht mit ihr getrieben. Sie hatte sich gefragt, ob es an ihrer Herkunft lag, dass sie für Spiekermann eine Versuchung war, derer er sich nicht erwehren konnte. Natürlich hatte ihre Mutter sie als Kind in der Höhle mit dem Christentum vertraut gemacht. Sie war auch getauft. Dennoch war Geske gleichzeitig mit dem alten Glauben an die Götter aufgewachsen und das war gewiss auch schon irgendwie ketzerisch. So ganz war sie sich da nicht sicher. Kurz bevor Geske damals ihre Mutter und das isolierte Leben an deren Seite verlassen hatte, hatte sie Edda gefragt, warum diese ihr überhaupt von Gott erzählt hatte, wenn sie doch den anderen Göttern huldigte. Edda hatte geantwortet, dass es einen das Leben kosten könnte, nicht zu wissen, wie man nur dem einen Gott diente, und sie solle ihr Wissen um die Alten Götter niemandem offenbaren, wenn sie einmal in die Situation kommen sollte. Geske war das nur recht gewesen, vor allem, weil ihr der eine Gott näher stand als die vielen. Der eine machte ihr das Leben einfacher, denn er steckte klare Grenzen ab, an denen sie sich ausrichten konnte. Die Alten Götter kamen Geske willkürlich vor, sie überließen die Menschen sich selbst, straften oder belohnten sie jedoch ganz danach, wie es ihnen in den Sinn kam. Geske hatte bereits von klein auf das Gefühl, nicht zu wissen, woran sie mit Odin und all den anderen war. Sie hatte Angst vor ihnen, weil sie die Alten Götter nicht verstand. Ganz im Gegensatz zu ihrer Mutter. Aber hatte nicht auch Hel gerade wieder gezeigt, wie unberechenbar sie war? Erst hatte sie ihr Kind zu sich geholt und ihm dann doch das Leben geschenkt. Was war das für eine Göttin? Warum hatte sie das getan? War das vielleicht gar nicht ihre Tochter, die sie in den Armen hielt, sondern ein Geschöpf von Hel, das diese in die Menschenwelt geschickt hatte, um …, ja, um was? Geske betrachtete das kleine Geschöpf, das in diesem Moment die Augen aufschlug und sie wissend anschaute. Geske schluckte, was ihr einen leichten Schmerz in der Kehle bescherte. Es war ihre Tochter – sie hatte die Augen von Edda. Und ihre eigenen. Die junge Mutter konnte dem Blick nicht standhalten und so wandte sie sich nun doch der Fessel ihres Kindes zu.

Das Mal war so winzig klein, dass es im ersten Moment wie Dreck aussah. Wenn man jedoch wusste, dass das Kind mitten im Feuer gelegen hatte, konnte es tatsächlich auch versengtes Fleisch sein. Sicherheitshalber strich Geske mit ihrem Daumen über die dunkle Stelle auf der rosigen Haut. Immerhin gab es da noch die kleine Hoffnung in ihr, dass sie sich irrte. Das Mal fühlte sich rau an, fast schon schuppig. So wie eine verheilende und mit einer Kruste überzogene Wunde, die man sich bei Stürzen auf festgestampfter Erde zuziehen konnte. Edda hatte inzwischen die schmale Fessel des Mädchens losgelassen und blickte sie erwartungsvoll an. »Siehst du? Es ist nur ein kleines Brandmal, es entstellt sie nicht und vielleicht verschwindet es mit der Zeit ja auch und hinterlässt höchstens eine Narbe.«

»Es darf nie jemand zu Gesicht bekommen«, ging Geske nicht auf das Gesagte ein. Das kleine Quäntchen Hoffnung, das sie eben noch in sich gehabt hatte, hatte sich beim Befühlen des Mals, so wie sie es aus Zärtlichkeit bei Wilhelm Spiekermann oft getan hatte, in nichts aufgelöst.

»Ach, Geske, ich sag doch, so schlimm ist es nicht«, erwiderte Edda verwundert, woraufhin die junge Frau sich genötigt fühlte, ihre Worte nachdrücklich zu wiederholen: »Du weißt nicht, wie schlimm es ist, und wenn ich sage niemand, dann meine ich das, hörst du, Mutter? Versprich es mir!«

»Ja, ist ja schon gut, was hast du denn nur?«, schüttelte Edda ihren Kopf. »Du verängstigst die kleine … Wilhelmina.«

Die letzten Worte der älteren Frau strafte das Neugeborene in Geskes Arm Lügen. Vielmehr schien es so, als folge es dem Gespräch aufmerksam. Natürlich wusste Geske, dass das nicht sein konnte. Ihre Tochter war erst ein paar Tage alt, aber das, was hier in der ostfriesischen Einöde passierte, überstieg sowieso ihr Vorstellungsvermögen. Auch genau darum war sie damals in die Stadt gegangen. Die Gegend hier, wo die Alten Götter noch so präsent waren und die mit ihrem vielen Wasser und den Mooren so unberechenbar war, machte ihr Angst. In diesem Moment hatte sie aber nur Angst um ihre Tochter.

»Das ist kein Brandmal«, sagte sie barsch zu ihrer Mutter »und deswegen werde ich sie auch nicht Wilhelmina nennen. Wenn du den Namen Ava für sie möchtest, dann soll sie ab heute Ava heißen.«

Nahezu zum gleichen Zeitpunkt, Hansestadt Hamburg

Sie ritten durch das Millerntor in die Hansestadt ein. Er hätte das Treffen gern noch hinausgezögert, doch jetzt waren es nur noch ein paar Hufschritte bis zu ihrem Haus. Was sollte er ihr sagen? Wenn er ihr die Wahrheit berichten würde, würde sie ihn möglicherweise fallenlassen. Und was dann? Dann hatte er niemanden mehr, der für ihn sprach. Das Vertrauen und die Gnade seines einflussreichen Vaters hatte er schon vor Jahren verspielt. Wenn er ihr jetzt eingestand, dass er seinen Auftrag nicht ausgeführt hatte, würde er ihre Liebe und zugleich auch ihre schützende Hand verlieren. Aus welcher Geldschatulle sollte er dann leben? Ihm würde dann nichts anderes übrig bleiben, als zur See zu fahren und gegen die Kaperfahrer zu kämpfen, wollte er seinen guten Namen nicht verlieren. Der war momentan alles, was er noch besaß. Selbst die Münzen in der Geldkatze an seinem Gürtel gehörten nicht ihm, wenn man es genau nahm. Ja, er brauchte die Gunst der Frau, zu der sein Pferd ihn gerade trug. Bei dem Gedanken an seine Geldkatze war ihm eine Idee in den Kopf geschossen. Kurzerhand stoppte er sein Pferd und stieg ab. Seine Männer hatten ebenfalls angehalten und warteten in ihren Sätteln zögerlich ab, was er vorhatte. Sie fragten sich vermutlich, ob sie auch absteigen sollten – das glaubte er in ihren verwunderten Gesichtern zu lesen. Mit einer Handbewegung bedeutete er ihnen, sitzen zu bleiben. Er hob seine Heuke an und öffnete seine Geldkatze, um ihr 15 Silbergroschen zu entnehmen. Er schluckte. Er trennte sich ungern von dem Geld, doch sein Entschluss stand fest und hierzu musste er seine Männer ordentlich bezahlen. Wenn er gleich bei seiner Auftraggeberin war, würde er sicher ausreichend entschädigt werden, soweit sie ihm Glauben schenkte. Aber warum sollte sie das nicht tun?

»Hier, für jeden fünf Silberlinge«, sagte er, während er seine drei Begleiter abschritt und jedem das ihm zugedachte Geld in die Hand drückte. Da er sie bereits vor dem Stadttor für ihre Begleitung entlohnt hatte, war ihr Staunen umso größer, und bevor die drei Männer ihn fragen konnten, erklärte er: »Seht es als Bonus an. Für euer Schweigen. Die Münzen sollen eure Lippen versiegeln.«

»Aber dafür hast du uns doch schon bezahlt«, stellte Jakob Ingwersen, der jüngste seiner Begleiter, fest. Jakob war ein Heißsporn, der ihn bewunderte, aber auch kämpfen wollte. Wie er selbst, entstammte der junge Mann einer angesehenen Hamburger Kaufmannsfamilie. Jakob sollte jedoch in die Fußstapfen seines Vaters treten. Genau das, was ihm selbst verwehrt war, und der Jüngling war so dämlich, dies nicht zu wollen. Immer wieder floh er regelrecht aus dem väterlichen Kontor, um sich mit seinen Kumpanen auf den Alsterwiesen im Schwertkampf zu üben oder, sobald die Dämmerung einsetzte, in den dunklen Gassen Hamburgs Streit anzuzetteln. Dort hatten er und Jakob sich näher kennengelernt.

»Das ist wohl wahr, aber ich möchte mir sicher sein können. Und wenn ihr jetzt das Geld nehmt, dann steht ihr in meiner Schuld. Also, kein Sterbenswort zu irgendjemandem über Ostfriesland und die Frau. Die Frau ist tot, aber das geht niemanden etwas an«, erklärte er das, was er den Männern schon ein paarmal auf ihrem Weg zurück nach Hamburg eingebläut hatte.

»Wir wissen nicht, ob sie tot ist«, wandte Lorentz, der zweite Reiter, zum wiederholten Mal ein. Ihn kannte er am wenigsten. Keiner wusste so genau, woher Lorentz kam. Er war plötzlich da gewesen. Man munkelte über ihn, dass er einem Adelsgeschlecht entsprang, der Sohn eines Ritters war oder vielleicht sogar selbst einer, zumal niemand seinen Familiennamen kannte und Lorentz diesen auch nicht preisgab. Lorentz schwieg sich über seine Abstammung aus, verneinte jedoch auch nicht, wenn er mit Mutmaßungen über sie angesprochen wurde. Die Männer, die sich auf den Alsterwiesen zur körperlichen Ertüchtigung trafen, hatten ihn schnell akzeptiert, obwohl dies gegenüber Fremden unüblich war. Doch Lorentz war stets gut angezogen, hatte immer ein paar Münzen in seinem Geldsack, von denen er auch manchmal im Wirtshaus auf ein Bier einlud, und er konnte lesen sowie schreiben, was von einer guten Herkunft zeugte. Das Entscheidende aber war, dass der junge Mann kaum jemandem ganz geheuer war. Das war auch der Grund gewesen, weshalb er Lorentz für seine Begleitung nach Ostfriesland angeworben hatte. Im Gegensatz zu Jakob handelte Lorentz in der Regel wohlüberlegt, dabei jedoch ohne Skrupel. Dies hatte er einige Male miterleben können, wenn sie auf ihren Streifzügen durch die Stadt auf einfache Bürgerinnen getroffen waren und diese aus Langeweile verschleppten, um ihre Lust an ihnen zu stillen oder sich einfach nur ein wenig Abwechslung zu verschaffen. Abgesehen von ihm selbst hatte jeder von ihnen schon einmal oder sogar mehrmals von einer Maid abgelassen, weil deren Tränen sie erweicht hatten. Nicht so Lorentz. Im Gegenteil. Je mehr eine der Frauen schrie und sich unter ihm quälte, desto mehr Spaß schien er daran zu haben – so wie er auch.

»Sie ist tot«, entgegnete er jetzt bestimmt. »Obgleich ich nicht dabei war, ist sie sicher vom Moor verschluckt worden. Und wenn nicht, meinst du ein einsames Weibsbild, dazu noch mit einem Kind im Leib, könnte bei diesem Wetter und in dieser Einöde überleben? Die ist tot, dafür lege ich meine Hand ins Feuer.« Er lachte auf, als hätte er einen derben Witz in einer Schankstube gemacht, doch es war gespielt. Ihm war so überhaupt nicht nach Lachen zu Mute. Er war sich nicht sicher, ob die Magd tot war, doch das mussten die Männer nicht wissen. Falls sie doch ihr Maul nicht würden halten können, sollten sie zumindest das erzählen, was er ihnen eben gesagt hatte. Denn genau das würde er auch gleich seiner Auftraggeberin berichten.

Der dritte Reiter, Ullrych Hagdorn, sagte nichts. Schon vorher und auch jetzt nicht. Er gab keinerlei Gemütsregung zu erkennen, aber so war der Mann, das kannte er von ihm. Darum würde Ullrych ebenfalls in Zukunft kein Wort sagen. Er sprach selten und wenn, dann wenig. Die Münzen hatte er, ohne eine Miene zu verziehen, angenommen und unter seiner Heuke untergebracht. Zu seinen Worten eben hatte Ullrych genickt als Zeichen, dass er verstanden hatte. Ullrych war der Älteste von ihnen. Der Mann hatte schon in seiner Knabenzeit dem Vater seiner Mutter gedient und jetzt eben ihm. Manchmal war Ullrych ihm unheimlich. Das lag an dessen Blick, der einen auf eine abschätzige Art zu durchbohren schien, wenn man ihm einen Auftrag erteilte. Er hatte über die Jahre gelernt, damit umzugehen, dennoch machte sich immer mal wieder ein ungutes Gefühl in ihm breit, vor allem, wenn es sich um eine Aufgabe handelte, die nicht ganz rechtens war. Doch Ullrych führte stets alles aus, was er ihm auftrug, und er wachte über ihn, wenn er in brenzlige Situationen geriet. Aber das musste er schließlich – es war seine Aufgabe. Oder musste Ullrych dies, weil Mutter es so angeordnet hat, dachte er jetzt und fragte sich, ob Ullrych auch ihr gegenüber schweigen würde, so wie er es verlangt hatte. Er hoffte es, doch ein Restzweifel blieb, denn seine Mutter war die einzige Person, mit der Ullrych mehr als drei Worte am Stück sprach. Ullrych war ihr vollkommen ergeben. Wenn der Mann seine Mutter anschaute und glaubte, niemand würde es sehen, dann änderte sich sein sonst so stechender Blick in einen weichen, liebevollen. Wie er seine Mutter kannte, wusste sie von Ullrychs vollkommener Hingabe zu ihr und nutzte das weidlich aus. Er war der einzige von seinen drei Begleitern, den er deswegen nicht hatte anheuern müssen. Im Grunde hätte er Ullrych eben auch die Münzen nicht geben müssen, doch er hatte sichergehen wollen und sich das Schweigen des Knechtes auch gegenüber der Mutter erkaufen wollen. Gnade Gott, dass es nicht umsonst war, dachte er, stieg auf sein Pferd, sagte: »Wir sollten uns hier trennen«, und schnalzte mit der Zunge, so dass der Hengst sich unter ihm in Bewegung setzte.

Er blickte zurück: Ullrych folgte ihm, das war normal, Lorentz und Jakob hatten ihre Pferde gewendet und trabten in die Richtung, aus der sie gekommen waren, davon.

Etwa drei Monate später, im Januar 1368, Brookmerland

DIE KÖHLERFAMILIE HATTE sich schon vor ein paar Sommern hier niedergelassen. Zunächst hatte Edda die beiden Eltern mit ihrem kleinen Sohn über einen längeren Zeitraum nur beobachtet. Sie hatte wissen müssen, ob von ihnen eine Gefahr für sie ausging. Immerhin war diese Gegend nicht gerade ein guter Standort für einen Köhler. Warum waren er und seine Familie also gerade hier sesshaft geworden? Natürlich gab es im Wald ausreichend Holz für das Köhlern und auch die Lichtung, die sich die Fremden ausgesucht hatten, war sehr passend – sie war groß genug für den Holzkohlemeiler und die nebenstehende Köhlerhütte und gleichzeitig nahe genug am See, aus dem sie Wasser holen konnten. Aber ansonsten? Die Wohnsiedlungen, in denen der Köhler seine Holzkohle verkaufen konnte, waren etliche Meilen entfernt. Für Edda war das natürlich gut, so konnte sie immer noch hoffen, dass sich niemand auf den weiten Weg hierher machte und wie sie damals durch Zufall auf ihre Höhle stieß. Tatsächlich war das bisher auch nicht geschehen, obwohl hier und da Reisende durch die Gegend zogen oder auch Krämer, dachte Edda jetzt bei sich, während sie das Schaf hinter sich her zog – hinter dem Muttertier trottete genügsam das Lamm. Sie hatte beide von der Frau des Köhlers im Tausch gegen Kräuter, einen Tiegel

Honig und ein Amulett bekommen. Das Amulett hatte ihrer Mutter gehört und Edda hatte es retten können, als sie aus ihrem Heimatdorf vertrieben worden war. Sie hatte es eben der Köhlerin schweren Herzens gegeben, doch Geske und vor allem Ava waren es ihr wert, denn was sollte sie mit einer Handvoll schön verzierten Eisens und einer Erinnerung, wenn sie im Gegenzug dafür das Leben ihrer Enkelin erhalten konnte? Geskes Milch war schon wenige Tage nach der Niederkunft vollends versiegt. Da hatte selbst kein Tee aus Bockshornklee geholfen. Auch die Samen dieser heilsamen Pflanze hatte sie damals bei ihrer Vertreibung mitnehmen können. Es war nur ein kleines Beutelchen und hatte in der Schatulle ihrer Mutter gelegen, in der auch das Amulett aufbewahrt gewesen war. Nachdem sie sich damals in ihrer Höhle eingerichtet hatte, hatte sie die Samen an einer geschützten Ecke ausgesät. Sie hatte das bei ihrer Mutter und auch Großmutter gesehen und es einfach versucht. Als bald darauf kleine Sprösslinge die Erde durchbrachen, hatte sie sich gefreut wie ein kleines Kind. Sie erinnerte sich wie heute daran. Auch später noch, nach ein paar Jahren in der Höhle, machte es sie jedes Jahr aufs Neue glücklich, wenn der Bockshornklee wuchs und gedieh. Einmal hatte sie ihre Freude darüber mit Geske teilen wollen, doch die hatte sich nur abgewandt und ihr Haar weiter geflochten. Ob sie immer noch so war, fragte Edda sich jetzt. Und wenn, dann würde sich ihre Tochter jetzt mit einem eigenen Kind schon ändern. Ava würde ihr sicher allein durch ihre Anwesenheit zeigen, dass es Wichtigeres auf Erden gab als sich selbst. Das Schaf blökte hinter ihr an seinem Hanfseil und sein Junges stimmte mit ein, so dass sie das Ziehen ließ, hinter das Muttertier trat und es durch Schieben vorwärtstrieb.

»Komm schon, Ava braucht deine Milch, du hast genug für dein Lamm und sie«, redete Edda auf das Tier ein, und als hätte es sie verstanden, sträubte es sich nun nicht mehr, sondern schritt, ohne zu zögern, weiter. Eltzabet, die Köhlerfrau, hatte ihr gesagt, dies sei ihr bestes Milchschaf. Sie hatte nicht gefragt, wofür oder für wen Edda es so unbedingt benötigte, dass sie das wertvolle Amulett dafür hergab, und Edda war froh drum gewesen. Sie wollte nicht, noch nicht, dass irgendjemand von Geske und Ava in ihrer Höhle wusste. Nicht, bevor sie sich sicher war, dass Geskes Verfolger ihr nicht mehr nachstellten.

Sie hatte aus Geske nichts herausbekommen über die Männer, die sie höchstwahrscheinlich gejagt und ihr und Ava allem Anschein nach nach dem Leben getrachtet hatten. Das hatte Edda zumindest den Worten ihrer Tochter entnommen, als diese im Fieberwahn gesprochen hatte. Edda mochte Eltzabet, Onno, den Köhler, und ganz besonders deren kleinen, aufgeweckten Sohn, dennoch hatte sie sich der Köhlerfrau nicht anvertrauen wollen. Es bestand kein Grund dazu und war zu riskant. Was, wenn Onno auf seinen Verkaufswanderungen zu den Siedlungen in der Umgebung etwas von Geske und Ava erzählen würde? Gut, auch von Edda selbst mussten die Leute nichts wissen. Edda hatte es damals, als sie durch ihre eigene Unachtsamkeit auf Eltzabet getroffen war, sofort deutlichgemacht, und da niemand bei ihrer Höhle aufgekreuzt war, nachdem sie die Köhlerfamilie kennengelernt hatte, ging die ältere Frau davon aus, dass die Köhler Wort gehalten hatten. Wahrscheinlich aus einem guten Grund, denn auch die Köhler hatten ihr Geheimnis. Das hatte sie inzwischen mitbekommen, und es war auch die Ursache, weswegen das Paar hier seine Wohnstatt errichtet hatte und nicht näher an den Siedlungen. Ähnlich wie sie selbst, galt Eltzabet bei ihren Leuten nicht nur als Andersdenkende, sondern sie war ihnen auch unheimlich. Vor Edda hatten die Menschen Angst, weil sie eine der wenigen war, die sich während der Pest zu den Kranken getraut hatten, um ihnen Zuspruch und Linderung mithilfe von Heilkräutern und den Kräften der Alten Götter zu geben. Als sie dann noch den schwarzen Tod überlebt hatte, war die Angst ins Unermessliche gestiegen. Vor Eltzabet fürchteten sich die Leute, weil sie dunkler Hautfarbe war.

Edda war mit Eltzabet in den Pilzen zufällig zusammengetroffen, nachdem sie die Köhlerfamilie schon einen halben Mond lang beobachtet hatte. Zunächst hatten beide sich nur angestarrt, doch dann hatte Edda die Hand zum Gruß erhoben, sich umgedreht und angeschickt, durch das Unterholz zu verschwinden. Die dunkle Frau hatte ihr hinterhergerufen, dass ausreichend Pilze für sie beide da wären, und da hatte Edda sich einen Ruck gegeben, hatte kehrtgemacht und sich zu Eltzabet gehockt. Bald waren die Körbe voll mit Pilzen gewesen. Sie hatten schweigend nebeneinanderher gesammelt, doch dann, als Eltzabet sich erhob, nannte Edda der Frau aus einer Regung heraus eine versteckte Stelle, an der viel Huflattich zu finden war. Eltzabet hatte sie verwundert angeschaut und Edda hatte erklärt: »Ein Aufguss von den Blüten und Blättern hilft bei wiederkehrendem Husten.«

»Woher weißt du, dass mein Mann davon geplagt

wird?«, hatte Eltzabet stirnrunzelnd gefragt und Edda hatte ihr erzählt, dass sie ihre Familie beobachtet hatte, um herauszufinden, ob sie Freund oder Feind war.

»Und was, denkst du, sind wir?«, hatte die dunkelhäutige Frau wissen wollen.

»Nichts von beidem«, hatte Edda erklärt und war davongegangen.

Die beiden Frauen waren sich danach öfter im Wald begegnet, weil Edda die Begegnungen jetzt nicht mehr scheute. Manchmal hatte Eltzabet den kleinen Jungen dabei, der ihr schwarz gelocktes Haar, aber die blauen Augen seines Vaters hatte. Jedes Mal sprachen sie etwas länger miteinander. Zunächst über Heilkräuter und wo man sie am besten fand, und bald auch über Eltzabet, woher sie kam und wieso sie hier im Wald hauste und nicht mehr zu den Menschen im Dorf zurückwollte. Edda erzählte hingegen kaum etwas von sich, aber sie genoss es, der Stimme der anderen Frau zu lauschen, und bald kannte sie deren ganze Geschichte: Eltzabet war einst als Frucht im Leib einer Sklavin nach Östringen verschleppt worden. Ihre Mutter starb bei der Geburt, und so zog eine Amme, die dem Häuptlingsgeschlecht Tjarksena diente, sie wie ihr eigenes Kind auf. Je älter Eltzabet wurde, desto schöner und geheimnisvoller wurde sie für die Menschen, unter denen sie aufwuchs und die mit ihrer hellen Hautfarbe und dem meist ebenso hellen Haar so ganz anders aussahen. Die Männer empfanden sie immer mehr als Versuchung und machten auch keinen Hehl daraus, und bald begannen die Frauen der Feste, sie als Rivalin zu fürchten. Allen voran die Gemahlin des Häuptlings. Sie war es auch, die Eltzabet trotz der Fürsprache der Amme aus der Burg

Innhausen verbannte, als ihr Gemahl für längere Zeit abwesend gewesen war. Im Dorf vor der Burg traute sich niemand, Eltzabet Unterschlupf zu gewähren – die Häuptlingsgemahlin konnte gnadenlos sein, zumal sie Eltzabet als Weib des Teufels bezeichnete. Notgedrungen verließ Eltzabet die einzige Heimat, die sie kannte und die doch nicht die ihre war, und machte sich auf den Weg. Sie kam mit der Einsamkeit nicht zurecht und hielt sich stets in der Nähe von Siedlungen auf, ohne dabei jedoch den Bewohnern nahe zu kommen. Sie hatte zu viel Furcht davor, wieder vertrieben zu werden. Natürlich wurde sie hier und da gesehen und bald raunten sich die Menschen hinter vorgehaltener Hand zu, dass Nott, die dunkle Riesin und Göttin der Nacht, am Tage, wenn ihr Sohn Dag sie abgelöst hatte, zur Menschenwelt hinabgekommen war, um ihre Tochter Jörd, die Mutter der Erde, zu besuchen. Andere meinten, dass Nott den Eindruck machte, etwas zu suchen, und hatten Angst, dass sie es selbst seien. So vermieden sie es, sich weit von ihren Häusern zu entfernen. Bis auf einen. Der Köhler Onno musste seine Hütte, die vor der Siedlung lag, verlassen, um Holz zu sammeln. Dabei stieß er auf Eltzabet, als sie im nahe gelegenen Wald in einem dichten, bereits modrigen Laubbett, eingerollt wie eine Katze, schlief und er beinahe über sie gestolpert wäre. Das war zur Zeit der langen, eisig kalten Nächte und kurzen verschneiten Tage. Zunächst hatte der junge Köhler gedacht, sie sei ein Baumstamm, und wollte schon darübersteigen, als er ihr dichtes, gelocktes Haar erblickte. Natürlich kannte er die Gerüchte um die zur Erde hinabgestiegene Göttin der Nacht und sein Herz schlug hart gegen seinen Brustkorb, als er sich herunterbeugte und feststellte, dass die Gestalt am Boden halb erfroren war. Ihr Atem ging nur noch flach. Nach einem Moment des Zögerns schulterte der Köhler die Fremde und brachte sie in seine Hütte. Während er sie pflegte, verliebte er sich in sie und schwor sich, dass er sie vor allem Übel schützen wollte, sollte sie am Leben bleiben. Als die dritte Nacht anbrach, öffnete Eltzabet die Augen. Sie hatte keine Furcht vor dem Mann, der sich mit seinem rußverschmierten Gesicht über sie beugte. Sie hatte seine Stimme in ihrem Genesungsschlaf gehört und nun das Gefühl, bei ihm ihre Heimat gefunden zu haben. ›Denn Heimat kann auch ein Mensch sein', sollte sie viele Winter später zu ihrem gemeinsamen Sohn einmal sagen. Eltzabet blieb bei Onno. Er wusste inzwischen, dass sie keine Göttin war, und verehrte sie dennoch wie eine. Als Eltzabet schwanger wurde, entschied das Paar, in einen entfernten Wald zu ziehen, in dem ihr Sohn geschützt vor dem Hass der Menschen, der aus der Furcht vor dem Fremden entsprang, aufwachsen konnte. So wie ich es damals mit Geske gemacht habe und wie Geske es jetzt hoffentlich mit Ava macht, dachte Edda. Sie war inzwischen nur noch etwa drei Baumlängen von der Höhle entfernt, als sie ein anhaltendes Geräusch hörte, das ihr durch Mark und Bein ging: Ein Kind schrie aus Leibeskräften. Edda hatte Ava bisher nur ein einziges Mal so schreien hören und das war gewesen, als ihre Enkelin in dem brennenden Kahn gelegen hatte, kurz bevor sie sie heraushob. Edda ließ das Seil los, an dem sie inzwischen wieder das noch immer etwas störrische Schaf hinter sich her zog, und lief los. Warum schrie Ava so? War etwas passiert? Sie hätte ihre Tochter und ihre Enkelin nicht so lange allein lassen dürfen …

Eddas Gedanken rasten und kaum war einer in ihren Kopf gehuscht, löste ihn schon der nächste ab. Bei der Höhle angekommen, schlug sie die Rankpflanzen, die den Höhleneingang wie eine weiche Mauer nicht nur vor dem Wind, sondern auch vor Entdeckung schützten, beiseite und stürmte in das Innere. In der Höhle war es nahezu duster, da das Feuer an der Feuerstelle erloschen war und nur noch ein paar dicke Scheite glimmten. Was war hier vorgefallen? Warum hatte Geske das Feuer ausgehen lassen? Sie eilte mit zwei Schritten zu der Ecke, in der in etwa Avas Körbchen stand und aus der das Brüllen kam. Ohne etwas zu erkennen, tastete sie nach dem Kind im Korb und nahm es hoch. Ava war sofort ruhig und schmiegte ihr Köpfchen an die Großmutter, die sich jetzt mitsamt dem Kind zur Feuerstelle bewegte. Edda war einigermaßen beruhigt. Sie spürte das sanfte Klopfen von Avas Herzen an ihrem eigenen Brustkorb. Aber wo war bloß Geske?

»Geske?«, fragte Edda in die nun stille Dunkelheit hinein. Sie bekam keine Antwort. Sorge keimte erneut in der Frau auf. An der Feuerstelle ging sie auf die Knie und blies kräftig in die Glut. In ihrem linken Arm hielt Edda ihre Enkelin und mit der rechten Hand nahm sie jetzt zwei Kienspäne aus dem Korb, der hier immer bereitstand, hielt sie an den glimmenden Scheit und gleich darauf entflammten sie. Den einen brennenden Span nutzte sie, um ihn, bedeckt mit etwas trockenem Torf, auf die Holzscheite zu legen und hoffte, dass er das Feuer gleich wieder entfachen würde. Es jetzt ordentlich zu machen, hatte sie keine Ruhe, erst wollte sie wissen, was los war. Wo Geske war. Hatte ihre Tochter womöglich einen Schwächeanfall gehabt und lag irgendwo ohne Bewusstsein in einer dunklen Ecke? Mit dem zweiten brennenden Span in der Hand stand Edda auf und zündete eine der Fackeln an, die am Höhleneingang standen. Sie nahm die Fackel aus den aufgeschichteten Steinbrocken, die als Halterung dienten, heraus und ließ mit angehaltenem Atem ihre Augen durch den erhellten Raum huschen. Das Lager war zerwühlt, aber es lag niemand darauf. Und auch sonst war in der Höhle keine Spur von Geske zu sehen. Vielleicht hatte sie die Höhle verlassen, um sich zu erleichtern, und ihr war dann draußen etwas zugestoßen, was sie daran gehindert hatte, zu Ava zurückzukehren? Edda blickte ihre Enkeltochter an, als könne das kleine Geschöpf ihr sagen, wo seine Mutter war. Tatsächlich öffnete die Kleine den Mund, dies jedoch, um ihn zu spitzen und kleine Schnalzgeräusche von sich zu geben. Edda wusste, was das bedeutete, ihre Enkeltochter hatte Hunger.

»Gleich, mein Schatz, gleich gebe ich dir etwas zu essen, aber erst müssen wir deine Mutter suchen«, versuchte Edda, das Neugeborene in ihrem Arm zu beruhigen. Sie steckte die Fackel zurück zwischen die Steine. Die Binsenlichter würde sie erst entzünden, wenn sie wieder zurück in der Höhle war und Geske dann hoffentlich gefunden hatte. Ava schnalzte lauter und gab zudem einen entrüsteten Ton von sich, als Edda sie zunächst in den Korb zurücklegte, um sich das Tragetuch umzubinden, denn natürlich würde sie die Kleine mitnehmen. Trotz ihrer Sorge um Geske musste Edda schmunzeln und sagte: »Warte, ich hol dir eine Brotrinde, die wird dich für eine Weile beschäftigen.«

Gerade als sie zum kleinen Brottrog gehen wollte, der nahe der Kochstelle stand, sah sie es: Über Avas Körbchen an der Steinwand war mit Kohle ein Bild gezeichnet. Das war noch nicht dort gewesen, als Edda heute morgen die Höhle verlassen hatte, das wusste sie so genau, da sie vor ihrem Aufbruch noch genau an dieser Stelle den Stein befühlt hatte, um zu sehen, ob er zu viel Kälte für Ava abstrahlte. Tatsächlich hatte sie es für richtig gehalten, den Korb mit dem schlafenden Mädchen darin etwas von der Wand wegzurücken. Das hieß, dass Geske das Bild in Eddas Abwesenheit gemalt haben musste.

Edda hatte kein gutes Gefühl. Geske konnte nicht schreiben. Edda hatte versucht, es ihr als Kind beizubringen, doch ihre Tochter war wenig begeistert vom Lernen gewesen und so hatte Edda den Unterricht bald aufgegeben. Dafür konnte Geske sehr gut malen. Diese Gabe hatte sie von ihrem Vater geerbt. Sie konnte schon als kleines Kind die Tiere, die der Höhle immer mal wieder einen Besuch abstatteten oder auf die sie im Wald getroffen waren, aus dem Kopf nachzeichnen, genauso wie die Blumen und Kräuter, die Edda sammelte. Geskes liebstes Motiv waren jedoch Menschen gewesen. Durch Geskes Menschenzeichnungen hatte Edda auch nur herausgefunden, dass ihre Tochter sich manches Mal davongeschlichen hatte, um das Treiben in der nächstgelegenen Siedlung zu beobachten, wenn sie eigentlich Beeren oder andere Nahrung im Wald suchen sollte. Bis zu dem Tag, an dem Edda die Bilder entdeckt hatte, hatte sie angenommen, dass Geske sich auf irgendeiner Lichtung hinlegte und schlief, weil ihr Korb abends nahezu leer war. Edda hatte dazu nie etwas gesagt, da sie und Geske sich sowieso viel stritten und die Mutter ihre Auseinandersetzungen nicht noch hatte schüren wollen. Als sie Geske eines Tages jedoch dabei ertappte, wie sie gerade ein Liebespaar auf einen großen Findling in der Nähe der Höhle malte, war sie laut geworden und hatte Geske verboten, noch einmal zu den »Anderen« zu gehen. Geske hatte natürlich nicht gewusst, dass ihre Mutter aus Angst um sie so wütend geworden war. Sie hatte Edda angefaucht, dass sie sie in dieser Höhle halten würde wie eine Gefangene und dann hatte sie ihr mit einem Funkeln in den Augen erzählt, dass sie bereits Freundschaften mit ein paar der Dorfmädchen geschlossen hatte. Edda erinnerte sich noch genau, wie wild ihr Herz bei dieser Offenbarung zu klopfen begonnen hatte. Einige Monde später war Geske verschwunden gewesen. Sie hatte Edda nur eine Kohlezeichnung auf einem kleinen flachen Stein zurückgelassen, die Mutter und Tochter vor der Höhle darstellte. Auch heute hatte Geske eine Zeichnung angefertigt. War auch dies eine Abschiedsnachricht? Im Grunde kannte Edda die Antwort, sie hatte sie bereits gekannt, als sie die Zeichnung eben bemerkt hatte, obwohl sie keine Personen zeigte. Die Kohlestriche an der Steinwand stellten eine dreigetürmte Burg dar. Der mittlere Turm war geschlossen und auf ihm saß ein Kreuz. Die beiden äußeren waren mit Zinnen bestückt – über ihnen hatte Geske je einen Stern gezeichnet. Es war die Abbildung des Stadtsiegels von Hamburg.

3. Kapitel – 1372-1379 nach Christi

»Hinz und Kunz«

Schon im Mittelalter meinte diese Redewendung »jedermann«, da die Namen Heinrich (Kurzform: Hinz) und Konrad (Kurzform: Kunz) extrem verbreitet waren. Nicht nur Herrscher hießen vielfach so, sondern auch das Volk gab seinen Kindern gern diese »königlichen« Namen.

Sommer 1372, Brookmerland

»Halt die Beine nebeneinander, beug deine Knie gleichzeitig und zieh sie unter deinen Bauch, so dass deine Füße fast unter deinem Hintern sind, und dann tritt schnell mit beiden Beinen und Füßen nach hinten – stell dir einfach vor, ich bin da, dann klappt das schon – und dann ziehst du die Beine schnell wieder an und machst das noch mal und immer wieder«, erklärte der etwa zehn Sommer alte Junge mit dem schwarzen Wuschelkopf dem Mädchen mit den langen blonden geflochtenen Zöpfen, das etwa halb so alt war wie er. Er stand bis zur Brust im Wasser und hatte den Arm unter Wasser ausgestreckt, so dass die Kleine mit dem Bauch auf seiner Hand lag. Sie war sowieso ein Fliegengewicht, aber hier im Wasser spürte er sie kaum. Er hatte es sich heute zur Aufgabe gemacht, der kleinen Ava das Schwimmen beizubringen.

»Du meinst, wie ein Frosch?«, fragte Ava nach und er musste bei dem Gedanken daran schmunzeln – die beiden Kinder hatten ein paar Tage zuvor Frösche in einem nahe gelegenen Tümpel beobachtet. Als er genug vom Gucken gehabt hatte, hatte er einen gefangen, um ihn zu rösten und anschließend essen zu können. Ava war entsetzt gewesen. Sie hatte gemeint, der arme Frosch könne doch nichts dafür, dass er jetzt Hunger hätte. Dann hatte sie ihn dermaßen bittend angesehen, dass er gar nicht anders gekonnt hatte, als den Frosch wieder freizulassen. Als Dank hatte sie ihm ihr Körbchen mit Walderdbeeren gereicht und ihm zum wiederholten Male erzählt, dass die kleinen Beeren Früchte von Frigg wären, der höchsten Göttin und Himmelskönigin. Er wusste, dass Ava ihr Wissen über die Alten Götter nur mit ihm teilte, und bei ihm war es sicher. Andererseits hatte Ava sowieso keinen Kontakt zu anderen Menschen, außer zu ihm, seinen Eltern und natürlich ihrer Großmutter. Bei ihm war das bis letztes Jahr auch so gewesen. Inzwischen durfte er jedoch ab und an seinen Vater Onno begleiten, wenn dieser zu den Siedlungen wanderte, um dort seine Kohle zu verkaufen oder gegen Waren zu tauschen, denn seine Eltern meinten, dass er nun alt genug wäre, um langsam das Köhlerhandwerk zu erlernen, wozu auch diese Verkaufswanderungen gehörten. Außerdem sollten die Menschen sich nach und nach an ihn gewöhnen. Wie die Kohle hergestellt wurde, wusste er schon viel länger, da er seinen Eltern dabei von klein auf zur Hand gegangen war. Als er das erste Mal mit seinem Vater unterwegs gewesen war, hatten ihn die Menschen noch scheel von der Seite angesehen. Inzwischen nahmen sie es einigermaßen hin, dass er anders als sie aussah, und redeten sogar mit ihm. Dennoch würde er sich lieber die Zunge abbeißen, als ihnen gegenüber auch nur einen Ton über Ava zu verlieren. Ihm war nie erklärt worden, warum sie mit Edda so versteckt im Wald hauste, aber das war auch nicht wichtig für ihn. Er hatte immer gespürt, dass Ava etwas Besonderes war, und kümmerte sich um das Mädchen, als sei es seine Schwester. Und genau so schützte er ihr Geheimnis instinktiv. Er würde alles für sie tun.

»Ja genau, wie ein Frosch«, sagte er jetzt, hielt sich die flache freie Hand an die Stirn, damit ihn die Sonne nicht weiter blendete, und fuhr mit seiner Erklärung fort: »Und gleichzeitig mit den Beinen musst du das genauso mit den Armen machen. Streck deine Arme nach vorn aus und leg die Handflächen wie beim Beten aneinander. Und dann ziehst du die Hände mit den ausgestreckten Armen nach außen, als ob du das Wasser wegschieben möchtest. Wenn du dann aussiehst wie ein Kreuz, beugst du die Ellbogen, ziehst die Arme an deinen Körper und bringst die Hände wieder zusammen. Und dann wiederholst du das, wie die Beinbewegung.«

Nach wie vor auf seiner Hand liegend, begann Ava, die Bewegungen zu machen, die er ihr eben erklärt hatte. Er war nicht überrascht, dass sie es nahezu auf Anhieb richtig machte. Sie begriff in der Regel schnell und hatte zudem einen ausgeprägten Willen. Als er ihr vorhin vorgeschlagen hatte, ihr das Schwimmen beizubringen, war sie sofort Feuer und Flamme gewesen. Edda hatte ihn darum gebeten. In letzter Zeit unternahm ihre Enkelin immer wieder auf eigene Faust Streifzüge durch die Gegend, und das Ewige Meer war nicht weit von der Höhle entfernt. Darüber hinaus schienen Ava Gewässer magisch anzuziehen. Edda hatte seiner Mutter gegenüber erwähnt, dass dies mit der Nacht von Avas Geburt zusammenhängen konnte, war jedoch nicht näher darauf eingegangen. Er war bei dem Gespräch der beiden Frauen dabei gewesen und hätte gern nachgefragt, war aber nicht dazu gekommen, weil sein Vater ihn zu sich gerufen hatte. Später hatte er es dann vergessen, doch jetzt fiel es ihm wieder ein. Vielleicht könnte er Avas Großmutter noch einmal darauf ansprechen – einfach nur so, aus purer Neugier.

»Das machst du schon gut«, lobte er jetzt das Mädchen, das daraufhin über das ganze Gesicht strahlte. »Aber wenn du es richtig gut machen möchtest, dann musst du auch auf deinen Atem achten. Er muss mit deinen Armbewegungen mitgehen. Wenn du deine Arme ausstreckst, atme langsam aus …«

»Und wenn ich meine Arme durch das Wasser gezogen habe, dann atme ich ein, richtig?«, fragte Ava lernbegierig.

»Richtig«, sagte er voller Stolz auf seine kleine Schülerin. Er hatte sich das Schwimmen vor Jahren selbst beigebracht und es mit der Zeit perfektioniert, so dass er Ava jetzt ein guter Lehrmeister sein konnte. Sie machte ihre Schwimmbewegungen und er führte sie mit der Hand unter ihrem Bauch am Uferrand entlang. Sie kicherte auf, weil sie selbst merkte, dass ihre Arme und Beine noch nicht im Gleichklang waren. Da begann sie eine alte Weise zu summen. Das tat sie immer, wenn sie sich konzentrieren wollte, und tatsächlich funktionierte es auch diesmal. Nach ein paar weiteren Schlägen mit Armen und Beinen hatte sie die Bewegungen harmonisch aufeinander abgestimmt. Sachte zog er seine Hand unter Avas Bauch weg. Sie schien es wie gehofft nicht wahrgenommen zu haben und schwamm fröhlich weiter. Da er jedoch stehen geblieben war, blickte sie sich nach einigen Schwimmzügen nach hinten um. Ihre blauen Augen wurden groß, als sie feststellte, dass sie sich ganz allein über Wasser hielt. Er musste breit grinsen, doch schon im nächsten Augenblick fuhr ihm der Schreck in die Glieder – er hatte nicht bedacht, dass er hier am Uferrand zwar gut stehen konnte, die viel kleinere Ava jedoch nicht. Anstatt weiter zu schwimmen, fuchtelte das Mädchen nun wild mit ihren Armen und war dabei, unterzugehen. Ängstlich rief sie: »Marten, hilf mir, Marten, ich kann nicht allein schwi…« Sie bekam Wasser in den Mund und hustete und prustete, während Marten bereits zu ihr schwamm. Kurz bevor er bei ihr ankam, musste er zusehen, wie sie unterging.

»Neiiin!«, schrie der Junge über das Wasser hinweg, doch dieses gab Ava nicht frei. Zwei Züge später war er an der ungefähren Stelle, an der der See die Kleine verschluckt hatte. Er stellte seine Füße in den matschigen Boden und wirbelte mit den Armen durch das Wasser, in der Hoffnung, Ava irgendwie zu fassen zu bekommen. Sehen konnte er nichts, da der See durch den aufgewirbelten Schlamm undurchsichtig für ihn war. An seinen Füßen spürte Marten die Wasserpflanzen, die ihn unter normalen Umständen gekitzelt hätten, doch jetzt waren keine normalen Umstände! Gerade als er untertauchen wollte, um das Mädchen auf diese Weise zu finden, durchfuhr ihn eine schreckliche Erkenntnis: Das Schlingkraut musste Ava zu sich nach unten gezogen haben! Instinktiv wollte er das Messer, das er stets bei sich führte, ziehen, falls er Ava losschneiden musste, aber er griff ins Leere – er hatte seine Gewandung mitsamt dem Gürtel und dem Messer bis auf die Unterkleider am Ufer abgelegt. Das Messer zu holen würde zu lange dauern. Marten sog tief Luft in seine Lungen ein und genau in dem Moment, als er bereits zum zweiten Mal unter Wasser gehen wollte, spritzte etwa fünf Armlängen von ihm entfernt ein breiter Strahl aus dem See hoch. In seiner Mitte trug er Ava mit sich. Ohne darüber nachzudenken, ob vielleicht auch für ihn eine Gefahr drohte, stürzte der Junge sich in das Wasser und mit wenigen Schwimmzügen war er bei dem Mädchen, das die Augen geschlossen hatte und erneut dabei war, unterzugehen, da der Wasserstrahl sich bereits wieder Tropfen für Tropfen im See verflüchtigte. Er schob eben noch rechtzeitig eine Hand unter ihren Kopf und die andere um ihren Rumpf, damit er sie nicht abermals im so scheinbar harmlos daliegenden kleinen See verlor. Dann hob er sie ganz aus dem Wasser und stapfte, so schnell er konnte, durch das Schilf ans Ufer, um das Mädchen dort behutsam abzulegen. Atmete sie noch? Er konnte es mit bloßem Auge nicht erkennen, ob ihr Brustkorb sich hob und senkte, und legte aus diesem Grunde sein Ohr an die Stelle, worunter hoffentlich noch Avas Leben pochte. Während er angestrengt horchte, traf ihn ein Strahl Wasser im Nacken. Er fuhr unwillkürlich hoch und dann hörte er auch schon das herzhafte Lachen, das er so sehr liebte und in das er unter normalen Umständen eingestimmt hätte, weil es so ansteckend war. Doch jetzt stand er noch unter dem Eindruck des Schreckens. Plötzlich wurde ihm jedoch klar, dass Ava ihm etwas vorgespielt haben musste. Und das Wasser, das jetzt langsam seinen Hals hinunterrann, hatte sie vermutlich seit ihrem Tauchgang im Mund bewahrt, um den rechten Augenblick abzuwarten, ihn damit zu bespucken. Dieses kleine Waldluder! Obwohl er sich eigentlich ärgern sollte, war seine eben noch heftige Sorge in große Erleichterung umgeschlagen, als er jetzt in Avas vor Leben nur so funkelnde Augen schaute.

»Reingelegt!«, lachte sie ihn an.

»Sag mal, spinnst du?«, grummelte er. »Mich da im Wasser so zu erschrecken! Und wieso kannst du überhaupt tauchen? Kannst du etwa schon längst schwimmen und hast mir auch da etwas vorgemacht? Und wie hast du das mit dem Wasserstrahl hinbekommen?«

Ava grinste breit und meinte: »Das mit dem Strahl war ganz einfach. An der Stelle liegt auf dem Boden im See ein großer Stein. Auf den habe ich mich gestellt, bin in die Hocke gegangen und dann bin ich einfach hochgesprungen. Und ja, ich gebe es zu: Ich hab mir vor einer Weile das Schwimmen selbst beigebracht. Ich habe mir die Bewegungen bei dir abgeguckt und heimlich geübt. Genauso wie das Tauchen. Aber sag Edda bloß nichts davon. Dann darf ich gar nicht mehr allein in den Wald. Ständig hat sie Angst, dass mir etwas passiert. Und als sie dich dann heute gebeten hat, mir das Schwimmen beizubringen, da fand ich, dass das meine Gelegenheit war … Du verstehst? Eigentlich wollte ich dir ja sagen, dass ich schon schwimmen kann, aber dann schien es dir so viel Spaß zu bringen, mein Lehrmeister zu sein, na ja, da hab ich halt gedacht, ich lass dich mal machen …«

»Ach, das hast du also gedacht?«, entgegnete Marten, musste aber auch grinsen. Die beiden Kinder hatten sich aufgesetzt und Marten buffte Ava mit der Faust an den Oberarm, das Mädchen buffte zurück und bald entspann sich eine Rangelei, die von lautem Lachen begleitet wurde.

Knapp vier Jahre später, März 1376, Hansestadt Stralsund

Wilhelm Spiekermann liebte die Hansetage und wenn er es irgendwie einrichten konnte, nahm er an ihnen teil oder besuchte wenigstens die jeweilige Stadt, in der die jährliche Hauptversammlung der Hanse stattfand. Während der Hansetage spürte man nach seinem Empfinden die Macht, die dieses Bündnis der Hansestädte auf das Handelsgeschehen und damit auch auf den Alltag vieler Menschen ausübte. In diesem Jahr fanden die Hansetage in Stralsund statt. Er hoffte, hier ein paar gute Geschäfte zu machen, da Kaufleute aus den über 80 Hansestädten – die gegenwärtige Anzahl kannte Spiekermann nicht genau, da immer wieder weitere Bündnispartner hinzukamen – sich an diesen Tagen hier aufhielten. Eben gerade kam er von einem Treffen mit einem Oosterling, einem Kaufmann aus Brügge, der den Vorteil hatte, dass der Hafen seiner Heimatstadt regelmäßig von venezianischen Schiffen angelaufen wurde, die wiederum Waren aus dem Orient mit sich führten. Sie waren sich zu Wilhelms Freude schnell einig geworden und er würde demnächst einen seiner Gesellen nach Brügge schicken, um dort Waren gegen Waren zu tauschen. Darüber hinaus hatte er die Reise nach Stralsund unternommen, um hier vor Ort und aus erster Hand mitzubekommen, wie die Hanse als Bündnis in Zukunft gegen die Seeräuberei vorgehen wollte.

Dies war aktuell das zentrale Thema des Hansebundes und seiner Kaufleute. Entstanden war das Problem aufgrund der Thronstreitigkeiten zwischen Mecklenburg und Dänemark. Der Mecklenburger Herzog Albrecht II. hatte Seeräuberbanden mit Kaperbriefen ausgestattet. Im Grunde ging es Albrecht II. um die Herrschaft in Dänemark, Norwegen und Schweden, dennoch blieben auch die Hanseschiffe nicht von diesem Kaperkrieg, der hauptsächlich auf der Ostsee geführt wurde, verschont. Die mecklenburgischen Häfen Rostock und Wismar waren die Ausgangspunkte der Kaperfahrer. Dort wurden deren Schiffe mit allem Notwendigen ausgerüstet – Nahrungsmittel, Schiffswerkzeug und natürlich auch Waffen. Zudem gab es durch dieses Herrschaftsgehabe Zwist innerhalb des Hansebündnisses, weil die Hansestädte Rostock und Wismar den Kaperfahrern nicht nur ihre Häfen boten, sondern ganz im Interesse ihres Landesherrn Albrecht II. auch deren geraubte Waren kauften und verkauften. Und das war ein Verstoß gegen die Absprache der Hanse.

Jetzt jedoch hatte Spiekermann gerade anderes als Politik und Geschäfte im Kopf, denn es gab noch einen weiteren Grund, weswegen er gern auf Reisen ging: seine Frau. Wenn er unterwegs war, entging er ihrem scharfen Blick und ihrer ewigen Nörgelei an ihm. Und er konnte sich ungestört amüsieren, was er gleich auch tun wollte. Er verzog seinen Mund zu einem zufriedenen Schmunzeln, denn er war nach wie vor stolz darauf, wie er es schaffte, sich seine Freuden zu verschaffen, ohne dass seine Gemahlin davon Wind bekam. Natürlich musste er dabei selbst in der Ferne vorsichtig sein, schließlich kannte man sich in seinen Kreisen auch über Landesgrenzen hinweg und es wurde gern und viel geredet. Eigentlich sollte ihn das nicht weiter scheren. Er war ein Mann und konnte machen, was ihm gefiel, solange es nicht gegen den christlichen Glauben verstieß, zumindest nicht offensichtlich, und seine Handelsgeschäfte beeinträchtigte. Er war die Ehe mit Juliane eingegangen, da sie aus einer noch höher angesehenen Hamburger Kaufmannsfamilie kam als er selbst. Sie war das einzige Kind und ihre beiden Väter hatten damals die Eheschließung aus wirtschaftlichen Gründen beschlossen. Wilhelm hatte es zu der Zeit befürwortet, Juliane zu ehelichen. Sie war zwar keine Frau, die ihn auf andere Gedanken brachte, doch das sollte sie schließlich auch nicht. Sie sollte die Mutter seiner Kinder sein. Dass sie zudem klug und auch gebildet war, hatte er damals als praktisch empfunden, aber keineswegs vorausgesetzt. Es war schließlich nicht üblich für eine Frau, selbst wenn sie aus gutem Hause kam. Wie klug sie allerdings wirklich war, hatte er erst nach der Heirat festgestellt. Zu Beginn hatte Wilhelm Spiekermann die strategischen Ratschläge, die sie ihm für seine Verhandlungen so ganz nebenbei gab, gern angenommen. Meist hatten sie dann in der Kemenate beieinandergesessen, Juliane hatte gestickt und er hatte ihr von seinem Tag und den Geschäften berichtet. Sie hatte ihm aufmerksam zugehört und wenn er am Ende angelangt war, seine Handlungen gelobt, ihm gesagt, wie stolz sie war, einen solch lebenstüchtigen und klugen Gemahl zu haben, und dann ihre Überlegungen zu seinen Ausführungen genannt. Meist waren das Gedanken zu seinen Plänen gewesen und wie er seine Ziele erreichen könnte. Dabei hatte sie Wilhelm stets das Gefühl gegeben, dass

es im Grunde seine eigenen Ideen gewesen waren und sie sie nur noch einmal in anderen Worten wiederholte. Er war ihr für diese Art dankbar gewesen, da sie ihm, dem Hausherrn, auf diese Weise ihren Respekt als Frau zollte, aber dennoch scharfsinnige Handlungsanweisungen mit auf den Weg gab. Nachdem sie ihm seinen ersten Sohn geboren hatte, veränderte sie sich jedoch. Sie kleidete sich züchtiger, als es geboten war, und berief sich ständig auf die Kirche, wenn er nachts das Bett mit ihr teilen wollte. Mal war es die Fastenzeit, mal ein Sonn-, Feier- oder Heiligentag oder auch die Tage, an denen sie angeblich blutete, die sie seines Erachtens vorschob, um ihm nicht zu Willen sein zu müssen. Bevor Heinrich auf der Welt gewesen war, hatte Juliane den Beischlaf mit ihm nicht so eng gesehen und sich über die Beschränkungen der Kirche hinweggesetzt oder ihn zumindest machen lassen. Doch seitdem sein Stammhalter da war, ging sie sogar so weit, Wilhelm damit zu drohen, ihn bei ihrem Geistlichen zu melden, wenn er sie etwas entschlossener bedrängte. Natürlich ließ er dann von ihr ab. Eine vom Geistlichen verhängte zeitliche Trennung bekäme schlicht und ergreifend seinen Geschäften nicht, da er damit zum Gespött seiner Handelspartner werden würde. Sie würden sagen, er hätte seine Gemahlin nicht im Griff, und diese Schwäche auf Verhandlungen übertragen. So grenzte es fast schon an ein Wunder, dass Juliane noch zwei weitere Söhne für ihn geboren hatte. Es war in den seltenen Fällen passiert, in denen sie sich nicht gegen Wilhelm gesträubt hatte.
Wilhelm war stolz auf seine Sprösslinge. Zumindest auf zwei von ihnen. Heinrich, sein Erstgeborener, hatte sich dagegen entschieden, in das Familiengeschäft einzustei-

gen, und zog das Klosterleben vor. Allerdings hatte er das mit seinem Vater zuvor ausgiebig besprochen und darüber hinaus würde es den Geschäften keineswegs schaden, jemanden aus der Familie beim Klerus sitzen zu haben. Sein Jüngster, der gerade 19 Jahre alt gewordene Johannes, hatte seine Lehrzeit in befreundeten Handelshäusern vor kurzem abgeschlossen. Nach seinen Stationen in Nowgorod, London und Brügge war Johannes nun zurück in Hamburg, wo er im väterlichen Handelsunternehmen seine Gesellenjahre verbringen würde. Schließlich wollte Wilhelm, dass Johannes später einmal den Spiekermannschen Handel von ihm übernahm. In Hamburg hatte Johannes wie seine größeren Brüder vor seiner Ausbildung im Ausland sechs Jahre lang die Schule im St. Nikolai-Kirchspiel besucht. Er war ein sehr gelehriger Junge und seine Leidenschaft galt der Arithmetik, was natürlich beste Voraussetzungen für einen Kaufmannssohn waren. Wilhelms mittlerer Sohn machte ihm hingegen keine Freude. Das mochte daran liegen, dass dieser seiner Mutter allzu ähnlich war, sowohl im Aussehen als auch im Charakter. Vor allem aber hatte Christian sich gegen ihn, das Familienoberhaupt, gestellt. Der Junge hatte beobachtet, wie Wilhelm eine Magd unkeusch berührt hatte. Obwohl Wilhelm ihn ebenfalls gesehen hatte, hatte er von der Magd nicht abgelassen, da die Lust einfach mächtiger gewesen war. Christian hatte auf eine ganz eigenartige, fast schon böse Art, wie sie Kindern sonst nicht zu eigen ist, gegrinst und sich dann abgewandt. Wilhelm hatte keinen weiteren Gedanken an diese Begebenheit verschwendet, sein Tagewerk verrichtet und am Abend mit der Familie gegessen. Juliane trug seinerzeit gerade

Johannes unter ihrem Herzen und suchte früh ihr Lager auf. Das hatte sie in den letzten Wochen meist getan, doch dieses Mal bat sie ihn mitzukommen. Er hatte sich nicht gefragt, warum, sondern machte es einfach. Kaum hatte sie die Tür zu ihrem Gemach zugezogen, sagte sie ihm mit eisiger Miene, dass sie sich nie wieder von ihm berühren lassen würde, weil er voll Sünde sei. Wenn er es je wieder täte oder auch nur versuchte, würde sie am nächsten Tag ins Kloster gehen. Zunächst hatte er geleugnet und sie zu beschwichtigen versucht, dann jedoch erfahren, dass Christian, direkt nachdem er Wilhelm zusammen mit der Magd gesehen hatte, zu seiner Mutter gerannt war. Diese hatte der missratene Bengel mit Unschuldsmiene gefragt, ob der Herr Vater noch ins himmlische Paradies käme, obwohl er wie ein Hund auf den blanken Hintern von der Magd Aenne aufgesprungen sei.

Wilhelm hatte sich von Christian seitdem ferngehalten und ihn auch nicht in die Lehre für den hansischen Handel geschickt – der Junge war ihm zu verschlagen. Und Juliane hatte er keinmal mehr in ihrem Gemach besucht. Zu Beginn hatte er sich sogar zusammengerissen und der Lust, die er immer wieder in seinen Lenden verspürte, getrotzt. Er hatte gehofft, seine Bedürfnisse würden wie eine Pflanze, die nicht gewässert wurde, nachlassen und eingehen, aber das Gegenteil war der Fall. So fing er bald wieder an, den koketten Mägden in seinem Haushalt zu zeigen, wer Herr im Haus war. Er konnte einfach nicht anders. Wieder musste Wilhelm Spiekermann in sich hineingrinsen, denn seit einiger Zeit ging er seinen außerehelichen Vergnügungen nicht mehr im eigenen Haus nach. Er hatte sich eine Konkubine zugelegt, die es vorzüglich verstand, ihn zu beglücken. Sie war eine ehemalige Magd seines Hauses. Er hatte sich damals schon mit ihr vergnügt, dann, als er von einer Reise aus Nowgorod zurückgekommen war, war sie jedoch verschwunden gewesen, und das war auch gut so, da er sie geschwängert hatte.

Vor etwa knapp zwei Jahren war er ihr zufällig im Badehaus wiederbegegnet. Sie hatte sich dort als eine der Mägde verdingt, die den Herren zu Willen waren, was ihm einen kleinen Stich ins Herz versetzt hatte, den er sich selbst nicht so recht erklären konnte. Auch sie hatte ihn sofort erkannt. Zunächst war sie scheu gewesen und hatte den Augenkontakt mit ihm vermieden. Er hatte sich über sie erkundigt, doch niemand wusste von einem Kind. Er war erleichtert gewesen und hatte sie bei seinem nächsten Besuch vom Bader angefordert und sich im Zuber von ihr verwöhnen lassen. Darauf verstand sie sich sehr gut und schon da war in ihm der Gedanke aufgekeimt, dass er sie nicht mit anderen teilen wollte. Geske, so war ihr Name, hatte sicher keine allzu leichten Zeiten hinter sich gebracht, aber sie war immer noch sehr hübsch anzusehen und anzufassen. Darüber hinaus war sie angenehm anschmiegsam und erfüllte seine Wünsche, bevor er sie auch nur dachte. Nach ein paar Wochen hatte Wilhelm Geske in einem Bierbrauhaus nahe der Trostbrücke, mit dem er Handel trieb, untergebracht. Hier half sie seitdem als Magd, hatte eine Unterkunft und würde von Juliane nicht entdeckt werden, da diese nie einen Fuß hierein setzte. Wenn er jedoch auf Reisen ging, nahm Wilhelm Geske mit. Natürlich hatte er auch noch seinen Knecht Mathis im Gefolge – einen Mann mittleren Alters, der sich niemals auch nur nach einem Rock umdrehte und von dem andere dachten, er sei Geskes Mann. Dafür zahlte Wilhelm Mathis einen kleinen Obolus und bisher hatte er es nicht bereut. Auf den Reisen schlug Geske mit dem Knecht ihr Lager in den Ställen der Gasthäuser auf, während er selbst sich eine Stube nahm. In diese stahl sie sich nachts heimlich hinein und in der Regel weckte Mathis die Magd vor dem ersten Hahnenschrei, so dass sie die Stube wieder ungesehen verlassen konnte. Dieses Versteckspiel musste Wilhelm Spiekermann nicht allein wegen seiner Gemahlin veranstalten, sondern auch, um den Schein nach außen zu wahren. Natürlich vergnügten sich die meisten Männer nicht nur mit ihrer angetrauten Frau, sondern auch aushäusig zumeist in Frauenhäusern oder Badestuben, dennoch war es verpönt, dieses Gebaren öffentlich zur Schau zu stellen. Es galt als willenlos und allzu sündhaft. Der Adel handhabte das anders, dem gehörte Wilhelm Spiekermann jedoch nicht an. Der Kaufmann bog in die Gasse ein, in der das Gasthaus lag, in dem er abgestiegen war. Es wurde bereits schummrig und sein Magen knurrte laut. Über die ganzen Gedanken, die er sich erst über seine Geschäfte und dann über sein Leben gemacht hatte, hatte er ganz vergessen zu essen. Das würde er jetzt gleich nachholen und dann würde er sich zurückziehen und sich von Mathis Geske bringen lassen.

Etwa ein Jahr danach, 1377, Hansestadt Hamburg

»Habt Ihr noch einmal mit Vater gesprochen?«, fragte Christian Spiekermann seine Mutter. Er musste an sich halten, damit seine Stimme einen nebensächlichen Ton behielt. Sie hörte dennoch die unterdrückte Wut heraus. »Ach, Christian, verdirb mir bitte nicht den Tag. Reg dich nicht auf. Es bringt dir nichts als Herzrasen. Ich habe es versucht, ja, aber mit deinem Vater ist in dieser Hinsicht nicht zu reden und ich habe auch kein Mittel, das ihn überzeugen könnte, seine Meinung zu ändern.«

»Aber es steht mir zu, in sein Geschäft einzusteigen. Wieso zieht er Johannes vor? Er ist der Jüngste von uns und müsste hintenanstehen. Und Heinrich ist in den Orden eingetreten und hat es sich zur Aufgabe gemacht, Kranke zu pflegen. Ihm sind sein Status als Erstgeborener und unser Handelsbetrieb gleichgültig. Mir aber nicht, und da aus Heinrich jetzt Bruder Dominikus geworden ist und er sich zweifelsfrei für dieses andere Leben entschieden hat, wäre ich als zweiter Sohn an der Reihe!«, begehrte Christian nun doch auf. Er wäre gern im Zimmer auf und ab gegangen, um sich auf diese Weise etwas zu beruhigen, doch saß er neben seiner Mutter auf einem Schemel und hielt ihre Hand. Sie bestand darauf. Jeden Nachmittag saßen sie beide auf diese Art zusammen – sie im Sessel, er auf dem Schemel. Er musste ihr dann berichten, was in Hamburg vor sich ging, da sie kaum mehr das Haus verließ. Außer zum Kirchgang. Aus diesem Grunde hatte sie es auch befürwortet, als Heinrich ihr und dem Vater seinen Wunsch vorgetragen hatte, in den Franziskanerorden einzutreten. Sie entzog Christian ihre Hand, strich ihm über die Wange, faltete darauf ihre Hände im Schoß, schloss ihre Augen und schwieg, so dass er dachte, sie sei eingeschlafen. Sachte erhob er sich und gerade als er bei der schweren Tür angelangt war, hörte er sie in seinem Rücken aus der Genesis rezitieren: »Da redete Kain mit seinem Bruder Abel. Und es begab sich, da sie auf dem Felde waren, erhob sich Kain wider seinen Bruder Abel und schlug ihn tot.«

Christian schluckte und verließ die Kammer, ohne sich noch einmal umzudrehen.

Weitere zwei Jahre später, Frühjahr 1379, Brookmerland

Gezwitscher weckte Ava. Noch mit geschlossenen Augen lächelte sie: Der Frühling kam mit langsamen Schritten und die Vögel waren die Ersten, die diese Botschaft verkündeten. Bald würde das erste Grün an den Bäumen und aus dem Boden sprießen. Sie liebte diese Zeit der Erneuerung, in der das Licht jeden Tag ein wenig früher kam und länger blieb. In der Höhle hingegen war es immer, ob Tag oder Nacht, dunkel, wenn sie keine Fackeln anzündeten und die Feuerstelle nicht entfacht war, da sie durch den immergrünen Rankenteppich, den die Natur über den Eingang hinabgegossen hatte und der kein Licht durchließ, geschützt war.

Ein leises Schnarchen verriet Ava, dass Edda neben ihr auf dem Lager noch schlief. Es gab eine Zeit, da war die Großmutter immer schon vor ihr wach gewesen, doch seit ungefähr zwei Wintern hatte sich das verändert. Edda erschöpfte am Tage schneller, am Abend wurde sie eher müde und am Morgen blieb sie länger als ihre Enkelin liegen. So war es inzwischen an Ava, die morgendlichen Handgriffe zu verrichten. Sie schürte das Feuer, setzte Wasser für Eddas Tee auf, einen Aufguss von Giersch- und Brennnesselblättern, von dem sie viermal am Tag einen Becher trank und der die Müdigkeit einigermaßen vertreiben sollte, und bereitete Hafergrütze zu. Bevor sie das jedoch alles tat, begrüßte sie

Flocke. Der Schafbock hatte sein Strohlager zu ihren Füßen, seit seine Mutter vor gut vier Jahren gestorben war. Flocke folgte Ava auf Schritt und Tritt. Das war schon immer so gewesen und für das Mädchen war Flocke neben Marten der beste Freund. Abgesehen davon, dass sie sonst bis auf Martens Eltern und ihre Großmutter keine Seele kannte, war sie mit beiden »Kerlen«, wie sie es zu ihrem Vergnügen immer sagte, groß geworden.

Ava schälte sich unter ihrem Leinenüberwurf hervor und robbte an das Fußende. Flocke brauchte nur wenig Schlaf, aber er ruhte viel und gern im Liegen, dabei jedoch mit aufgerichtetem Kopf. Wenn Ava ihn dann morgens mit ihrer Hand als Erstes begrüßte, wackelte Flocke auf ganz eigentümliche Weise mit den Ohren und drückte ihr seinen Kopf in die streichelnde Handfläche. Seit ein paar Wochen waren ihm seine weißen Locken auf dem Kopf ausgegangen. Sie und Edda hatten darüber gelacht und Edda hatte gemeint, so sei das eben bei Älteren und mit seinen zwölf Jahren gehöre Flocke nun einmal dazu. Sein Kopf erschien dadurch größer, was ihm ein lustiges Aussehen verlieh. An diesem Morgen griff Ava zunächst ins Leere. Erst als sie ein wenig tiefer mit der Hand ging, fühlte sie die weiche Wolle an ihrer Haut. Doch von Flocke kam keine Regung. Eine Ahnung beschlich das Mädchen. War es heute etwa so weit? Sie runzelte ihre Stirn und hielt den Atem an, um in die Geräusche der schummrigen Höhle besser hineinlauschen zu können. Da waren das leise Schnarchen von Edda neben ihr und das Singen der Vögel im Wald. Sonst nichts. Avas Herz begann schneller zu klopfen. Durch einen tiefen Atemzug sog sie wieder Luft in sich hinein, dann sprang sie hoch und entzündete mithilfe eines Kienspans, den sie schnell an einem noch glühenden Holzscheit in der Feuerstelle entfachte, mit zittrigen Fingern die Bienenwachskerze, die Marten ihr und Edda neulich von einer Wanderung mit seinem Vater mitgebracht hatte. Mit drei Schritten war sie wieder bei Flocke, ging in die Hocke und fühlte instinktiv sein Maul. Es war ganz trocken und irgendwie angeschwollen, so kam es Ava jedenfalls vor. Was war nur mit Flocke? Sie legte ihren Kopf auf seinen Rücken. Dabei war der Schafbock in den letzten Tagen so aufgekratzt gewesen. Er hatte sich gewälzt und war ständig auf und ab gelaufen. Warum zeigte er jetzt so gar keine Reaktion mehr? Das Mädchen schmiegte sich noch enger an Flocke und hielt ein weiteres Mal die Luft an. Atmete er noch? Sie war sich nicht sicher. War da nicht ein Geräusch gewesen? Ein ganz leises zwischen den Schnarchern von Edda? Und ging nicht auch ganz sachte die Brustseite, an der ihr Ohr lag, auf und nieder? Oder täuschte sie sich? Kurzentschlossen rüttelte Ava grob an Edda: »Großmutter, wach auf! Bitte wach auf, es ist etwas mit Flocke!«

Edda riss ihre Augen auf und griff nahezu sofort zu ihrer Bauernwehr, dem langen Messer, das sie, seit Ava denken konnte, unter dem Strohlager verbarg. Es sah noch wie neu aus, was kein Wunder war, denn es war noch nie benutzt worden. Seine einzige Aufgabe war es, ihnen wenn nötig als Waffe zu dienen. Weshalb ihre Großmutter meinte, jemand könnte sie in der Höhle überfallen, war Ava ein Rätsel, denn bis auf Marten war noch nie ein Fremder hier gewesen. Noch nicht einmal seine Eltern kannten den genauen Standort und von außen würde nie jemand auf die Idee kommen, dass hinter den Rankpflanzen eine Höhle verborgen lag. Als ihre Großmutter vor etlichen Jahren die Höhle entdeckt hatte, waren die Pflanzen noch nicht so üppig gewesen, dass hatte sie Ava einmal erzählt. Zudem verschlug es kaum jemanden in diese verlassene Gegend des Waldes. Die fahrenden Händler nahmen in der Regel die Wege zwischen Wald und Sumpf, und darüber hinaus: Warum sollte sie überhaupt jemand überfallen wollen? Sie besaßen nichts Wertvolles. Hierüber hatte Ava erst vor einiger Zeit mit ihrer Großmutter gesprochen. Diese hatte sie traurig angeschaut und gesagt, dass man selbst in der Einsamkeit vor dem Bösen auf der Hut sein müsse. Dann hatte sie das Thema beendet, indem sie die Wachstafel hervorgeholt und Ava etwas hatte schreiben lassen.

Edda hatte Ava bereits vor einigen Jahren das Lesen, Schreiben und auch etwas Arithmetik beigebracht. Die Großmutter hatte ihr eingebläut, dass sie dies niemandem je offenbaren dürfte, weil es ihr als Frau Probleme bereiten könnte, dieses Wissen zu besitzen. Zumindest wenn jemand davon wusste. Andererseits könnte es ihr aber auch helfen. Auf die Frage, wie ihr dieses Wissen helfen könnte, hatte Edda nur gelächelt und gesagt, dass Ava es dann schon merkte und man nie wisse, was die Zukunft bringen würde. Inwiefern es heikel werden könnte, wenn irgendwer davon erfuhr, hatte das Mädchen nicht gefragt. Denn wer sollte es überhaupt mitbekommen? Die Eltern von Marten sicher nicht und Marten war grundsätzlich ausgeschlossen, wenn Edda von »niemand« sprach. Manchmal nahm Marten sogar an Eddas Unterricht teil. Natürlich hatte die Großmutter auch ihm gesagt, dass nie jemand davon erfahren sollte, doch das war im Grunde überflüssig gewesen. Marten wusste, dass er mit keiner Menschenseele über Edda und Ava reden sollte, und deswegen würde er gar nicht erst erzählen können, dass Edda ihm und Ava das Lesen und Schreiben beibrachte. Inzwischen konnte Ava so gut schreiben, dass Edda ihr lange Geschichten diktierte, die sie dann auf der Wachstafel aufschrieb. Allerdings tat ihre Großmutter das nicht in Martens Anwesenheit. Dann gab sie ihnen beiden Sätze auf wie: »Du hast in dir den Himmel und die Erde« oder »Die Augen sind die Fenster der Seele«. Die Geschichten hingegen waren anders. Sie handelten meistens von den Göttern der Alten. Von Odin, seinem Wohnort Asgard und seinen zwei Raben, die ihm alles erzählen, was auf der Welt geschieht, von Loki, dem Gestaltenwandler, und vor allem von dessen Tochter Hel, von der Edda fest glaubte, dass sie Avas Schutzgöttin sei. Gern erzählte Edda ihr dann auch von der Nacht, in der sie geboren worden war – von dem Feuer auf dem See und wie sich der brennende Kahn im Busch verfangen hatte und Edda sie lebend hatte bergen können. Ava liebte diese Geschichte, wenn sie ihre Großmutter dann jedoch nach ihrer Mutter fragte, verschloss diese sich. Von ihr berichtete Edda kaum etwas. Ava wusste nur, dass ihre Mutter sie hier bei Edda in der Urheimat geboren hatte und dann wieder ihrem eigenen Weg gefolgt war. Doch das alles war Ava in diesem Moment nicht wichtig. Ihre Gedanken kreisten einzig und allein um Flocke. »Wir brauchen das Messer nicht«, sagte sie deswegen jetzt bedrückt zu Edda, »es ist Flocke, Großmutter, ich glaube, Hel holt ihn zu sich!«

»Dann muss es so sein«, antwortete Edda in bestimmtem und zugleich traurigen Ton. Sie strich Ava über die

Haare und erhob sich vom Lager. So geschwind sie eben nach dem Messer gegriffen hatte, so langsam war sie jetzt. Seit dem letzten Winter klagte sie über Schmerzen in ihren Knochen. Vor allem morgens waren sie stark. Ava wusste das und schämte sich, ihre Großmutter so rüde aus dem Schlaf gerissen zu haben. Andererseits ging es um Flocke.

»Komm, ich helf dir«, sagte sie und griff ihrer Großmutter unter den Arm. Noch vor einigen Monden hätte diese sie barsch abgewiesen, aber inzwischen ließ Edda solche Art der Unterstützung zu. Ava half ihr hoch und gemeinsam schlurften sie die zwei Schritte zum Fußende ihres Lagers zu dem noch immer reglos daliegenden Flocke. Ava zog schnell einen Schemel heran, da sie ebenso festgestellt hatte, dass es Edda nicht nur schwerfiel, hochzukommen, sondern auch, sich niederzulassen. Das musste sie jedoch, um den Bock zu untersuchen, und wenn sie den Schemel zum sitzen hatte, brauchte sie wenigstens nicht bis auf den Boden hinunter.

Während Ava einen weiteren Kienspan entzündete und die Kerze näher an ihren tierischen Freund und ihre Großmutter heranrückte, legte diese ihre Hand an den Hals des Tieres. Nach einigen Augenblicken nahm sie sie wieder weg und zog Ava dicht an sich heran. Das Mädchen wusste, was das bedeutete. Lautlos liefen ihr die Tränen die Wangen herab, während sie ihr Gesicht in der Schulter der Großmutter vergrub.

»Komm, wir machen ihn für seine letzte Reise fertig«, flüsterte Edda zärtlich in Avas blonden Schopf, die sich daraufhin aufrichtete und mit fester Stimme sagte: »Ja, das machen wir. Aber so, wie es sich für einen Freund gehört – ich möchte ihn dorthin bringen, wo du mich damals hingebracht hast, damit Hel ihn gebührend empfangen kann.«

4. Kapitel – Frühjahr-Sommer 1380 nach Christi

»Den Kürzeren ziehen«

Diese Redewendung, die einen Nachteil, eine Unterlegenheit bezeichnet, ist auf das gerade im Mittelalter vielfach eingesetzte Losverfahren zurückzuführen. Selbst in Rechtsfragen strittiger Parteien ist mithilfe dieses Verfahrens oftmals das Urteil ausgelost und als Gottesurteil akzeptiert worden: Derjenige, der den kürzesten Halm oder Stock aus mehreren zog, hatte verloren.

Frühjahr 1380, in der Höhle

SIE SAH ES schon von weitem durch die Zweige der Bäume: Die Rankpflanzen um den Höhleneingang waren größtenteils abgeschnitten und lagen verstreut um ihn herum. Eine böse Vorahnung stieg in Ava hoch und sie rannte, ohne großartig darüber nachzudenken, aus dem dichten Wald heraus los. Erst als sie beim Eingang angekommen war und nun in die Höhle hineinstürmte, wurde ihr bewusst, dass sie sich durch ihre spontane Reaktion einer möglichen Gefahr schutzlos ausgeliefert hatte. Für einen Augenblick hielt sie inne und sah hinter sich, doch da war nichts. Nichts, was sie entdecken konnte. Sie wandte sich dem Innern der Höhle zu, in das jetzt ungehindert das Sonnenlicht schien, und erstarrte bei dem, was sie sah. Ihre gesamte Behausung war verwüstet. Der Dreifuß der Feuerstelle war umgestoßen worden, überall lag zum Teil noch glühende Kohle herum, Töpfe, Essgeschirr und andere Utensilien waren im Raum verstreut, die Überwürfe ihres Lagers waren aufgeschlitzt worden, so dass das Stroh aus ihnen herausquoll, und in der Mitte der Höhle lag ihre Großmutter in einer Blutlache. In ihrem Bauch steckte tief bis zum Schaft die Bauernwehr – dass es Eddas war, erkannte Ava sofort an der Beschaffenheit des Schaftes. Ava stürzte zur Daliegenden. War sie tot? Was war hier geschehen, während Ava den halben Laib Kastanienbrot als Opfergabe für Hel zu der Esche am

See gebracht hatte? Edda hatte sie dorthin geschickt. Es war das erste Mal gewesen, dass sie ihre Enkelin dies allein hatte verrichten lassen. Ava hatte sich mächtig über das Vertrauen ihrer Großmutter gefreut, denn wer den Göttern ein Opfer darbrachte, durfte nichts falsch machen. Edda hatte ihr außerdem aufgetragen, im Wald nach Beeren zu suchen und nicht in die Höhle zurückzukehren, bevor sie das Weidenkörbchen gefüllt hatte. Ava hatte eingewandt, dass die Zeit für Beeren noch nicht gekommen war, sondern es mindestens noch einen Mond lang dauern würde. Edda war, anders als sonst, streng geblieben, hatte sie lange umarmt und dann mit den Worten auf den Weg geschickt: »Komm nicht wieder zurück, bevor du den Korb bis zum Rand gefüllt hast. Hörst du, auf keinen Fall!« Dann hatte sie sie losgeschickt. Ava hatte die Weisung der Großmutter nicht befolgt. Während sie herumgestreunt war, um wider Erwarten reife Beeren zu finden, hatte ein mächtiges Gefühl, dem sie sich nicht widersetzen und das sie sich nicht erklären konnte, sie nach Hause gezogen. Und nun hockte sie hier und wusste nicht, was sie tun sollte.

»Großmutter, Großmutter«, flüsterte sie immer wieder in die Stille der Höhle hinein, während sie deren zerknitterte Wange streichelte. Konnte es sein, dass Edda gewusst hatte, dass heute etwas Schreckliches in der Höhle geschehen würde, und hatte sie deswegen fortgeschickt? Hatte Edda eine Vorahnung gehabt, genauso wie Ava im Wald diese Macht gespürt hatte, die sie wieder nach Hause gezogen hatte? Wurden sie beide von den Göttern geleitet, so wie Edda es immer sagte, wenn sie Ava riet: »Hör immer auf deine innere Stimme, sie wird dir von den Göttern geschickt.« Aber wenn die

Götter so etwas konnten und sich in ihr Leben einmischten, warum hatten sie dann zugelassen, dass Edda hier mit dem Messer im Bauch lag? Plötzlich öffneten sich Eddas Lider und sie schaute Ava aus furchtsamen Augen an.

»Ein Glück, du lebst!«, entfuhr es Ava und Tränen der Erleichterung schossen ihr in die Augen. Sie griff nach Eddas Hand und sah durch den salzigen Schleier, dass die Großmutter ihre Lippen bewegte. Um es ihr leichter zu machen, beugte Ava sich hinunter und hielt ihr Ohr dicht an Eddas Mund, doch anstelle von Worten brachte diese nur ein schwaches Röcheln hervor. In Avas Kopf stoben die Gedanken durcheinander. Was sollte sie machen? Wie konnte sie Edda helfen? Sie wusste, dass sie ihr nicht einfach das Messer aus dem Bauch herausziehen durfte, denn dann würde das Blut aus der Bauchwunde nur so heraussprudeln und die alte Frau hatte augenscheinlich schon genug Blut verloren. Aber irgendetwas musste sie doch tun können! Sie richtete sich wieder auf und schaute sich in der Hütte um. Ihr fiel einfach nichts ein. Ihre Großmutter hatte ihr nicht nur das Lesen und Schreiben beigebracht, sondern Ava ebenso auch ihr gesamtes Wissen über Heilpflanzen weitergegeben, aber das brachte dem Mädchen in diesem Augenblick nichts. Verzweifelt ließ sie ihren Kopf hängen und sah dabei – ohne es bewusst zu wollen – auf Eddas Bauchwunde, aus der unablässig ein kleiner Blutstrom herausrann. Es nützt nichts, ich muss das Messer herausziehen und dann umgehend den Einstich ausstopfen, schoss es dem Mädchen in den Kopf, und kaum hatte sie das gedacht, sprang sie auch schon auf und wollte zu den aufgeschlitzten Leinendecken vor ihrem Lager eilen, um diese vom Boden aufzuheben und zu ihrer Großmutter zu bringen, als der Klang von Hufgetrappel von draußen in die Höhle drang. Sie hielt in ihrer Bewegung inne und lauschte angespannt. Sie wusste, dass es sich um Reiter auf ihren Pferden handeln musste, da sie einige Male zusammen mit Marten vom Hügel aus, versteckt hinter Büschen, welche beobachtet hatte und so diese Tiere und das Geräusch, das sie beim Fortbewegen auf dem Waldboden machten, kennengelernt hatte. Sie glaubte keinen Moment daran, dass es Wildpferde waren, die es hierher verschlagen hatte. Und sie glaubte auch nicht an die im Wald lebenden Auerochsen oder Elche. Das Bild hier in der Höhle sprach eine andere Sprache. Sicher waren die Menschen, die sie verwüstet und Edda ihr eigenes Messer in den Bauch gerammt hatten, zurückgekehrt. Wie um Ava zu bestätigen, hörte sie jetzt eine Männerstimme rufen. Was, das konnte sie nicht verstehen und es war auch nicht wichtig. Jäh stürzte Ava zu ihrer Großmutter und versuchte, die alte Frau aus der Mitte des Raumes weg in eine dunkle Ecke zu ziehen. Edda stöhnte auf. Ob vor Schmerz oder Todesangst, konnte Ava nicht sagen. In diesem Augenblick stampfte ein Mann an die Höhle heran. Noch im Eingang blieb er breitbeinig stehen und sah in den großen Raum hinein. Er erschien Ava klein und schmächtig und dennoch strahlte seine Gestalt eine Bosheit aus, die ihr das Blut in den Adern gefrieren ließ. Sie verhielt sich mucksmäuschenstill, während er seinen Blick schweifen ließ. Sein längeres Haar war strähnig blond und er trug eine blaue, verzierte und ab der Hüfte geschlitzte Tunika, die von einem ledernen Gürtel um die Lenden zusammengehalten wurde. Die Tunika reichte ihm bis zu den Fußknöcheln und Ava wusste von Marten, dass dies den Mann als reich kennzeichnete. Darüber trug er einen an der rechten Schulter durch einen großen Metallknopf gehaltenen Mantel. Außerdem hatte er ledernes Schuhwerk an. Sein Gesicht konnte Ava bis auf die stahlblauen Augen, die sie jetzt erblickt hatten und von dem Licht der Fackel, die er in einer Hand hielt, beleuchtet wurden, nicht erkennen, da er ein dunkles Tuch vor Nase und Mund gebunden hatte. Er sagte keinen Ton, als er einen Schritt weiter in die Höhle machte und seine Fackel auf die Stoffe und Felle beim Lager in der hinteren Ecke der Höhle warf, die sofort Feuer fingen. Ungeachtet dessen trat er jetzt, noch immer wortlos, auf sie und Edda zu, deren Kopf im Schoß des hockenden Mädchens lag. Mit jedem Schritt fühlte Ava deutlicher die Bedrohung, die von ihm ausging, und sie merkte, wie die blanke Angst in ihr Überhand nahm.

»Was wollt Ihr?«, schrie sie ihm verzweifelt entgegen, was ihm ein Lachen entlockte, das so grausig klang, dass das Mädchen unwillkürlich zusammenzuckte. Dann regte sich jedoch eine nie gekannte Wut in ihr. Wenn sie schon sterben sollte, und sie zweifelte nicht daran, dass es passieren würde, dann auf keinen Fall ohne Gegenwehr. Wozu hatte ihr die Großmutter schließlich ein ums andere Mal die Geschichten der Walküren erzählt? Bestimmt nicht, damit ein Fremder sich an seiner Grausamkeit ihr und Edda gegenüber ergötzte. Wenn, dann würde Ava Eddas und ihre eigene Seele als Kriegerin ins Totenreich führen. Mit einem Mal fühlte sie eine enorme Kraft in sich aufsteigen, die sie mutig machte. Sie begann, die Weise zu summen, die Edda sonst immer auf den Lippen trug, da ihr die Geschichte von Kara in den Sinn gekommen war, die in einem Schwanenkleid singend über die Köpfe ihrer Feinde hinweggeflogen war und sie so besiegt hatte. In einer einzigen schnellen und fließenden Bewegung hob Ava den Kopf ihrer Großmutter aus ihrem Schoß auf den Boden, sprang auf und stellte sich dem Mann entgegen. Hinter ihm, in der gegenüberliegenden Nische, loderte das Feuer, das sich langsam seinen Weg durch die große Höhle bahnte und bereits eine Hitze verströmte, die den kalten Angstschweiß auf Avas Stirn in heiße Tropfen verwandelte. Obwohl ihr Gegner von geringer Größe war, reichte sie ihm gerade nur bis zur Schulter. Der Mann kam näher und blieb so dicht vor ihr stehen, dass sie ihn unter dem Tuch atmen hören konnte. Auch auf seiner Stirn hatten sich Schweißperlen gebildet, von denen sich jetzt eine löste und auf Avas Nase heruntertropfte. Sie widerstand der Regung, sie abwischen zu müssen. Stattdessen hob sie dem Mann stolz ihr Kinn entgegen und summte weiter. Natürlich wusste sie, dass das Summen ihr in dieser Situation nicht helfen würde. Da sah sie, wie er ein Langmesser aus seinem Gürtel zog. Nahezu im selben Moment stieß er es schon nach ihr, doch sie konnte dem Stich entgehen, indem sie einen Schritt zur Seite sprang. Dabei stolperte sie über eine Holzschüssel und fiel unsanft zu Boden. Neben ihrer Großmutter kam sie zum Liegen. Schnell wollte sie wieder aufspringen, doch da stand er schon über ihr. Edda ergriff ihre Hand und drückte sie fest, als seine Stimme dumpf und hämisch unter dem Tuch hervortönte: »Hab ich dich, du kleiner Bastard!« Langsam hob er daraufhin mit beiden Händen das Messer über seinen Kopf und zielte mit dessen Spitze direkt auf Avas Herz. Edda stöhnte neben ihrer Enkelin auf und röchelte unter höchster Anstrengung: »Nimm … nimm die Bauernw…« Die Stimme der Großmutter erstarb und ihre Hand erschlaffte in Avas, woraufhin diese keinen Augenblick zögerte und dem letzten Wunsch der alten Frau nachkam. So flink, wie zwei Wimpernaufschläge dauerten, schnellte ihre von der toten Edda freigegebene Hand an deren Bauch und riss das Messer heraus, um es ihrem Angreifer in den rechten Oberschenkel zu rammen. Der ging sofort in die Knie und begann zu schwanken, wobei er Ava aus aufgerissenen Augen ungläubig fixierte. Sie rollte sich zur Seite, als er jetzt in sich zusammensackte, dennoch fiel er auf sie, so dass sie unter der Schwere seines Körpers nicht mehr hochkam.

»Zur Hölle mit dir!«, presste der Mann dicht an ihrem Ohr hervor und würgte sie mit seinen behandschuhten Händen. Ava bekam keine Luft mehr, merkte aber am Zittern seiner Hände um ihren Hals, dass ihren Angreifer die Kräfte verließen. Sollte sie sich einfach dem Tod hingeben? Edda war tot und sie selbst konnte nicht mehr. Wäre es nicht das Einfachste, wenn auch sie sterben würde? Ava fand an dem Gedanken Gefallen und entspannte sich unter den Händen des Mannes. Doch dann kehrte ihre Wut von eben zurück. Nein, niemals würde sie kampflos aufgeben. Schon gar nicht dieser Gestalt gegenüber, die ihre Großmutter wie ein Stück Vieh abgeschlachtet hatte. Sie tastete auf dem Boden neben sich nach der Bauernwehr, die ihr aus der Hand geglitten war. Da! Da war sie. Schnell umschloss sie die Waffe mit der Faust, hatte jedoch die Klinge anstelle des

Schaftes erwischt, wie sie an dem heftigen Schmerz in ihrer Handfläche merkte. Sie ließ das Messer los, drehte es anders herum und ergriff es erneut. Sie wusste, dass dies ihre letzte Chance war, denn ihr Körper lechzte danach, zu atmen. Ein unglaublicher Druck drängte ihre Augen aus ihren Höhlen und sie konnte nicht anders, als an die Höhlendecke zu blicken, an der sich der Rauch des Feuers sammelte. Da war ihr plötzlich, als würde der Rauch die Gestalt einer Riesin annehmen, und sie wusste, dass es niemand anders war als Hel, ihre Schutzgöttin, die gekommen war, um ihr beizustehen. Mit letzter Kraft hob sie ihren Arm und schnitt ihrem Angreifer in die Wange. Sofort lockerte sich der Griff um ihren Hals und sie schaffte es, sich unter dem Mann hervorzuwinden. Sie japste nach Luft, die heiß in ihrem Brustkorb brannte. Der Drang, aus der Höhle zu stürzen, war groß, aber zuvor nahm Ava den umgestürzten Dreifuß auf, eilte zu den brennenden Decken, angelte mit dem Gestell eines der lodernden Felle heraus und warf es wie eine Furie über den Mann, der eben dabei war, sich unter Stöhnen aufzurappeln. Dann lief sie aus der Höhle, so schnell ihr geschwächter Körper es zuließ.

Ava kam nicht weit. Kurz hinter dem Eingang versperrten ihr drei nervös schnaubende Pferde den Weg. Doch die Tiere waren ihr geringstes Problem. Eines war reiterlos, auf den anderen beiden saßen Männer. Sie trugen grobe Kutten, deren Kapuzen sie tief ins Gesicht gezogen hatten. Als sie das Mädchen bemerkten, sprangen sie behände von dem Rücken ihrer Tiere und traten ihm drohend in den Weg. Ava versuchte auszuweichen, doch da hatte sie einer bereits am Arm gepackt. Der andere schritt schnell auf die Höhle zu. Aber auch das war es nicht, was in Ava Entsetzen hervorrief. Vielmehr war es die Person, die noch immer auf einem der Pferde saß und zuvor von dem vor ihm sitzenden Mann verdeckt worden war: Marten.

»Verräter!«, spuckte Ava ihm ihre ganze Verachtung entgegen. Gleichzeitig versuchte sie, sich aus dem harten Griff des Mannes mit der Kapuze herauszuwinden.

»Feuer, da drinnen brennt es!«, schrie in diesem Moment derjenige, der zur Höhle gelaufen war, seinem Kumpan zu. Für einen Augenblick lockerte der Mann seinen Griff an Avas Oberarm, was diese nutzte, sich loszureißen und, ohne sich noch einmal umzublicken, in den Schutz des Waldes zu rennen. In ihrem Rücken hörte sie noch die Stimme des Mannes, der das Feuer in der Höhle entdeckt hatte: »Lass sie, die bekommen wir später noch. Ich brauche hier deine Hilfe. Komm schnell …«

Ein paar Tage später, nahe der Küste des Harlingerlands

Niedergeschlagen liess Ava die Schleuder in ihrer Hand sinken. Sie würde das nie lernen. Marten hatte versucht, es ihr beizubringen, doch sie hatte dazu immer nur gelacht und gesagt, wenn sie Hunger auf Hasen oder Eichhörnchen hätte, dann würde er ihr doch den Braten erlegen können. Daraufhin hatte er jedes Mal mit den Schultern gezuckt, sie in den Arm genommen und gemeint, sie könne sich immer auf ihn verlassen, er würde nichts lieber tun, als sich sein Leben lang um sie zu kümmern. Bei dem Gedanken an Marten versteinerte sich Avas Miene. Als sie ihn an dem Tag des Überfalls auf dem Pferd vor der Höhle entdeckt hatte, hatte er wie ihr Peiniger ledernes Schuhwerk zu seiner alltäglichen Gewandung getragen. Wenn er sonst überhaupt etwas an den Füßen trug, waren es aus hartem Holz geschnitzte Pantoffeln oder im kalten Winter mehrlagige Stofffüßlinge. Meist lief er jedoch wie Ava auf bloßen Füßen. Aufgrund des hoch geschnürten Lederschuhwerks hatte Ava geschlossen, dass Marten sie an die Männer verkauft hatte, warum sonst sollte er zum Verräter geworden sein? Wie hatte sie sich so in ihm täuschen können? Sie hatte ihm Zeit ihres Lebens vertraut, nie hätte sie ihm diese Niedertracht zugetraut. Für einen Fetzen Leder um seine Füße hatte er Eddas und ihren Tod akzeptiert! Ja, auch ihren Tod, denn inzwischen war Ava sich sicher, dass der Mann mit seinem Gefolge noch einmal in die Höhle zurückgekommen war, um auch sie wie zuvor Edda hinzurichten. Aber warum? Ob es etwas mit Eddas Vergangenheit zu tun hatte? Welches Geheimnis hatte ihre Großmutter mit auf ihre letzte Reise genommen? Ava schluckte die bitteren Tränen herunter. Sie hatte in den letzten Tagen und Nächten genug geweint und sich bereits gewundert, wie viel sie davon in sich trug.

Ihr Bauch knurrte. Sie hatte Hunger. Als sie durch den Wald gelaufen war, hatte sie sich von Pilzen und Beeren ernährt – Edda hatte sie die essbaren Pflanzen von den giftigen zu unterscheiden gelehrt. Aber jetzt stand sie hier an der Küste. Vor ihr lagen ein breiter Sandstreifen und das Meer. Sie selbst stand auf einer langgezogenen Anhöhe, auf der nichts weiter wuchs als hartes Dünengras und hin und wieder bodennahe Pflanzen, die sie nicht kannte. Diese Pflanzen trugen schwarze Beeren, doch sie getraute sich nicht, sie zu essen. Vor ein paar Tagen hatte sie eine Kröte fangen können. Sie hatte sie sich an einem Spieß gebraten, doch schon den ersten Bissen wieder ausgespuckt, weil das Fleisch ecklig säuerlich schmeckte. Gestern hatte sie sich eine Kreuzotter über dem Feuer geröstet, aber das Tier hatte kaum ihren Hunger stillen können. Eben hatte sie im Gras einen Hasen entdeckt. Sie hatte ihr Glück kaum fassen können und sofort die Steinschleuder zur Hand genommen. Ihr Schuss war ordentlich danebengegangen und jetzt sah sie enttäuscht zu, wie ihr Essen in der Ferne verschwand. Wütend auf sich selbst, entnahm sie einem kleinen Beutel, den sie sich aus Schilfgras geflochten und an ihren Gürtel gehängt hatte, einen der runden

Steine, die sie auf ihrem Weg immer mal wieder aufgesammelt hatte. Dann schaute sie sich um und entdeckte einen kleinen Busch, der ihr zuvor nicht aufgefallen war. Sie legte den Stein in die Schleudervorrichtung, zielte auf den Busch und schoss. Das tat sie ungefähr zehnmal, doch sie traf kein einziges davon, weil sie entweder weit danebenschoss oder der Stein schon während des Schleudervorgangs herausfiel. Ava schalt sich selbst. War sie denn wirklich so töricht? Normalerweise stellte sie sich doch auch geschickt an, warum nicht mit diesem ollen Ding? So schwer konnte die Handhabung doch nicht sein! Ob es an der Schleuder lag? An dem Schnitt in ihrer Hand, den sie sich beim Kampf mit Eddas Mörder selbst zugefügt hatte, jedenfalls nicht. Die Wunde war nur oberflächlich gewesen und bereits verheilt. Die Schleuder hatte sie sich selbst gebaut und deshalb bestand sie im Grunde nur aus einem breiten Stück des Leinenstoffs, den sie von ihrer Tunika abgetrennt hatte. Vielleicht durften die beiden Streifen nicht so breit sein wie deren Mitte, in die sie die Steingeschosse legte. Marten hatte eine Schleuder aus gedrehtem Seil gehabt, in deren Mitte er eigens eine lederne Halterung für die Steine eingearbeitet hatte, doch sie hatte weder ein starkes Seil noch einen Lederfetzen dabei. Ava überlegte kurz, dann setzte sie sich entschlossen auf den Boden, holte den scharfen Stein hervor, den sie im Wald gefunden hatte und der ihr seitdem als Messer diente, und zerschnitt den Stoffstreifen der Länge nach in drei Teile bis kurz zur Hälfte. Mit der anderen Seite des Stoffes verfuhr sie genauso. Dann flocht sie aus den jeweils drei Strängen zwei feste Zöpfe, wie sie es auch manches Mal mit ihren Haaren tat. Sie betrachtete ihr Werk und war zufrieden: Aus dem Stoffstreifen war auf beiden Seiten ein dünnes, kräftiges Seil geworden, so dass die nicht verflochtene Mitte eine Mulde für das Steingeschoss bildete. Sie stand auf, ging hinüber zum Busch und suchte ihre drum herum verstreuten Steine zusammen. Sie kam nur auf sieben, doch das kümmerte sie nicht. Sie wollte jetzt dringend üben und ob sie nun drei mehr oder weniger hatte, war einerlei, denn vermutlich würde sie ihre Geschosse sowieso noch einige Male wieder einsammeln müssen. Zur Not könnte sie sich nachher auch neue zusammensuchen. Ava nahm wieder ihren Platz in einiger Entfernung von dem kleinen Busch ein. Als sie eben auf ihn geschossen hatte, hatte sie es ohne große Überlegung getan. Vielmehr hatten Wut und Hunger sie angetrieben. In diesem Bewusstsein schloss sie jetzt ihre Augen und rief sich ihre Erinnerungsbilder von Marten mit der Schleuder hervor. Zunächst sah sie nur ein verschwommenes Bild von dem Gesicht des Jungen, mit dem sie aufgewachsen war, und ein schlechtes Gefühl überkam sie, weil sie an seinen Verrat denken musste. Noch immer mit geschlossenen Lidern hob sie ihren rechten Arm und drückte ihren Handrücken auf die Stirn. Sammle dich, dachte Ava, und lass dich nicht ablenken. Es geht hier nicht um Marten, sondern um jemanden, der die Schleuder benutzen kann … Unvermittelt begann sie dann die alte Weise zu summen, und tatsächlich wirkte sie wieder einmal: Sie merkte, wie sich ihr Körper nach und nach entspannte. Gleichzeitig wurde das Bild von Marten in ihrem Kopf immer konkreter und dann hatte sie ihn mit einem Mal klar vor sich und beobachtete, wie er mit einer einzigen schnellen Bewegung die

Schleuder packte, den Stein einlegte, die Waffe schwang, eine Seite losließ und kaum eine Sekunde später ein Eichhörnchen erlegte. Es war, als würde sie tatsächlich auf einer Lichtung schräg hinter ihm sitzen und ihm leibhaftig zuschauen. Noch immer summend, rief sie jetzt nach und nach die einzelnen Bilder seiner Bewegung ab, sah ganz genau, wie er die beiden Enden der Schleuder mit den Fingern seiner Wurfhand hielt und mit der anderen Hand den Stein platzierte. Sie sah, wie er die Schleuder in einen heftigen kreisförmigen Schwung versetzte, wobei sich sein Schultermuskel deutlich anspannte und seinem schwingenden Arm die notwendige Kraft verlieh. Und dann hörte sie das Surren und sie stoppte ihr eigenes Summen, denn nun hatten die Bilder sie komplett in die Welt ihrer Erinnerung eingelassen und es war ihr, als erlebe sie das alles jetzt, in diesem Moment. Sie blickte auf in Martens Gesicht und stellte fest, dass er eins geworden war mit der Schleuder, die er noch immer surrend kreisen ließ, währenddessen er sein Ziel, das Eichhörnchen, durch geschlitzte Augen ins Visier nahm. Ihr Blick wanderte zu Martens Hand und sie beobachtete nun, wie er seinen Daumen und Zeigefinger von einem Ende der Schleuder löste und so den Stein freigab, der daraufhin blitzartig durch die Luft flog und das Eichhörnchen traf, das umgehend vom Baum herabfiel. Dann herrschte Stille und das Bild in Avas Kopf verschwamm wieder. Sie schüttelte sich kurz, bevor sie die Augen öffnete und, noch immer in Trance, ihre eigene Schleuder anhob, sie wie Marten hielt, einen Stein in die Mulde legte, den Busch ins Visier nahm, ihre Waffe kreisend und auf die Pflanze ausgerichtet in Schwung versetzte, bis sie das

Surren hörte und das Geschoss in dem Moment, als es ihr richtig erschien, auf seine Flugbahn schickte. Keinen Lidschlag später landete er mitten im Busch. Der Erfolg ließ Ava wieder zu sich kommen und vor Freude machte sie einen kleinen Hüpfer. Sie hatte es geschafft. Sie fühlte sich wie beflügelt, wollte sich jedoch jetzt nicht ausruhen, sondern nahm gleich wieder einen der kleinen Steine auf, um ihn auf den Busch zu schleudern. Weitere fünf Male folgten. Nicht immer traf sie so wie bei ihrem ersten gelungenen Treffer – zweimal landeten die Kiesel kurz daneben –, doch das trübte ihr Glücksgefühl nicht. Als sie nun den letzten Stein in seine Halterung legte, sah sie aus den Augenwinkeln, wie ein Hase links von ihr, etwa 140 Fuß entfernt, auf einer Anhöhe saß. Behutsam stellte sie sich in Position, während er sie mit gespitzten Ohren anzusehen schien. Ein Lächeln trat auf ihr Gesicht, bevor sie sich anspannte, ihre Schleuder erst langsam und dann immer schneller in Bewegung setzte, auf ihn zielte und den Stein fliegen ließ. Der eben noch aufrecht sitzende Hase fiel in sich zusammen und ohne sich ihrer Überraschung ob des Treffers hinzugeben, rannte sie zu dem Tier. Es lebte noch und als sie sich aufgeregt bei ihm niederließ, machte es Anstalten, sich aufzurappeln, doch Avas schneller Griff in seine Nackenfalte verhinderte dies. Sie hielt den Hasen hoch und versetzte ihm einen heftigen Schlag auf den Kopf, wie Edda es ihr beigebracht hatte. Das Tier lebte immer noch, doch es würde auf diese Art nichts von dem Folgenden mitbekommen. Sie legte den in ihrer Hand schlapp gewordenen Hasen auf den Boden vor sich, holte ihr Steinmesser hervor und schnitt die beiden dicken Adern an seinem Hals kurz unter seinem Kopf auf. Sofort begann das Blut in kleinen Wellen herauszuquellen. Ava sah sich um. Sie hätte den Hasen gern irgendwo aufgehängt. Das würde das Enthäuten erleichtern und er könnte vor allem besser ausbluten. Inzwischen floss das Blut zwar nur noch sachte aus ihm heraus und auch nicht mehr in Wellenstößen, was ihr zeigte, dass er sein Leben ausgehaucht hatte, doch verfälschte zu viel Tierblut den Geschmack des Fleisches später beim Essen. Eine Aufhängung würde es ihr einfacher machen, den Fluss nicht zu unterbrechen. Das Mädchen entdeckte nichts. Nicht einmal einen etwas größeren Busch, nur ein paar der kleineren, von denen sie eben noch den einen zum Üben mit der Schleuder genutzt hatte. Sie erhob sich und nahm den Hasen dabei an seinen Hinterbeinen auf, damit er wenigstens auf ihrer Suche nach einem einigermaßen geeigneten Enthäutungsplatz schon etwas abhing.

Ava nahm ihre Wanderung wieder auf und stapfte die Anhöhe hinunter an den weiten Strand. Sie war noch nie zuvor am Meer gewesen, dennoch hatte sie es sofort bei seinem Anblick erkannt. Sie hatte es sogar bereits gerochen, als sie es noch nicht einmal erblickt hatte. Der Duft hatte auf sie betörend und kraftvoll zugleich gewirkt und je näher sie dem Meer gekommen war, desto stärker hatte es sie angezogen und ihre Müdigkeit vom langen und für sie ungewohnten Wandern vergessen lassen. Der Meeresduft war voller feuchter Frische und gleichzeitig roch es nach getrocknetem Gras. Hier hinein mischte sich das Aroma von klammem Holz, reiner Erde und wohlschmeckendem Fisch. Und es duftete salzig – sie hatte einmal ein paar Krümel des weißen Goldes, das Martens Vater Onno einst von einem Höker mitgebracht hatte, in den Händen gehalten und daran geschnuppert.

Das Mädchen ging nach vorn an das Wasser bis zu der Stelle, an der der Strand zum Wasser hin von einer feinen Schaumlinie begrenzt wurde und nass war – wahrscheinlich eine Hinterlassenschaft von übermütigen Wellen, erklärte Ava es sich selbst. Vorsichtig, als könnte der Schaum nach ihr greifen, stippte sie ihren nackten großen Zeh hinein. Es geschah nichts, nur ein leichtes Kribbeln zog ihren Zeh hinauf und so setzte sie jetzt ihren gespitzten Fuß hinunter und spürte wohlig den feuchten, harten Sand unter sich, der zugleich eine Weiche hatte, die ihren Fuß eine Fingerkuppe breit einsinken ließ. Natürlich kannte sie das Gefühl von nassem Sand unter ihren Füßen von der Badestelle am kleinen See her, in dem sie sich das Schwimmen beigebracht hatte und wo sie unzählige Tage verbracht hatte, doch der Sand hier am Meeresrand war anders als der Morast dort. Er schien sich nicht so einfach den Gegebenheiten und ihrem Körpergewicht hinzugeben, sondern sie zu tragen, wofür er sie auf seine ganz einzigartige Weise aufnahm. Avas anderer Fuß stand noch im körnigen Strandsand und bevor sie ihn nun neben den anderen stellte, legte sie den Hasen, den sie in ihrer Hand fast vergessen hatte, dort ab, wo ihn das Wasser nicht erreichen konnte. Es war warm, die Sonne schien und so entledigte Ava sich außerdem ihrer Gewandung. Für einen Moment stand sie einfach nur nackt da und sah an das Ende des Meeres. Es war leicht gerundet und Ava fragte sich, ob es dort hinten in weiter Ferne einfach wie ein Wasserfall herabstürzte. Nur, wohin? Edda hatte es auch nicht gewusst. Ava hatte ihre Großmutter danach gefragt, als sie ihr vom Meer erzählt hatte. Die alte Frau hatte vermutet, dass es sich um Noatun sammelte, der Halle am Meer, die sich der Meeresgott Njörd erbaut hatte. Aufgrund von Eddas Erzählungen nahm Ava an, dass sie hier an der Stelle des Meeres stand, die Nordsee genannt wurde. Bei ihrer Wanderung hatte sie sich an den Sternen orientiert und deren Konstellation sollte laut Edda über der Nordsee so sein wie über der Höhle. An anderen Meeresstellen waren die Sterne angeblich etwas anders angeordnet. Je nachdem, ob man sich im Norden, Osten, Süden oder Westen der Welt befand. In ihren Gedanken noch bei der Großmutter und mit ihrem in die Ferne gerichteten Blick, fühlte Ava mit einem Mal, wie Wasser ihre Füße umspülte. Nur für einen winzigen Moment, dann zog es wieder in Richtung Noatun heraus, als wollte es dem Mädchen sagen: »Komm mit, hier bei mir geht es dir gut.« Ava zögerte nun nicht mehr und langsam, im Rhythmus der sanften Wellen, die sich erst weiter hinten zu kleinen Bergen aufschwangen, watete sie in das Wasser. Es war unvergleichlich und zum ersten Mal seit Tagen empfand sie vollkommenes Glück, das noch zunahm, je weiter sie in die Nordsee schritt. Als ihr das Wasser bis zur Brust reichte, warf sie sich in die nächste Welle hinein, die sie gleich aufnahm und ein kleines Stück mit sich auf das offene Meer hinaustrug. Dann gab sie Ava wieder frei, die sofort zu schwimmen begann. Schon kam die nächste Welle auf sie zu, die etwas höher war als die davor, und auch diese nahm das Mädchen auf ihren Rücken und mit sich mit. Ava war eine gute Schwimmerin und sie tat es seit jeher gern, doch bisher nur im See. Hier im Meer konnte sie Eddas Schilderungen vom Element Wasser nun plötzlich nicht nur wie bisher verstehen, sondern mit jeder Faser ihres Körpers spüren und nachvollziehen. Edda hatte immer gesagt, das Wasser sei stark und sanft zugleich – nicht nur reinigend und erfrischend, sondern auch der Erneuerer allen Lebens, denn es fließe stetig und hätte seinen ganz eigenen Kreislauf, der beständig seine Wege suchte, sich ausbreitete, erschuf und auch wieder sterben ließ, um Neues keimen zu lassen. Auf diese Weise würde das Wasser die Welt im Laufe der Zeit formen. Sie erzählte ihrer Enkelin, dass die Alten vom Wasser meinten, dass es ebenso die Quelle der Weisheit sei. Auch die Christen würden so denken und sie hätten dies in ihrem Buch der Bücher stehen, wo von »Händen, die in Unschuld gewaschen werden« die Rede sei. Außerdem hatte Edda immer wieder gern betont, dass Ava eine ganz besondere Beziehung zum Element Wasser hätte. Denn abgesehen davon, dass Ava in der Nacht ihrer Geburt auf dem Wasser geschwommen war und es zudem geregnet hatte, standen die Tage des Monats, in dem das Mädchen geboren war, im wiederkehrenden Jahreszyklus unter der Sonne von Himinbjörg, dem achten der Göttersitze in Asgard, der wiederum dem Element Wasser zugeordnet war. Als Ava älter geworden war, hatte sie ihrer Großmutter entgegengesetzt, dass dann Heimdall ihr Schutzgott sein müsste, da er doch schließlich in Himinbjörg wohnen würde. Edda hatte abwehrend mit dem Kopf geschüttelt und ihr erklärt, dass Hel sie als Schutzgöttin durch ihr Leben begleiten und sie in Entscheidungen oder schwierigen Situationen leiten würde. Heimdall wiederum hätte ihr bei ihrer Geburt seine Eigenschaften eingehaucht. Laut Edda waren Menschen, die unter der Sonne von Himinbjörg geboren wurden, wie Heimdall stolz, eigenwillig und innerlich stark. Anderen gegenüber zeigten sie sich streng und kämpferisch und gingen ihren ganz eigenen Weg, gleichzeitig waren sie jedoch einfühlsam und so tiefgründig und weich wie ihr Element Wasser. Herausforderungen nahmen solche Menschen an, dabei waren sie gerecht und treu, hatten sie einmal jemandem die Freundschaft angeboten. Wenn man sie jedoch hinterging, dann kannten sie keine Gnade – sie kannten nur den Tag oder die Nacht. Wie Heimdall wurde diesen Menschen Weisheit und Ahnenwissen nachgesagt und dass sie gern den Geheimnissen des Lebens auf den Grund gingen. Hier im Meer fühlte Ava sich auf jeden Fall eins mit dem Element Wasser, ihrem Element, wenn sie Edda glauben wollte. Übermütig drehte Ava sich jetzt auf den Rücken und ließ sich – nur leicht mit Händen und Füßen paddelnd – von den Wellen tragen. Das Meer war schon vorn am Ufer nicht eben warm gewesen, doch je weiter sie sich vom Strand entfernte, desto kälter wurde es. Ob es damit zu tun hatte, dass sich unter ihr auch immer mehr Wasser ansammelte? Vorhin hatte sie noch stehen können, doch das war schon seit vielen Schwimmzügen vorbei. Ava machte das nichts. Sie kannte das aus dem See von zu Hause. Der wurde auch mit jedem Schwimmzug vom Ufer weg tiefer und in seiner Mitte konnte sie nicht einmal mehr bis zum Boden hinabtauchen. Der See war jedoch auf der Oberfläche überall nahezu gleich temperiert. Auf dem Meer war das anders. Hier durchmischte das Wasser sich Augenblick für Augenblick und je weiter Meeresboden und Oberfläche auseinanderlagen, desto mehr Wasser strömte nach, konnte jedoch von der Sonne nicht so schnell erwärmt werden. So erklärte Ava sich das, während sie, auf dem Rücken liegend, paddelte und die Bilder am Himmel betrachtete, die die Wolken gemeinsam mit dem leichten Wind malten. Dermaßen in Gedanken, war sie nicht auf die etwas stärkere Welle vorbereitet, die sie leicht überschwappte. Sie bekam Wasser in den Mund, verschluckte sich und begann zu husten. Schnell drehte sie sich von der Rücken- in die Brustschwimmlage, um sich besser über dem Wasser zu halten. Noch zweimal hustete sie, dann war es vorüber. Dafür war ihr jetzt von dem Salz, das das Wasser mit in ihren Mund gespült hatte, übel. Natürlich hatte ihr Edda erzählt, dass das Meer im Gegensatz zu Seen Salz mit sich trug, dennoch war sie auf den ausgeprägten Geschmack nicht vorbereitet gewesen. Auch brannte es in ihrer Mundhöhle und in ihrer Nase, wohin das Salzwasser ebenfalls eingedrungen war. Eine weitere Welle kam auf sie zu. Dieses Mal traf das Wasser ihre Augen, die sie nicht schnell genug geschlossen hatte. Sofort begannen auch sie zu brennen. Mit den Füßen auf der Stelle paddelnd und mit dem linken Arm kreisend im Wasser schlagend, wischte sie sich mit ihrer rechten Hand über die Augen. Das hätte sie nicht tun sollen, denn es verstärkte das Brennen nur noch. Ava blinzelte ein paarmal und als es wieder einigermaßen ging, blickte sie sich suchend um. Sie war ziemlich weit vom Ufer entfernt, das hätte sie nicht gedacht. Darüber hinaus war sie auch seitwärts abgetrieben. Nur mit Mühe konnte sie den abgelegten Hasen und ihre Gewandung ausmachen, dabei erschien es ihr, als sei das Meer näher an ihre Habseligkeiten herangerückt. Das Mädchen spannte seine Muskeln an und begann damit, in Richtung Land zu schwimmen, bevor es noch weiter hinaus aufs Meer trieb. Ava hatte nicht damit gerechnet, dass es so schwer sein würde. Eben war sie mit den Wellen hinausgeschwommen, jetzt schwamm sie gegen sie an. Natürlich nahm jede Welle sie ein bisschen mit zum Ufer, doch der Sog, der entstand, wenn sich das Wasser Augenblicke später wieder zurückzog, war sehr viel kräftiger. Und auch die Höhe der Wellen hatte zugenommen. Manchmal nahm eine Welle Ava auf ihrem erhobenen Rücken mit – so stellte sie sich das Schweben der Adler vor, kurz bevor sie vom Himmel hinabstießen, um sich ihre Beute zu schnappen. Das Mädchen merkte trotz dieses seligen Gefühls, wie ihre Kräfte sie langsam verließen. Die Muskeln in ihren Oberarmen und auch -schenkeln schienen Feuer gefangen zu haben und ihr Herz schlug hastig. Sie versuchte, an nichts weiter zu denken und nur die Bewegungen zu machen, die sie zurück an den Strand bringen sollten, als sie plötzlich ein lautes Grollen hinter sich hörte. Erschrocken drehte sie ihren Kopf nach hinten und sah fassungslos, wie eine gewaltige Welle auf sie zurollte. Sofort wandte sie ihren Kopf wieder nach vorn und versuchte mit schnellen Schwimmzügen, das Ufer zu erreichen. Das Dröhnen wurde lauter und lauter und dann verlor sie den Kampf. Die Welle hatte sie mit gewaltiger Kraft erfasst und in sich aufgenommen. Das Mädchen ruderte wild mit den Armen, ihre Nase und der Mund füllten sich mit dem salzigen Wasser und sie überschlug sich, wie einst, als sie, noch kaum auf den Beinen stehen könnend, auf einem Hügel gestürzt und ihn wie eine Kugel hinuntergerollt war. Damals hatte es nur geschmerzt, doch jetzt bekam sie keine Luft mehr und wusste nicht, wo oben und unten war. Sie war vollkommen orientierungslos. Ihr Brustkorb schien fast zu bersten. Panik ergriff sie. War das der ihr vorbestimmte Weg, Edda zu folgen? Bei diesem Gedanken verschwand die Panik so schnell, wie sie gekommen war, und es breitete sich eine Ruhe in Ava aus, die sie sonst nur kurz vor dem Einschlafen empfand. Sie hörte auf, sich gegen die Macht der Nordsee zu wehren. Als ob es nur darauf gewartet hatte, wirbelte das Wasser sie noch ein letztes Mal um sich selbst, dann lockerte es seinen Griff und spie sie aus seiner Welle schier heraus. Instinktiv öffnete Ava weit ihren Mund und schnappte gierig nach Luft. Um sie herum zeigte sich das Meer friedlich und hätte Ava es nicht besser gewusst, würde sie glauben, dass alles nur ein kurzer, heftiger und vor allem böser Traum gewesen war. So verweilte sie auch nicht im Wasser, sondern sammelte ihre letzten Kraftreserven zusammen und schwamm unbehelligt an das mittlerweile noch weiter entfernt liegende Ufer. Dort angekommen, gönnte sie sich keine Pause, sondern schleppte sich die über hundert Schritte zu ihrer Gewandung und dem Hasen. Bei seinem Anblick spürte sie ihren Hunger, doch sie fühlte sich zu erschöpft, um jetzt etwas anderes zu tun, als sich auszuruhen. Sie schaffte es gerade noch, sich ihr Unterkleid überzustreifen, denn trotz der Sonne, die nun wieder ihren Körper in seiner Gänze bestrahlen konnte, war ihr kalt und ihr klapperten die Zähne. Dort wo sie stand, legte sie sich in den warmen Sand und rollte sich zusammen wie ein Rehkitz. Nach und nach wärmte sich ihr junger Mädchenkörper wieder auf und entspannte sich. Bald darauf war sie eingeschlafen.

Zur gleichen Zeit, Esens

Marten betrachtete sich in der glatten Kupferscheibe, die von einem Zinnrahmen gehalten wurde und seinem Herrn als Spiegel diente. So sah also ein Verräter aus. Er schaute sich selbst in die Augen und erblickte den Hass darin – Hass auf sich selbst. Unangenehm berührt, wandte er sich ab. Avas Augen hatten nichts Hasserfülltes gehabt, als sie ihn auf dem Pferd vor der Höhle entdeckt hatte. Dafür hatte in ihrem Blick maßlose Enttäuschung gelegen und das war viel schlimmer für ihn. Ob sie ihm jemals verzeihen könnte? Ob er sie überhaupt jemals wiedersehen würde, um ihr alles erklären zu können? Vielleicht lebte sie überhaupt nicht mehr. Er war mehr als erleichtert gewesen, als sie in den Wald hatte fliehen können, und natürlich waren sie später hinterhergeritten und hatten sie gesucht. Allerdings schien sie sich gut versteckt zu haben. Sie kannte den Wald eben bis in seinen letzten Winkel. Genauso wie er. Der Herr hatte ihn gefragt, wo sie sich verbergen könnte, doch er hatte nichts gesagt und nur mit den Schultern gezuckt. Ein weiteres Mal wollte er sie nicht verraten. Dann starb er lieber. Er war nicht gestorben. Stattdessen saß er nun hier in der Kammer und sollte die Stiefel des Herrn polieren. Marten nahm einen der Lederstiefel auf, spuckte voll Verachtung auf die Spitze und begann, das Schuhwerk mit einem Lappen blank zu putzen. »So blank wie mein Spiegel sollen sie werden, ich will mich darin sehen können«, hatte sein Herr ihm aufgetragen und dann war er zum Medicus aufgebrochen, um seine Verbrennungen und auch die Wunde am Bein – Avas Hinterlassenschaft – behandeln zu lassen.

Am nächsten Tag im Morgengrauen an der Küste

Ava wusste nicht, wo sie war. Alles sah so anders aus. Sie war eben erwacht und sofort erschrocken: Die Nordsee war weg und sie selbst befand sich in einer ewig breiten Sandlandschaft. Was war hier passiert, während sie geschlafen hatte? Sie fühlte sich wie eines der feinen Sandkörnchen, auf denen sie inzwischen aufrecht saß und sich beklommen umschaute. Hinter ihr lag die Anhöhe, so wie vor dem Schlafen, doch wo war das Wasser? Hatte es sich in Noatun, dem Wohnsitz des Meeresgottes, gesammelt? Konnte das sein? Aber warum? Und warum gerade in der Zeit, in der sie hier lag? Sie selbst war nicht im Schlaf umhergewandert, denn der Hase und ihre Gewandung lagen noch immer genauso und an genau der Stelle, wo sie sie hingelegt hatte, bevor sie die Augen geschlossen hatte. Das Mädchen stand auf. Noch war der Tag nicht angebrochen. Sie richtete ihren Blick dorthin, wo zuvor das Wasser gewesen war. Sie erkannte die feinen Rillen des Meeresbodens. Wer hatte das Wasser genommen? Sie war nicht getauft und wusste wenig über diesen einen Gott, diesen Christengott, der angeblich allein über die Welt herrschen sollte. Edda hatte ihr von ihm erzählt und ihr auch gesagt, dass viele Menschen sich für ihn von den Alten Göttern losgesagt hatten. Diese Menschen waren es auch gewesen, derentwegen Edda vor einigen Jahren mit ihr in die Höhle gezogen war. Das hatte sie gegenüber Ava erwähnt, mehr aber auch nicht. Allerdings hatte die Großmutter ihr mit ein wenig Stolz, aber auch Geringschätzung in der Stimme berichtet, dass die Alten Götter noch immer in den Menschen, die jetzt den einen verehrten, weiterlebten, was sich in vielen Festen zeigen würde, die die Christen übernommen hätten und einfach unter einem anderen Namen benutzten. Ja, genau, »benutzen« hatte Edda es genannt. Ava hatte gelacht und gefragt, wie das denn gehen würde und warum die Christen so etwas überhaupt machen sollten. Die alte Frau hatte daraufhin einen wütenden Gesichtsausdruck angenommen und gesagt: »Ach, die Christen machen noch ganz andere Sachen, da ist das noch das Harmloseste.«

»Wie meinst du das?«, hatte Ava weitergebohrt.

»Viele von den Alten wurden von den Christenmenschen gezwungen, sich zum Christengott zu bekennen. ›Missionierung‹ haben sie es genannt. Man erzählt sich sogar von Zwangstaufen, aber die sind lange her und wurden von der Kirche irgendwann sogar selbst verboten. Darum habe ich ja auch meine Probleme mit diesem einen Gott«, hatte Edda erklärt, doch das hatte Ava nicht gereicht und sie hatte weiter gebohrt. Edda war immer schon geduldig gewesen und so hatte sie ihrer Enkelin ihre Ansicht noch etwas genauer dargelegt: »Ich kann mir einfach nicht vorstellen, wie ein Gott es zulassen kann, dass in seinem Namen Böses getan wird, zumindest nicht, wenn er so gütig ist, wie die Christen es einem weismachen wollen. Wenn es diesen Gott wirklich gäbe, würde er uns Menschen dann nicht durch sein Wirken überzeugen und nicht durch Gewalt?«

»So ist es doch auch mit den Alten Göttern, auch unter ihnen gibt es Tod und Leid.«

»Ja, da hast du recht, meine kleine kluge Ava, allerdings sind die Alten Götter auch oft sehr mit sich beschäftigt und überlassen uns Menschen gern sich selbst. Der Christengott ist da anders. Er hat Regeln aufgestellt, nach denen die Menschen sich richten sollen«, hatte Edda geduldig ausgeführt.

»Aber sein Sohn, der war doch ein Menschenfreund. Die Geschichten von ihm hast du mir doch mal erzählt«, hatte Ava eingewandt.

»Mag sein, mag aber auch nicht sein«, hatte Edda geantwortet und hinzugesetzt: »Woher wissen wir, dass ein Christenmensch sie sich nicht ausgedacht hat? Die tun doch alles, um uns zu beugen. Wenn nicht mit Gewalt, dann mit List. Einige ihrer Kirchen haben sie zum Beispiel auf unseren Kultstätten errichtet.« Edda hatte aufgelacht: »Ja, fast alle haben sich gebeugt und nennen sich jetzt Christen, doch viele von ihnen lassen sich nicht so einfach unterdrücken.«

»Wie meinst du das? Glauben sie doch nicht an den einen Gott?«, hatte das Mädchen verwirrt nachgefragt, denn bislang hatte Edda ihr immer eingebläut, dass sie – falls sie doch einmal unter Menschen geraten sollte – nichts von den Alten Göttern erzählen sollte und wenn sie gefragt würde, sollte sie sagen, sie sei eine getaufte Christin. Edda hatte bei ihrer Frage aufgestöhnt, daran erinnerte Ava sich, als sei es nur einen Tag her: »Ich weiß, es ist schwer zu verstehen. Mit der Zeit haben zwar auch die Friesen den Christengott anerkannt und leben nach seinem Gesetz. Aber tief in ihrem Innern besitzen sie auch noch das Wissen über unsere Alten Götter und huldigen ihnen. Vor allem bei den Festen. Die Christen dachten, sie wären klug, wenn sie unsere Feste und Bräuche zu ihren machten, doch auf diese Weise werden die Alten Götter auch nie in Vergessenheit geraten.«

»Von welchen Festen sprichst du?«

»Du weißt, dass wir, um Unheil abzuwenden, auch schon mal ein Opferbrot dargebracht haben?«, hatte Edda zurückgefragt, sich dann jedoch selbst die Antwort gegeben. »Ja, das weißt du, du hast es oft genug für mich geknetet, seit meine Finger nicht mehr so können. Ich habe gehört, dass in einigen Städten am Heiligen Abend lange Weizenbrote gereicht werden, die Christstollen heißen … Aber du hast nach einem Fest gefragt. Zu der Zeit, wenn wir die Sommersonnenwende feiern, gedenken die Christen zum Beispiel der Geburt eines ihrer Heiligen, Johannes dem Täufer, und entzünden das Johannisfeuer. So wie wir früher und vereinzelt heimlich auch heute noch das Sonnwendfeuer zu Ehren Baldurs entfachen und die Götter einladen, zu uns hinunterzusteigen und mit uns zu feiern.«

Recht überzeugt war Ava nicht gewesen. Auf eine Weise hatte sie Edda geglaubt. Wie sie alles glaubte, was Edda ihr sagte, doch sie hatte sich auch gefragt, wie Edda sich in diesem Fall so sicher sein konnte. Vielleicht gab es ja doch nur den Christengott.

»Und woher weißt du dann, dass es die Götter gibt?«, hatte sie deswegen stirnrunzelnd gefragt.

»Weil ich es spüre«, hatte Edda erwidert. Mehr nicht.

Auch Ava spürte die Anwesenheit der Alten Götter in ihrer Welt, dennoch hatte sie damals noch lange über die Worte der Großmutter nachgedacht und sie tat es bisweilen, so wie in diesem Moment, immer noch. Wenn es doch nur diesen einen Gott gab und Edda sich geirrt hatte, hatte er das Wasser dann genommen, weil Ava ihn erzürnt hatte? Weil er sie mit der unendlichen Weite, die sich vor ihr über Nacht ausgebreitet hatte, strafen oder ihr seine Macht zeigen wollte? Gab es Noatun gar nicht und deswegen auch nicht die anderen Götter? Das Mädchen erzitterte. Furcht kroch in ihr hoch. Schnell beugte Ava sich hinunter und strich sich neunmal über ihr Schmetterlingsmal. Das tat sie immer, wenn sie sich selbst Zuversicht geben oder auch Unglück abwenden wollte – es war fast schon ein Reflex bei ihr. Niemand hatte ihr jemals gesagt, dass sie dies tun sollte, sie hatte es sich als kleines Mädchen selbst so überlegt und es sich angewöhnt, weil Edda gemeint hatte, dass Hel sie mit dem Schmetterling gezeichnet hatte. In ihrer Vorstellung war damit der Schmetterling ihre direkte Verbindung zu Hel und den anderen Göttern in ihren verschiedenen Welten, von denen sie in diesem Augenblick inständig hoffte, dass es sie gab. Ava atmete einmal tief aus. Sie wünschte sich in die Höhle zurück und in die Zeit, als alles noch gut gewesen war. Als Marten kein Verräter und Edda nicht tot war. Leider ließ sich die Zeit nicht zurückdrehen und so gab das Mädchen sich einen Ruck, straffte ihre Schultern und stand auf. Den Blick hatte sie dabei wieder der Meeresbodenlandschaft zugewandt und jetzt traute sie ihren Augen kaum: Ganz weit hinten, dort, wo am Vortag das Meer herabgestürzt war, hatte sich eine leuchtend rote Linie gebildet. Eben war sie noch nicht dagewesen. Ava fröstelte und ohne sich von dem Anblick abzuwenden, nahm sie staunend ihre Gewandung vom Boden auf und zog sie sich über. Die Linie wurde immer breiter und dann begriff Ava, was sie dort sah. Die Sonne ging auf! Sie hatte schon unzählige Sonnenaufgänge gesehen, aber niemals in dieser Schönheit. Es war Ava, als könne die Sonne sich nur schwer vom Erdrand lösen, und auch dieser schien sie nur ungern gehen zu lassen. Doch der Weg der Sonne hoch oben zum Himmel war seit jeher unabänderlich. Jeden Tag erhob sie sich vom Erdboden, schwang sich hoch hinauf, um dann wieder langsam herabzusinken. Ava begriff, dass sie tatsächlich am Ende der Welt oder eben an ihrem Anfang angekommen war. Sie wusste nicht recht, ob das gut oder schlecht war, doch wie das der Sonne war sicher auch ihr Schicksal vorherbestimmt und so würde sie sich dem Ruf der Götter oder eben des einen Gottes fügen. Aber vorher musste sie sich für diesen Weg stärken und dringend etwas zu sich nehmen, wie ihr ein langes Knurren ihres Bauches deutlich machte.

Während Ava ihre trockene Kehle mit dem Morgentau, der noch an den Blättern der vereinzelten Büsche hing, benetzte und trockenes Gestrüpp zum Feuermachen zusammensammelte, wanderte ihr Blick immer wieder zur aufgehenden Sonne, die den frei liegenden, feuchten Meeresboden nach und nach in den vielfältigsten Rottönen leuchten ließ und gleichzeitig die Finsternis der Nacht am Himmel verdrängte – ganz sachte, so als wolle sie deutlich machen, dass sie es nicht böse meinte. Plötzlich erinnerte der Anblick das Mädchen an das Feuer in der Höhle, an die gleißenden Flammen und wie sie hungrig nach den Dingen gezüngelt hatten.

Bislang hatte sie das Feuer in der Höhle als böse und zerstörerisch angesehen, doch wahrscheinlich hatte es ihr auch auf seine Weise das Leben gerettet. Alles hat seine schlechten und guten Seiten, dachte sie und machte sich daran, mit ihrem Feuerstein Funken zu erzeugen, um das inzwischen aufgeschichtete Gestrüpp zu entfachen. Auch das war wieder eine gute Eigenschaft des Feuers, es spendete Wärme und machte gewisse Nahrung genießbar und schmackhaft.

Ava lenkte ihre Aufmerksamkeit auf den Hasen. Sie legte das tote Tier so vor sich, dass seine Hinterbeine zu ihr zeigten. Nun schnitt sie mit ihrer Steinklinge zunächst die Läufe ab, um dann vorsichtig die Haut herunterzuschneiden. Sie hoffte, dass sie es in einem ganzen Stück schaffte, um das Fell später gut für sich nutzen zu können. Da sie kein scharfes Messer hatte und der Hase zudem nicht hing, war es sehr viel mühseliger als normalerweise. Nach getaner Arbeit begutachtete Ava ihr Werk ausführlich. Es war keineswegs perfekt geworden und der Hase war sicherlich nicht genügend ausgeblutet, aber es würde schon reichen, vor allem, weil ihr schon bei dem bloßen Gedanken an sein geröstetes Fleisch das Wasser im Mund zusammenlief. Sie löste noch ein paar Sehnen von den Läufen, die sie trocknen und als Schnur nutzen wollte, nahm ihn aus, legte die inneren Organe beiseite und traf die letzten Vorbereitungen für ihr Mahl: Vorhin, als sie das Gestrüpp für das Feuer zusammengesucht hatte, hatte sie auch einen langen, halbwegs geraden Stock gefunden, auf den sie das Tier jetzt spießte und in die Flammen hielt. Es dauerte lange, bis das Fleisch einigermaßen durchgebraten war, und an einigen Stellen war es auch verbrannt, weil sie es zu tief in das Feuer gehalten und nicht regelmäßig gedreht hatte, aber das ließ sich nun nicht mehr ändern. Mit den Fingern, die sie sich dabei fast verbrannte, machte sie sich ein Stück des Hasenfleisches ab, steckte es sich in den Mund und schlang es nahezu hinunter. Jetzt merkte sie endgültig, wie groß ihr Hunger war, und sie vertilgte fast den halben Hasen. Mit seinem nun gut gefüllten Bauch machte das Mädchen sich daran, die zuvor entfernten Organe in das Feuer zu legen. Es war Avas Opfer an die Götter oder eben den einen Gott, das ihre Dankbarkeit ausdrücken sollte. Während der ganzen Zeit ihrer Vorbereitung des Essens und der Opfergabe hatte sie bewusst nicht mehr an das verschwundene Meer gedacht und vermieden, auf den weiten, brachliegenden Meeresboden zu blicken. So hatte sie sich mit dem Rücken dazu gesetzt, jetzt drehte sie sich aber wieder um und ließ ihren Blick schweifen. Nach wie vor wollte sie sich keine Gedanken darüber machen, was während ihres Schlafs mit der Nordsee geschehen war, da sie wusste, dass sie keine Antwort finden würde, und die Unwissenheit ihr Unbehagen bereitete. Es ging ihr einfach nur darum, sich zu sammeln und dann ihren Weg auf der Suche nach einem neuen Zuhause fortzusetzen, denn hier würde sie nicht bleiben können. Das war ihr klar. Die Sonne stand inzwischen weit oben am Himmel wie eh und je, als sie auf einmal glaubte, einen kleinen Strich weit hinten am Ende des Meeresbodens auszumachen. Nein, sie musste sich getäuscht haben! Neugierig stand sie auf, um sich zu vergewissern. Ihr kurzer Eindruck hatte sie nicht genarrt. Da war tatsächlich ein nicht gerade laufender blau-grün schimmernder Strich, der nach und nach immer breiter wurde. Das blonde Mädchen stand mit offenem Mund und wie angewurzelt im warmen Sand. Was hatte das nun wieder zu bedeuten? Was kam da gemächlich und ohne Eile auf sie zugerollt? Avas Herz klopfte und in ihrem Inneren wechselten sich Argwohn vor dem Unbekannten und gebannte Faszination ab. Nur mit Mühe riss sie sich von dem Anblick los, klaubte ihre wenigen Habseligkeiten zusammen und zog sich zurück hinter die Anhöhe, die den Strand vom Landesinneren her begrenzte. Dort wanderte sie den Weg entlang, den ihr die Natur vorgab, ohne ihr Ziel zu kennen. Vielleicht sollte sie sich entgegen Eddas Warnung doch in eine Menschensiedlung wagen? Möglicherweise könnte sie dort erfahren, wohin das Meer verschwunden war. Und warum. Ava beschloss, es zu riskieren, da sie sich zudem einsam fühlte, doch sah sie weit und breit kein Anzeichen für eine Siedlung. Um sich einen Überblick zu verschaffen, erklomm sie die nächste Anhöhe, die auf ihrem Weg lag. Sie war höher als die, die sie bereits seit einiger Zeit hinter sich gelassen hatte. Oben angekommen, ließ sie sich vor Staunen und Ehrfurcht auf die Knie fallen. Das Meer war wieder da! Noch nicht vollständig, so wie tags zuvor, aber es war wieder da! Und jetzt wusste sie auch, was der schimmernde Strich vorhin gewesen war: das Wasser! Ob ihre Opfergabe das bewirkt hatte? Hatte sie dadurch den oder die Götter beschwichtigt? Ava fühlte eine ungemeine Erleichterung in sich aufsteigen, während sie wieder über ihren Schmetterling strich – konnte es sein, dass doch wieder alles gut werden würde? In dem Vorhaben, an den Strand hinunterzulaufen und das Meer zu begrüßen, stand Ava auf, wurde dabei jedoch von einem Schwarm

Vögel abgelenkt, der aus der Dünenlandschaft hinaus laut rufend in den Himmel aufstieg und mit dem Wind zu segeln schien. Das Mädchen folgte mit den Augen der Flugbahn und machte in der Ferne nun doch eine Siedlung aus. In diesem Moment wusste sie, dass ihre Opfergabe tatsächlich wohlwollend angenommen worden war.

Mai 1380, ein Flecken an der Küste im Harlingerland

Missbilligend beobachtete Ava den Ameisentrupp, der über ihre rechte Hand lief. Fast wäre sie eben, als sie bemerkt hatte, dass die kleinen Tierchen sie eroberten, wieder aufgesprungen. Sie hatte dem Drang widerstanden. Ein abruptes Aufspringen in dem Gehölz, in dem sie sich kurz davor bäuchlings niedergelassen hatte, hätte Aufmerksamkeit auf sich ziehen können. Sie wollte die Siedlung, die vor ihr lag und von einer Umfriedung umgeben war, erst einmal in Ruhe beobachten, ohne entdeckt zu werden. Aufgrund der Siedlungsbegrenzung konnte sie nur ein paar Dächer ausmachen, die zu Häusern gehörten, die wiederum um ein größeres Gebäude mit einem Turm an der Seite herum erbaut worden waren. Ava nahm an, dass dieses größere Turmhaus, wie sie es für sich nannte, auf einem Hügel stand, da es die anderen Wohnstätten deutlich überragte.

»Wehe, ihr beißt mich«, flüsterte das Mädchen den emsigen Ameisen auf ihrem Weg über ihre Hand kaum hörbar zu. Eine juckende Hand konnte sie im Moment überhaupt nicht gebrauchen. Warum hatte sie auch nicht besser achtgegeben und sich direkt neben einen Ameisenbau gelegt? In dem Wissen, dass es jetzt sowieso nicht mehr zu ändern war, spähte Ava wieder durch die Zweige zu dem kleinen Platz, der nur ein paar Schritte entfernt vor ihr lag und in das große Tor der Umfriedung mündete. Auf ihm hatten sich ein paar schmutzige Kinder versammelt und spielten mit Steinen. Hierfür hatten sie einen größeren Stein einige Ellen weit von sich weg platziert und wenn Ava gewollt hätte, hätte sie nach ihm greifen können, da er kurz vor ihrem Versteck lag. Eines der drei Kinder, die, so schätzte Ava, zwei bis drei Jahresläufe nach ihr geboren worden waren, zog eine Linie in den harten Sandboden. Die drei Spielenden, zwei Jungen und ein Mädchen, stellten sich dahinter auf und warfen dann nacheinander je einen kleinen Stein in Richtung des großen.

»Meiner ist am nächsten dran, ich hab gewonnen!«, jubelte der eine Junge, lief zu den Steinen und nahm die drei Wurfsteine auf, um sie zu seinen Spielgefährten zurückzubringen. Sie wiederholten das Spiel einige Male und immer war es der Junge vom ersten Mal, der gewann. Ava verfolgte das Spiel mit Begeisterung. Wie gern wäre sie zu den Kindern gelaufen und hätte mitgespielt. Aber was würden sie sagen, wenn sie plötzlich aus dem Gestrüpp sprang und fragte: »Darf ich mitmachen?« Ava musste in sich hineinkichern, der Gedanke war einfach zu absurd. Gleichzeitig machte es sie traurig, denn ihr wurde beim Anblick der lachenden Kinder einmal mehr bewusst, wie sehr sie Marten vermisste. Und auch die Unbeschwertheit, die sie beide immer miteinander erlebt hatten. Sie konnte immer noch nicht begreifen, warum er sie verraten hatte, aber das machte die Erinnerung an die gemeinsamen Erlebnisse und Spiele nicht weniger intensiv. Seit Tagen hatte sie mit niemandem außer sich selbst gesprochen. Sollte das jetzt ihr Leben sein? Nein, das wollte sie nicht, ging es ihr durch den Sinn und in diesem Moment wusste sie, dass dieser

Gedanke tief aus ihrem Innern endlich emporgefunden hatte. Sie hatte es sich in ihrem bisherigen Leben in der Höhle mit Edda nie eingestanden. Natürlich nicht, sie war ein kleines Kind gewesen und hatte die Höhle, den Wald und den See nicht nur als ihre Heimat betrachtet, sondern ebenso als ihre Welt. Als sie jünger gewesen war, hatte sie sich nie etwas anderes vorgestellt, und erst vor einiger Zeit, als ihre Großmutter gebrechlich geworden war, hatte Ava angefangen, sich zu fragen, wie das Meer, die Dünen und Siedlungen wohl aussehen würden, von denen Edda ihr in den Geschichten erzählt hatte. Sie hatte dennoch nicht den Wunsch verspürt, die Höhle zu verlassen und in die Welt hinauszugehen, aber jetzt, da sie von dort vertrieben worden war, war das etwas anderes. Ihre Neugierde war entfacht. Jeden Tag ihrer Wanderung hatte sie Neues entdeckt. Landschaften, Pflanzen und Tiere, die sie in Erstaunen versetzt hatten. Der Strand und das Meer waren dabei das Überwältigendste für das junge Mädchen gewesen. Und so hatte sie nicht zurückgeblickt, sondern war vorangeschritten. Als sie sich dann entschlossen hatte, andere Menschen zu suchen, war es nicht nur der Wissensdurst, der sie hierhergezogen hatte, sondern vor allem die Sehnsucht, ihresgleichen zu treffen und ein ganz normales Mädchen zu sein, das sich nicht in einer Höhle verstecken musste – das wurde ihr in diesem Augenblick nur allzu klar, während die Ameisen unermüdlich über ihre Hand liefen und die Kinder vor ihr spielten. Sie wollte nicht in der Einsamkeit leben, wie Edda es jahrelang getan hatte. Und sie wäre in der Höhle weiterhin einsam. Marten war sicherlich mit den Männern mitgeritten und hatte sie sowieso verraten. Darum hätte sie auch seine Eltern nicht in ihrer Köhlerhütte aufgesucht und Edda war nicht mehr da. Sie würde auch niemals wiederkommen. In diese Gedanken hinein traf sie plötzlich etwas an der Stirn und Ava zuckte erschrocken mit ihrem Kopf zurück. Der kleine Kiesel fiel direkt vor ihr zu Boden. Sie hatte gar nicht mehr auf die Spielenden geachtet und noch bevor sie jetzt zurück ins noch etwas dichtere Buschwerk kriechen konnte, blickten sie zwei grüne Augen durch die Zweige an. Die Augen gehörten dem kleinen Mädchen, das sie mit einer Mischung aus Furcht und Neugier anstarrte. Ava hielt dem Blick stand, obwohl alles in ihr schrie, dass sie weglaufen sollte. Als das Mädchen nun tief Luft holte und dabei den Mund öffnete, um, wie Ava annahm, ihre Freunde zu rufen, legte sie ihren Finger auf die Lippen. Tatsächlich klappte das Mädchen seinen Mund wieder zu, wofür Ava ihr ein dankbares Lächeln schenkte. Dann nahm sie den Kiesel vor sich auf und reichte ihn ihm wortlos. Als das Mädchen nun ebenfalls scheu lächelnd und ohne einen Mucks von sich gebend ihren runden Wurfstein entgegennahm, streiften sich ihre Finger. In diesem Moment ertönte ein Rufen: »Adde, was machst du denn da, komm endlich!«

Im ersten Augenblick dachte Ava, jemand würde sie rufen, und war vor Verwunderung stutzig geworden. Dann begriff sie jedoch, dass das Mädchen, das sofort aufgesprungen war und bereits zu ihren Freunden zurückeilte, ähnlich hieß wie sie und unversehens fühlte sie sich nicht mehr so ganz allein in dieser unerwartet großen Welt.

Die Kinder spielten noch für eine Weile, bis plötzlich ein Geräusch erklang, das Ava noch niemals in ihrem Leben gehört hatte und die spielenden Kinder veranlasste, ihre Steine zusammenzusammeln und wieder durch ein Tor hindurch hinter die Umfriedung der Siedlung zu laufen. Das Geräusch war wohltönend und erklang in kurzen, regelmäßigen Abständen, wobei ebenso ein Hall mitschwang. Der Klang hatte trotz seiner Lautstärke nichts Drohendes und Ava verspürte keine Angst, obwohl er direkt vom Himmel zu kommen schien. Aber auch die Kinder hatten keine Angst gezeigt, sondern einfach nur folgsam auf das Geräusch, was sicher eine Art Zeichen war, reagiert. Ein Zeichen oder vielmehr ein Ruf und wenn er vom Himmel her kam, waren es vielleicht die Götter oder eben der eine, der die Menschen hier zusammenholte, dachte Ava, spähte über den Platz, der wieder einsam vor ihr lag, und kroch kurzentschlossen aus dem Gestrüpp hervor. Sie wollte es genau wissen. Und hatte sie nicht auch die Nähe zu einer Siedlung gesucht, um mehr über das himmlische Reich zu erfahren? Kaum war sie aus dem Gestrüpp heraus, lief sie so schnell sie konnte zur Umfriedung und drückte sich eng daran. Sie wusste nicht, ob das heftige Klopfen ihres Herzens vom schnellen Spurt, der Aufregung oder der Furcht vor Entdeckung entsprang, doch im Grunde war es ihr auch gleichgültig. Sie hatte ein Vorhaben und das würde sie jetzt angehen.

Nach wie vor mit dem Rücken an die Holzlatten gepresst, schob sie sich zu dem wieder zugezogenen Tor hin. Ava wusste, dass ein Wächter dahinterstand, der es öffnete und schloss. Das hatte sie vorhin gesehen, als die Kinder auf den Platz gelaufen und auch, als sie davongestoben waren. Weiterhin erklang unablässig die Abfolge des immer wieder gleichen Tons. Und weiterhin hielt

Ava ihn für einen Ruf. Er erinnerte sie gerade durch seine stetige Wiederholung an Edda, die häufig vom Höhleneingang aus nach Ava gerufen hatte, wenn diese im Wald gespielt hatte: »Avaaa, Avaaa, komm heim!« oder »Avaaa, Avaaa, wo bist duuu?« oder »Avaaa, Avaaa, unser Mahl ist fertig.«

Der Gedanke an Edda störte Ava in diesem Moment und sie verscheuchte ihn schnell wieder. Immerhin hatte die Großmutter sie von klein auf beschworen, bloß nicht mit anderen Menschen in Kontakt zu treten, und da sie in diesem Moment genau das vorhatte, wollte sie jetzt keine Zweifel bekommen. Im Gegenteil, sie hatte das Gefühl, dass sie gar nicht anders konnte, als sich unter Menschen zu mischen und sie näher kennenzulernen. Was hatte sie schon zu verlieren? Ja, genau, was habe ich schon zu verlieren, wiederholte Ava ihre eigene Frage und da schoss ihr plötzlich ein Plan in den Kopf, wie sie es anstellen könnte, in die Siedlung hineinzukommen. Mit den Fingern kämmte sie sich ihre von Wind und Wetter verfilzten blonden Haare und nachdem sie sie einigermaßen auseinandergeprüselt hatte, flocht sie sich zwei Zöpfe, wie das Mädchen, das die Jungen Adde gerufen hatten, sie gehabt hatte. Dann nahm sie ein paar Kiesel auf, die sie vor sich fand, schlug den Staub aus ihrer Gewandung, zuppelte sie notdürftig zurecht, stellte sich vor das Tor und klopfte ein paarmal schnell hintereinander daran. Kurz darauf öffnete sich das Tor einen Spalt breit und der Wächter blickte sie überrascht an.

»Wo kommst du denn her?«, fragte er und bedachte Ava mit einem prüfenden Blick. »Ich hab dich gar nicht auf das Tor zukommen sehen.«

Jetzt erst bemerkte Ava das kleine runde, etwa auf Mannshöhe eingebrachte Guckloch im Tor. »Die anderen sind einfach weggelaufen, als ich unsere Spielsteine zusammengesucht habe«, erklärte sie mit bewusst kindlicher Stimme und hielt ihm ihre geöffnete Hand mit den Steinen darin hin.

»Ja, ja, ist ja schon gut«, meinte der Wächter und gerade als Ava dachte, dass er sie nun einlassen würde, weil er das Tor nun ein Stück weiter öffnete, legte der bewaffnete Mann seinen Kopf schief, musterte sie und sagte nachdenklich: »Ich kenn dich gar nicht …«

Als Ava schon den Mund geöffnet hatte, jedoch noch nach Worten rang, da sie nicht wusste, was sie darauf erwidern sollte, leuchteten die Augen des Wächters auf: »Du gehörst bestimmt zum Gefolge der tom Brok.«

Obwohl sie nicht wusste, wer die tom Brok waren, nickte Ava eifrig mit dem Kopf, woraufhin der Mann das Tor weiter aufzog, sie einließ und ihr auftrug: »Und jetzt beeil dich, die Kirchenglocke läutet nicht umsonst, der Gottesdienst beginnt gleich.«

Ohne sich noch einmal umzudrehen, war Ava eilig vom Tor und dem Wächter weggehastet und während sie jetzt in die menschenleere Siedlung hineinlief, schlugen ihre Gedanken Purzelbäume. Das hatte es also mit dem Geräusch auf sich, das prompt verklungen war, als sie die Siedlung betreten hatte: Es war das Geläut der Kirchenglocke! Darauf hätte sie wirklich früher kommen können, immerhin hatte Edda es ihr immer wieder beschrieben. Die Großmutter hatte es ihr sogar mit einem Holzlöffel, den sie gegen ein Trinkhorn geschlagen hatte, vorgemacht, doch der Klang war viel dumpfer gewesen und hatte auch nicht so stark nachgehallt. Darum hatte das Mädchen es eben nicht erkannt, aber jetzt, da sie es wusste, war es ihr natürlich klar! Edda hatte ihr außerdem ein Gotteshaus aufgemalt. Es war eine grobe Skizze in den Sand gewesen, doch auch daran erinnerte Ava sich jetzt. Eddas Gotteshaus hatte einen Turm in der Mitte gehabt, in dessen Spitze sich, wie sie erklärt hatte, die Kirchenglocke befand. Das Haus, das sie bereits aus ihrem Versteck gesehen hatte, hatte zwar keinen Turm auf seinem Dach, aber dafür seitlich. Ava bog in eine kleine Gasse ein, so dass sie vom Tor aus nicht mehr zu sehen war, und ließ sich außer Atem an einer Häuserwand nieder. Bis auf den Wind, der mit Blättern spielte, regte sich noch immer nichts und sie fühlte sich einigermaßen sicher. Sie überlegte, was sie als Nächstes tun wollte, entschied dann jedoch, es auf sich zukommen zu lassen, da sie überhaupt nicht wusste, was sie hier erwartete. Gegenüber dem Wächter war sie ja auch spontan gewesen, wobei es vielleicht nicht verkehrt war herauszufinden, wo sie überhaupt war. Zwar kannte sie nur ein paar Namen von Siedlungen und Dörfern, doch sollte sie wissen, wo sie sich aufhielt, um nicht aufzufallen, falls sie jemand fragte. Von Marten kannte sie Namen wie Norden, einem Marktort mit einer direkten Verbindung zu einem anderen Handels- und Marktort mit Namen Esens, die Händler gern nahmen und die Marten auch schon ein paarmal mit seinem Vater bewandert hatte. Edda hatte ihr von Marienhafe erzählt und von der dortigen Kirche, die wohl sehr groß sein musste und für Schiffer ein Seezeichen darstellte. Diese Kirche war es auch gewesen, die Edda für sie aufgemalt hatte, warum und wie die Schiffer sich aber an ihr orientieren konnten, hatte Ava vergessen. Es war irgendwas mit unterschiedlich eingedeckten Seiten gewesen und sie hatte es schon damals nicht verstanden, was ihre Großmutter ihr dazu gesagt hatte, und deswegen sofort wieder aus ihrem Kopf verbannt. Allerdings war ihr jetzt klar, dass sie nicht in Marienhafe war, denn in diesem Ort hier sah die Kirche deutlich anders aus. Edda hatte auch von dem größeren Ort Aurich gesprochen und von Upstalsboom, wo schon die Vorfahren der Vorfahren ihre Toten zu Grabe getragen hatten und bis zur Großen Pest die Versammlungen der friesischen Sippen stattgefunden hatten. Auch Edda war als Mitreisende einmal dort gewesen, das hatte sie Ava erzählt. Edda musste damals noch selbst ein sehr kleines Kind gewesen sein, auf jeden Fall wollte sie gesehen haben, wie dort nicht nur Recht gesprochen wurde und gemeinsame Beschlüsse gefasst wurden, sondern wie ebenfalls den Göttern gehuldigt worden war, obgleich viele der Friesen sich bereits zum Christengott bekannten und getauft waren. Aber Edda war schließlich auch getauft, kannte die biblischen Geschichten und lebte trotzdem für die Alten Götter. Ava fiel ein, wie die Großmutter erwähnt hatte, dass diese Versammlungen bei Upstalsboom einmal im Jahr am Dienstag nach Pfingsten stattfanden. Pfingsten gehörte zu den Festen der Christen, auch das wusste Ava, aber der Dienstag war auch der Tag von Tyr, dem Versammlungsgott. Edda hatte ihr zudem berichtet, dass Upstalsboom auf einem Hügel lag, doch sie hatte nichts von einer Siedlung erwähnt und schon gar nichts von einem Gotteshaus, deswegen schloss das junge Mädchen aus, dass es sich bei den wenigen Gassen hier um die von Upstalsboom handelte, falls es dort überhaupt welche gab. Nein, sie ging davon aus, sich in einem Marktort zu befinden, und da es sicher nicht nur die zwei gab, von denen sie wusste, würde sie irgendwie anders herausfinden müssen, wo sie war. Nur wie? Da ihr nichts einfiel und sie sich eingestehen musste, dieses Problem momentan nicht lösen zu können, erhob sie sich und steuerte auf das Haus zu, das von den kleineren Häusern umringt war und das sie von ihrer Gasse bereits erblicken konnte. Sie war sich inzwischen sicher, dass es das Gotteshaus war, und ging aufgrund der Worte des Torwächters davon aus, dass sich dort die Bewohner des Ortes versammelt hatten.

Schon von weitem konnte Ava sehen, dass das Gotteshaus im Gegensatz zu den anderen Häusern in diesem Ort aus Stein erbaut worden war. Sie kannte sich mit Häusern nicht aus und hatte bereits beim Hineinlaufen in die Siedlung über die ordentlichen Holzhäuser gestaunt, die so anders und bereits von außen so viel wohnlicher aussahen als die Köhlerhütte von Martens Eltern im Wald. Diese war wie Eddas Höhle eine Behausung, die vor Wind und Wetter schützte, aber eben nicht mehr. Das große Steinhaus weckte jedoch Ehrfurcht in ihr. Hatten das tatsächlich Menschen mit ihren Händen erbaut? Je näher Ava ihm kam, desto langsamer wurden ihre Schritte, bis sie kurz davor ganz stehen blieb. Tatsächlich. Das war keine Höhle, an der jemand herumgemeißelt hatte, damit die Kirche so aussah, wie sie es tat. Da hatte jemand quaderförmige Steine kunstvoll aufeinandergesetzt. Unglaublich! Ein Brummen drang durch das Gemäuer hindurch. Was war das nun wieder? Sangen die Menschen da drinnen gemeinsam? Sie setzte sich wieder in Bewegung und schritt auf die geschlossene Tür zu. Dort angekommen, ergriff sie aufgeregt den Knauf und zog sie auf. Das junge Mädchen musste all seine Kraft in den Arm legen und ordentlich ziehen, da die Tür immens schwer war. Kaum hatte sie sie auch nur einen Spalt geöffnet, wurde das einheitliche Gebrumme zu einer Melodie. Sie blickte auf eine Menge Hinterköpfe und ganz vorn stand, ihr und den vielen Menschen zugewandt, ein Mann, der mit geschlossenen Augen, die gen Himmel gerichtet waren, seine Arme weit ausgebreitet hatte und den Mund zu der Melodie bewegte – die Menschen hatten sich hier versammelt, um gemeinsam zu singen! Ava war von dieser Erkenntnis ergriffen: Wo man sich zusammenfand, um in dieser Form gemeinsam zu singen, konnte nichts Böses sein. Entschlossen zog sie die Tür etwas weiter auf, so dass sie sich gerade eben hindurchdrücken konnte, und schlüpfte in den großen Raum mit den langen, durch einen Mittelgang getrennten Bankreihen, auf denen die Menschen saßen und sangen. Sofort begrüßte sie eine angenehme Kühle. Auf Zehenspitzen schlich sie in die rechte hintere Ecke und von dort pirschte sie zu den Bänken. Eine junge Frau, die am Rand auf einer der hinteren Bänke saß, bemerkte sie. Sie blickte Ava erstaunt an, lächelte dann jedoch wohlwollend und rutschte näher an das Kind heran, das auf der anderen Seite neben ihr saß, um Platz zu machen. Während der ganzen Zeit sang die Frau weiter. Ava zögerte. Konnte sie sich hier einfach so niederlassen? Sie schaute fragend zu der Frau, doch diese hatte den Blick schon wieder nach vorn gerichtet und beachtete sie nicht weiter. Mit klopfendem Herzen setzte Ava sich. Nach einer kleinen Weile des Zuhörens war sie von sich überrascht, als sich ihr Mund wie von selbst öffnete und sie das unbekannte Lied der Fremden mitsang. Sie kannte den Text nicht und zudem war er in einer anderen Sprache und so brachte sie keine Worte wie die Frau neben ihr heraus, doch die Melodie der ihr unbekannten Weise war so eingängig, dass sie mitsummen konnte. Sie fühlte sich ungemein gut dabei und durch ein unsichtbares Band mit allen Anwesenden verbunden. Es war ihr, als würde die Melodie sie alle einen und die Einsamkeit der letzten Tage fiel wie eine schwere Last von ihr ab. Das gemeinsame Singen rief in ihr das Gefühl hervor, dazuzugehören. Bald konnte sie sogar ein paar Wörter ausmachen, die sie zwar nicht verstand, ihr aber gefielen. Und sicher wurden sie nicht umsonst immer wieder wiederholt und mussten schon allein deshalb eine besondere Bedeutung haben. Das eine Wort war »Sanctus« und das andere »Hosanna«. Dann plötzlich verstummte der Gesang und Ava spürte wieder die Kälte, die hier zwischen den Mauern herrschte. War sie eben bei ihrem Eintritt in das Gotteshaus noch angenehm gewesen, krabbelte sie jetzt von Avas bloßen Füßen hinauf, in ihre Beinkleider hinein bis nach oben zu den Ohren des Mädchens. Sie hatte Mühe, nicht zu zittern, getraute sich jedoch auch nicht, sich in irgendeiner Weise zu regen, geschweige denn die Beine hoch auf die Bank zu nehmen und sie mit den Armen zu umschlingen, wie sie es sonst tat, wenn ihr kalt war. Sie wollte auf keinen Fall Aufmerksamkeit erregen. Dann fing der Mann vorn an zu reden. Auch jetzt verstand Ava kein Wort von dem, was der Mann laut und irgendwie in einer Art Sprechgesang durch die Halle dröhnte. Vorsichtig schaute sie sich um. Die Menschen auf den Bänken hielten ihre Köpfe gesenkt. Drei Reihen vor ihr machte sie einen blonden Schopf aus, der ihr bekannt vorkam. Gehörte der Kopf mit den Zöpfen nicht zu dem kleinen Mädchen von vorhin? Ava war sich da nahezu sicher. Jetzt hob es seinen einen Arm, führte seine Hand zum Ohr und fing an, darin zu bohren. Ava musste bei diesem Anblick ein Kichern unterdrücken, so lustig fand sie das Bild in dieser Kirche, in der ansonsten alle mit gesenktem Kopf saßen und sich nicht regten. Irgendwann verstummte der Mann vorn und es setzte wieder Gesang ein. Während seiner Ansprache hatte Ava in ihren Erinnerungen gekramt und wusste wieder, wie Edda diese Männer genannt hatte, durch die Gott zu den Menschen sprach. Sie hatte sie Propheten genannt oder nein, Priester, ja, Priester hatte sie diese Gottesmänner genannt, ein Prophet war etwas anderes. Als alle aufstanden, tat Ava es den Leuten gleich, und dann verließen alle die Kirche. Ihr war es sehr recht, dass die meisten mit gesenkten Köpfen hinausgingen, denn so konnte sie es auch machen und es würde nicht auffallen, dass sie fremd hier war. Doch sie hatte sich zu früh gefreut. Während sie noch in der Bankreihe stand und auf eine Lücke wartete, um sich in den Strom der Hinaustretenden einzureihen, sprach die Frau, neben der sie die ganze Zeit über gesessen hatte, sie an: »Sag mal, Kind, wer bist du, ich hab dich noch nie gesehen. Zu wem gehörst du?«

Ava überlegte fieberhaft. Was sollte sie sagen? Gerade als sie den Mund aufmachte, um der Frau zu antworten: »Zu den tom Broks«, den Namen, den der Wächter ihr am Tor genannt hatte, hörte sie hinter sich eine Stimme sagen: »Zu mir, sie gehört zu mir.«

Überrascht schloss Ava wieder ihren Mund und drehte sich um. Sie blickte in das strahlende Gesicht des kleinen blonden Mädchens, das fast so hieß wie sie.

»Maid Adde, das wusste ich nicht, sie saß nicht bei Euch und Eurer Familie und …«, sagte die Frau sofort und deutete eine Verbeugung an. Adde unterbrach sie: »Liebe Frau, wie konntet Ihr es auch wissen. Ich bedanke mich für Eure Mühe.«

Adde senkte ebenfalls ihren Kopf, jedoch nicht untertänig wie die Frau, sondern zum Gruß und zog die verblüffte Ava aus der Bankreihe in den Gang. Sie noch immer am Arm haltend, ging Adde voran zum Ausgang, als eine weitere Stimme die beiden streng aufhielt: »Maid Adde, was macht Ihr da? Wollt Ihr mir schon wieder entwischen? Nix da, Ihr kommt jetzt mit. Ihr braucht dringend ein Bad und dann kleide ich Euch um, damit Ihr endlich einmal ausseht, wie es sich für die Tochter von Luward Idzinga von Norden geziemt. Vor allem heute ist das wichtig. Das wisst Ihr genau!«

Adde blieb stehen, ließ Ava jedoch nicht los: »Ach, Amme«, sagte sie zu der Frau, die sie aufgehalten hatte. »Was Ihr immer denkt. Ich wollte doch vor der Kirche auf Euch warten. Hier ist es so kalt und draußen strahlt die Sonne vom Himmel.«

Auf dem eben noch strengen Gesicht der Amme breitete sich ein liebevolles Lächeln aus und sie hob ihren Zeigefinger in die Luft, mit dem sie hin und her wackelte, begleitet von den Worten: »Haltet mich nicht für dumm, Maid Adde. Meinetwegen lauft los, aber wartet auf dem Platz auf mich und versteckt Euch nicht vor mir. Ihr wisst, noch hab ich Euch überall gefunden.«

Adde ließ Avas Arm los und fiel der Frau um den Hals: »Ihr seid die liebste und beste Amme auf Erden. Wir warten vorn auf dem Platz, das gelobe ich.« Das kleine Mädchen drückte der älteren Frau noch einen Kuss auf die

Wange, ließ diese wieder los, schnappte sich dafür jedoch erneut Avas Arm und eilte weiter zur Tür der Kirche, die sich inzwischen schon merklich geleert hatte. Als sie heraustraten, war Ava für einen Moment von der gleißenden, hoch am Himmel stehenden Sonne geblendet. Um besser sehen zu können hielt sie ihre flache Hand an die Stirn. Erst dann erkannte sie die vielen Menschen auf dem Platz, die in kleinen Gruppen zusammenstanden und miteinander redeten. In der Kirche hatten sie alle nebeneinandergesessen und waren auf eine gewisse Art ruhig gewesen – da hatte Ava sich unter ihnen gut aufgehoben gefühlt. Jetzt jedoch fühlte sie Angst in sich aufsteigen. Dermaßen viele Leute auf einem Haufen hatte sie noch nie in ihrem Leben gesehen. Glücklicherweise schien sie niemand weiter zu beachten, obwohl sie sehr zerlumpt aussah. Unwillkürlich richtete sie ihren Blick auf Adde. Sie hatte schon in der Kirche bemerkt, dass das kleine Mädchen sich umgezogen haben musste. Im Gegensatz zu vorhin beim Spielen trug es eine weiße Haube und ein Kleid mit an den Schultern und Oberarmen eng anliegenden und sich zu den Händen hin weit öffnenden Ärmeln, die sie an die Blüten des Fingerhuts denken ließen. Das Kleid war so blau wie der sonnige Himmel kurz nach einem heftigen Regen und ließ Addes grüne Augen noch mehr leuchten. Komisch, dass die Frau, die scheinbar Addes Amme war, gefunden hatte, das Mädchen müsste sich noch waschen und umziehen. Ava fand, es sah wunderhübsch aus. Sie hätte gern irgendetwas gesagt, aber sie wusste nicht, was. Die Situation überforderte sie, vielleicht war es auch besser, einfach ganz schnell wegzulaufen? Dann würde sie allerdings bestimmt die Aufmerksamkeit der Menschen hier auf sich ziehen. Ava blieb, trat aber von einem Fuß auf den anderen. Wer war Adde und wer ihr Vater, von dem die Amme gesprochen hatte, Luward Idzinga von Norden? Hatte er etwas mit dem Handelsort Norden zu tun? War er dort eine wichtige Persönlichkeit? Nach Addes Kleid zu urteilen und nach der respektvollen Anrede der Amme vermutete sie das. Oder sprach man hier so? Hatte sie richtiggelegen und war sie hier in Norden?

»Wie heißt du eigentlich?«, wollte Adde jetzt wissen.

»Ava«, antwortete sie, froh, etwas sagen zu können.

»Wie lustig, du heißt ja fast wie ich«, freute sich die Kleine. »Und wie heißt du weiter?«

»Ava. Nur Ava«, sagte sie leise.

»Nur Ava, aha«, kommentierte Adde. Für einen Moment herrschte Stille, dann schickte Adde sich an zu gehen und Ava fragte sich schon, was sie hier allein unter den Fremden tun sollte, als das Mädchen sie an ihrer Hand, die sie nach wie vor hielt, zog und aufforderte: »Komm mit. Wir sollten erst einmal weg von hier.«

Glücklich, dass ihr die Entscheidung abgenommen wurde, folgte Ava dem unbekümmerten Mädchen in eine der Gassen, die vom Platz abgingen und hinter der Kirche lagen. An einem kleinen Holzhaus mit einem noch kleineren angrenzenden Stall, in dem Hühner aufgeregt hin und her liefen, blieb Adde stehen, ließ sie los, machte die Verschlagtür auf und huschte hinein. Ava wusste nicht, was sie tun sollte. Mit hineingehen? Als hätte das Mädchen ihre Gedanken gehört, raunte sie Ava zu: »Halt du Wache, ob jemand kommt, ich will mich nur kurz von diesem Zwirn befreien.«

Ava nickte und sah die Gasse auf und ab. Sie war eng und die Wärme hatte den Boden eingetrocknet. Sie schaute sich ebenfalls die Häuser genau an. Sie waren nicht hoch. Nur wenige von ihnen schienen zwei Ebenen zu haben. Soweit sie es ausmachen konnte, regte sich in ihnen nichts. Einige hatte Pferche wie den, in dem Adde sich gerade umzog. In dem Pferch ihr gegenüber waren drei Schweine untergebracht, die in der Sonne vor sich hindösten. Das Haus war etwas größer und schmucker als die anderen und Ava nahm an, dass in ihm reichere Leute wohnten. Dann schaute sie in die andere Richtung. Dort machte die Gasse am Ende einen Knick. Auch hier war niemand zu sehen.

»Kommt keiner«, sagte Ava in den Hühnerverschlag hinein.

»Gut«, antwortete Adde und trat bereits heraus. »Ich bin auch fertig. Jetzt zeig ich dir was.«

Adde nahm erneut ihre Hand und Ava wunderte sich über die Vertrautheit, die das Mädchen an den Tag legte. Sie trug wieder die Gewandung, die sie beim Steinespielen angehabt hatte. Ihr blaues Kleid hatte sie zu einem Knäuel zusammengebunden und hielt es wie einen Beutel in ihrer anderen Hand. Sie gingen schnellen Schrittes die Gasse hinunter, dann blieb Ava stehen.

»Was ist?«, fragte Adde und setzte hinzu: »Wir müssen uns sputen, viel Zeit habe ich nicht. Außerdem wird meine Amme schon nach mir suchen.«

»Warum machst du das?«, entgegnete Ava, setzte sich jedoch wieder in Bewegung.

»Was? Ausbüxen?«, lachte das Mädchen sie an.

»Nein, das meine ich nicht. Warum hast du mir in der Kirche geholfen und der Frau gesagt, dass ich zu dir gehöre? Und warum sind wir jetzt hier?«

»Weil ich dich mag«, antwortete Adde unschuldig.

»Aber du kennst mich doch gar nicht«, wunderte Ava sich.

»Ich spür das eben. Außerdem mag ich deine Augen und deine Haare. Sie sehen so aus wie meine. Und vorhin, da im Gestrüpp, da hast du so erschrocken geguckt. Ich glaube, du hast ein Geheimnis und ich mag Geheimnisse. Und deine Sommersprossen. Meine Amme sagt immer: ›Sommersprossen sind die Blümlein der Schönheit'. Der Pfarrer meint allerdings, dass Sommersprossen des Teufels Artgenossen sind. Das glaube ich aber nicht, ich halte es lieber mit den Blümlein«, lachte die Kleine wieder.

Darauf wusste Ava nichts zu erwidern. Die Offenheit des Mädchens gefiel ihr und dennoch nahm sie sich vor, auf der Hut zu bleiben, immerhin hatte Edda ihr Zeit ihres Lebens eingetrichtert, sich nicht mit Fremden einzulassen, und sie hatte ihre Gründe dafür gehabt. Inzwischen waren sie dort angekommen, wo die Gasse einen Knick machte und in einen Trampelpfad überging. Hier standen keine Häuser mehr am Rand, sondern es wucherte Gestrüpp.

»Wo führst du mich hin?«, fragte Ava.

»Das wirst du gleich sehen«, raunte Adde ihr zu, »aber jetzt lass uns leise sein. Wir sollten überhaupt nicht hier sein.«

»Aber warum sind wir es dann?«, konnte Ava es sich nicht verkneifen zurückzuflüstern, doch dann sah sie bereits, was Adde ihr zeigen wollte. Sie hatten das Ende der Siedlung erreicht, denn hinter einer Baumreihe konnte Ava die hölzerne Umfriedung ausmachen. Aber das war es nicht: In der Umfriedung fehlte ein Balken. Es war nur ein schmaler Spalt und noch nicht einmal ihre schlanke Gestalt hätte hindurchgepasst, allerdings konnte sie durch ihn hindurchblicken und das, was sie sah, flößte ihr große Angst ein. Ihr Fluchtinstinkt meldete sich. Was hatte dieses Mädchen mit ihr vor? Wieso hatte sie sich mit ihm eingelassen und nicht auf Edda gehört? Sie ließ Addes Hand los und wollte kehrtmachen, doch diese hielt sie mit den zwar leisen, aber ebenso eindringlichen Worten zurück: »Wenn ich erst die Frau von Keno bin, dann wird das verboten.«

Obwohl Ava sich alles andere als wohl fühlte und ihren Blick nicht von dem, was sie hinter der Umfriedung zu sehen glaubte, abwenden konnte, musste sie über die Kleine lächeln: »Wie alt bist du denn, dass du jetzt schon ans Heiraten denkst?«

Adde richtete sich stolz auf: »Ich habe gerade mein zehntes Wiegenjahr gefeiert. Bist du denn noch niemandem versprochen? Du bist doch älter als ich!«

»Im November bin ich dreizehn, aber versprochen bin ich niemandem«, antwortete Ava und dachte für einen Moment an Marten, dann fragte sie: »Und wer ist Keno?«

»Du weißt nicht, wer Keno ist? Keno II. tom Brok, Sohn von Ocko I. tom Brok, Häuptling des Brookmerlandes. Keno wird ihm eines Tages als Häuptling nachfolgen.«

»Tom Brok?«, fragte Ava und erinnerte sich, dass der Torwächter vermutet hatte, sie gehöre zum Gefolge dieses tom Broks.

»Ja, tom Brok. Die tom Broks sind das mächtigste Häuptlingsgeschlecht hier in Ostfriesland! Sage bloß, du hast noch nicht von ihnen gehört. Woher kommst du denn? Aus dem Wald? Dann bist du für mich ab jetzt

Ava aus dem Wald«, lachte Adde und ahnte nicht, wie nah sie der Wahrheit gekommen war.

»Doch, ich habe schon von den tom Broks gehört«, entgegnete Ava und fand, dass sie noch nicht einmal log. Um von sich selbst abzulenken, setzte sie schnell hinzu: »Und du, wie kommst du dazu, den Häuptlingssohn zu heiraten, wenn das so ein mächtiges Geschlecht ist?«

»Weil ich die Tochter von Luward Idzinga von Norden bin, deshalb.«

»Dem Handelsort?«, hakte Ava nach und hätte zu gern auch noch gefragt, ob sie sich hier in Norden befanden, doch sie wusste nicht, wie sie es am geschicktesten anfangen sollte. Schon die Frage, ob Adde den Handelsort meinte, hätte sie nicht stellen sollen, wie sie an dem belustigten Blick des Mädchens sah, als diese sagte: »Oder bist du nicht aus dem Wald, sondern vom Himmel gefallen? Bist du vielleicht ein Engel?«

»So ähnlich«, gab Ava kleinlaut zu und fragte nun doch: »Sind wir vielleicht sogar in Norden?«

»Also gleich schaue ich nach, wo deine Flügel sind«, meinte Adde nun doch etwas verwundert. »Wir sind in Esens und heute ist die Feier, bei der Keno und ich einander versprochen werden!«

»Ja, weiß ich doch, ich habe nur Spaß gemacht«, log Ava und Adde schaute sie stirnrunzelnd an, dann erhellten sich ihre kindlichen Züge jedoch wieder und sie zog Ava, deren Besorgnis durch das Geplänkel wie weggeblasen war, weiter bis zum Spalt in der Umfriedung. Beide Mädchen spähten hindurch. Hatte sie es eben noch nicht vollständig erkennen können, gefror Ava nun das Blut in den Adern: Hinter der Umfriedung standen drei Pferche. In ihnen wurden jedoch keine

Tiere gehalten, sondern Menschen! In einem lagen und hockten ausgezehrte nackte Männer, in einem weiteren Frauen und im dritten und letzten Kinder.

»Was ist das«, flüsterte Ava ihrer Führerin mit hohler Stimme ins Ohr. »Sind das Pestkranke?«

»Nein, das sind Sklaven!«

Nur einen Augenblick später, Esens

Bereits als sie Ava vorhin zum ersten Mal in die blauen Augen geschaut hatte, hatte Adde mehr in ihr gesehen als das in Lumpen gehüllte Mädchen, das sie ohne Zweifel darstellte. Obwohl sie sich vollkommen fremd waren, fühlte Adde sich ihr nahe. Sie selbst war von Natur aus unbekümmert und scherte sich wenig um die Verhaltensregeln, die sie als Tochter des Häuptlings von Norden von klein auf vorgebetet bekommen hatte. Eine Regel besagte, sich nicht mit dem einfachen Volk einzulassen. Nicht, weil es sich nicht geziemte, sondern weil es gefährlich für die Nachkommen eines Häuptlings war. So sehr die Häuptlinge Ostfrieslands und ihre Leute über ihre Grenzen hinweg eine Einheit bildeten, so wenig waren sie wirkliche Freunde. Jeder wollte seine Ländereien und damit seine Macht und seinen Einfluss erweitern. Um sich nicht gegenseitig zu bekämpfen, wurden strategische Hochzeiten geschlossen, so wie ihre mit Keno II. Auch bei Addes Eltern war das so gewesen. Vor seiner Hochzeit war ihr Vater, der dem Häuptlingsgeschlecht der Abdenas entstammte, Drost von Emden gewesen. Nach der Vermählung mit ihrer Mutter Djudelt Itzinga wurde er der Häuptling von Norden und nahm hierfür den Namen seiner Frau an, Itzinga. Genaugenommen war Luward Itzinga gar nicht ihr Vater, obgleich sie ihn so nannte. Ihr leiblicher Vater war Eberhard Itzinga gewesen, er war jedoch kurz nach ihrer Geburt gestorben – über die genauen Umstände wusste sie nicht Bescheid, aber sie hatte sich aus Gesprächsfetzen, die sie über die Jahre aufgeschnappt hatte, zusammengereimt, dass er gemeuchelt worden war. Das war wohl auch der vorrangige Grund der Besorgnis, ihr könnte jemand etwas antun oder sie entführen, um etwas von ihren Eltern zu erpressen. Adde verstand dies sogar, dennoch glaubte sie gerade deswegen, dass ihr vom Volk her keine Gefahr drohte, außer jemand aus den einflussreichen Familien hätte einen einfachen Mann gedungen oder aus seiner Gefolgschaft geschickt. Denn genau die anderen mächtigen Geschlechter waren es, von denen, wenn überhaupt, Gefahr drohte – Intrigen waren unter ihnen an der Tagesordnung, das hatte Adde in ihrem jungen Leben bereits mitbekommen, ganz abgesehen davon, dass ihr leiblicher Vater aufgrund einer Intrige hatte sterben müssen, wie das Mädchen annahm. Demgegenüber hatte sie allerdings früh gelernt, ihrem Bauchgefühl zu vertrauen. Wenn ihr jemand merkwürdig vorkam, ging sie ihm aus dem Weg. Wenn sie sich sofort zu jemandem hingezogen fühlte, ganz gleich ob jung oder alt, Mann oder Frau, reich oder arm, dann schenkte sie demjenigen erst einmal Vertrauen. Indes war auch dieses Vertrauen nicht uneingeschränkt und sie stellte diese Menschen auf die Probe, bevor sie sie gänzlich in ihr Herz einließ. So wie jetzt Ava. Deswegen hatte sie sie hier zu den Pferchen geführt. Sie war gespannt, wie Ava auf die Leute, die dort wie Vieh gehalten wurden, reagierte. Darum beobachtete sie jetzt ganz genau die Miene, die das ältere Mädchen an den Tag legte. Sie war zufrieden. Ava schien entsetzt. Genau wie sie es gewesen war, als sie gestern auf ihrem heimlichen Streifzug durch Esens hier angekommen war. Ihr Instinkt hatte ihr sofort gesagt, dass es menschenunwürdig war, was sie sah. Später hatte sie sich dann erkundigt, was es mit den Pferchen und den Menschen darin auf sich hatte. Sie waren nicht krank, wie Adde zunächst und eben gerade ja auch Ava vermutet hatte. Es waren Bettler, Tagelöhner, Dirnen und andere Niedere, die eigens für die Ankunft ihrer Familie und vor allem der tom Broks auf Weisung der Esenser Oberen hier, hinter der Umfriedung des Marktfleckens, eingesperrt worden waren, damit sie die Augen der Gäste und die Feierlichkeiten durch ihr armseliges Aussehen und Verhalten nicht störten – so hatte es die Magd aus dem Haus ihres Gastgebers ausgedrückt, die sie um Auskunft gebeten hatte. Deswegen stimmte es vielleicht nicht, was sie eben zu Ava gesagt hatte – dass es sich in den Pferchen um Sklaven handelte. Amtlicherseits gab es nämlich in Ostfriesland keine Sklaverei. So wie es auch keine Leibeigenen gab wie in anderen Gegenden. In ihrer Heimat galt für jeden Bewohner die Friesische Freiheit, sie waren niemandes Eigentum. Natürlich waren sie ihrem Häuptling in gewissen Bereichen verpflichtet und gehörten damit zu seiner Gefolgschaft, doch vom Grundsatz her waren sie freie Menschen, mit denen kein Handel getrieben wurde und die auch sonst nicht von der Willkür eines Herren abhängig waren. Obwohl das in Ostfriesland so war, hatte Adde gestern keinen Moment daran geglaubt, dass die Menschen in den Pferchen einfach nur für die Zeit des Besuchs Kenos und ihrer Familie hinter den Marktflecken verbannt worden waren. Sie konnte selbst nicht erklären, warum sie es nicht glaubte. Vielleicht lag es daran, dass die Magd ihr nicht in die Augen schauen konnte, während sie ihr die Erklärung auftischte. Oder daran, dass die Menschen so traurig aus ihren hölzernen Verschlägen schauten. Darüber hinaus hätte es auch gereicht, für die wenigen Tage ein paar Zelte aufzuschlagen, anstatt feststehende Pferche zu bauen, aus denen die Menschen nicht herauskonnten. Überdies hatte Adde zwei Bewaffnete entdeckt, die die Niederen zu bewachen schienen. Adde ging auch davon aus, dass die Pferche nicht eigens für die Zeit der Feierlichkeiten errichtet worden waren, sondern schon länger da standen und einem bestimmten Zweck dienten: Seit einigen Jahren hörte man in Ostfriesland immer mal wieder von Verschwundenen. Meist waren es Menschen von niederem Stand, die kaum einer vermisste. Dennoch hielt sich das Gerücht, dass die Verschwundenen nicht einfach irgendwo ihren Tod gefunden oder sich auf und davon gemacht hatten, um in der Fremde ihr Glück zu suchen, sondern dass sie verschleppt worden waren, um im fernen Orient als Sklaven verkauft zu werden. Bisher hatte Adde nicht gewusst, was sie von diesem Gerücht halten sollte, als sie jedoch die Menschenpferche entdeckt hatte, hatte sie es zumindest für möglich gehalten. Esens lag als Umschlagplatz für diese menschliche Ware strategisch günstig direkt am Meer und war darüber hinaus ein viel besuchter Markt- und damit Handelsort. Gerade als Adde Ava fragen wollte, was sie von dem Anblick hielt – das war ihre Probe, wenn das Mädchen Mitleid bekundete, hatte sie sie bestanden –, veränderte sich deren Miene und Adde erschrak.

Zum gleichen Zeitpunkt an derselben Stelle

Ava hörte sie zuerst. Sie zählte gerade im Stillen die Menschen in den Verschlägen, als in ihrem Rücken Getrampel erklang, das immer näher zu kommen schien. Blitzschnell drehte sie sich um und sah sich zwei bewaffneten Männern gegenüber. Instinktiv steckte sie ihre Hand in die Tasche und fühlte dort nach ihrer Steinklinge. Je näher die Männer kamen, desto bedrohlicher wirkten sie auf sie. Jetzt drehte sich auch Adde um. Sie schien alles andere als beunruhigt. Hatte sie etwas mit den Männern zu tun? Hatte sie Ava hierher in eine Falle gelockt? Sollte auch sie zu einer Sklavin gemacht und in einen der Käfige gesperrt werden?

Weg hier! schrie alles in Ava, doch sie konnte sich nicht regen. Ihre Gliedmaßen waren wie eingefroren. Dann aber, kurz bevor die Männer bei ihnen angelangt waren, reagierte Ava endlich und da sie keinen anderen Fluchtweg hatte, versuchte sie, sich durch den schmalen Schlitz der Umfriedung zu zwängen. Als dies nicht gelang, trat sie wie ein wildgewordenes Tier gegen die Holzlatte daneben, und tatsächlich zerbarst diese nach drei kräftigen Stößen am unteren Ende. Ein Splitter durchbohrte dabei Avas Beinkleid, doch sie merkte es kaum, da sie jetzt versuchte, das restliche Holz mit den Händen herauszureißen. Als ihr auch das gelungen war, fühlte sie einen kräftigen Griff auf ihrer Schulter.

»Na, na, na, nicht so stürmisch!«, lachte eine grobe Männerstimme auf. Noch immer das herausgebrochene Stück Holz in Händen, schlug sie auf den Mann, der sie festhielt, ein. Durch ihre Panik hindurch hörte sie Adde immer wieder rufen: »Nicht, lasst!«, und noch eine weitere Männerstimme sagte: »Was ist denn das für eine kleine Wildkatze? Geht es Ihnen gut Maid Adde? Wurdet Ihr bedroht?« Dann fühlte sie, wie jemand sie an den Beinen packte. Sie verlor das Gleichgewicht und fiel rücklings zu Boden. Ein stechender Schmerz durchfuhr ihren Nacken, aber das kümmerte sie nicht. Sie versuchte, ihre Angreifer abzuwehren, doch die lachten nur und drückten sie zu Boden. Während sie sich unter den harten Griffen wand und mit den Beinen um sich trat, schrie sie wie am Spieß. Sie hörte Adde jetzt aufgebracht rufen: »Ja, also nein … Ava, nicht, beruhige dich!«, doch sie dachte nicht daran. Als sie kurz Luft holte, um erneut einen langen Schrei auszustoßen, knurrte der eine ihrer Peiniger: »Das wird mir jetzt zu bunt«, nahm ihren linken Arm und schleuderte sie herum, so dass sie auf dem Bauch zu liegen kam. Sie spürte, wie sich jemand rittlings auf ihren Rücken setzte. Sie versuchte, sich aufzubäumen, doch so recht gelang es ihr nicht. Der Messerstein, ich muss an ihn herankommen, dachte sie und dann sah sie hinter der Umfriedung zwei in Leder gewickelte Füße auf sie zukommen, wobei derjenige, dem sie gehörten, humpelte. Der Schrei, den sie gerade abermals losgelassen hatte, blieb ihr in der Kehle stecken. Sie kannte dieses lederne Schuhwerk. Sie würde es wohl niemals vergessen, aber sie hatte seinen Träger für tot gehalten … Geschwind drehte sie ihren Kopf in die andere Richtung. Ob er sie ebenfalls erkannt hatte?

Lag sie vielleicht sogar seinetwegen hier auf dem Boden, weil er sie bereits vorhin entdeckt hatte, und hatte er Adde benutzt, damit sie sie in die Falle führte? Ava hörte auf, sich gegen den Mann auf ihrem Rücken zu wehren, und blieb reglos liegen. Wenn sie Glück hatte, hatten ihre Bezwinger und der Humpelnde nichts miteinander zu tun und sie lieferte sich lieber den zwei Bewaffneten aus, als dem Mann, der Edda getötet hatte und beinahe auch sie. Und wenn doch alle zusammengehörten, wäre es jetzt sowieso zu spät.

»Was ist das hier für ein Tumult?«, hörte sie die Stimme fragen, die ihr die letzte Gewissheit verschaffte – es war sicher der Mann aus der Höhle, den seine Gefolgsleute allem Anschein nach aus dem Feuer gerettet hatten und der nun vor ihr stand, nur durch die Umfriedung von ihr getrennt.

»Wen habt ihr da? Ist das eine entlaufene Niedere?«, fragte der Mann herrisch.

»Wer will das wissen?«, entgegnete der Mann auf Avas Rücken.

»Das tut nichts zur Sache. Was ist das da an ihrer Fessel?«

Ava schluckte. Ihr Beinkleid war durch das Treten und Strampeln hochgerutscht, das spürte sie. Meinte der Böse etwa ihren Schmetterling? Immerhin kannten sich die Männer nicht.

Sie hörte auf zu atmen und sammelte gleichzeitig ihre verbliebenen Kraftreserven zusammen. Hel, hilf mir, flehte sie stumm. Als hätte ihre Schutzgöttin sie erhört, wurde um das daliegende Mädchen herum mit einem Mal alles grau. Zunächst dachte Ava, sie sei ohnmächtig geworden, doch dann spürte sie wieder den Mann auf ihrem Rücken und so vermutete sie, dass sich lediglich eine dunkle Wolke vor die Sonne geschoben hatte, die das gleißende Licht um sie herum wie eine Kerze ausgepustet hatte. In diesem Moment traten zwei nackte kleine Mädchenfüße in ihr Gesichtsfeld und Ava schloss ihre Augen. Sie konnte nichts anderes mehr tun, als abzuwarten, was die Schicksalsnornen für sie bereithielten.

»Das ist Blut«, erklang jetzt Addes Stimme, die auf Ava wie verwandelt wirkte – irgendwie gebieterisch.

Der Böse lachte hässlich auf. »Was willst du denn, Kleine? Ich habe nicht mit dir gesprochen. Schweig, wenn Männer sich unterhalten. Also, was ist das da? Ich meine nicht das Blut. Ich sehe selbst von hier den großen Splitter, den sie sich eingefangen hat. Ich meine das Zeichen, worüber das Blut der Dirne gelaufen ist.«

Auf Avas Rücken regte es sich. Der Mann auf ihr hatte ihre Arme, die er zuvor niedergedrückt auf die harte Erde gehalten hatte, losgelassen. Dann nahm sie das zischende Geräusch eines Schwertes wahr, das aus seiner Scheide gezogen wurde. Sie fragte sich, ob sie den Moment nutzen sollte, um sich rasch unter ihm hervorzuwinden, ließ es aber bleiben. Der Böse hatte nichts mit den Bewaffneten und Adde zu tun und trotz ihrer misslichen Lage boten die drei ihr momentan Schutz und waren somit das geringere Übel.

»Ich verbiete Euch, so mit mir zu reden. Und wenn Ihr das Zeichen kennen würdet, würdet Ihr nicht so unbestimmt nachfragen. Es ist das Wappen meines Geschlechts, der Idzinga, erkennt Ihr etwa nicht den auffliegenden Adler? Wir haben es dieser Jungfer eingebrannt, sie ist meine Sklavin!«, erklärte Adde herablassend.

»Ihr, eine Idzinga? In diesem Aufzug? Dass ich nicht lache«, entgegnete Eddas Mörder harsch. »Und das Wappen der Idzinga von Norden trägt zwei Löwen!«

»Wie ich mich kleide, überlasst mir. Und zu Eurer Belehrung: Der auffliegende Adler ist unser Ursprungswappen. Mein seliger Vorfahr Hicco Idzinga hat es seinerzeit eingeführt. Die Löwen haben es ersetzt, als meine geliebte Mutter meinen Vater heiratete. Aber ich will Euch Eure Unwissenheit nachsehen. Sicher kommt Ihr nicht von hier. Und jetzt belästigt uns nicht weiter, sondern geht lieber wieder Euren dreckigen Geschäften nach, sonst hetze ich meine Wachmänner auf Euch!«

»Pah, ich lass mir doch von einem Kind nicht drohen und wieso sollte ich Euch Eure Geschichte glauben?« – Ava registrierte, dass der Mann Adde trotz seiner Worte nun wie eine Höhergestellte angesprochen hatte – er schien ihr also doch zu glauben oder sich wenigstens nicht sicher zu sein, ob er es besser tun sollte.

»Was geht hier vor?«, erklang nun plötzlich die abgehetzte Stimme der Amme, die Ava bereits aus der Kirche kannte. »Maid Adde, ich hatte Euch doch gesagt, dass Ihr euch nicht entfernen sollt, und dann seid Ihr auch noch hier bei dem Gesindel. Glücklicherweise haben Euch die Wachmänner gefunden. Nicht zu spät, wie mir scheint. Aber wo ist Euer Kleid? Und warum sitzt du auf dem Kind, Wachmann? Wurde mein Fräulein bedroht? Maid Adde, diese Gegend ist nichts für Euch, wie oft soll ich Euch das noch sagen? Und wer seid Ihr, mein Herr?«

Die Amme hörte sich aufgebracht an, doch es klang auch Sorge mit. Bevor der Böse ihr antworten konnte, ergriff Adde wieder das Wort, während sie sich zu Ava herunterbeugte und sie verschmitzt ansah: »Wie Ihr schon sagtet, Amme, der Mann dort hinter der Umfriedung gehört zu dem Gesindel, und jetzt lasst uns gehen. Die Festlichkeiten beginnen bald und wir müssen uns noch von dem Abschaum hier reinwaschen.«

Mit einer Handbewegung bedeutete sie dem Bewaffneten, der noch immer auf Ava saß, diese freizugeben, dann zog sie sie hoch, hakte sie unter und ging mit ihr den Pfad zurück in Richtung des Ortskerns. Ava ließ das alles mit sich geschehen – nur weg von dem Bösen, dessen Blick sie in ihrem Rücken wie brennende Kohlen spürte.

5. Kapitel – Sommer-Herbst 1380 nach Christi

»Alles in Butter«

Diese Redensart, die meint, dass »alles in Ordnung« ist, ist auf Fuhrleute des Mittelalters zurückzuführen. Teures Glas legten diese damals für den Transport in Fässer, die sie im Anschluss mit heißer Butter auffüllten. War die Butter abgekühlt und wieder hart, war sie eine gute Schutzschicht, um das Glas vor Bruch durch die Stöße zu bewahren, die durch das Rumpeln der Kutschen auf den Transportwegen hervorgerufen wurden. Das Glas ist auf diese Weise heil bei seinem Empfänger angekommen und die Fuhrleute bekamen keinen Ärger mit ihren Auftraggebern.

Knapp drei Wochen später, Anfang Juni 1380, Lübsches Tor zu Wismar

SIE HATTEN IHR NACHTLAGER kurz vor dem Lübschen Tor aufgeschlagen. Der Fuhrmann wie auch der Handelsgeselle schliefen unter dem Karren, Ava inmitten der Handelswaren, die das Gefährt geladen hatte. Knapp sieben Tage hatten sie bis hierher benötigt und das Mädchen war froh, dass es seine Füße für diese Zeit etwas hatte schonen können, da es kaum hatte laufen müssen. Ava wackelte bei diesem Gedanken mit ihren Zehen – Adde hatte ihr Füßlinge aus weichem Leder geschenkt und noch immer waren sie wie neu. Sie hatte Ava ebenfalls in ein schlichtes, aber feines Gewand kleiden lassen, das diese sich jetzt über den Kopf zog, um es gegen ihre alte Gewandung zu tauschen. In Esens hatte sie festgestellt, dass man besser gekleidet mehr auffiel als in abgetragener Gewandung. Nur die Füßlinge ließ sie an.

Die letzten beiden Nächte hatten sie in Gasthäusern übernachtet, doch gestern waren sie erst vor den Toren Wismars angekommen, als diese gerade verschlossen worden waren. Selbst ein paar Münzen und gute Worte seitens des Handelsgesellen hatten nicht geholfen, den Torwächter zu überzeugen, sie doch noch einzulassen. Deswegen hatten sie sich dann am Rande einer Viehweide niedergelassen. Ava wusste nicht viel über ihre Reisegenossen. Die beiden hatten kaum das Wort an sie gerichtet, und sie hatte es ihnen gleichgetan. Was hätte sie auch reden sollen? Und je weniger sie es tat, desto weniger Fragen konnten ihr gestellt werden. Zu Beginn ihrer Reise war ihr bei der Vorstellung, sie allein mit den beiden Männern zu begehen, noch unwohl gewesen, doch inzwischen wusste sie, dass ihr kaum etwas Besseres hätte widerfahren können. Nicht nur, dass sie sie mit jeder Meile weiter von Ostfriesland und damit Eddas Mörder weggebracht hatten, sie hatten sie auch gut behandelt. Ihr gut zu essen gegeben und die gesamte Reise einigermaßen komfortabel für sie gestaltet. Das lag sicherlich auch an der stattlichen Entlohnung, die sie von Adde erhalten hatten, um sie »sicher und ohne Schaden«, wie die junge Tochter von Luward Idzinga von Norden es ausgedrückt hatte, in die Hansestadt Wismar zu bringen.

Nach dem Vorfall an der Umfriedung hatte Adde Ava nicht zu ihrer Herkunft befragt und ebenfalls nicht zu ihrem Mal. Ava hatte es wohlweislich genauso gehalten und sich nicht erklärt, während Adde sie in das Haus mitnahm, in dem ihre Familie für ihre Zeit in Esens weilte. Sie hatte sich dort merkwürdig gefühlt, war gehemmt gewesen, was nicht an den herrschaftlichen Gepflogenheiten der Bewohner lag, sondern an dem Haus an sich. Schließlich kannte sie bisher nur die Höhle und die enge Köhlerhütte als Heimstatt. Dennoch hatte sie sich nicht beklagen können. Alle waren freundlich und zuvorkommend gewesen. Die Amme hatte Ava zwar des Öfteren von der Seite achtsam beäugt, sich dann jedoch dem Wunsch ihrer jungen Herrin gebeugt und Ava ihren Argwohn nicht weiter spüren lassen, da Adde mit Nachdruck gemeint hatte, dass sie nicht auf das Fest gehen würde, wenn ihre neue Freundin sie nicht begleiten durfte. Addes hochgestellte Eltern hatten sich nicht weiter um die neue Begleitung ihrer Tochter gekümmert, sondern sie nach ein paar Worten mit der Amme wohlwollend hingenommen, wie Adde ihr grinsend berichtet hatte. So war Ava zum ersten Mal in ihrem Leben in einem Badezuber gewaschen und anschließend in das Kleid gehüllt worden, das sie sich eben gerade ausgezogen hatte. Dann war der Abend gekommen und sie hatte neben Adde an einer langen Tafel gesessen. Zunächst hatte sie ein ungutes Gefühl dabei gehabt. Sie war befangen gewesen und wusste nicht, wie sie sich in dieser Gesellschaft benehmen sollte, ohne aufzufallen. Addes unbekümmerte Art hatte es ihr dann jedoch leicht gemacht. Das Mädchen hatte ihre Pein bemerkt, sie mit dem Ellenbogen angestupst und ihr zugeraunt: »Keine Sorge, du kannst dich nicht falsch aufführen, du sitzt neben mir und schließlich ist das mein Fest. Und sonst schau einfach, wie ich es mache und gut ist.« Ava war erleichtert gewesen und hatte zu ihrer grundeigenen Sicherheit zurückgefunden – tatsächlich schien sie kaum jemand zu beachten, dafür aber Adde: Ihnen gegenüber hatte eine edle Frau Platz genommen, die die Häuptlingstochter fast unentwegt musterte. In einem der wenigen unbeobachteten Momente hatte Ava das Mädchen gefragt, wer die Frau sei.

»Das ist Foelke, die Mutter von Keno II. und bald meine Schwiegermutter«, hatte Adde geantwortet und sich weiter ihrem Hammelfleisch gewidmet.

»Und welcher von den Männern hier ist Keno?«, hatte Ava daraufhin wissen wollen. Zuvor hatte noch keine Gelegenheit bestanden, sich den künftigen Gemahl ihrer neuen Freundin zeigen zu lassen.

»Der da, süß, oder? Er ist ein wahrer Prachtkerl, finde ich.« Addes Augen wanderten zu Ocko I. tom Brok. Von ihm wusste Ava bereits, dass er Addes künftiger Schwiegervater und Häuptling des Brookmerlands war. Er saß am Kopf der langen Tafel, hatte vorhin, als sie sich alle hier versammelt hatten, seinen Becher erhoben, einen Trinkspruch ausgebracht und zum gemeinsamen Mahl aufgefordert. Neben ihm saß Addes Vater und auf der anderen Seite ihre Mutter, die gerade einem Neugeborenen, das wiederum glucksend auf Ockos Arm lag, fröhlich Grimassen schnitt.

»Du meinst …«, Ava hatte es nicht recht glauben wollen und sich fast an dem Stück Brot in ihrem Mund verschluckt. Sie hatte husten müssen. Adde hatte ihr ihren Becher gereicht und sie belustigt angesehen: »Ja, genau, der Kleine da auf Ockos Arm. Das ist Keno II., ihn werde ich heiraten.«

Nachdem Ava einen großen Schluck ihres verdünnten Bieres getrunken hatte, hatte sie sich zusammennehmen müssen, um nicht loszuprusten. Stattdessen hatte sie hinter vorgehaltener Hand breit gegrinst und Adde hatte es ihr gleichgetan und mit den Schultern gezuckt: »Ich habe es mir nicht ausgesucht, sondern unsere Eltern. Das ist so. Aber wie gesagt, ich finde ihn süß. Wenn das so bleibt, kann nichts schiefgehen.«

Auch jetzt musste Ava bei dem Gedanken kichern. Wie merkwürdig doch diese Welt war, die sie sich bis vor einiger Zeit immer nur vorgestellt hatte. Die Wirklichkeit übertraf alles, was sie sich ausgemalt hatte, und auch das, was Edda und Marten ihr erzählt hatten. Die letzten Tage hatte sie sich gefragt, ob sie – wenn sie die Wahl hätte – wieder zurück in ihr altes Leben wollte. Abgesehen davon, dass sie Edda gern lebend gewusst hätte und Marten als Freund, der sie niemals verraten würde, wusste sie es nicht. Sie fand die Welt der Menschen, wie auch sie selbst einer war, nach wie vor faszinierend und spannend, wenn auch gefährlich. Seit dem Tag nach der Kirche und bei den Pferchen war ihr der Mann, der Edda umgebracht hatte, kaum eine Sekunde aus dem Gedächtnis gegangen. Stets lauerte er in einer Windung ihres Hirns darauf, dass sie sich entspannte, und dann trat er aus dem Nebel der Erinnerung nach vorn und bedrohte sie allein durch sein Bild. Das war auch der Grund, weswegen sie jetzt hier auf dem Karren vor dem Tor zu Wismar saß und nicht in einem weichen, großen Bett, an Adde gekuschelt, wie in den vergangenen Wochen lag. Ava hatte sich immer wieder gefragt, wieso der Mann sich so für ihren Schmetterling interessiert hatte. Was hatte es mit dem Mal auf sich? Edda hatte dazu geschwiegen, sie hatte ihr nur von klein auf gesagt, dass sie ihn – wenn es einst dazu kommen sollte, dass sie unter Menschen geriet – verdecken solle, damit ihn niemand sah. Bis zu dem Moment, als sie mit Adde, der Amme und den beiden Bewaffneten auf dem Pfad die Umfriedung hinter sich gelassen und sich einigermaßen gesammelt hatte, hatte sie an Eddas Mahnung nicht gedacht. Kurz vor der Biegung in den Ort hinein hatte sich jedoch das Rauschen des Winds in die Stimme der Großmutter verwandelt. Zuerst hatte Ava sie nur die Weise summen hören, doch dann hatte Edda gesprochen: »Ava, Liebes, du musst besser aufpassen. Habe ich dich nicht gelehrt, dass du dein Mal vor den Augen anderer verstecken sollst?«

Ava hatte Adde von der Seite angeblickt, ob sie die Stimme auch gehört hatte. Die Kleine hatte keine Regung gezeigt, sondern war sorglos neben ihr hergegangen, während sie irgendetwas über ihr Kleid für den Abend plapperte. Ava war stets davon ausgegangen – und Edda hatte dem nie widersprochen –, dass Hel ihr den Schmetterling als Zeichen ihres Schutzes mitgegeben hatte. Das glaubte sie nach wie vor, doch warum hatte der Böse sich dafür so auffallend interessiert? Hatte das etwas mit Eddas Vergangenheit zu tun? Aber Edda hatte kein solches Mal gehabt. Nach diesem Tag war ihr trotz des weichen Bettes, in dem sie neben Adde ihre Nächte verbracht hatte, und dem Schutz durch die Bewaffneten im Gasthaus der Familie Idzinga immer wieder Eddas Mörder im Traum erschienen. Sie war dann jedes Mal mit Herzrasen und schweißnass aufgewacht und hatte nur mit Mühe zurück in den Schlaf gefunden – am Tage war er nur ein bedrohendes Bild, das sie begleitete, doch in der Nacht sprach er zu ihr und fragte nach dem Mal. Auch eben war sie wieder durch ihn wach geworden, jedoch nicht voll Schrecken, da sie sich weit weg von dem Bösen wusste. Darüber hinaus war es ihr ganz recht, so früh erwacht zu sein, da sie sich so von dem Karren wegschleichen konnte, ohne sich von ihren Reisebegleitern zu verabschieden. Sie wollte nur auf die Öffnung des Tores warten und dann in der vor ihr liegenden Hansestadt untertauchen. Niemand, nicht einmal die beiden Männer, die ihren Namen nicht kannten und auch sonst keine Fragen gestellt hatten, sollte wissen, wohin es sie verschlagen würde. Noch wusste sie es ja selbst nicht.

Adde hatte sie nur ungern ziehen lassen und auch Ava hatte mit sich gerungen – sie mochte die kleine Häuptlingstochter sehr und auch das komfortable Leben, das sie an ihrer Seite führte, gefiel ihr. Dennoch war da dieses Gefühl in ihr, nicht wirklich dazuzugehören. Die Idzingas und ihre Leute würden ihr bis zu einem gewissen Grad immer fremd bleiben. Das lag gar nicht so sehr daran, dass sie in der Höhle und dem Wald ein komplett anderes Leben geführt hatte. Im Gegenteil, sie hatte keinerlei Probleme, die Gepflogenheiten, die die Menschen hier hatten, zu übernehmen und sich anzupassen. Es war etwas in ihrem Wesen, das sie niemals würde abstellen können: der Drang nach Freiheit. Auch Adde war freiheitsliebend und wenn sie mal wieder der Amme entwischt waren, freute sie sich diebisch. Aber Ava reichte das nicht. Darüber hinaus wollte sie jetzt, da das Schicksalsrad sie in die Welt hinausgestoßen hatte, auch so viel wie möglich von dieser sehen und kennenlernen. So hatte sie bereits daran gedacht weiterzuziehen, jedoch noch nicht gewusst, wann sie es tun wollte. Als sie dann aber gemeinsam mit Adde, deren Amme und einer Magd auf dem Markt gewesen war und von weitem den Bösen leibhaftig erblickt hatte, hatte sie, kaum zurück, angefangen, ihre wenigen Sachen zusammenzupacken. Adde hatte nicht gefragt, warum. Ihr Blick war jedoch voller Verständnis gewesen. Natürlich hatte sie von Ava nach dem Vorfall bei der Umfriedung wissen wollen, ob sie den Mann kennen würde. Ava hatte dazu nur stumm genickt und dann waren ihr die Tränen gekommen, die langsam ihren Weg hinab über die Wangen gekullert waren, um dann von ihrem Kinn zu tropfen. Sie hatte ihren Tränenfluss nicht steuern können. Adde hatte sie in den Arm genommen und alles andere als kindlich gesagt: »Du musst nichts mehr sagen. Sprich, wenn du so weit bist.«

Während Ava nach dem Markttag ihren kleinen Beutel gepackt und Anstalten gemacht hatte, das Kleid auszuziehen, hatte Adde sich von der Spindel, an der sie gesessen und sie beobachtet hatte, erhoben, war an ihre Truhe gegangen und hatte eine Kette mit einem Medaillon herausgeholt. Sie war an Ava herangetreten, hatte gesagt: »Lass das Kleid bitte an, es gehört dir« und ihr dann die Kette umgelegt. »Auch die schenke ich dir«, hatte das Mädchen erklärt. »Sie soll dich immer begleiten und anderen zeigen, dass du unter dem Schutz meiner Familie stehst.« Dann hatte sie sich abgewandt und war aus dem Raum gegangen. Als sie wiederkam, sagte sie ohne Einleitung: »Ich weiß, dass ich dich nicht überreden kann zu bleiben, aber ich weiß auch, dass sich unsere Wege wieder kreuzen werden. Und falls ich mich irre, kannst du dir gewiss sein, dass du immer in meinem Herzen sein wirst.«

»Und du in meinem«, hatte Ava daraufhin leise gemurmelt.

Adde hatte sie traurig angelächelt und hatte fortgefahren: »Im Hof wartet ein Karren auf dich. Er wird dich nach Wismar bringen. Im Mecklenburgischen wird dich niemand vermuten. Und jetzt lauf, der Karren wartet nicht ewig.«

Bei der Erinnerung an die Großmütigkeit von Adde Idzinga wurde Ava schwer ums Herz. Doch bevor sie sich dem hingeben konnte, sah sie, wie sich etwas am Lübschen Tor regte. Behände löste Ava nun den Leinenwickel um ihre Fessel, der den Schmetterling seit dem Vorfall in Esens verbarg, um ihn direkt wieder neu zu binden. Als er fest genug saß, so dass sie nicht befürchten musste, dass das breite Band sich löste, sprang sie mitsamt ihrem kleinen Bündel leichtfüßig vom Karren und lief zum Tor, ohne dass der Fuhrmann und der

Handelsgeselle erwachten. Sie mischte sich mit Herzklopfen unter die Leute, die bereits in die Stadt drängten und huschte tatsächlich unbehelligt von der Torwache hinein nach Wismar.

Zur gleichen Zeit in der Hansestadt Hamburg

SIE STRICH ÜBER IHREN BAUCH. Es war wie damals. Vor knapp dreizehn Jahren. Geske schluckte. Sie erinnerte sich nur zu gut. Vor dreizehn Jahren hatte sie sich über die Frucht in ihrem Leib gefreut, weil sie gehofft hatte, dass das Kleine ihr zu einem besseren Leben verhelfen würde. Aber heute? Heute führte sie zwar nicht das Leben einer anständigen und wohlhabenden Bürgerin, dennoch ging es ihr gut und es mangelte ihr an kaum etwas. Ein Kind könnte diesen Zustand ändern. Nicht in der Form, wie sie es damals gehofft hatte. Ganz im Gegenteil. Wilhelm Spiekermann würde es nie als sein eigenes annehmen und sie mitsamt seinem Bastard verstoßen. Das wusste sie inzwischen. Zwar glaubte sie nicht, dass er ihr damals, als sie hochschwanger nach Ostfriesland zu ihrer Mutter gewandert war, die Männer auf den Hals gehetzt hatte, aber das Kind hätte er trotzdem nicht akzeptiert, obwohl er ihr damals gesagt hatte, sie bräuchte sich keine Sorgen zu machen. Heute wusste sie es besser und war nicht mehr so leichtgläubig. Nach wie vor war Geskes Liebe zu Wilhelm Spiekermann vorhanden, doch am Ende war sie seinem Geldbeutel geschuldet, mit dem er großzügig umging. Zumindest, solange sie ihm zu Willen war. So ehrlich war sie sich selbst gegenüber. Als sie sich vor Jahren zufällig im Badehaus wiedergetroffen hatten, war sie ihm dankbar gewesen, dass er sie dort herausgeholt hatte. Sie hatte es richtig anzustellen gewusst, ihn dazu zu bringen, sie nicht mit anderen Männern teilen zu wollen. Auch mit einem Kind würde er sie nicht teilen wollen. Hatte sie früher als junges, unerfahrenes Mädchen noch zu ihm aufgeschaut, war auch diese Verehrung inzwischen dahingeschmolzen. Der Kaufmann war zwar ein echter Kerl in der Bettstatt, doch seine Frau Juliane hielt in allen anderen Angelegenheiten das Zepter in der Hand. Und dieses Weib würde nie einen Bastard ihres Mannes dulden, selbst wenn Wilhelm es wider Erwarten tun sollte. Juliane Spiekermann würde alles daransetzen, Geske und ihrem Kind das Leben schwerzumachen, so dass sie letztendlich in der Gosse landen würde. Die Frau war vermögend, herzlos und und dazu noch streng gläubig – eine höchst gefährliche Mixtur. Wilhelm dachte, sein Weib hätte keine Ahnung von seiner Geliebten, doch Geske wusste es besser. Bereits zu Beginn ihres Konkubinats hatte Juliane sie in der Brauerei, in der Wilhelm sie nach ihrem Wiedertreffen untergebracht hatte, aufgesucht. Juliane Spiekermann hatte ihr unmissverständlich klargemacht, dass es ihr gleichgültig war, dass ihr Gemahl sich mit Geske vergnügte. Sollte Geske allerdings auch nur auf die Idee kommen, mehr als nur Wilhelm Spiekermanns Gespielin sein zu wollen, würde sein Eheweib sie beim Klerus melden.

»Und glaube nicht, dass du schlauer bist als ich«, hatte ihre ehemalige Herrin gedroht und Geske klangen die Worte auch jetzt noch im Ohr, als wären sie eben erst gesagt worden: »Sollte mein Gemahl sich jemals von mir oder seinen legitimen Kindern abwenden, sei es durch Einflüsterungen, die du ihm machst, während er zwischen deinen schmutzigen Beinen liegt, oder durch einen Bastard, den du ihm unterjubelst, wie du es schon einmal versucht hast, dann schaufelst du dir dein eigenes Grab. Ich habe als ehrbare Frau Gott auf meiner Seite. Und jetzt sag mir, was ist mit deinem Balg geschehen?«

»Es war … ich habe es verloren. Tot geboren«, hatte sie gelogen, so wie sie auch Wilhelm nicht die Wahrheit gesagt hatte, als er ihre gerissene Haut auf dem Bauch gesehen und sie gefragt hatte, was mit dem Kind geschehen war, dass er in sie hineingepflanzt hatte.

»Ist das auch wahr?«, hatte Juliane Spiekermann sie mit drohendem Blick gefragt. »Du weißt, Gott bestraft jede Lüge.«

Geske hatte zwar Furcht vor der langen Hand Gottes, allerdings hatte sie bereits so viel gesündigt, dass diese Lüge um Ava auch nichts mehr ausmachte. »Ich weiß«, hatte sie deswegen gesagt, »aber es ist wahr. Meine Tochter war eine Totgeburt. Ich habe sie auf meinem Weg in die Heimat im Moor geboren. Sie hat von Anfang an nicht gelebt, so habe ich sie dem Moor überlassen.«

»Eine Tochter … Dem Moor überlassen, so so«, hatte ihre ehemalige Herrin sie nachdenklich begutachtet. »Ich weiß nicht, ob ich dir glauben soll. Seit wann begraben Ostfriesen ihre Toten im Moor? Gut, die meisten von euch sind Heiden und gaukeln einem ihr Christentum nur vor, aber dem Moor überlassen? Ganz ohne Zeremonie?«

»Ich … mir … ging es nicht gut. Ich … ich war nach der Geburt sehr erschöpft und schwach. Und … und ich … ich habe im Sumpf mehrere Tage bis zu meiner Genesung allein verbracht. Ich wollte nicht, dass ein wildes Tier meine tote Tochter holt oder durch sie angelockt wird und … und da habe ich sie dem Moor gegeben«, hatte sie ihre Geschichte weiter ausgeführt, die in Teilen ja sogar der Wahrheit entsprach. Juliane Spiekermann hatte nichts mehr dazu gesagt, sondern ihr den Rücken zugedreht und war gegangen.

Geske strich ein weiteres Mal über ihren Bauch. Noch wusste nur sie von der Frucht in ihrem Leib, doch bald schon würde man es ihr ansehen. Sie selbst hatte es bereits geahnt, bevor sie sicher gewesen war, weil sie nicht geblutet hatte. Ihre Brüste waren als Erstes voller und schwerer geworden, was Wilhelm eine wahre Freude war, ihr jedoch weniger, da Berührungen schmerzten. Auch verspürte sie immer wieder Heißhunger auf Rote Bete, deren erdigen Geschmack sie normalerweise nicht so gern mochte, und Gerüche, die sie nie gestört hatten, bereiteten ihr nun Unwohlsein. Sogar das französische Duftwasser, das Wilhelm ihr unlängst auf einer Reise geschenkt hatte, konnte sie nicht anlegen, ohne dass ihr schlecht wurde. Überhaupt war die Übelkeit das Schlimmste an ihrem Zustand. Als sie Ava in sich getragen hatte, war es ihr auch so ergangen. Was wohl aus ihr geworden war? Auf jeden Fall war es richtig gewesen, sie bei Edda zu lassen. So hatte Ava wenigstens die Möglichkeit auf ein einigermaßen erträgliches Leben gehabt. Und sie selbst auch. Geske fuhr sich mit der flachen Hand über die Stirn, um den Gedanken an ihre Tochter wegzuwischen. Das einzig Gute an ihrer Schwangerschaft war, dass sie seitdem erhebliche Lust auf Wilhelm verspürte und ihr das Liebesspiel mit ihm ungemeines Vergnügen bereitete. Das kannte sie nicht von sich. Normalerweise war der Beischlaf für sie nur Mittel zum Zweck, um Wilhelm Spiekermann im wahrsten Sinne des Wortes bei der Stange zu halten. Wenn sie aber jetzt an die Unzucht, die sie miteinander trieben, nur dachte, geriet ihr Blut in Wallung. Auch in diesem Augenblick spürte sie wieder ein wohliges Kribbeln zwischen ihren Schenkeln. Geske schenkte der Lust keine weitere Beachtung, seufzte und stand von ihrem Schemel auf. Das Kind musste weg. Es führte kein Weg daran vorbei. Und dieses Mal würde sie nicht bis zur Geburt warten, sondern das neue Leben noch in ihrem Körper im Keim ersticken. Ihre Mutter hätte ihr ein Mittel geben können, doch wie sollte sie Wilhelm eine, wenn auch nur kurze, Reise nach Ostfriesland erklären? Sie war sein Eigentum, er bezahlte sie täglich dafür, auch wenn er noch so nett tat, und würde ihre Abwesenheit nicht billigen. Sie könnte es auch nicht heimlich machen, denn er selbst hatte in nächster Zeit nicht vor, auf Reisen zu gehen. Das überließ er neuerdings gern seinem Sohn Johannes. Sie musste hier in Hamburg jemanden finden, der ihr das Kind aus dem Leib trieb. Und sie wusste auch schon, wo sie zumindest einen Namen genannt bekäme: Im Badehaus, in dem noch einige Mädchen, die sie von früher kannte, die Arbeit an Männern verrichteten, die sie selbst jetzt nur noch Wilhelm zugutekommen ließ.

Kurz darauf in der Hansestadt Wismar

In der Stadt herrschte bereits arbeitsames Treiben und Ava war froh über die Entscheidung, ihr Kleid wieder gegen ihre eigentliche Gewandung getauscht zu haben. Denn so würdigte sie in den Gassen Wismars kaum einer eines Blicks. Sie sah aus wie die einfachen Menschen, die ihre Karren zum Markt zogen oder ihre Tiere zu den Toren trieben, damit sie außerhalb der Stadtmauern weiden konnten. Gut, vielleicht sah sie ein bisschen zerlumpter als die Städter aus, aber das schien niemanden zu stören oder niemand zu merken. Noch nicht einmal die Edelleute interessierten sich für sie. Ganz im Gegenteil wandten sie den Blick von ihr ab, als könnte ihre augenscheinliche Armut auf sie überspringen.

Der Handelsgeselle und der Fuhrmann hatten sich auf ihrer Reise über Wismar unterhalten und so hatte sie erfahren, dass die Stadt Mitglied der Hanse war und sogar Kaiser Karl IV. sie vor einigen Jahren besucht hatte. Unter der Führung ihres mecklenburgischen Herzogs, der im Streit mit Dänemark gelegen und deshalb auch Seeräuberschiffe mit Kaperbriefen ausgestattet hatte, die mit dieser Legitimation die Ostsee unsicher machten, hatte Wismar das Verbot der Hanse, von den Seeräubern geraubte Waren zu kaufen oder zu verkaufen, verletzt. Nachdem Herzog Albrecht II. jedoch unlängst gestorben war, hatte sein Sohn Albrecht III. nicht nur einen Friedensvertrag mit Dänemark geschlossen, sondern damit zugleich auch den Kaperkrieg beendet.

Ava streifte den Tag über unbehelligt in Wismar umher. Auf diese Weise lernte sie die Stadt und ihre verschiedenen Winkel kennen. Die Gassen waren recht gerade und übersichtlich angelegt, so dass sie sich schnell gut orientieren konnte. Als es anfing zu dämmern, schlug sie den Weg zum Hafen ein, den sie bereits am Morgen begutachtet hatte. In der ganzen Stadt war ihr der Hafen am geeignetsten erschienen, um dort die Nacht zu verbringen. Während der Markt sich geleert und die Wismarer Bürger sich in ihre Häuser zurückgezogen hatten, herrschte am Hafen noch einiges Treiben und sie würde dort weniger auffallen. Zudem wurde vor dem Hafen gebaut – für Ava sah es so aus, als sollte hier ein gewaltiges Gotteshaus entstehen – und sie wollte sich zwischen den großen Steinen und dicken Holzbalken eine Nische suchen. Selbst wenn sie hier jemand entdeckte, glaubte sie, dass sie unbehelligt bleiben würde, da sie davon ausging, dass sie nicht die Einzige sein würde, die hier in der Nähe des Hafens ihr Nachtlager aufschlug. Von Adde wusste sie, dass es in Städten nicht gern gesehen wurde, wenn Menschen gerade in der Nacht irgendwo »herumlungerten«, ja, so hatte die kleine Häuptlingstochter es genannt. Herumlungern. Selbst Bettler, wenn sie in einer Stadt überhaupt zugelassen waren, hatten bestimmten Regeln zu folgen, wenn sie nicht vertrieben werden wollten. Wie es genau in Wismar war, hatte sie jedoch nicht sagen können. Natürlich hatte Adde in diesem Zusammenhang auch wieder die Eingepferchten in Esens angesprochen und Ava angefleht, auch wirklich auf der Hut zu sein. Ava hatte dazu genickt, was hätte sie auch sonst tun sollen, schließlich war sie seit ihrer Flucht aus der Höhle auf der Hut vor allem Bösen und Unbekannten.

Ava ging davon aus, dass die Stadtwache am Hafen keinen genauen Überblick über Fremde und Bürger der Stadt hatte. Tatsächlich war hier ein Kommen und Gehen zwischen Vergnügungssuchenden und Arbeitern, die auch jetzt noch die auf den Wellen tänzelnden großen Schiffe löschten. Dennoch wusste das Mädchen, dass es sich über kurz oder lang eine Bleibe suchen musste, doch fürs Erste würde eine versteckte Ecke auf der Baustelle genügen, zumal sie sich noch nicht sicher war, ob sie überhaupt auf Dauer in der Stadt bleiben oder doch weiterziehen würde.

In der Nacht wachte Ava frierend auf. Trotz der milden Temperaturen tagsüber waren die Nächte noch ziemlich kalt. Hinzu kam, dass Ava sich zwar in einem windgeschützten Winkel zusammengerollt hatte, der harte Boden jedoch in der Dunkelheit schnell ausgekühlt war und ihrem Körper so auch die Wärme von unten entzog, zumal sie keine Schlafunterlage hatte. Kaum erwacht, spürte sie ihren Hunger. Hier in der Stadt nützt mir meine Schleuder und das viele Üben mit ihr nichts, dachte sie missmutig, setzte sich auf, holte den Wasserbeutel heraus, den sie aus Esens mitgebracht hatte, und nahm einen Schluck daraus. Sie überlegte, ob sie noch einen zweiten nehmen sollte, ließ es dann aber bleiben, da der Beutel fast leer war. Sie wusste zwar, wo sie sich wieder Wasser abfüllen konnte, hatte aber keine Lust, jetzt zu dem Brunnen zu gehen, den sie schon am Nachmittag aufgesucht hatte. Er lag im Inneren von Wismar – hier am Hafen hatte sie vorhin keinen weiteren entdeckt. Sie würde einfach bis zum Tagesanbruch warten. Viel dringlicher war es jetzt, ihren Hunger zu stillen, doch wie? Woher sollte sie mitten in der Nacht etwas zu essen in dieser Stadt bekommen? Sie hatte seit gestern Abend nichts mehr zu sich genommen und am Tag hatte sie es vor Aufregung über die große Stadt vergessen. Sie hätte es sogar bezahlen können, da Adde ihr auch ein paar Münzen mitgegeben hatte, die sie in einer kleinen Geldkatze, die um ihre Hüften geschlungen war, verwahrte, doch sie würde wohl oder übel warten müssen, bis der Markt wieder öffnete. Ava entließ einen Stoßseufzer, rollte sich erneut ein und hoffte darauf, dass sie noch einmal einschlief. Gerade als sie wegzudämmern begann, hörte sie Schritte in der Nähe. Keine harten, die offen auf sie zukamen, sondern schleichende. Und sie gehörten mehreren. Vorsichtig schob sie ihre Hand in die Kutte und umschloss ihren Schneidestein. Sollte sie sich regen und den Heranschleichenden zeigen, dass sie wach war und sie gehört hatte, oder sollte sie sich weiter schlafend stellen? Vielleicht wollten die ja auch nichts von ihr und würden vorbeischleichen. So richtig glaubte Ava nicht daran, aber was, wenn doch? Während sie noch mit sich rang, was sie tun sollte, wurde ihr die Entscheidung abgenommen. Drei Gestalten traten aus der Dunkelheit dicht an sie heran, nur der Mond beleuchtete sie. Einer packte sie an der Schulter: »Ey, Junge, wenn dir dein Leben lieb ist, dann gib uns, was du hast, und du kannst weiterschlafen.«

Ava schluckte – bloß keine Furcht zeigen, dachte sie, während der Alkoholgeruch, den die Männer ausströmten, ihre Nase hinaufkroch.

Sie richtete sich auf, hob ihren Blick empor, schaute

den Männern nacheinander in die Augen und sagte mit fester Stimme: »Ich habe nichts, was ich euch geben kann. Wenn ich etwas hätte, würde ich nicht hier schlafen, sondern auf einem Lager aus Stroh.«

»Das ist ja ein Mädchen!«, entfuhr es dem Mann, der in der Mitte stand, überrascht.

»Noch besser!«, kommentierte der rechte und lachte hässlich auf. »Dann hat sie uns auf jeden Fall etwas zu geben.«

»Ich sage doch, ich habe nichts«, wiederholte Ava, die nicht verstand, was der Mann meinte. Inzwischen hatten Avas Augen sich an die Dunkelheit gewöhnt und sie stellte fest, dass die drei zerlumpter und schmutziger aussahen als sie selbst. Sie ließ ihren Blick in die Ferne schweifen, um zu sehen, ob sie von irgendwoher Hilfe erwarten könnte, aber da war niemand. Zwar hörte sie noch immer vereinzelt Stimmen, Lachen und sogar Gesang, doch das kam aus der Ferne von unten am Hafen. Sie musste sich selbst helfen.

»Bitte tut mir nichts, wenn ich euch hier störe, dann will ich woanders hingehen«, sagte sie und gab ihrer Stimme bewusst einen kindlichen und mädchenhaften Ton, wie Adde ihn angenommen hatte, wenn sie etwas bei ihrer Amme erreichen wollte. In der Regel hatte es Erfolg gehabt. Ava griff nach ihrem zum Bündel geknoteten Kleid und ihrer Wasserflasche. Den Rest ihrer wenigen Habe trug sie am Körper. Sie wollte sich durch die drei Betrunkenen hindurchdrängen, doch der in der Mitte legte seine mächtigen Hände auf ihre Schultern und drückte sie wieder zu Boden: »Wir wollen ja nicht, dass du gehst, Süße, und aufstehen brauchst du auch nicht.«

»Aber …«, begann sie, sah dann jedoch mit wachsender Bestürzung, wie sich der linke, der bisher noch gar nichts gesagt hatte, sein Beinkleid aufschnürte. Warum tat er das? Hatte er etwa vor, sie zu bepinkeln? Ava schluckte. Momentan sah sie keinen anderen Ausweg für sich, als diese Erniedrigung über sich ergehen zu lassen. Der mittlere Mann hielt sie nach wie vor nach unten auf den Boden gedrückt. Inzwischen saß sie noch nicht einmal mehr, sondern lag auf dem Rücken. Sie hatte noch immer den Stein in ihrer geballten Hand, doch sie würde ihn in ihrer Lage nicht einsetzen können.

»Was … was habt ihr vor?«, fragte sie jetzt den Mann, dessen Beinkleid ihm nur noch um die Fesseln hing und der mit geröteten Augen und einem Blick über ihr stand, wie Ava ihn bisher nur bei ihrem Schafbock Flocke gesehen hatte, als sie ihn auf Bitten von Martens Mutter zu den Köhlern geführt hatte, damit er eine ihrer Auen bestieg. Der Mann stieß ihre Beine mit seinen Füßen grob auseinander und stellte sich dazwischen. In diesem Moment kannte Ava mit einem Mal die Antwort auf ihre Frage: Der stinkende Abschaum wollte sie wie ein Tier besteigen! In ihrer Mundhöhle breitete sich Trockenheit aus und in ihren Ohren begann es zu rauschen. Sein Gemächt hatte sich aufrechtgestellt, so wie es auch bei Flocke gewesen war, bevor er das Mutterschaf besprungen hatte. Entsetzt wandte Ava ihren Blick von dem Mann ab und sah zur Seite, nur um festzustellen, dass sich auch der andere, der, der sie nicht festhielt, schon entblößt hatte. Ava begann zu schreien.

»Dein Schreien wird niemand beachten, Süße, das ist hier in der Gegend völlig normal. Noch nicht einmal die Nachtwache werden deine Schreie in Bewegung setzen«, zischte ihr der Mann, der sie zu Boden hielt, zu, nahm jedoch seine Hand von ihrem rechten Schultergelenk, um aus seiner Tasche einen Lumpenfetzen herauszuholen, den er ihr daraufhin in den Mund stopfte. »Ich mag kein Schreien, dann vergeht mir die Lust, weil ich an meine Mutter denken muss«, erklärte er und Ava musste vom üblen Geschmack des Lumpens und wegen dem, was gleich passieren würde, würgen. Der Mann, der zwischen ihren Beinen stand, hatte sich heruntergebeugt und nestelte schwer atmend an ihrer Gewandung herum, um ihren Unterleib freizulegen. Ava wusste, sie hatte nur diese eine Gelegenheit und wenn sie die verstreichen ließ, dann wäre es zu spät für sie. So sammelte sie all ihre Kräfte zusammen, spannte ihren Körper an und dann trat sie dem Mann zwischen ihren Beinen hart mitten in seinen Unterleib. Er krümmte sich auf der Stelle zusammen und wimmerte vor Schmerz. Gleichzeitig hatte sie ihren rechten Arm, dessen Schulter im Moment frei lag, in einem Halbkreis nach hinten geschleudert und das Steinmesser in ihrer Hand in das Gesicht ihres anderen Schinders gerammt. Auch er ließ sofort von ihr ab. Um den dritten, der sie mit heruntergelassenem Beinling nur anstarrte, als könnte er das alles nicht glauben, kümmerte sie sich nicht weiter. Sie sprang auf, griff nach ihrem Wasserbeutel und dem Kleiderbündel und rannte ziellos in die Dunkelheit. Wenn so die Menschen waren, wollte sie lieber wieder zurück in die Einsamkeit in ihren Wald. Aber jetzt wollte sie erst mal nur weg von hier. Im Laufen riss sie sich den Lumpen aus dem Mund und schmiss ihn weit von sich.

Etwa eine Woche später, in den Gassen Wismars

»Hey, nimm deine dreckigen Finger aus meinen Äpfeln!«, keifte die Marktbeschickerin Ava an. Aber da hatte sie das Obst schon in ihrer Hand und rannte einfach davon – hinein in das Getümmel des Wismarer Markts. Sie musste unbedingt darauf achten, sich in nächster Zeit nicht in der Nähe dieses Obststandes blicken zu lassen, sonst würde sie noch ihre Hand verlieren. Sie hatte gehört, dass diese Bestrafung bei Dieben durchaus üblich war, und eine Diebin war sie unbestritten. Inzwischen sogar eine recht gute, dennoch wollte sie kein unnötiges Risiko eingehen. Seit ihrer ersten Nacht in Wismar lebte sie von der Hand in den Mund. Sie hatte kein Geld mehr, mit dem sie auch nur einen Brotkrumen hätte bezahlen können. Ihre Geldkatze hatte sie bei dem Überfall durch die drei Betrunkenen am Hafen verloren. Sie nahm an, dass sie ihr von den Hüften gerutscht war, als der eine versucht hatte, ihr Beinkleid herunterzuziehen. Sie hatte das Fehlen der Geldkatze erst bemerkt, als sie sich am nächsten Morgen, nachdem sie in der Nacht verängstigt durch Wismar gestreunt war, eine Suppe hatte kaufen wollen und ins Leere gegriffen hatte. Sie war dann frustriert und mit knurrendem Magen weitergezogen. Erst am späten Nachmittag hatte der Hunger sie dazu getrieben, zuzugreifen. Es war ganz einfach gewesen. Einem Fuhrmann war auf dem Weg vom Markt sein Rad gebrochen und seine geladenen Rüben waren von der Ladefläche auf die Straße gekullert. Ava war nicht die Einzige gewesen, die sich schnell ein paar Rüben geschnappt hatte und in eine andere Gasse gelaufen war, um sie dort sofort zu vertilgen. In den nächsten Tagen hatte sie nicht mehr das Glück gehabt, dass jemand etwas vom Wagen fiel, deswegen hatte sie sich seitdem direkt auf dem Markt herumgetrieben, um das ein oder andere Essbare zu ergattern. Sie wusste, dass es nicht richtig war, die Bauern zu bestehlen, andererseits ging es für sie ums Überleben. Ständig machte sie sich dabei Gedanken, was sie mit ihrem noch so jungen Leben anfangen sollte. Hier in der Stadt fand sie es zu schwer. Sie hatte zwar das Gefühl, inzwischen jeden Winkel zu kennen, da sie seit dem Überfall nicht mehr am Hafen, sondern im Stadtkern schlief – am liebsten in irgendwelchen Koben zwischen den Tieren. Die wärmten sie zum einen und boten ihr zum anderen eine gewisse Sicherheit vor unliebsamen Gesellen, wenn sie darauf achtete, erst in der Dunkelheit zu ihnen zu klettern und vor der Morgendämmerung wieder zu verschwinden, doch so konnte sie schließlich nicht ewig weitermachen. Tagsüber fand sie darüber hinaus keinen Anschluss, was ihrem Misstrauen gegenüber den Menschen geschuldet war. Vor wenigen Tagen erst hatte sie eine fahrende Schaustellerfamilie kennengelernt, die ihr angeboten hatte, sich mit ihr zusammenzutun, aber sie hatte die lüsternen Blicke der beiden Söhne auf sich ruhen gesehen und dabei wieder an die Betrunkenen denken müssen. So hatte sie dankend abgelehnt und war weiter allein durch Wismar gestromert. Sie hatte auch versucht, eine Arbeit zu finden, die ihr wenigstens ein Dach über dem Kopf und regelmäßiges Essen einbringen würde, doch entweder war sie sofort verscheucht worden oder sie hätte ihren jungen Körper verkaufen sollen. Als ihr das von einer übergewichtigen Wirtin zum ersten Mal angeboten worden war, sich als öffentliche Maid anzubieten, hatte sie nicht gleich begriffen, was die Frau von ihr gewollt hatte, und zugestimmt. Sie war in das Haus gegangen, da sie es vorher einen Tag lang beobachtet und festgestellt hatte, dass hier vor allem Frauen ein und aus gingen. Abends hatte sie sich dann einen Ruck gegeben und war einer der Frauen hineingefolgt. Dort war sie sofort auf die Wirtin gestoßen, die sie lächelnd empfangen und von sich aus sofort, ohne dass Ava etwas sagen musste, gemeint hatte: »Oh, wie gut, dass du zu mir gefunden hast. Du suchst sicher Arbeit. Ich kann Frischfleisch immer gebrauchen! Komm mal mit und zeig mir, was du kannst.«

Glücklich, nicht gleich abgewiesen worden zu sein, hatte Ava, stumm genickt und dann war sie der alten Vettel auf deren Geheiß in einen großen Raum gefolgt. Hier lümmelten allerlei leichtbekleidete Frauen herum, einige sogar barbusig, und Ava fragte sich auch jetzt wieder, warum sie nicht schon in diesem Moment erfasst hatte, welcher Arbeit sie in diesem Haus nachgehen könnte. Sie hatte es auch dann nicht verstanden, als zwei edel gekleidete Männer von einem ähnlich jungen Mädchen, wie sie selbst es war, kurz nach ihr in das große Zimmer geführt wurden und die Wirtin die Männer bat, sich doch erst einmal »einzustimmen« und in Ruhe »auszusuchen«. Erst als sie von der Vettel in einen weiteren, weitaus schäbigeren und kleineren Raum geführt worden war und sie sich vor der großen Bettstatt vollständig ausziehen sollte, hatte es Ava gedämmert, was vor sich ging. Dennoch hatte sie es nicht glauben können und gefragt: »Warum soll ich mich ausziehen?«

»Also hör mal, Kleine, ich muss doch sehen, was an dir dran ist und was ich den Herren andiene. So, und jetzt zier dich nicht, meine Zeit ist kostbar«, hatte die Frau mit gerunzelter Stirn erwidert.

»Den Herren andienen? Ich dachte, ich kann hier saubermachen oder mich um die Wäsche kümmern oder kochen oder … Was meint Ihr mit andienen? Essen auftischen?«, fragte Ava noch immer ungläubig, woraufhin die Wirtin lachte. »Du kommst wohl nicht aus Wismar, das habe ich mir gleich gedacht, so wie du sprichst. Kommst sicher aus irgendeinem kleinen Fried. Ja, andienen, aber du sollst hier nicht saubermachen oder waschen. Dafür habe ich die Hässlichen. Und du sollst den Herren auch nichts auftischen, außer vielleicht ein paar nette Geschichten. Nein, bei mir bist du eine öffentliche Maid und wirst mit deinem hübschen Gesicht und deinem Körper hoffentlich viele Münzen einbringen, und wenn du dich besonders gut anstellst, bekommst du wöchentlich mehr als nur eine davon ab.«

»Nein, das möchte ich lieber nicht«, hatte Ava verschämt geantwortet und ihre Arme schützend vor der Brust verschränkt. Die Wirtin hatte nachsichtig gelächelt, was ihren zuvor harten Gesichtszügen eine gewisse Milde gegeben hatte: »Kleine, du bist zu mir gekommen, und jetzt geh wieder. Ich hoffe für dich, dass du nicht noch einmal kommen wirst, aber wenn doch, dann habe ich hier einen Platz für dich.«

Ava hatte sich das nicht zweimal sagen lassen, ihre Schultern gestrafft, sich mit einem Nicken bedankt und war wieder hinaus auf die Gassen Wismars gelaufen.

Jetzt biss sie herzhaft in ihren gestohlenen Apfel, der jedoch bereits faulig war und an dem das wenige einigermaßen Genießbare mehlig schmeckte. Ava ging davon aus, dass er aus dem letzten Jahr stammte, denn die diesjährige Apfelernte würde erst noch kommen. Dennoch aß sie das Obst mitsamt den bitteren Kernen auf – wer Hunger hat, fragt nicht lang. Diese Worte Eddas huschten durch ihren Kopf, als würde die alte Frau neben ihr stehen. Vielleicht sollte sie wieder zurück zur Höhle wandern. Dort kannte sie sich aus und konnte besser für ihr Überleben sorgen. Und der Böse würde wahrscheinlich vorerst nicht wiederkommen, um sie dort zu suchen. Allerdings war sie inzwischen so weit entfernt von ihrer Heimat und sie wusste nicht, ob sie es rechtzeitig vor dem Wintereinbruch dorthin schaffen würde. Gut, jetzt stand erst noch der Sommer bevor und wahrscheinlich könnte sie bis zum Herbst auch ohne eine Fahrgelegenheit nur zu Fuß die ostfriesische Wildnis erreichen, allerdings würde sie sich für die kalte Jahreszeit Vorräte anlegen müssen und dazu war die Zeit dann doch knapp. Andererseits, was hatte sie schon zu verlieren? Morgen werde ich es wagen und aufbrechen, dachte sie, aber jetzt muss ich mir erst noch einmal etwas zu essen besorgen. Am besten gleich etwas mehr, damit ich für die nächsten Tage Reiseproviant habe. Den Markt wollte sie meiden, aber sie kannte eine Schenke, in deren Hinterhof sie bereits einmal bei den Hühnern übernachtet hatte. Vielleicht hatte sie Glück und konnte dort in die Vorratskammer gelangen. Mit diesem Plan setzte Ava sich in Gang und zum ersten Mal, seitdem sie in Wismar war, hatte sie ein Gefühl der Kraft in sich, was sie zufrieden machte.

Zur gleichen Zeit, ein Hurenhaus in Wismar

CHRISTIAN STEMMTE SICH von dem Weib hoch, griff sich den Lappen und wischte sich seinen schlaffen Rammbock sauber. Er war stolz auf sein Gemächt, denn es war riesig, wie er von den ehrfurchtsvollen Blicken seiner Freunde, die schon so manche unfreiwillige Dirne für ihn festgehalten hatten, und den ängstlichen der Weiber, wenn sie ihn das erste Mal entblößt sahen, immer wieder bestätigt bekam. Auch die Dirne, die er eben fast besinnungslos gestoßen hatte, war völlig eingeschüchtert gewesen. Zu Beginn hatte sie noch ihr Schauspiel vor ihm abgezogen – sich tanzenderweise langsam vor ihm ihrer Kleidung entledigt, sich dann mit gespreizten Beinen auf einen Schemel gesetzt und angefangen, sich zu waschen. Dieses ganze Theater, bei dem bereits die Sanduhr unablässig durchlief und seine eigene Zeit somit sichtbar verkürzte, hielt er für überflüssig. Ganz besonders heute, denn er wollte kein Geld erübrigen, um zu verlängern. Er wusste nicht genau, wie lange er hier noch in Wismar ausharren musste, bevor er seinen ganz persönlichen Zukunftsplan umsetzen konnte und wollte seine Münzen nicht verschleudern. Er hatte sie deswegen kurzerhand am Arm gepackt, ihr den Lappen entwendet, diesen in die Schüssel geschmissen, die Dirne auf das Bett geworfen, dort auf den Bauch gedreht und an den schmalen Hüften hochgehoben, so dass sie ihm wie eine läufige Hündin auf allen vieren ihren Hintern darbot. Er brauchte das, das Gefühl der Macht. Vor allem, seit dieses kleine miese Höhlenmädchen ihn entstellt hatte, und noch mehr zurzeit. Er war als Begleiter seines Bruders Johannes hier. Begleiter! Er! Dabei war er der Ältere und es müsste eigentlich umgekehrt sein. Normalerweise hätte er sich rundweg geweigert, seinen Bruder, den Handelsgesellen, der in ihres Vaters Fußstapfen trat, auf seiner Reise zu begleiten. In der Vergangenheit hatte er sich immer wieder etwas einfallen lassen, um es nicht zu tun. Nur manches Mal hatte es nicht geklappt und er hatte die Zähne aufeinanderbeißen müssen. Angeblich schickte sein Vater ihn mit, weil Johannes kein Kämpfer war und seinen Schutz benötigte. Denn wenigstens das hatte Wilhelm Spiekermann inzwischen anerkennen müssen: Christian konnte mit Waffen umgehen und bei den meisten Zweikämpfen ging er als Sieger hervor, trotz seiner alten Verletzung. Der Einzige, der ihn schlug, wenn sie sich maßen, war Ullrych, aber irgendwann wäre auch das vorbei. Im Kampf erging es ihm wie mit dem Weib hier, dessen Hintern und Rücken sich jetzt bereits durch seine Schläge, die seine Lust mächtig angekurbelt hatten, blau verfärbten. Er konnte an einigen Stellen deutlich die Abdrücke seiner Finger erkennen. Ins Gesicht schlug er nie. Zumindest nicht bei Dirnen. Einmal hatte er es getan, doch danach hatte die Wirtin ihm noch fünf Münzen extra abgeknöpft. Ihre Begründung akzeptierte er erst, als ihr debiler, aber ebenso massiger Sohn hinter ihr auftauchte und seine Fäuste ballte. Die Wirtin meinte, kaum einer würde ihre Dirne mit dem zerschlagenen Gesicht nehmen wollen und deren Genesung würde dauern – ein enormer Geschäftsverlust. Ihn scherte es nicht, es tat ihm nur um die Münzen leid.

Dieses Mal passte ihm zwar wie immer nicht, dass sein Vater ihn als »Begleiter« seines jüngeren Bruders wieder einmal herabgewertet hatte, dennoch war er ohne zu murren oder sich zu überlegen, wie er es vermeiden könnte, mit Johannes auf Reisen gegangen. Er wollte seine Kampfeslust stillen und sich auf diese Weise sein Ansehen verdienen. Hierzu hatte er vor, als Gewappneter der Flotte zu dienen, die die Hansestädte Lübeck, Stralsund, Rostock und Wismar gerade gegen die Piraten auf der Ostsee rüsteten. Besser für seinen Ruhm wäre es natürlich gewesen, wenn seine Heimatstadt sich ebenfalls diesem Bund angeschlossen hätte, aber Hamburg hielt sich aus diesem Konflikt heraus. Als Johannes dann nach Wismar musste und er ihn mit seinem Schwert begleiten sollte, hatte Christian die Gunst der Stunde genutzt. Dann würde er eben hier in Wismar eine der vier Koggen oder zehn Schniggen besteigen. Das aber erst, wenn sein Bruder die Geschäfte einigermaßen abgewickelt hatte, zumal momentan auch noch kein Schiff auslief. Ullrych würde ihn begleiten, so wie er ihm stets auf Schritt und Tritt als Schatten folgte. Jetzt, in diesem Moment, wartete er vor der Tür auf ihn. Christian hatte ihm wider besseren Wissens auch eine Dirne kaufen wollen, doch Ullrych hatte nur den Kopf geschüttelt. Christian fragte sich nicht zum ersten Mal, wo der Mann seine Lust ließ. Ob er es mit den Tieren trieb? Anders als gegenüber Menschen, sprach er mit Tieren mehr als das Nötigste. Einmal war Christian in den Stall gekommen und hatte unbemerkt dabei zugesehen, wie Ullrych seinen Kopf eng an den Hals seiner

Stute gelegt hatte und ihr etwas ins Ohr flüsterte. Falls er irgendwann einmal Ullrychs Loyalität in Zweifel ziehen sollte, würde er seine Beobachtung dem Klerus und vor allem seiner Mutter schildern. Ein wenig ausgeschmückt, würde das sicher seinen Zweck erfüllen. Auf Unzucht mit Tieren standen hohe Strafen.

Während seiner Überlegungen hatte Christian Spiekermann sich angekleidet. Aus seiner beschwingten Laune heraus, holte er eine Münze aus seiner Geldkatze, ging zum Bett mit der immer noch bäuchlings darauf liegenden Dirne, steckte das Geldstück zwischen die Backen ihres Hinterns, auf dem sie sicher länger nicht würde sitzen können, und sagte: »Das ist für dich. Ein Extralohn. Verwahre ihn gut, deine Wirtin muss nichts davon wissen. Und danke für das Vergnügen, du hast deine Sache gut gemacht. Wer weiß, vielleicht suche ich dich die Tage noch einmal auf.« Das entsetzte Aufstöhnen, das seinen Worten folgte, ließ ihn grinsen. So mochte er es. Beschwingt verließ er das Zimmer. Die Tür ließ er geöffnet stehen.

Später am Nachmittag, Speicherstraße, Wismar

Ava bog in die Speicherstraße ein, die ruhig vor ihr lag. Die Häuser waren hier zumeist zweistöckig und die Straße nicht bloß plattgetretene Erde sondern mit Steinen gepflastert, was die Kutschen und Karren ordentlich zum Holpern brachte. Einer fuhr in diesem Moment an ihr vorüber und sie hoffte, dass er etwas von seiner Ware verlieren würde, sie hatte kein Glück und so ging sie hungrig weiter. An dem Haus mit der Nummer 8 blieb sie stehen. Sie tat so, als hätte sie etwas unter dem Fuß, um bei den wenigen Bürgern, die jetzt am Tag hier unterwegs waren, nicht aufzufallen. Sie schaute sich unauffällig um. Die Straße hinunter lag der Hafen und davor die Baustelle, auf der sie in ihrer ersten Nacht für eine Weile geschlafen hatte. Bei dem Gedanken an die Betrunkenen stellten sich die feinen Härchen auf ihren Unterarmen auf und es durchlief sie ein kleiner Schauer, so dass sie sich kurz schüttelte. Dabei verlor sie fast das Gleichgewicht, da sie noch immer wie ein Storch auf einem Bein stand und angelegentlich ihren Fuß untersuchte. Sie stellte ihn wieder zu Boden. Die Straße war für den Moment leer und so huschte sie durch den schmalen Gang, der das Haus mit der Nummer 8 und dessen Nachbarhaus voneinander trennte. Der Gang führte zu einem kleinen Hinterhof. In der hinteren rechten Ecke lag der Verschlag für die Hühner, den sie von der dort verbrachten Nacht her kannte. Natürlich konnte sie sich auch einfach ein Huhn herausgreifen, ihm den Hals umdrehen und davonlaufen. Doch sie hatte jetzt Hunger und so einem Huhn müsste sie erst einmal die Federn rupfen und vor allem müsste sie sich einen Platz suchen, wo sie unbehelligt ein Feuer machen konnte, um es in Ruhe zu braten – das würde hier in der Stadt nicht einfach sein. Die Hühner gackerten aufgeregt durch ihr Auftauchen, doch ansonsten lag der Verschlag verlassen. Daneben stand ein kleiner hölzerner Schuppen, der jedoch verschlossen war, wie sie umgehend feststellte. Ob sie ihn aufbrechen sollte? Ava überlegte und wog ab. Wenn sie schon das Wagnis einging, als Diebin erwischt zu werden, wollte sie es wenigstens nicht umsonst tun. Sie wusste nicht genau, ob in dem Schuppen überhaupt Vorräte gelagert wurden, und so suchte sie erst einmal nach einer Möglichkeit, das herauszufinden. Der Schuppen hatte keine Fenster, doch als sie um ihn herumging, entdeckte sie in der Seitenwand ein kleines Astloch in einer der Holzlatten. Sie bückte sich und spähte hindurch. Es fiel ihr schwer, etwas zu erkennen. Nur hier und da drangen durch weitere Astlöcher und die schmalen Ritze zwischen den Latten Lichtstrahlen ein, die von Staub umwirbelt wurden. Viel konnte sie deswegen nicht ausmachen, doch die wenigen Schemen reichten ihr, um zu wissen, dass in diesem Schuppen tatsächlich Essbares aufbewahrt wurde. Ava begann, die Seitenwand, an der sie stand, vorsichtig abzuklopfen. Sie suchte nach einem losen Brett, damit sie nicht vorn die Schuppentür aufbrechen musste. Das Risiko, dabei erwischt zu werden, erschien ihr jetzt doch zu groß und vielleicht gab es ja einen anderen Weg. Die seitliche Wand bot ihr hingegen

Schutz vor unliebsamen Blicken, falls jemand den Hof betreten sollte. Gerade als sie nach einer Weile entmutigt wieder aufgeben wollte, merkte sie, wie sich eine Latte bewegte. Durch kräftiges Ziehen löste sie sie, doch noch war die geschaffene Lücke zu schmal – sie würde nicht hindurchpassen. Dafür konnte sie jedoch die Bretter darüber und darunter besser greifen und nach einiger Anstrengung hatte sie auch diese beiden aus der Wand gelöst. Sie hielt den Atem an, legte ihren Kopf in den Nacken und lauschte. Bis auf die Hühner hörte sie nichts. Erleichtert sog sie wieder Luft ein und dann schlüpfte sie durch den freigelegten Spalt in den Schuppen.

Avas Plan war es, sich nicht unnötig lang im Vorratsschuppen aufzuhalten, sondern sich flink etwas zu essen für jetzt und als Proviant zusammenzuklauben und sich dann wieder davonmachen. Doch hier im von der Sonne aufgeheizten Schuppen roch es so herrlich, dass sie für einen Moment innehielt, die Augen schloss und den wunderbaren Duft genoss. Sie fühlte sich wie in Walhall – oder wie im Paradies vom Christengott –, schoss es ihr genau in dem Augenblick durch den Kopf, als von außen ein Schlüssel in das Schloss der Schuppentür gesteckt wurde. Ava erschrak, sah sich eilig nach einem guten Versteck um und entschied sich für die linke Ecke, wo zwei Bierfässer standen, hinter die sie sich quetschte. Zuerst hörte sie nur ein unterdrücktes Kichern, worauf ein »Pscht!« folgte. Dann war es wieder still. Ava lugte durch den schmalen Spalt hindurch, den die nebeneinanderstehenden Fässer durch ihre Rundung im oberen Drittel bildeten, und blickte auf einen mächtigen Rücken. Von diesem Menschen mit dieser Statur konnte niemals das Kichern ausgegangen sein. Es hatte eher wie das einer Frau geklungen. Das hieß also, dass mindestens zwei Personen mit ihr hier im Vorratsschuppen waren. Hoffentlich holen die nur was und verschwinden gleich wieder, dachte Ava mit klopfendem Herzen bei sich. Das Klopfen nahm zu, als Ava einfiel, dass der Hüne vielleicht hier war, um eines der Fässer zu stemmen. Sie wollte den Gedanken nicht zu Ende denken und wurde sowieso von ihm abgelenkt, als sie jetzt sah, wie die Schuppentür langsam und sachte geschlossen wurde. Was wollten die beiden hier? Waren es etwa Diebe wie sie? Waren sie deswegen so darauf bedacht, nicht gehört zu werden? Wollten die beiden sich ebenfalls hier satt essen? Ava hoffte, das würde schnell gehen, denn zu allem Überfluss verspürte das Mädchen einen zunehmenden Druck auf ihrer Blase, aber sie konnte sich ja schlecht hier und jetzt erleichtern. Sie machte sich noch kleiner. Ihr blieb nichts anderes übrig, als abzuwarten. Wieder hörte sie das Kichern. Es war leise, aber eindeutig von einer Frau, die sie nun ebenfalls durch den Spalt sehen konnte, oder zumindest einen Teil von ihr – es waren offenkundig Frauenfinger, die sich jetzt in den Hintern des Hünen gruben. Der wiederum beugte sich hinab, so dass Ava seine langen Haare sehen konnte, die zu einem Zopf gebunden waren. Er legte seine Arme um die Frau mit den Fingern, drehte sich mit ihr zusammen im Halbkreis als wolle er einen Tanz beginnen und jetzt hatte Ava anstelle seines Rückens einen Rock vor Augen. Ava registrierte, dass er recht verschlissen war und deswegen sicher keiner wohlhabenden Bürgerin gehörte, sondern eher einer einfachen Magd. Darüber hinaus: Warum sollte eine wohlhabende Bürgerin in einen Vorratsschuppen gehen? Solche Frauen hatten Bedienstete, die ihnen holten, was sie brauchten.

Sie lungerten bestimmt nicht in Hinterhofschuppen von Wirtshäusern herum und litten wohl auch keinen Hunger, den sie durch Stehlen stillen wollten. Ob das ihre Vermutung, dass die beiden Diebe wie sie waren, bestätigte? Nein, eher nicht, zumal die beiden keine Anstalten machten, etwas zu entwenden. Plötzlich hob der Hüne die Frau hoch und trug sie zu den Fässern. Erschrocken kauerte Ava sich noch mehr zusammen und dann setzte der Mann die Magd mitten auf Avas Deckung. Was sollte das nun wieder? Der Blick durch den Spalt war dem Mädchen jetzt verwehrt, weil der grobe Leinenstoff des Rockes sich vor seinem Gesicht breitgemacht hatte. Die Magd kicherte inzwischen nicht mehr, dafür hörte Ava schweres Atmen. Es musste von beiden Personen kommen, da es unrhythmisch klang.

»Komm jetzt, Klaus, wir müssen uns beeilen, der Alte vermisst uns bestimmt schon«, sagte die Frau jetzt, woraufhin ein kurzes Rascheln zu hören war, auf das Stöße gegen die Fässer folgten – erst in langsamer Abfolge, doch dann wurden sie immer schneller. Hin und wieder stöhnte die Frau auf und Ava ahnte, was vor sich ging. Sie fühlte sich erneut an Flocke erinnert, als er sich mit Eltzabets Schaf vereinigt hatte und dieses bald darauf Lämmer geboren hatte. Jetzt hörte sie den Mann aufstöhnen und dann war alles wie auf einen Schlag ruhig. Hoffentlich gingen die beiden jetzt wieder. Das einvernehmliche Treiben der beiden hatte in Ava ein merkwürdiges Körperkribbeln hervorgerufen, das sie nicht einordnen konnte. Außerdem hatte sie das Gefühl, ihre Blase würde gleich platzen, und wusste nicht, ob sie noch lange anhalten konnte. Das ruhige Dasitzen machte ihre Situation nicht einfacher und sie rutschte etwas auf dem harten Boden herum. Doch das war es nicht, was sie verriet. Es war ihr Magen, der in die Stille hinein heftig knurrte. Sie erstarrte vor Schreck.

»Was war das, hast du das gehört?«, flüsterte die Frau und hüpfte von den Fässern hinunter.

»Ja, hab ich«, bekam sie brummend zur Antwort.

»Komm, lass uns gehen, das hat sich angehört wie ein Tier. Vielleicht eine Ratte«, sagte die Frau, die eben noch vor Lust gestöhnt hatte, mit einem Hauch von Ängstlichkeit in der Stimme.

»Seit wann knurren Ratten wie ein hungriger Bauch«, erwiderte der Mann und im gleichen Moment wurden die Fässer, die Ava bisher Schutz geboten hatten, auseinandergeschoben. Das Erste, was sie jetzt sah, waren dunkelblaue große Augen umgeben von buschigen Brauen, die sie wütend aus einem bärtigen Gesicht anblitzten. Unwillkürlich hob Ava dem Hünen abwehrend ihre Hände entgegen und bat zum zweiten Mal seit ihrem Aufenthalt in Wismar: »Bitte tut mir nichts.«

Auf den vollen Lippen des Hünen breitete sich ein spitzbübisches Lächeln aus, das auch seine Augen erreichte. »Es ist nur ein kleines Mädchen, keine Ratte und kein ausgehungerter Strolch«, sagte er nach hinten gewandt und dann trat die Frau nach vorn, um Ava misstrauisch zu beäugen.

»Wer bist du und was hast du hier zu suchen?«, zischte sie.

Hatte sich Ava eben unter dem lächelnden Blick des Mannes einigermaßen gelockert, spannte sie sich jetzt wieder an. Sie hörte selbst, wie ihre Stimme zitterte, als sie kleinlaut antwortete: »Ich … ich hatte Hunger und …«

»Ach, du hattest Hunger! Und da hast du gedacht, du bedienst dich hier ein bisschen, häh?«, unterbrach die Frau sie, trat einen Schritt auf Ava zu, beugte sich hinunter und langte nach ihrem Arm, an dem sie sie hochzog. Ava widersetzte sich, doch die Frau war kräftiger. Sie war von üppiger Gestalt und hatte ein hübsches Gesicht, soweit Ava das beurteilen konnte. Trotzdem fragte sie sich widersinnigerweise in dieser Situation, was der Mann an ihr fand, denn die Frau strahlte absolut nichts Liebreizendes aus.

»Trebele, lass gut sein«, trat der Hüne zwischen die beiden und Avas Arm wurde losgelassen. Der Mann war nahezu doppelt so groß wie sie und mindestens viermal so breit. Sie kam sich neben ihm vor wie ein kleiner Spatz, den er mit seinen Pranken einfach und ohne jegliche Anstrengung greifen und zerdrücken konnte. Dennoch jagte ihr die Frau, die er eben Trebele genannt hatte, mehr Angst ein. Ava schluckte. Sie wusste, dass sie flink war, und wenn sie es richtig anstellte, könnte sie auf dem Weg, den sie gekommen war, vielleicht entwischen. Der Mann und auch diese Trebele würden nicht durch das Loch in der Seitenwand passen. Verstohlen wanderte ihr Blick in die Richtung der offenen Stelle, doch die Frau bemerkte es.

»Wenn du glaubst, du kannst uns davonlaufen, dann hast du dich geschnitten«, sagte sie verächtlich. Inzwischen achtete sie noch nicht einmal darauf, leise zu sprechen. »Du bist eine kleine Diebin und wenn du Glück hast, wird man dir nur den Daumen abzwacken und nicht deine ganze Hand.«

Aus einer Regung heraus sah Ava hilfesuchend zu dem Mann vor ihr auf und trotz ihrer misslichen Lage schoss ihr durch den Kopf, dass sie sich Thor immer so wie ihn vorgestellt hatte. Wenn dieser Mann einen Hammer in der Hand gehabt hätte, hätte sie wohl wirklich gedacht, dass sie auf Thor mit seinem Mjölnir getroffen war.

»Hast du denn etwas genommen?«, fragte der Hüne.

Ava schüttelte den Kopf.

»Siehst du, Trebele, es ist gar nichts passiert«, wandte er sich wieder an die Frau.

»Aber sie ist hier eingebrochen und hat uns außerdem beobachtet, schon allein deswegen können wir sie nicht laufen lassen«, beharrte Trebele und warf ihr einen bösen Blick zu. Was für eine widerliche Person, dachte Ava, deren Blase sich erneut bemerkbar machte – sie musste inzwischen wirklich dringend, getraute sich aber nicht, sich zu regen.

»Jetzt ist es aber mal gut«, tönte der Hüne streng. »Und hast du dir eigentlich mal überlegt, was ist, wenn du sie meldest? Dann werden auch wir gefragt, was wir hier im Schuppen zu suchen hatten. Klar könnten wir sagen, ich wollte dir beim Tragen des Schinkens oder so helfen, aber was ist, wenn die Kleine hier etwas erzählt. Willst du es drauf ankommen lassen?«

»Ph«, machte Trebele, warf ihren Kopf zurück und presste ihre Lippen fest aufeinander.

»Na, dann ist ja gut, denn der Pfarrer würde das sicher nicht gutheißen.«

»Wenn du mich endlich zu deiner Frau machen würdest …«, begann Trebele, wurde jedoch von dem Hünen unterbrochen: »Nicht jetzt, wir reden später darüber. Geh jetzt zurück ins Wirtshaus, du hast sicher zu tun und Vater wird dich bereits vermissen.«

Die Frau machte den Mund auf, um etwas zu erwidern, ließ es dann aber doch bleiben, drehte sich um und verschwand aus dem Schuppen. Nachdem sich die Tür hinter ihr geschlossen hatte, trat der Hüne mit den Worten »Und jetzt wieder zu dir« einen weiteren Schritt auf Ava zu, so dass sie zurückwich und gegen eines der Fässer stieß. Was hatte er mit ihr vor? Wollte er dasselbe mit ihr machen wie eben mit der Frau oder wie die drei Betrunkenen am Hafen es vorgehabt hatten? Oder wollte er sie sogar mundtot machen, damit sie nichts mehr erzählen konnte? Eben war er ihr noch so freundlich erschienen, doch jetzt musterte er sie mit gerunzelter Stirn. Dann schnellte plötzlich seine Hand nach vorn und griff nach ihrem Arm. Ava schrie auf.

Noch immer im Schuppen in der Speicherstraße

Die Kleine hatte sich gesträubt wie eine Wildkatze. Das hatte ihm gefallen. So, wie sie ihm überhaupt gleich gefallen hatte, als er sie hinter den Fässern entdeckt hatte. Oder nein, sie hatte etwas in ihm berührt – auf der einen Seite hatte sie ängstlich wie ein kleines Kaninchen gewirkt, auf der anderen Seite hatte er die wilde Entschlossenheit zu entkommen in ihren Augen funkeln sehen. Spätestens als Trebele ihr gedroht hatte und sie ihn so hilfesuchend angeschaut hatte, hatte er sich entschieden zu handeln. Jetzt schlief sie und er sah ihr dabei zu. Was sollte er bloß mit ihr machen? Er konnte sie doch nicht einfach wieder sich selbst überlassen. Ein wenig wunderte er sich über sich. Solche gefühlvollen Regungen hatte er schon lange nicht mehr gehabt, und schon gar nicht gegenüber einem Menschen. Als Junge hatte er ständig verletzte Tiere angeschleppt. Seine Mutter hatte darüber zwar gestöhnt, dennoch hatte sie ihm dabei geholfen, das gebrochene Bein des Hundes zu schienen und das Katzenjunge mit Milch, die sie heimlich abzwackte, aufzupäppeln, genauso wie den kleinen Vogel, der aus dem Nest gefallen war und dessen Eltern jene Katze geholt hatte, die er vor dem Verhungern gerettet hatte. Sein Vater hatte ihn auch in dieser Hinsicht nie verstanden. Für ihn galten nur die Tiere etwas, die man essen konnte. Die Katze hatte er geduldet, da sie die Mäuse und Ratten wegfing. Aber einem streunenden Köter zu helfen oder gar einem Vogel, das hatte der Vater für unnatürlich gehalten. Wäre der Vogel eine Taube und kein Spatz gewesen, wäre es vielleicht etwas anderes gewesen, da die Taube irgendwann eine gute Mahlzeit abgegeben hätte. Als die Mutter starb, war Klaus zehn Jahre alt. Er schätzte, dass die Kleine auch etwa in diesem Alter war. Vielleicht zwei, drei Jahre älter. Sie hieß Ava. Nur Ava, mehr nicht. Nachdem Trebele gegangen war und er nach ihr gegriffen hatte, wobei sie sich heftig wehrte, hatte er sich erschrocken, wie dürr sie war. Er hatte es bereits geahnt, darum hatte er ihren Arm fühlen wollen, doch dass es so schlimm um sie stand, hätte er nicht erwartet. Ihr Unterarm in seiner Hand fühlte sich an wie der untere, noch junge Ast einer Birke. Wenn er gewollt hätte, hätte er ihn mit ein bisschen Druck seiner Hand brechen können.

»Bist du krank oder nur fast verhungert?«, hatte er gefragt.

»Was geht Euch das an?«, hatte sie ihm kampfeslustig entgegengeschleudert, dann jedoch den Blick auf ihren noch immer von ihm festgehaltenen Arm gesenkt, bevor sie ihm erneut fest in die Augen gesehen und gesagt hatte: »Ich bin krank, sehr krank. Und wer mich berührt, wird es ebenso. Es tut mir leid, mein Herr. Am besten, Ihr lasst mich schnell los und geht Eure Hand reinigen.«

Sie hatte sich angehört wie der Pfarrer von der Kanzel, wenn er von den Sünden im Paradies predigte, und er hatte gewusst, dass sie log, zumal ihr Magen ein weiteres Mal tief und lange knurrte. Er hatte schallend angefangen zu lachen: »Nicht schlecht, Kleine, einen Versuch war es wert, aber mich legst du nicht so einfach rein.«

»Gar keine Angst mehr vor Entdeckung? Wollt Ihr mich jetzt dem Büttel übergeben, oder was?«, hatte sie daraufhin spitz gefragt und versucht, ihren Arm aus seinem Griff zu ziehen. Er hatte sie gewähren lassen – er wollte sie schließlich zu nichts zwingen. »Nein und nein ist meine Antwort. Was Trebele und ich treiben, muss zwar niemand wissen, aber ehrlich gesagt ist es der Büttel. Mit dem hab ich es nicht so, wenn du verstehst. Wenn ich kann, vermeide ich den Kontakt. Der Schuppen gehört meinem Vater, also, was kann ich dir anbieten? Ich gebe dir zu essen, du musst nichts klauen, gut?«

Sie hatte ihn ungläubig angesehen: »Einfach so? Ich mein, ich habe keine Münzen und kann Euch auch sonst nichts bieten«, hatte sie gesagt und sich dabei leicht zu der Lücke in der Seitenwand gewandt. Daher hatte er gewusst, dass sie ihm nicht vertraute und eine böse Absicht hinter seinem Angebot vermutete. So hatte er hinter sich in ein Regal gegriffen, den steinernen Topf daraus genommen und ihn ihr gereicht: »Bediene dich, du kannst so viel davon essen, wie du magst.«

»Kann ich … kann ich kurz mal raus?«, hatte sie dann gefragt. Zunächst hatte er nicht begriffen, warum. Er hatte gedacht, sie wollte vielleicht weglaufen, doch dann hatte er ihr verkniffenes Gesichtchen bemerkt und verstanden: »Du kannst dich hinter dem Schuppen in der Hecke erleichtern. Da sieht dich niemand.«

Sie hatte sich sofort zur Lücke bewegt und er hatte sie nicht davon abgehalten. Er hatte noch nicht gewusst, was er mit ihr machen sollte, und darum war es ihm nur recht, dass er auf diese Weise etwas Zeit zum Nachdenken bekam. Gerade als er gemeint hatte, sie wäre doch davongelaufen, war sie auf dem gleichen Weg in den

Schuppen gekommen, durch den sie hinausgelangt war. Fast sofort hatte sie den Deckel des Topfes hochgehoben. Anstatt allerdings direkt zuzulangen, hatte sie ihn angewidert angeschaut: »Roher, vergammelter Fisch?«

Wieder hatte er schallend lachen müssen: »Woher kommst du denn, Kleine? Kennst du etwa keine geräucherten Salzheringe?«

»Nein, kenne ich nicht, aber allein der Geruch vertreibt meinen Hunger«, sagte sie und dann schien ihr etwas einzufallen. »Ihr wollt mich vergiften, damit ich niemandem erzählen kann, wofür Ihr und die Frau sich hier getroffen haben. Lieber Herr, ich schwöre Euch, von mir wird niemand etwas erfahren …«

»Du brauchst mich nicht mit Herr anzureden«, hatte er gesagt, während er in den Topf griff. Er hatte einen Hering herausgenommen, seinen Kopf in den Nacken gelegt und ihn in den offenen Mund geschoben. Als er ihn an der Schwanzflosse wieder herausgezogen hatte, hatte er nur noch die Flosse und die starke Mittelgräte in der Hand. Für ihn war das völlig normal – so hatte er diesen Fisch, seit er denken konnte, gegessen, aber sie hatte ihn staunend angeblickt.

»So isst man ihn. Und hätte ich es getan, wenn ich dich vergiften wollte? Ich gebe zu, es gibt wohlschmeckendere Speisen, aber die kann ich dir momentan nicht reichen. So, und nun lang zu, oder wartet irgendwo eine bessere Mahlzeit auf dich?«

Sie hatte den Kopf geschüttelt und endlich in den Topf gegriffen. Und dann hatte sie sich mit den Heringen vollgestopft. Es war schön gewesen, zu sehen, wie viel so ein kleines Mädchen verdrücken konnte. Danach hatte sie einen unglaublichen Durst gehabt – kein Wunder bei dem salzigen Fisch – und einen ganzen Krug mit Wasser leergetrunken. In diesem Moment hatte er es an der Zeit gefunden, sie nach ihrem Namen zu fragen und ihr seinen zu sagen. Sie hatte hinzugesetzt: »Ich weiß bereits, dass Ihr Klaus heißt, weil die Frau Euch so genannt hat.«

Er hatte genickt: »Ja, sie nennt mich so, aber im Allgemeinen werde ich Störtebeker gerufen. Du kannst mich auch so nennen.«

Sie hatte einen Moment überlegt und dann gesagt: »Störtebeker? Wieso heißt Ihr ›Stürz den Becher'? Seid Ihr ein Trinker?«

»Wie man es nimmt«, war seine Antwort gewesen. Er hatte auf das Trinkhorn gedeutet, das an einer silbernen Kette an seinem Gürtel hing: »Mir wird nachgesagt, dass ich mein großes Trinkhorn in einem Zug austrinken kann. Aber um ehrlich zu sein, habe ich den Namen von meinem Vater, der dieses Wirtshaus besitzt. Er hat mir diesen Beinamen bereits in Kindertagen gegeben.«

Kurz darauf war sie eingeschlafen. Zuvor hatte sie ihn schüchtern gebeten, noch ein bisschen bleiben zu können. Er hatte zugestimmt und sie hatte sich in einer Ecke wie ein Kätzchen zusammengerollt. Obwohl sie noch ein Mädchen war, erinnerte sie ihn an seine Mutter. Seine Mutter hatte auch dieses sehr hellblonde Haar gehabt und war trotz ihrer Zartheit zäh und willensstark gewesen. Dennoch hatte er sie damals nicht schützen können und dann war sie gestorben. Er haderte jeden Tag damit. Sollte Gott ihm jetzt dieses Mädchen geschickt haben, damit er bewies, dass er es besser konnte? Als Ava im Schlaf aufstöhnte und ihren Kopf hin und her warf, war es für ihn beschlossene Sache: Sie schien in ihrem jungen Leben schon so manches durchgemacht zu haben, doch ab jetzt würde er sie davor bewahren. Sie musste seinen Schutz und seine Hilfe nur annehmen.

Ende August 1380, Hansestadt Wismar

Ava war jeden neuen Tag froh über ihren Entschluss, nicht auf und davon gelaufen zu sein, als Störtebeker sie im Schuppen gefunden hatte. Sie hatte ihm damals nicht geglaubt, dass er es gut mit ihr meinte, ohne eine Gegenleistung zu verlangen, und als sie kurz aus dem Schuppen geschlüpft war, um sich zu erleichtern, hatte sie eigentlich daraufhin die Beine in die Hand nehmen wollen. Ob sie damals die Entscheidung aus Hunger, gepaart mit Erschöpfung und schmerzlicher Einsamkeit, getroffen hatte oder aus Wagemut, war ihr heute gleichgültig. Damals war sie mit ihrem Schneidstein in der Faust in den Schuppen zurückgekehrt, doch schon bald hatte sie ihn unbemerkt wieder in ihre Tasche gleiten lassen – der Hüne machte keinerlei Anstalten, sie zu bedrohen. Er hatte sie in Ruhe essen und trinken lassen und sich freundlich mit ihr unterhalten. Dabei waren ihre Augen immer schwerer geworden, und sie hatte es einfach darauf ankommen lassen, ob sich ihr Gefühl während der Mahlzeit und des Gesprächs ihm gegenüber bestätigen würde – Störtebeker hatte ihr trotz seiner einschüchternden Gestalt Vertrauen eingeflößt. Ein bisschen war es wie mit Adde gewesen, nur dass der Anblick der jungen Häuptlingstochter im Gegensatz zu dem Wismarer Wirtssohn überhaupt nicht beängstigend war. Sie hatte ihn nicht gefragt, warum er so gehandelt hatte, und würde es wohl auch in Zukunft nicht tun.

Sie nahm es einfach hin. Das tat sie inzwischen bereits seit gut zwei Monden.

Ava reckte sich. Der Hahn hatte eben gekräht und das bedeutete für sie aufstehen und arbeiten. Klaus Störtebeker hatte sie im Wirtshaus seines Vaters untergebracht. Hier ging sie Trebele zur Hand. Sie bekam keinen Lohn, dafür aber einen warmen Platz zum Schlafen im Wirtsraum nahe der Feuerstelle und dreimal am Tag zu essen. Das war mehr, als sie sich seit ihrem Aufbruch von der Höhle hatte vorstellen können. Hinzu kam Störtebeker. Ava dankte ihm seine Freundlichkeit mit Hochachtung. Er war für sie Edda und Marten in einer Person und doch war er ganz anders. Er behandelte sie nach wie vor gut, ging aber seine eigenen Wege und ließ sie nicht so eng, wie sie es sich inzwischen gewünscht hätte, an seinem Leben teilhaben. Aber jedes Mal, wenn sie aufeinandertrafen, klopfte ihr Herz ein wenig heftiger als normal und sie fühlte sich gut. Und obwohl sie durch die ungewohnte und schwere Arbeit im Wirtshaus meist müde und körperlich an ihren Grenzen war: Wenn sie seiner gewahr wurde oder sie auch nur im Nebenraum seine Stimme hörte, ging ihr gleich alles viel leichter von der Hand.

Störtebekers Vater war anders als sein Sohn und sie fragte sich immer mal wieder, wie der junge Mann es geschafft hatte, seinen Alten zu überreden, sie unter seinem Dach aufzunehmen. Der Alte war stets übellaunig und hielt sich als Mann für etwas sehr viel Besseres als Frauen. Und Ava hatte es noch schwerer mit ihm als ausgewachsene Frauen, die zumindest seine Lust anzufachen schienen, wie das Mädchen immer wieder voll Abscheu im Schankraum mitbekam. Er tätschelte gern die Hintern der anwesenden Frauen, die sich jedoch kaum zierten und sich das sogar gern gefallen ließen, denn hin und wieder bekamen sie dafür ein Bier von ihm ausgegeben. Auch Trebele setzte gegenüber dem Alten gern ihre weiblichen Reize ein, wenn sie etwas Außergewöhnliches wollte oder er mal wieder etwas zu meckern hatte. Einmal hatte Ava beobachtet, wie die Magd ihm ihren üppigen Busen darbot und er ihn auch gleich lüstern befingerte. Sie war entsetzt gewesen und haderte lange mit sich, ob sie ihre Beobachtung Störtebeker berichten sollte. Sie ließ es bleiben. Warum sollte sie ihm unnötig wehtun? Bei passender Gelegenheit hatte sie ihn allerdings nach Trebele gefragt. Sie selbst mochte die Frau überhaupt nicht, was auf Gegenseitigkeit beruhte, wie sie immer wieder zu spüren bekam, da es ihre Aufgabe war, Trebele in ihrer Arbeit zu unterstützen. In der Regel ließ die ältere Magd sie alles allein machen und triezte sie zudem mit zusätzlichen Aufträgen. Wenn allerdings Störtebeker zugegen war, war Trebele lieb und süß wie Honig zu ihr.

»Wie haben du und Trebele euch eigentlich kennengelernt?«, hatte sie den Wirtssohn gefragt, den sie schon nach ein paar Tagen vertraulich duzte.

»Vor einigen Jahren saß sie in unserem Wirtshaus und konnte ihre Zeche nicht zahlen, da ihr damaliger Gefährte sie sitzen gelassen hatte. Er war ein Seemann. Er hatte ihr gesagt, er wolle kurz pinkeln gehen, ist aber nicht zurückgekehrt. Wie sich später herausstellte, ist er zum Hafen gegangen, hat auf irgendeiner Stralsunder Kogge angeheuert und war noch in der gleichen Nacht auf und davon. Er ist nie zurückgekehrt. Hätte ich übrigens genauso gemacht. Trebele kann ziemlich nachtragend sein und ist in ihrer Rachsucht wenig zimperlich, also pass bloß auf«, hatte er gelacht.

»Und dann hat sie bei euch angefangen, so wie ich?«

»Ja, tatsächlich, im Grunde war es wie bei dir. Nur dass sie meinen Vater überzeugt hat und nicht mich, so wie du.«

»Ich habe dich nicht überzeugt«, hatte sie entrüstet gesagt. Sie wollte auf keinen Fall wie Trebele gesehen werden. Darüber hinaus legte sie irgendwie Wert darauf, unabhängig zu sein und niemanden zu brauchen, ganz gleich, wie wohl sie sich zwar nicht im Wirtshaus, dafür aber in Störtebekers Nähe fühlte.

»Nein, hast du nicht«, hatte Störtebeker augenzwinkernd eingelenkt. »Du warst nur fast verhungert und wenn du weiter so gelebt hättest, hättest du mit Sicherheit bereits eine Hand verloren, wenn nicht sogar beide, du kleine Möchtegerndiebin.«

Darauf hatte sie nichts erwidert, denn insgeheim gab sie ihm recht. Lange wäre ihre damalige Lebensweise vermutlich nicht gutgegangen. Entweder hätte man sie beim Stehlen erwischt oder sie wäre vor Hunger gestorben – hier in Wismar oder auf ihrem Rückweg in den Wald zur Höhle. Oder – und das war ihre grausigste Vorstellung – Männer wie die im Hafen hätten sie in ihre Hände bekommen und vergewaltigt. Durch ihre Arbeit in der Schankstube wusste sie inzwischen ziemlich genau, was Männer von Frauen wollten, und sie wurden meist derber und unverhohlener, wenn sie einige Biere getrunken hatten. Da war Störtebekers Vater keine Ausnahme und noch nicht einmal Störtebeker selbst. Ava hatte schon oft beobachten können, wie der junge Mann, den sie für sich in Gedanken noch manchmal Thor nannte, seinen Blick kaum von einem hübschen Gesicht und dem, was sich unter der Gewandung abzeichnete, abwenden konnte. Allerdings achtete Trebele wie eine Wölfin darauf, dass keine andere Frau ihrem Klaus zu nahe kam. Er fügte sich ihr dann lachend und meist verschwanden sie daraufhin kurz hintereinander in den Schuppen. Ava versetzte das jedes Mal einen kleinen Stich. Darüber hinaus wünschte sie sich, dass Störtebeker sie auch so anblicken würde wie die anderen Frauen. Sie schaute er nur wohlwollend an, ohne dieses Feuer in den tiefblauen Augen, die sie an das Meer denken ließen. Warum sie wollte, dass er sie begehrte, wusste sie nicht, zumal es ein vorher nie gekanntes Gefühl war. Sie war noch ein Mädchen, erst auf der Schwelle hin zu einer Frau, und sie schämte sich vor sich selbst bei diesen Gedanken. Sie hatte eine Ahnung, wie sie hervorgerufen worden waren, obwohl damals Furcht ihr bestimmendes Gefühl gewesen war. Aber wenn sie an die Situation im Schuppen dachte, die bereits so lange her schien, wie Trebele und Störtebeker sich vereinigt hatten, dann überlief ein Schauder ihren Körper. Allein wenn sie sich die rhythmischen Erschütterungen der Fässer, die durch Störtebekers Stöße in die Magd verursacht worden waren, das immer schnellere Atmen der beiden und das lustvolle Stöhnen vor Augen führte, stieg eine Hitze in ihr auf, die mit nichts zu vergleichen war, was sie je empfunden hatte.

»Trebele mag mich nicht«, hatte sie gesagt, um von ihrer Person abzulenken.

»Das hat nichts mit dir zu tun, sie mag überhaupt keine anderen Frauen. Oder Mädchen, wie du es eines bist. Aber sie meint es nicht böse. Sie kann einfach nicht aus ihrer Haut. Allerdings kommt bei dir hinzu, dass du uns damals im Schuppen zusammen, wie soll ich sagen, zusammen erlebt hast. Sie hat Bedenken, dass du uns verraten könntest«, hatte Störtebeker daraufhin erklärt. Er hatte das irgendwie verschämt gesagt. Ihr gegenüber war er in seiner Rede und seinem Auftreten sowieso anders. Nicht so ungehobelt, wie er es im Wirtshaus war, dem Ort, wo sie ihn mit anderen Menschen erlebte. Wenn er mit ihr sprach oder umging, war er stets freundlich und auf seine Wortwahl bedacht. So gar kein Haudegen. Wenn sie es sich recht überlegte, hatte er auch deswegen ihre Zuneigung gewonnen. Er sah sie zwar nicht wie eine Frau an und letztlich war sie das ja auch noch nicht, dafür behandelte er sie einzigartig, ohne dass der Eindruck von Stärke oder auch Männlichkeit, den er schon durch seine Erscheinung vermittelte, davon beeinträchtigt wurde. Nicht einmal gegenüber Trebele war er so sanft in seiner Art. Durch Störtebekers bloße Anwesenheit in ihrem Leben fühlte sie sich zum ersten Mal, seit der Böse in ihre Höhle eingedrungen war, wieder geschützt. Selbst wenn sie allein in Wismar ohne seine Begleitung unterwegs war, gab ihr das Wissen um ihn Sicherheit.

Noch immer in Gedanken, stand Ava von ihrem Fell auf, reckte sich ein weiteres Mal, gähnte herzhaft und goss sich aus einem Krug Wasser in einen Becher. Sie nahm einen Schluck, gurgelte, während sie zum kleinen Fenster der Wirtsstube ging, öffnete es und spuckte den Inhalt aus ihrem Mund auf die noch ruhige Gasse. Sie ließ das Fenster, durch das kalte Luft hereinblies, offen stehen und wandte sich wieder um. Die Herbstzeit war herangebrochen, bald würde der Winter kommen. Das Mädchen tappte zurück zum Krug, aus dem sie jetzt

Wasser in eine Schüssel goss, kurz ihre Hände hineintauchte, um etwas davon aufzufangen, und ihr Gesicht wie jeden Morgen mit dem erfrischenden Nass benetzte. Als sie auch dieses Ritual erledigt hatte, wickelte sie das durch die Nacht locker gewordene Leinen von ihrer Fessel, mit dem sie ihr Mal nach wie vor vor den Augen anderer bewahrte, zog sich ihr langes Nachtkleid über den Kopf und faltete es ordentlich zusammen. Dann rollte sie das Leinen auf, um es sich gleich wieder fest anzulegen. Sie zuckte erschrocken zusammen, als die Tür zum Hinterhaus sich mit einem Ruck öffnete.

»Was trödelst du hier herum?«

»Ich bin gleich fertig, ich komme gleich«, erwiderte Ava, die ihre Blöße notdürftig mit den Händen vor Trebeles Blicken zu verdecken versuchte – einzig der kleine um ihren Hals hängende Beutel von Edda mit der Wolfspfote und Addes Medaillon kleideten sie noch. So natürlich sie auch mit Edda in der Einsamkeit aufgewachsen war, beschämte es sie, nackt vor anderen Menschen zu stehen. Das Gefühl der Schutzlosigkeit und des Ausgeliefertseins beschlich sie in solch seltenen Momenten. Trebeles Musterung ihres Körpers tat jetzt sein Übriges dazu. Sie von oben bis unten begutachtend, trat die ältere Magd auf sie zu und umschritt sie in einem Kreis. Ava kam sich vor wie ein Tier auf dem Viehmarkt. Dann blickte die Magd zu der Waschschüssel: »Wenn du dich schon wäschst, dann mach es wenigstens ordentlich! Schöne Kette. Ist sie wertvoll? Hast du sie gestohlen?« Die Magd wollte nach dem Medaillon greifen, doch Ava wich ihrer vorschnellenden Hand aus. Trebele verzog ihren Mund verächtlich und tastete Ava weiter mit ihren Augen ab. An ihren Füßen stutzte sie: »Was ist das da an deiner Fessel? Dreck aus dem Hühnerstall, den du ins Haus geschleppt hast, du Nichtsnutz?«

Ava erschrak noch mehr. Sie senkte ihren Kopf und drehte ihren Fuß aus Trebeles Blickfeld, damit diese ihr Schmetterlingsmal nicht näher betrachten konnte. Die Ältere bemerkte das Unwohlsein des Mädchens, ging in die Knie und fasste nach Avas Fuß, so dass diese fast aus dem Gleichgewicht gekommen wäre: »Oder ist das etwa eine Tätowierung? Zeig mal her!«

»Nein«, entgegnete Ava schärfer als gewollt und entwand ihren Fuß aus Trebeles Griff, »das geht dich gar nichts an!«

»Das geht mich sehr wohl etwas an!«, erwiderte Trebele gehässig, richtete sich jedoch wieder auf. »Also, was ist das? Hast du dich für deine heidnischen Götter tätowieren lassen oder was zierst du dich so? Glaubst du etwa, ich weiß nicht, dass du sie nachts anrufst? Meinst du, ich habe es noch nicht bemerkt, wenn du mit ihnen sprichst oder diese Melodie der Ungläubigen vor dich her summst? Aber eines sag ich dir: Eine Heidin wird der Herr hier nicht dulden. Und auch sein Sohn wird dich dann nicht mehr schützen können. Wahrscheinlich hast du Klaus mit einem heidnischen Zauber belegt, damit er seine schützende Hand über dich hält. Meinst du etwa, ich seh deine schmachtenden Blicke nicht? Bilde dir bloß nichts ein. Für ihn bist du ein Kind. Er sieht dich nicht als Frau und wird es nie tun, dafür sorge ich, da kannst du noch so viel mit deinen Göttern sprechen. Gib mir deine Kette und ich sage kein Wor…«

Weiter kam Trebele nicht. Eine tiefe Stimme unterbrach sie hart: »Trebele, was soll das? Lass die Kleine in Ruhe!«

Trebele fuhr herum. Sie beide hatten Störtebeker nicht bemerkt, der im Türrahmen lehnte. Ava wäre vor Scham am liebsten im Boden versunken. Die Röte schoss ihr ins Gesicht. Wie lange hatte er schon so dagestanden und sie beide beobachtet? Schnell nahm sie ihr Kleid auf und hielt es sich vor ihren schmalen Mädchenkörper.

»Aber wieso, Klaus, du missverstehst. Ich wollte Ava nur beim Ankleiden helfen. Wir haben heute jede Menge zu tun, da habe ich sie ein wenig zur Eile gedrängt. Vielleicht ein bisschen unwirsch. Tut mir leid, Kleine. Ich hatte eine kurze Nacht und bin nicht ganz ausgeschlafen.«

Ihren letzten Satz hatte die Magd mit einem anzüglichen Lächeln in Richtung Störtebeker gesagt. Der Wirtssohn überging die Anspielung, zuckte mit den Schultern, murmelte etwas von »Verstehe einer die Weiber« und verschwand in Richtung Küche. Ava wusste, dass er dort zusammen mit seinem Vater das Frühstück erwartete, dessen Zubereitung ihre Aufgabe war. Hätte Trebele sie nicht aufgehalten, hätte sie den morgendlichen Haferbrei längst fertig und den Tisch gedeckt gehabt. Vormals war das die Aufgabe von Störtebekers Geliebter gewesen, doch seitdem sie hier im Haus war, hatte sie sie übernommen. Trebele tat kaum mehr etwas, sondern ließ Ava alles machen. Neben der Morgenmahlzeit außerdem das Putzen und tägliche Aufräumen des Hauses, der zwei Gastzimmer und auch der Wirtsstube, in der sie schlief. Hier musste sie jede Nacht darauf warten, dass der letzte Gast gegangen war, und so war sie meist müde. Doch auch das störte sie nicht. Was sie allerdings wütend machte, war Trebeles Scheinheiligkeit. Die Magd arbeitete so gut wie überhaupt nicht mehr, stellte dies jedoch so geschickt an, dass Vater und Sohn es nicht mitbekamen. Wenn die Betten gemacht werden mussten, setzte sie sich einfach auf einen Schemel im Raum, gab Ava ihre Anweisungen, kämmte sich ihre Haare oder machte ihre Augen zu, um bald darauf einzunicken. Zu Beginn hatte Ava einmal eingewandt, dass sie zu zweit schneller wären und entsprechend mehr schaffen würden. Trebele hatte ihr gedroht: »Wenn du hierbleiben möchtest, dann mach, was ich dir sage. Ein Wort von mir zu dem Alten und du landest wieder draußen in der Gosse. Arbeite einfach schneller, so dass es aussieht, als würden wir es zusammen tun. Und wenn du mich bei Klaus verpetzt, dann gnade dir Gott!«

So ging es mit allen Dingen, die verrichtet werden mussten. Kam jemand hinzu, stellte sich Trebele schnell neben Ava und tat so, als ob sie gemeinsam die Aufgaben erledigten. Nur das Einkaufen ließ Trebele sich nicht nehmen. Ava wusste genau, warum, denn ein paar Mal hatte sie die Magd begleiten müssen, um ihr beim Tragen zu helfen – Trebele zwackte von den Münzen, die sie vom alten Herrn zum Bezahlen bekam, stets etwas ab. Auf dem Markt handelte sie die Händler runter, und das übrig gebliebene Geld landete in ihrer Tasche. Das hatte das Mädchen mitbekommen, nachdem sie zurück gewesen waren und Trebele mit dem Wirtsherrn abgerechnet hatte. Ava hatte nichts gesagt. In jenem Moment sowieso nicht und auch später nicht, als sie allein mit Trebele war und die Feuerstelle reinigte, während die andere sich mit einem Kohlestift die Augen schminkte. Sie wollte dieses Wissen erst einmal für sich bewahren, vielleicht könnte es ihr später etwas nützen. Außerdem wusste im Wirtshaus niemand, wie gut sie rechnen und auch schreiben konnte – das war ihr wohlgehütetes Geheimnis. Auch sonst mussten Trebele und die anderen in ihrer Umgebung nicht wissen, was Ava alles mitbekam. Sie hatte nie gelernt, sich zu verstellen, doch sie spürte, dass es hier in ihrer Situation besser war. Warum, wusste sie nicht genau, es war nur ein Gefühl tief in ihrem Inneren, dem sie instinktiv Folge leistete. So hatte das Mädchen sich recht schnell nach den ersten paar Tagen im Haus des Wirtes dümmer gegeben, als sie es war. Immer wieder brachte sie einfältige Fragen an, zeigte niemandem, wie schlau sie eigentlich war, und wenn die Wismarer – ganz gleich, ob der Herr, Trebele, Störtebeker oder die Wirtshausgäste, die sie hin und wieder bedienen musste – in ihren Dialekt verfielen, gab sie vor, nichts zu verstehen. Zu Beginn ihrer Zeit in Wismar war ihr Letzteres tatsächlich schwergefallen, doch da Wismar eine Handelsstadt war und Fremde hier häufige Besucher waren, konnten die Einwohner darauf reagieren und sich einigermaßen verständlich machen. Auf diese Weise hatte Ava den Dialekt schnell gelernt. Ebenso ging es ihr mit Latein, der Sprache meist höhergestellter Bürger. Von Edda hatte sie einige Brocken beigebracht bekommen und durch das Zuhören, aber auch durch das heimliche Lesen der wenigen Bücher in lateinischer Sprache im Haus, vor allem der Bibel, verstand sie die allgemein gültige Handelssprache bald recht gut.

Da alle das Mädchen aus Ostfriesland für zurückgeblieben hielten, redeten sie binnen kurzem offen vor ihm, in dem Glauben, dass sie sowieso nichts begriff. Auf diese Weise erfuhr Ava einige Geheimnisse und Intrigen, die sich unter den Wismarern abspielten. Sie behielt alles für sich und lernte dabei die Abgründe der Menschen kennen. Die Erkenntnis, dass es nicht nur Gut oder Böse gab, sondern in den meisten Menschen von beidem etwas steckte, machte ihr zu schaffen. Die Welt, in die sie so ungefragt hineingestoßen worden war, gefiel ihr nicht. Sie erschien ihr hinterhältig. Andererseits hatte die Hinterhältigkeit sich auch in ihr früheres Leben mit Edda eingeschlichen, als Marten sie verraten hatte – die Welt war eben doch eins, gleichgültig, wo man sich befand, und das Böse hielt überall dort Einzug, wo es Menschen gab. Mal tarnte es sich und schlich sich in einen bislang guten Menschen ein, wie bei Marten, mal ergriff es von der kompletten Person Besitz, wie bei Eddas Mörder und irgendwie auch bei Trebele. Ob sich das Böse in Marten auch ausgebreitet und den Rest an Gutem in ihm verdrängt hatte? Gut und Böse – waren das Gott und der Teufel, an die die Christen glaubten? Aber gab es überhaupt den reinen, braven, grundguten Menschen? Ein Neugeborenes vielleicht. Ja, das konnte Ava sich vorstellen, aber danach niemanden mehr. Noch nicht einmal sich selbst empfand sie als stets guten Menschen. Zumindest nicht, seit sie in der Fremde war. Sie wusste, woran das lag. Sie wollte überleben und das konnte sie nur, indem sie sich ihrer Umgebung anpasste. Sie hoffte, das Wissen darum, dass sie nicht nur Gutes dachte und tat und oft ichbezogen handelte, würde es ihr irgendwann wieder ermöglichen, ein guter Mensch zu werden. Allein bei dem Gedanken, andere zu hintergehen, fühlte sie sich schlecht. Auf der anderen Seite hatte sie das Empfinden, dass eine Person wie Trebele sie geradezu dazu herausforderte. Auch der Herr hatte einiges dazu getan, dass

Ava ihm seit einiger Zeit heimlich zermörserte Hopfenähren in den Morgenbrei mischte, um seine Lust einzudämmen. Was er mit Trebele und den Weibern machte, die abends im Wirtshaus die Männer freizügig vergnügten, war Ava egal. Allerdings hatte der Wirt sich neuerdings auch einige Male an ihr vergriffen, ihr auf den Hintern geklapst und einmal sogar zwischen die Oberschenkel gegriffen.

»Wenn du ein bisschen mehr isst, bist du auch nicht mehr so ein Hungerhaken und könntest mir gefallen«, hatte er gesagt, sich mit seiner dicken Zunge über die Lippen geleckt und sie angesehen wie ein junges Ferkel, das noch gemästet werden musste, dann aber mit seinem zarten Fleisch besonders gut schmecken würde. Ava hatte sich jedes Mal abgewandt und nichts gesagt. Es war immer geschehen, wenn Störtebeker nicht anwesend gewesen war. In der Nacht auf ihrem Lager hatte sie dann in ihrem Kopf gekramt, was Edda ihr zu den einzelnen Kräutern gesagt hatte. Ihre Großmutter hatte ihr nie etwas über die sexuelle Lust von Männern erzählt. Dazu hatte bei ihnen in der Einöde kein Grund bestanden, zumal Ava auch noch nicht zur Frau geworden war. Aber welches Kraut schläfrig machte, das wusste das Mädchen und sie hoffte, es würde seinen Zweck erfüllen. Bereits damals, bei ihrer Ankunft vor dem Lübschen Tor, hatte sie die Hopfengärten bemerkt. Inzwischen wusste sie, dass der Hopfen zum Bierbrauen genutzt wurde – einer Handelsware, die den Wismarern viel Geld einbrachte. Es war ein schweres Unterfangen gewesen, aus dem Haus und vor das Stadttor zu gelangen, denn sie hatte es heimlich tun müssen. Nicht etwa, damit keiner erfuhr, dass sie Hopfen einsammeln wollte. Das hätte sie noch irgendwie erklären können. Es lag vielmehr daran, dass sie nicht das Wismarer Bürgerrecht hatte und ein Mädchen ohne jegliche Verwandte in der Hansestadt war. Sie hatte auch keinen Vormund, so dass sie auf der Hut vor den Bütteln sein musste. Sie war auf den guten Willen des Wirts angewiesen, durch den sie weitestgehend Schutz fand und der sie vor seinen Gästen als entfernte Verwandte vom Land ausgab. Er hatte ihr verboten, die Stadttore zu passieren, damit sie nicht unnötig befragt wurde und der Wirt womöglich noch offiziell bei der Stadt für sie bürgen müsste. Dennoch wollte sie sich nicht alles gefallen lassen. Es war ein Sonntag gewesen, an dem es ihr gelang, sich freie Zeit zu ergattern. Während alle anderen Bewohner des Hauses die Kirche besuchten und sie sich mit einer Magenverstimmung entschuldigte, schlich sie sich aus dem Haus und durch das Stadttor, um den Hopfen zu pflücken. Zuvor hatte sie einer Dirne, die sie aus der Gastwirtschaft kannte, eine Münze zugesteckt und sie gebeten, den Torwächter abzulenken. Tatsächlich ging Avas Plan auf und der Torwächter bekam nicht mit, dass sie vor die Stadtmauer lief. Als sie später wieder mitsamt dem Hopfen zurückkam, grinste sie den Wachmann frech an, murmelte so laut, dass er es gerade eben hören konnte: »So ein Stelldichein, wenn alle anderen in der Kirche sind, ist nicht eben fromm. Schon gar nicht, wenn man das Tor bewachen soll …« und wurde ohne weitere Diskussion durchgelassen. Seitdem mischte sie den Hopfen in den Brei des Herrn, der sich ab diesem Moment über seine anhaltende Müdigkeit wunderte und sich lieber in sein Bett legte, anstatt den Röcken nachzugeifern.

Als sie jetzt angezogen und mit dem schnell um ihre

Fessel gewickelten Leinentuch in die Küche kam und daran dachte, was für ein Glück sie bei ihrer Ankunft in Wismar gehabt hatte, so unbehelligt durch das Lübsche Tor zu gelangen, fand sie Störtebeker dort zwischen Trebele und seinem Vater sitzen. Der Alte gähnte ausgiebig und ihr war, als würde sein schlechter Atem den Raum sofort gänzlich einnehmen. Schleunigst machte sie sich daran, den Haferbrei zu kochen – heute würde sie es nicht mehr schaffen, der Schüssel des Wirts ungesehen den Hopfen beizumischen.

»Wo bleibt das Essen, ich habe Hunger«, brummte er ihr zu, während sie in dem Topf auf der Feuerstelle rührte. Entschuldigend blickte sie nach hinten zu den Männern und begegnete dabei dem Blick von Störtebeker, der ihr aufmunternd zulächelte. Sie lächelte zaghaft zurück, wandte sich wieder dem Topf zu, nahm ihn vom Dreifuß, stellte ihn neben sich und füllte vier Schüsseln mit der heißen Speise, während sie den Göttern dafür dankte, Störtebeker begegnet zu sein. In seiner Anwesenheit würde sie vieles ertragen können, da war sie sich sicher.

Nachmittags im Vorratsschuppen

Nachdem Klaus gegangen war, blieb Trebele noch im Schuppen. Nicht um sich zu richten, wie sie ihm gesagt hatte, sondern um noch einen Augenblick allein zu sein und ungestört nachdenken zu können. So ging das nicht weiter, Klaus hatte sich verändert und das war ihr überhaupt nicht recht.

Trebele gehörte zum niederen Stand. Ihr Vater war der Knecht eines Gutsherrn im Mecklenburger Land gewesen, bevor er sich mit ihrer Mutter und seinen vier Kindern – Trebele war das älteste von ihnen – nach Wismar aufgemacht hatte, um nach einem Jahr Aufenthalt wenigstens das Bürgerrecht zu erlangen. Kurz darauf war ihre Mutter im Kindbett gestorben und ihr Vater aus Trauer zum Säufer geworden. Sobald sie alt genug gewesen war, hatte Trebele ihre Familie verlassen und angefangen, ihren Körper unten am Hafen zu verkaufen. Zunächst hatte sie es auf dem Markt als Heringsverkäuferin versucht, dann jedoch rasch gemerkt, dass sie schneller und mehr Münzen zusammenbrachte, wenn sie sich den Männern andiente. Da sie sich die Heringe sowieso immer unten am Hafen zusammengeschnorrt hatte, kannte sie sich in dieser Gegend Wismars recht gut aus. Sie hatte gewusst, dass die Büttel hier genauso wie die Nachtwächter nur wenig unterwegs waren, und wenn, dann kannte Trebele deren Routen und hielt sich vor ihnen verborgen. Dann lernte sie einen Mann kennen, in den sie sich verliebte und der sich als ihr Beschützer anbot. Sie sagte nicht Nein, denn von dem ein oder anderen Seemann war sie bereits geprellt worden und ebenso hatte es Situationen gegeben, in denen ihr nicht geheuer gewesen war. Als ihr Beschützer sie jedoch in dem Wirtshaus von Klaus' Altem sitzengelassen und zudem ihr ganzes Geld mitgenommen hatte, war sie verzweifelt gewesen. Natürlich hätte sie sich wieder allein im Hafen durchschlagen können, doch als sie ihre Möglichkeiten im Wirtshaus erkannt hatte, hatte sie zugegriffen. Erst an den Hosenlatz des Alten und dann an den von Klaus, der ihr um einiges lieber war. Beide durften natürlich nichts voneinander wissen, denn manches Mal bediente sie den Alten nach wie vor, obwohl es in letzter Zeit seltener geworden war. Im Grunde, seit dieses kleine Dreckstück aufgetaucht war, das die Unschuld vom Lande mimte. Bei dem Vater war es nicht schlimm. Ihm war sie von Anfang an nur zu Willen gewesen, damit er sie nicht vor die Tür setzte. Wenn er sie jetzt im Haus behielt, ohne an ihr rumzugrapschen, war es umso besser. Wenn er allerdings erfuhr, dass sie sich mit seinem Sohn vergnügte, könnte es sein, dass er sie doch hinauswarf. Nicht aus Eifersucht, sondern vielmehr, da sie wusste, dass er sich für Klaus eine Frau wünschte, die in die Ehe etwas einbrachte. Am liebsten hätte der Alte für Klaus, der einmal das Gasthaus übernehmen sollte, die Tochter des Bierbrauers. Klaus verschwendete aber keinen Gedanken an das dicke Mädchen. Dafür hatte Trebele gesorgt. Als sie hier eingezogen war, war Klaus nicht gerade wählerisch gewesen, um seine Lust zu befriedigen, und sowieso war er kein Kostverächter. Inzwischen hatte Trebele ihn an sich gebunden. Er hatte zwar nach wie vor Augen für andere Weiber, doch an deren Anblick holte er sich bloß seinen Appetit, seinen großen Hunger stillte er an ihr. Das lag zum einen an ihrer steten Bereitschaft, sich mit ihm zurückzuziehen, an ihrer abwechslungsreichen Kunst- oder vielmehr Fingerfertigkeit und vor allem daran, dass sie jedem Weib, das Klaus zu nahe kam oder auch nur kommen wollte, umgehend deutlich machte, dass er nicht zu haben war. Trebele wusste nicht genau, ob sie Klaus liebte. Sie war gern mit ihm zusammen, weil er lustig und umgänglich war. Außerdem fand sie ihn schmuck, aber lieben oder zumindest verliebt sein? Sie wollte seine Frau werden, um mit ihm gemeinsam das Gasthaus zu führen, wenn der Alte endlich ins Gras gebissen hatte. Das Gasthaus würde mit der Zeit eine Goldgrube werden, schon jetzt war es sehr einträglich. Noch gab es nicht viele in Wismar und da man als Wirt nicht nur das Recht, sondern bei verfügbarem Raum auch die Pflicht hatte, Gäste gegen ein gutes Entgelt zu beherbergen, konnten Klaus und sein Vater von den Einkünften ein angenehmes Leben führen. Bisher hatten sie zwei Fremdenzimmer, die in der Regel gut belegt waren. Heute stand eines leer, doch Trebele war sich sicher, dass im Laufe des Tages oder spätestens morgen wieder ein Fremder an die Tür klopfte, um es zu belegen. Wenn Trebele erst die Frau im Hause war, würde sie Klaus überreden, noch zwei weitere Zimmer für Gäste herzurichten – eventuell würden sie dafür im Hinterhof anbauen müssen. Allerdings müsste Klaus sie dafür heiraten. Bis vor einiger Zeit hatte sie darin kein Problem gesehen. Noch nicht einmal Klaus' Vater wäre eins gewesen, denn sie hatte Klaus schon so weit gehabt, dass er sich über dessen Wunsch, die Bierbrauertochter zur Frau zu nehmen oder eine andere gute Partie zu machen, hinwegsetzen wollte. Dann hatte Klaus aber diese dumme Göre im Schuppen gefunden und als Hilfsmagd ins Haus geholt. Seitdem war er ihr gegenüber anders geworden. Natürlich vergnügten sie sich noch immer miteinander, allerdings nicht mehr so häufig und wenn, dann ging die Initiative von ihr aus. Und sobald Trebele das Wort Heirat in den Mund nahm, lenkte er deutlich stärker ab, als zuvor. Für sie stand fest: Ava musste weg. Als sie eben den Blick bemerkt hatte, den Klaus dem Mädchen zugeschmissen hatte, war es ihr einmal mehr bewusst geworden. Ava war eine Gefahr für sie und ihre Zukunftspläne, eine Gefahr, die von Tag zu Tag größer wurde. Das Mädchen selbst schien es nicht zu wissen, doch mit ihren dicken blondgelockten langen Haaren, den blauen Kulleraugen und den roten vollen Lippen war sie schon jetzt eine kleine Schönheit. Heute Morgen hatte Trebele festgestellt, dass Avas Brüste bereits zart zu knospen begannen und auch die schlanke Taille hatte sich schon unverkennbar herausgebildet. Ava schien das alles überhaupt nicht bewusst zu sein, aber Trebele war klar, dass es nicht mehr lange dauern würde, bis das Mädchen zur jungen Frau herangereift war und spätestens dann allen Männern den Kopf verdrehen würde. Einschließlich Klaus. Noch sah er in Ava die kleine Schwester, die er nie gehabt hatte, und nicht die Frau, die einmal sein Bett teilen könnte. Doch das würde sich aller Wahrscheinlichkeit nach bald ändern und darauf wollte Trebele auf keinen Fall warten. Sie musste sich dringend etwas einfallen lassen, um den kleinen »Engel«, wie Klaus Ava gern nannte, loszuwerden. Sie hatte gehofft, das Mädchen würde von selbst gehen, wenn sie sie nur genügend schikanierte, aber das hatte bisher nicht zum Erfolg geführt und seit diesem Blickaustausch heute Morgen ahnte die Magd, dass es dies auch in Zukunft nicht würde. War der Blick von Klaus gefährlich liebevoll gewesen, hatte Ava auf ihn mit einem Strahlen reagiert, das seinesgleichen suchte. Überhaupt folgte sie dem Wirtssohn wie ein junger Hund, der nach Streicheleinheiten von seinem Herrn nur so lechzte. Ava wusste es vielleicht selbst noch nicht, aber sie liebte Klaus, und Trebele würde sicherlich nicht tatenlos dabei zusehen.

September 1380, später am Abend, Hansestadt Hamburg

Geske schlich verstohlen zum Badehaus am Nicolaifleet. Es war kalt und sie schlang die Arme um sich. Schon zu Zeiten des schwarzen Todes vor über dreißig Jahren war das Badehaus am Fleet eine Hamburger Institution gewesen. Da war sie noch nicht geboren und schon gar nicht in Hamburg gewesen, aber wie jeder hier in der Hansestadt wusste auch sie, dass der damalige Bader mitsamt seiner Familie, den Wasserholern und Baderinnen der Pest erlegen war. Doch als diese wieder aus der Hansestadt verschwunden war, hatte ein neuer Bader die Türen für die Bürger geöffnet, die sich waschen lassen und dabei entspannen wollten und sich vor allem auch gern manches Mal für eine zusätzliche Münze noch ein Extravergnügen kauften. Zumindest die Herren, denn auch Frauen konnten das Badehaus besuchen. Manche hatten auch ein anderes Anliegen, denn allgemeinhin waren Bader äußerst bewandert in der Heilkunst und verkauften darüber hinaus allerlei Tinkturen, Tees und lose Kräuter für die sonderbarsten Leiden.

Geske kannte den jetzigen Bader und die anderen Leute vom Badehaus gut, immerhin hatte sie sich einige Zeit an diesem Ort verdingt, bis sie hier Wilhelm Spiekermann wiedergetroffen und er sie abermals zu seiner Geliebten gemacht hatte. Damals hatte er ihr gesagt, dass er nicht wolle, dass sie die Freuden auch mit anderen Männern teilte, und sie von diesem Ort weggeholt. Außerdem gab er ihr neben einer Unterkunft jeden Monat ausreichend Geld, so dass sie keiner Arbeit nachgehen musste. Die Aufgaben, die sie in der Brauerei übernommen hatte, dienten nur der Tarnung. Die Leute sollten nicht über sie tuscheln. Geske war aber klar, dass es vielmehr mit Juliane Spiekermann zu tun hatte. Wilhelms Frau sollte auf keinen Fall von ihr erfahren, was sie allerdings längst hatte, wie Geske schließlich wusste. Wie Juliane Spiekermann von ihr und Wilhelm erfahren hatte, war Geske nicht bekannt, doch sie konnte es sich denken. Über ein paar Ecken kannte in Hamburg jeder jeden, vor allem in den Kreisen, in denen die Spiekermanns verkehrten. Irgendeiner hatte sicher geredet und es war an Juliane Spiekermanns Ohren gedrungen. Die schien ihr Wissen ebenfalls nicht mit Wilhelm geteilt zu haben, sonst hätte er es Geske sicher gesagt. Geske hatte die Kaufmannsfrau nicht mehr gesehen, seit sie sie damals in der Brauerei aufgesucht hatte. Ihr war es nur recht. Die frömmelnde Juliane Spiekermann war ihr noch nie geheuer gewesen und nach dem zu urteilen, was Wilhelm ihr immer mal wieder über seine Gemahlin berichtete, wäre das bestimmt heute auch noch der Fall.

Geske war ihr Arrangement, bei dem sie Wilhelm immer dann zur Verfügung stehen musste, wenn ihm nach ihr war, nur recht, lebte es sich auf diese Weise doch sehr angenehm. Auch die Reisen genoss sie immer sehr. Zwar war sie auch hier eine einfache Magd und musste sich zudem noch als Gemahlin des wortkargen Mathis ausgeben, andererseits hatte sie sich das früher in ihren kühnsten Träumen nicht ausmalen können, auf diese

Weise die prunkvollen Städte der Hanse kennenzulernen. Wäre sie Wilhelms Gemahlin, käme sie kaum in den Genuss, denn sicher würde sie dann wie Juliane Spiekermann immer nur im Haus sitzen, um dort die Belange zu überwachen. So war die Lebensführung vermögender Familien. Der Mann vermehrte durch kluge Geschäfte das Geld und sein Weib gebar ihm seine Nachkommen und schuf ihm vor allem als Hausfrau ein Heim, das jederzeit Gäste empfangen konnte und den Erfolg des Mannes deutlich repräsentierte. Natürlich hätte Geske auch zu so einem Leben alles andere als Nein gesagt, doch sie wusste, dass sie dies niemals führen könnte. So wie es jetzt war, hatte sie schon mehr erreicht, als sie es je zu hoffen gewagt hatte.

Als sie jetzt das Badehaus erreicht hatte, blickte sie sich um, obwohl die Straße nahezu im Dunkeln lag und sie nicht weit sehen konnte. Sie hatte das Gefühl, jemand hätte sie verfolgt, doch das war sicher ihrem schlechten Gewissen geschuldet. Vielleicht war der Schatten, den sie ein paar Mal beim Zurückblicken hinter sich wahrgenommen hatte auch der des Nachtwächters, der durch die Stadt seine Runden zog und von dem sie sich ebenso wenig erwischen lassen wollte. Sie klopfte an die schwere Tür und nachdem jemand hinter dem kleinen Fenster auf Gesichtshöhe eine Fackel gehalten hatte, um sie zu mustern, wurde ihr geöffnet. Sie schlüpfte schnell hindurch und atmete tief aus, als sich die Tür hinter ihr wieder schloss. So ging das nun schon seit vielen Wochen: Sie verschwand immer einmal in der Nacht, um heimlich hierherzukommen. Es musste zu dieser Uhrzeit sein, da sie dann keine Gefahr lief, auf ein bekanntes Gesicht zu stoßen – in der Regel schlummerten die

Damen und Herren, die das Badehaus besuchten, um diese Zeit zu Hause bei ihren Familien in ihren Betten. Darüber hinaus verschloss auch das Badehaus in der Nacht für die Öffentlichkeit seine Türen.

»Dieses Mal ist es etwas weniger. Mehr konnte ich nicht aufbringen«, sagte Geske zu der Person, die bereits ihre Hand ausgestreckt hatte und sie ihr voll Erwartung geöffnet hinhielt.

»Solange du nicht plötzlich verschwindest und den Rest nicht zahlst, soll es mir recht sein. Du kannst es auch hier abarbeiten, aber das habe ich dir bereits gesagt.«

»Nein, auf keinen Fall, irgendjemand würde mich erkennen«, entgegnete Geske dem Bader, dessen Gesicht im Schein der Fackel merkwürdig verzerrt wirkte, und drückte ihm die Münzen in die Hand, die sie inzwischen aus einem unauffälligen Beutel unter ihrem Umhang herausgenestelt hatte. »Ich werde meine Schulden auch so bei Euch abtragen können. Ganz bestimmt.«

Der Bader nickte. Er war ein freundlicher Mann, dennoch musste auch er auf seinen Geldbeutel achten. Natürlich verdiente er nicht schlecht an den Kunden, die sein Badehaus besuchten und ihn auch so manches Mal anstelle des Medicus aufsuchten, obwohl er kein studiertes Wissen, dafür aber über die Jahre angesammelte praktische Erfahrungen hatte. Er zog seinen Kunden Zähne, behandelte ihre Wunden und Geschwüre, führte sogar Amputationen durch oder richtete Knochenbrüche. Doch um das Badehaus aufrechtzuerhalten und gut zu führen, seine Heilmittel, die nicht alle in dem kleinen Kräutergarten im Hof wuchsen, zu kaufen, seine Leute zu entlohnen und seine große Familie ohne Mangel zu ernähren, war er auf jede Münze angewiesen. Auch bei ihr hatte er sein Heilwissen angewandt. Wobei Geske sich immer noch schwer mit dem Gedanken tat, dass sie eine Heilung durchlebt hatte, doch was war schon eine Bezeichnung? Das Ergebnis zählte und der Bader hatte seine Arbeit gut an ihr verrichtet. Sonst würde sie heute nicht hier stehen, sondern tot sein. Wie einige, von denen sie gehört hatte, die jedoch bei irgendeinem Quacksalber gewesen waren, weil sie sich den Badermeister nicht leisten konnten oder sich aus falscher Scham nicht zu ihm getraut hatten. Er war eben kein Durchreisender, der sich auf Märkten öffentlich anbot, sondern lief einem als Hamburger Bürger immer wieder einmal über den Weg. Geske wusste von den anderen Mägden im Badehaus und ihrer eigenen Arbeit vor Jahren hier, dass er verschwiegen war, und so hatte sie den Weg zu ihm nicht gescheut, damit er die Frucht aus ihrem Leib trieb. Sie beglich ihre Schulden bei ihm von dem Geld, das sie von Wilhelm Spiekermann zur Verfügung gestellt bekam. Sie bekam es nicht regelmäßig und mal war es weniger, mal mehr. So musste sie damit haushalten, zumal der Kaufmann von ihr erwartete, dass sie sich feine Unterkleidung und auch wohlriechende Seife bei den Seifensiedern vor den Stadttoren davon kaufte. Seit der Pest war es nicht mehr gang und gäbe, dass man sich ausgiebig wusch, damit Krankheiten nicht so einfach mir nichts dir nichts durch die Haut eindringen konnten. Der Staub der Straßen und der Schweiß galten inzwischen als Schutzschicht, doch Wilhelm liebte den Geruch von Seife auf ihrem Körper und bezahlte sie schließlich auch dafür, ihm in dieser Hinsicht zu Willen zu sein. Wenn sie etwas von dem ausgehändigten Geld erübrigen konnte, dann brachte sie es wie heute zum Bader.

»Danke. Ich sehe zu, dass ich bald wieder etwas vorbeibringen kann«, sagte Geske jetzt, wandte sich wieder der Tür zu, zog sie gerade so weit auf, dass sie sich hindurchschieben konnte, und trat zurück auf die Straße hinaus. Wie schon beim Hineingehen schaute sie sich um, konnte jedoch in der Schwärze der Nacht niemanden ausmachen. Schnellen Schrittes schlug sie den Rückweg ein. Sie war zufrieden. Sie hatte dem Bader bereits über die Hälfte seines Lohns bezahlt. Wenn sie die Summe bei ihm gänzlich getilgt hätte, würde es ihr besser gehen und sie könnte sich wieder ganz auf ihren Geliebten konzentrieren. In letzter Zeit war sie oft mit den Gedanken bei ihren Schulden gewesen. Wilhelm hatte sie sogar schon gefragt, ob sie an einen anderen Mann dächte, so auffällig war es gewesen. Sie hatte natürlich vehement verneint, war sich jedoch nicht sicher, ob er ihr geglaubt hatte. Dermaßen vertieft, bog Geske um die nächste Straßenecke und erschrak. Ein breiter Riese, den sie nur allzu gut kannte, verstellte ihr den Weg. Dafür musste sie noch nicht einmal sein Gesicht deutlich sehen, das Licht des eigentümlich rot leuchtenden Monds, der voll am Himmel stand und gerade nicht von Wolken verdeckt wurde, reichte völlig: Es war Mathis, Wilhelms Knecht.

Nahezu zur gleichen Zeit vor dem Wirtshaus in der Speicherstraße, Hansestadt Wismar

»HIER GIBT ES das beste Bier der Stadt und zudem könnt Ihr hier gut und einigermaßen sauber nächtigen, bevor Ihr morgen das Schiff besteigt. Und der Wirtssohn ist für ein gutes Spiel immer zu haben«, meinte Gero, der Knecht des Pfarrers, den Christian Spiekermann vorhin im Hafen kennengelernt hatte.

»Gut«, antwortete er. Sein Bruder Johannes hatte heute Morgen Wismar verlassen und ohne ihn den Rückweg nach Hamburg angetreten. Er war nicht eben erbaut gewesen, als Christian ihm offenbart hatte, dass er nicht mit ihm reisen würde. Sie standen sich nicht sonderlich nahe, aber dem schmächtigen Handelsgesellen wäre wohler in seiner Haut gewesen, wenn sein größerer und an den Waffen geübter Bruder ihn zu seinem Schutz begleitet hätte, wie ihr Vater es gewünscht hatte. Die Straßen waren nicht unbedingt sicher und ein Tross, der von Bewaffneten begleitet wurde, würde weniger behelligt werden.

»Vater wird nicht begeistert sein, er hat angeordnet, dass wir zusammen reisen«, hatte Johannes, dem das Rechnen und Lesen weitaus mehr lagen als das Kämpfen, erwidert. Christian hatte nur mit den Schultern gezuckt: »Natürlich wird er das nicht, aber dir wird schon nichts passieren. Du führst keine Handelswaren mit dir. Sieh einfach zu, dass du nur am Tage reist und bei Einbruch der Dämmerung in einer Herberge Unterschlupf findest. Außerdem reist du ja nicht allein. Dein Schreiber und der Lehrling sind bei dir.«

»Und was ist mit Ullrych?«, hatte Johannes mit einem Zittern in der Stimme gefragt, so dass Christian innerlich die Augen verdrehte. Sein kleiner Bruder war wirklich ein Hasenfuß. Schon als Kind hatte er Angst vor der Dunkelheit gehabt und sich bei jeder Gelegenheit in die Hosen gepisst. Wie hatte er nur seine Ausbildungszeit im Handelskontor in Nowgorod hinter sich gebracht? Christian wusste, dass gerade die Lehrjungen untereinander nicht zimperlich miteinander umgingen. In der letzten Zeit hatte sich nicht ohne Grund das Wort »hänseln« im allgemeinen Sprachgebrauch etabliert – die groben Aufnahmerituale der hansischen Kontore waren allseits bekannt und hatten diesen Begriff hervorgebracht.

»Ullrych wird mit mir kommen«, hatte er seinem kleinen Bruder erwidert und dabei ein hämisches Grinsen nicht unterdrücken können, sich aber schnell abgewandt, damit Johannes es nicht sah. Während er sich einen Becher Wein einschenkte, hatte er daraufhin wie nebenbei gesagt: »Lass mir einfach die Münzen da, die Vater dir für unsere Reise gegeben hat, und nimm nur so viel mit, wie du für den Heimweg benötigst, dann brauchst du auch in der Hinsicht keine Bedenken zu haben.«

»Das werde ich nicht«, hatte der Jüngere fest erwidert. »Vater hat nicht ohne Grund mir das Geld anvertraut. Darüber hinaus ist sowieso nicht mehr viel übrig. Du hast den Großteil bereits in den Schankstuben und bei den Dirnen verprasst. Den Rest werde ich für die Rückreise benötigen, zumal ich mir noch einen Begleitschutz kaufen werde, da du deiner Bruderpflicht anscheinend nicht nachkommen willst.« Johannes' Miene hatte sich bei den alles andere als unsicheren Worten von der eines harmlosen Jünglings in die eines gestandenen Mannes gewandelt und plötzlich hatte Christian verstanden, warum sein Bruder in Verhandlungen mit Handelspartnern so erfolgreich war. Er hatte dennoch versucht, Johannes wenigstens etwas aus der Geldkatze abzuschwatzen, es war jedoch fruchtlos geblieben. Johannes war abgereist und mit ihm das Geld. Darüber hinaus hatte er keine Bleibe mehr. Mit Johannes war auch Christian aus dem Haus ihres Gastgebers, einem Wismarer Kaufmann, der am Markt sein Domizil hatte, ausgezogen. Natürlich hätte er auch ohne seinen Bruder bleiben können, doch dann hätte er auch das Abschiedsgeschenk für den Kaufmann und seine Familie zahlen müssen, und die Ausgaben hierfür hatte er sich sparen und seinem Bruder überlassen wollen. Die Kogge, auf der er als Gewappneter gegen die Kaperfahrer angeheuert hatte, legte jedoch erst am nächsten Tag ab. So stieß er jetzt die Tür zum Wirtshaus auf, wo er vorhatte, die Münzen, die er noch in seiner Geldkatze hatte, beim Spiel zu verdoppeln. Ihm folgten Gero, Ullrych und auch sein alter Kumpan Lorentz, auf den er vor ein paar Tagen zu seiner freudigen Überraschung unten am Hafen gestoßen war. Lorentz war dort gleichfalls auf der Suche nach einer Kogge gewesen und hatte nun ebenfalls auf der, auf der auch Christian dienen würde, angeheuert, um im Kampf gegen die Kaperfahrer Ruhm und Ehre zu erlangen.

Kurz darauf im Hafen Wismar

»Trebele, bring uns die Würfel!«, rief Störtebeker durch den Schankraum. Ava war gerade dabei, die abgebrannten Kerzenstümpfe aus den Haltern zu lösen. Das Wachs war wertvoll und sie würde es morgen zusammenschmelzen, um aus den Resten neue Kerzen zu ziehen. Sie unterbrach ihre Arbeit und nahm den Becher mit den Würfeln vom Regal, um ihn an Störtebekers Tisch zu tragen. Trebele war gerade nach hinten in den Schuppen gegangen, um ein paar Heringe aus dem Vorrat zu holen, und Ava wusste, dass die Magd nicht so schnell wiederkommen würde – meistens nutzte Trebele solche Gänge, um sich eine kleine Pause bei einem heimlich mitgenommenen Bier zu gönnen.

»Und einen neuen Krug Bier!«, schallte eine weitere Stimme von Störtebekers Tisch, die Ava erstarren ließ. Sie kannte diese Stimme. Sie würde sie nie vergessen, sie gehörte dem Bösen. Ihr Herz begann zu rasen und kalte Schweißperlen traten auf ihre Stirn. War er ihretwegen hier? Hatte er sie aufgestöbert und saß jetzt mit Störtebeker am Tisch, um über sie zu verhandeln? Nein, Ava verscheuchte diesen Gedanken, das würde Störtebeker niemals tun. Wahrscheinlich war es auch nur ein Zufall, dass Eddas Mörder genau in dem Wirtshaus saß, in dem Ava sich vor ihm versteckte. Konnte das sein? Oder trieben die Götter ein Spiel mit ihr? War es eine Prüfung? Und wenn Störtebeker doch … In Avas Kopf schlugen die Gedanken Purzelbäume und ihr Fluchtinstinkt meldete sich, wodurch sich ihre Erstarrung löste. Was es auch war, Zufall, göttliches Spiel oder Prüfung, es war ihr gleichgültig. Sie musste hier weg, nur das zählte jetzt. Möglichst unauffällig drehte Ava sich herum, trat mit normalen Schritten wieder an das Regal, stellte den Würfelbecher darauf ab und ging mit gesenktem Kopf zur Tür, die zu den hinteren Räumen führte. Nachdem sie hindurchgehuscht war, schloss sie sie leise und lehnte sich für den Moment erleichtert dagegen. Wenigstens war sie jetzt erst einmal aus der unmittelbaren Nähe ihres Peinigers und Eddas Mörder verschwunden. Als sie sich nach einer kleinen Weile von der Tür abstieß, stand für das Mädchen fest: Sie konnte nicht hierbleiben und musste sofort aufbrechen. So schwer es ihr auch fiel, diesen Ort und damit Störtebeker zu verlassen, sie hatte keine andere Wahl. Wenigstens für ein paar Tage musste sie dem Wirtshaus fernbleiben und ob man sie danach wieder aufnehmen würde, bezweifelte sie, da sie niemandem den wahren Grund für ihre Abwesenheit erklären wollte. Noch nicht einmal Störtebeker. Sie hatte zu viel Furcht davor, jemanden ins Vertrauen zu ziehen, denn sie war schon einmal verraten worden.

Ava hoffte darauf, dass Trebele noch länger im Schuppen über ihrem Bier saß und nicht ihren Weg kreuzte, wenn sie gleich durch die Hintertür schlich, um über den Hof zu verschwinden. Das Bündel mit ihren wenigen Habseligkeiten konnte sie nicht holen – es lag in einer Ecke des Schankraums, fest zusammengeschnürt mit ihrem Schlaffell. Das war nicht weiter tragisch. Was ihr jedoch zusetzte war der Umstand, dass sie sich nicht von Störtebeker verabschieden konnte. Wenn er tatsächlich nichts mit Eddas Mörder zu schaffen hatte außer ein gemeinsames Würfelspiel, dann würde er ihr das plötzliche Verschwinden sicher übelnehmen. Er war so gut zu ihr gewesen … Ava atmete einmal schwer aus. Es nützte nichts. Der Böse saß mit Störtebeker zusammen im Schankraum und sie musste jede Sekunde nutzen, um ein perfektes Versteck für sich zu finden. Immerhin stand ihr Leben auf dem Spiel. Vielleicht suchte der Böse sie überhaupt nicht, natürlich konnte das sein, aber sie hatte seinen Mord an Edda mit angesehen und das würde der Mann sicher nicht auf sich beruhen lassen. Sie war eine lebende Bedrohung für ihn und wenn er ihrer gewahr wurde, würde er sie irgendwie beseitigen, dessen war sich Ava gewiss. Inzwischen schlich sie über den durch ein paar Fackeln beleuchteten Hof. Sie hatte Glück, die Hühner scharrten ruhig in ihrem Gehege und ließen sich nicht von ihr stören. An der Ecke, die in den schmalen Gang führte, der das Wirtshaus vom Nachbargrundstück trennte, zögerte sie für einen Moment und blickte wehmütig zu dem Haus, das ihr für einige Zeit eine zweite Heimat geboten hatte, zurück. Das hätte sie nicht tun sollen, denn in genau diesem Augenblick trat Trebele aus dem Schuppen heraus und erblickte sie.

»Hey, wo willst du hin?«, rief ihr die Magd zu.

Ava schalt sich selbst. Warum war sie nicht einfach schleunigst auf und davon gelaufen? »Ich, ähm, ich … ich soll schnell noch ein paar Kerzen besorgen«, fiel ihr keine bessere Erklärung ein.

»Jetzt noch? Hast du schon wieder einmal unseren Vorrat nicht im Blick gehabt? Lügst du auch nicht? Spionierst du mir vielleicht hinterher?«, fragte Trebele mit schief gelegtem Kopf. Da Trebeles Gesicht direkt von einer Fackel beleuchtet wurde, bemerkte Ava trotz des Abstands den leicht verschleierten Blick der Magd, der sicherlich von dem Bier kam, das diese sich gerade genehmigt hatte. Wenn Trebele in dieser trunkenen Stimmung war, dann war sie einfacher zu handhaben, das wusste das Mädchen. Schnell sagte sie: »Nein, habe ich nicht. Wieso auch? Du hattest doch gesagt, dass du den Hering holst. Ich muss mich aber jetzt beeilen, sonst bekomme ich keine Kerzen mehr. Und du geh am besten schnell in die Schankstube, Störtebeker hat schon nach dir gefragt. Er hat jemanden zum Würfelspielen gefunden. Sicher möchte er dich an seiner Seite haben, damit du ihm Glück bringst.«

»Warum hast du das nicht gleich gesagt!«, fauchte Trebele sie an, wartete jedoch keine Antwort ab, sondern eilte ins Haus.

Puh, das ist noch einmal gutgegangen, dachte Ava, schlüpfte in den Häusergang und mischte sich kurz darauf unter die Menschen, die wie sie auf der Speicherstraße in Richtung Hafen gingen. Eben hatte sie noch überlegt, ob sie nicht besser ins Marktviertel eilen sollte, denn um diese Abendzeit kam sie nicht mehr aus der Stadt heraus, hatte sich aber dagegen entschieden. Im Hafen gab es einen Ort, an dem sie sich fürs Erste gut verstecken konnte, um dort in Ruhe zu überlegen, wohin sie ihre nächsten Schritte bringen sollten – Störtebeker hatte ihr das Versteck vor einiger Zeit gezeigt. Seit ihrer ersten kurzen Nacht in Wismar war sie einige Male mit ihm am Hafen gewesen, jedoch nie wieder allein. Störtebeker hatte hier mit ihr den Fisch besorgt, den sie den Gästen der Wirtschaft anboten. Sie hatte die wenigen kurzen Ausflüge und die Zweisamkeit mit ihm genossen und erinnerte sich auch jetzt wieder gern daran. Ihr Herz wurde abermals schwer bei dem Gedanken, ihn möglicherweise nie wiederzusehen. Die Stunden im Hafen mit ihm allein waren ihr jedes Mal wie Müßiggang erschienen. Natürlich hatten sie den Fisch besorgt, doch hatte Störtebeker außerdem die Zeit genutzt, um ihr »seinen« Hafen zu zeigen. Sie hatte von ihm gelernt, wie sie frischen von älterem Fisch unterscheiden konnte, er hatte ihr beim Schlendern an der Mole die verschiedenen Schiffe und ihre Aufgaben erklärt genauso wie die verschiedenen Bekleidungen der Seeleute. Und er hatte ihr die Speicherhäuser gezeigt und ihr gesagt, wem sie gehörten. Beim letzten Mal hatte er ihr vor allem den Ort offenbart, an dem er sich als Kind vor seinem Vater versteckt hatte, wenn der aus irgendeinem Grund wütend auf ihn gewesen war.

»Inzwischen ist er älter geworden und um einiges ruhiger, aber als er jung war, hat er noch sehr viel mehr gesoffen als jetzt. Im Grunde war er immer sein bester Gast in der Schankstube gewesen. Und wenn mein Alter zu tief ins Glas geschaut hatte, hat er überall Streit gesucht. An seinen Gästen hat er seine Streitlust selten ausgelassen, so klug war er immerhin, aber Mutter und ich waren in solchen Momenten kaum vor ihm sicher. Und dann bin ich als kleiner Junge weggelaufen und habe mich hier versteckt, bis er seinen Rausch wieder ausgeschlafen hatte. Wenn ich später nach Hause kam, hatte meine Mutter, Gott hab sie selig, alles abbekommen und ich ein schlechtes Gewissen, sie nicht vor ihm beschützt zu haben. Als ich älter war, habe ich meine Muskeln trainiert und mich gegen ihn gestellt, um ihn von ihr abzuhalten. Doch es hat alles nichts genützt.

Einmal, als ich nicht da war, da hat er seinen Zorn umso mehr an ihr ausgelassen und kurze Zeit später war sie tot. Er ist dafür niemals zur Rechenschaft gezogen worden, zumindest nicht vom Rat, da er seine Schläge so gekonnt gesetzt hatte, dass man sie hinterher kaum sah. Keine Blutergüsse, nichts. Doch ich bin mir sicher, dass sie an inneren Verletzungen gestorben ist.«

Ava hatte ihm schweigend zugehört, während sie in seinem Versteck hockten, einer Abseite in einem Lager für gemischte Waren, und Störtebeker unerwartet zu erzählen begonnen hatte. Er hatte auf der Suche nach den richtigen Worten und wohl selbst überwältigt von der Erinnerung in die Dunkelheit gestarrt, die nur durch ein paar durch die Ritzen der Türzarge fallende Lichtstrahlen nicht gänzlich schwarz wie die Nacht erschien. Dabei hatte er wie nebenbei nach einem ihrer langen Zöpfe gegriffen und ihn ein ums andere Mal durch seine Finger gleiten lassen. Obwohl sie seinem Bericht aufmerksam gefolgt war, hatte sie seine Finger in jeder einzelnen Haarspitze gespürt, was natürlich unmöglich sein konnte, aber ihr war so gewesen und darum hatte sie die unverhoffte Berührung unendlich genossen. Bis zu diesem Zeitpunkt waren sie sich bis auf ihre Rangelei im Schuppen bei ihrer ersten Begegnung nicht mehr so nahe gekommen. Hatte sie damals Angst gehabt und um sich getreten, hatte sie sich hier nicht geregt, damit der Moment nie vorübergehen möge. Auch hatte Störtebeker noch nie so viel auf einmal und so offen zu ihr gesprochen. Und obwohl ihre Entrüstung mit jedem Satz von ihm gewachsen war und sie sich gern Luft gemacht hätte, hatte sie den Mund gehalten. Sie hatte gewollt, dass er noch ewig weiter in diesem vertraulichen Ton zu ihr sprach und dabei ihren Zopf zwirbelte, und so hatte sie noch einen Augenblick gewartet, als er geendet hatte. Dann hatte er jedoch ihren Zopf losgelassen und sie hatte die Stille zwischen ihnen, die ihr regelrecht greifbar erschienen war, nicht mehr ausgehalten.

»Aber wieso bist du noch bei ihm?«, hatte sie gefragt. Sie hatte fast geflüstert, dennoch war es ihr vorgekommen wie ein scharfer Schrei.

»Er bezahlt jede Sekunde dafür, was er getan hat, denn er muss mit seiner Schuld leben«, hatte Störtebeker erwidert. Es hatte weder hasserfüllt noch mitleidig geklungen und sie hatte überrascht den Kopf zu ihm hingewendet. Er musste in der Dunkelheit das Gleiche getan haben, denn sie stießen aneinander, so dass ihr ein »Autsch« entfahren war. Er hatte gelacht: »Entschuldige bitte, aber jetzt weiß ich, dass du tatsächlich einen Dickschädel hast.«

»Gar nicht«, hatte sie kichernd erwidert, war dann jedoch wieder ernst geworden: »Willst du denn gar keine Rache?«

»Doch!«, war es da aus ihm herausgepoltert, »ich denke jeden Tag daran, aber noch ist die Zeit nicht reif dafür.«

»Und wann ist sie das?«

»Das wird sich zeigen. Ich bin mir sicher, dass der richtige Moment kommen wird.«

»Glaubst du … glaubst du, Gott wird es richten?«, hatte sie zaghaft gefragt. Störtebeker ging zwar nahezu jeden Sonntag in die Kirche, doch hatte sie ihn sonst noch nie beten sehen und auch seine Schäferstündchen mit Trebele sprachen nicht unbedingt für eine gottesfürchtige Lebensweise. Da hatte Ava inzwischen ganz andere Menschen kennengelernt. Die Nachbarin des Wirtshauses, die Witwe Hildebrandt, bekreuzigte sich bei jeder Gelegenheit, ging nicht nur sonntags zur Kirche und steckte Ava häufig ein Ei ihrer Hühner oder einen Brotknust zu, weil sie meinte, das Mädchen würde bei den Wirtsleuten nicht gut ernährt und sie würde damit eine gute Tat erbringen. Auch hatte sie Ava immer wieder anheimgestellt, sie in ihrem Haus als Magd aufzunehmen und bei ihr ein Leben mit Gott zu führen. Ava hatte jedes Mal freundlich abgelehnt. Sie hatte durchaus mit dem Gedanken gespielt, das Angebot anzunehmen, doch letztlich wollte sie nicht auf Störtebekers Nähe verzichten. Zwar wären es nur ein paar Schritte hinüber zu seiner Wohnstatt, allerdings trennte nicht nur der schmale Gang die Nachbarshäuser, sondern Welten. Die Witwe mied den Kontakt zu den Wirtsleuten und wenn sie sich zufällig begegneten, schaute sie durch sie hindurch, als wären sie Luft. Als Magd in ihrem Haus würde es Ava genauso halten müssen, das hatte ihr die Witwe gesagt, denn sie argwöhnte, die »Kerls und ihre Dirne«, womit sie Trebele meinte, hielten es mit dem Teufel, seit die gute Frau des Wirts verblichen war. Vielleicht ahnte die Frau, dass Störtebekers Mutter durch die Hand ihres Ehemannes gestorben war, war es Ava auch in jenem Moment wieder in den Sinn gekommen, als sie in der Abseite auf Störtebekers Antwort gewartet hatte. Sie hatte mit allem gerechnet, jedoch nicht mit dem schallenden Gelächter, dass nach einem kurzen Schweigen aus Störtebekers Kehle drang. Dabei hatte er sie zu ihrer Überraschung in den Arm genommen und herzlich gedrückt: »Ach, meine Kleine, du bist so unschuldig süß. Dass Gott etwas für mich richtet, daran glaube ich schon lange nicht mehr. Mit meiner Mutter habe ich jeden Abend ein Gebet gesprochen, doch seitdem … Nein, Gott wird das nicht richten, das mache ich selbst! Und eines verspreche ich dir: Dich werde ich vor allem Bösen beschützen und dabei auf keinen Fall auf Gott vertrauen. So wahr ich Klaus Störtebeker bin.«

Die letzten Worte hatte er wieder leise und ruhig in ihr Ohr geraunt, so dass sie seinen Atem gespürt hatte. Sie hätte ihre rechte Hand dafür gegeben, dass er sie immer so hielt. Nie hatte sie sich besser aufgehoben und geborgener gefühlt. Nicht beim vermeintlichen Schwimmenlernen mit Marten, der sie durch seine sanfte Stütze auf keinen Fall hätte untergehen lassen, und nicht am Holunderbusch, wenn sie im Zwiegespräch mit ihrer Göttin Hel Opfer dargebracht hatte. Noch nicht einmal bei Edda, wenn diese ihr im Winter am warmen Feuer die Geschichten der Alten erzählt und dabei sanft die Haare entwirrt hatte. Ava hatte in diesen Sekunden mit Störtebeker gefühlt, dass sie kein Kind mehr war, doch was war sie dann? Eine Frau? Sie wusste, dass sie im heiratsfähigen Alter war, aber sie fühlte sich dennoch nicht als Frau. Eher als irgendetwas dazwischen, so, als würde sie auf der Schwelle stehen, sich aber noch nicht wirklich von dem, was sie zurücklassen würde, trennen können. Und dann war da die Furcht, oder nein, eher der Respekt vor dem, was käme. Unwillkürlich hatte Ava angefangen, Eddas Weise zu summen, und Störtebeker hatte sie weiter sanft im Arm gehalten und gewiegt. Doch als sie einmal Atem geholt hatte, hatte er sich, wie als wäre er erwacht, abrupt von ihr gelöst. Seine Stimme war rau gewesen, als er daraufhin sagte: »Wir müssen gehen, wir werden sicher bereits vermisst.« Den Rückweg in die Speicherstraße hatten sie schweigend zurückgelegt.

Als sie jetzt die schmale Tür zur Abseite oben im Dach des Lagers aufdrückte und hineinkroch, fühlte sie sich wieder so allein wie damals auf ihrer einsamen Wanderung und in den ersten Tagen in Wismar, kaum hatte sie die Tür wieder geschlossen. Auch das Atmen fiel ihr schwer. Ob vor Kummer oder weil es in dem winzigen Raum so staubig war, konnte sie nicht sagen. Als sie mit Störtebeker hier gewesen war, hatte sie nichts dergleichen empfunden. Sie rollte sich auf dem Boden zusammen und versuchte zu schlafen, aber es gelang ihr nicht. Die Worte Störtebekers: »… dich werde ich vor allem Bösen beschützen …« hallten in ihrem Kopf herum, als hätte sie sie hineingerufen und ihr Schädel würde nun mit dem Echo spielen. Dann formte sich ein neuer Gedanke und schaffte sich Gehör in ihr: »Lass es darauf ankommen!« »Ja«, antwortete sie sich selbst laut, tastete mit ihrer Hand nach der Tür und öffnete sie. Was hatte sie schon zu verlieren? Sie konnte schließlich nicht ewig auf der Flucht sein, auch das hielt sie in diesem Moment nicht für lebenswert, und Störtebeker war nicht wie Marten, der sie verraten hatte, oder?

Wenig später in der Wirtsstube

Trebele liess den Humpen wieder sinken, stellte ihn vor Klaus ab und wischte sich mit der flachen Hand das Nass von den Lippen. Der Alkohol durchströmte ihren Körper und sie fühlte sich leicht. In der letzten Zeit trank sie mehr als früher. Früher, als Ava noch nicht da gewesen war. Das süffige Bier oder auch der herbe Wein halfen ihr, nicht mit sich und ihrem Tun zu hadern. Alles etwas einfacher zu sehen. Und auch klarer, wie sie fand, obwohl ihr Blick dann eher verschwamm. Aber in ihrem Inneren konnte sie dann besser Pläne schmieden und Entscheidungen treffen – hin und wieder wusste sie am nächsten Morgen nicht mehr genau, was sie sich hatte einfallen lassen, aber über kurz oder lang fiel es ihr dann wieder ein.

Trebele schmiegte sich an Klaus' linke Seite, doch er rückte von ihr ab. Es war nur ein kleines Stück und sie konnte seine Körperwärme noch spüren, dennoch machte es sie betroffen. Seit diese vermaledeite Kleine hier im Haus war, wurde er immer abweisender. Sie setzte sich gerade auf und langte abermals nach seinem Bierhumpen.

»Lass es, du bist schon betrunken genug«, brummte er ihr ins Ohr, griff nach dem Würfelbecher, den sie ihm und seinen neuen Spielkumpanen gebracht hatte, schüttelte ihn und ließ in einer einzigen Bewegung die Würfel über den Tisch rollen.

»Hah«, rief der Wirtssohn lautstark aus, »wieder gewonnen!«

Seine Hand glitt über den Holztisch und klaubte die darauf liegenden Münzen zusammen. Dann sammelte er die Würfel ein, tat sie in den Becher und reichte sie dem Mann ihm gegenüber, der zwischen seinen beiden Kumpanen saß und anscheinend der Rädelsführer der kleinen Gruppe war. »Noch eine Runde?«

»Aber sicher, schließlich will ich Euch das Geld wieder abnehmen, das Ihr uns inzwischen aus den Taschen gezogen habt!«, sagte der Mann scharf. »Aber bevor wir ein weiteres Spiel angehen, muss ich meine Kehle benetzen. Wie sieht es aus? Schmeißt Ihr eine Runde Bier oder haltet Ihr es nur mit Würfelrunden?«

»Trebele, was sitzt du hier noch? Hol uns frisches Bier!«, ließ Klaus sich nicht lumpen. »Die Runde geht aufs Haus!«

Trebele erwiderte unwillig: »Wo ist Ava? Wieso rufst du nicht deine Kleine, dir zu Diensten zu sein. Mich kannst du an deiner Seite gebrauchen – immerhin habe ich dir Glück gebracht.«

»Wer ist denn hier die Schankmagd? Also los, hol uns den Krug und rede nicht lang. Umso schneller sitzt du wieder neben mir!«, bestimmte Störtebeker unwirsch mit hochgezogener Augenbraue und Trebele ahnte, dass sie zu weit gegangen war – er mochte es nicht, dass Ava den Gästen zu nah kam, schon gar nicht, wenn die Stimmung bereits trunken war. Manches Mal ließ es sich nicht vermeiden, doch dann hatte er ein Auge auf das Mädchen. Jetzt aber ging es ihm um sein Spiel, und er wollte nicht davon abgelenkt werden. Trebele erhob sich gemächlich vom Tisch, wobei sie dem Blick des Fremden begegnete, der ihr daraufhin unverhohlen in den Ausschnitt glotzte. Abends in der Schankstube trug sie kein Tuch in ihrem Mieder, da es deutlich das Geschäft ankurbelte, wenn sie den Gästen Einblick in die Falte ihrer großen Brüste bot. Sie hatte diesen Handel mit dem Alten ausgemacht, der ihr dafür einen Taler extra in der Woche gab. Klaus rümpfte immer mal wieder die Nase darüber, aber er bezahlte sie schließlich auch nicht. Wohl wissend, dass der Fremde, der aus Hamburg kam, wie sie der Unterhaltung und auch seinem Sprachklang entnommen hatte, ihr hinterherstarrte, wiegte sie sich anzüglich in den Hüften, während sie zu dem Alten ging, um das Bier für die Spieler zu holen.

»Kümmere dich nicht nur um meinen Sohn, sondern auch um den Fremden. Er wird sicher noch mehr Geld in der Tasche haben als das, was er gegen Klaus verliert«, grinste der Alte und reichte ihr das Bier.

»Gero meinte, er hat nicht so viel, aber er sucht eine Unterkunft für die Nacht«, erwiderte Trebele gelangweilt – sie hatte nichts dagegen, sich mit dem Fremden zu vergnügen, solange Klaus es nicht mitbekam. Der Fremde sah zwar etwas unheimlich aus, seine eine Gesichtshälfte war ziemlich vernarbt, so als hätte er dort Verbrennungen erlitten, doch ging es schließlich nicht darum, sich in ihn zu verlieben. Und auch gegen ein paar Münzen zusätzlich hatte sie nichts einzuwenden, denn die würde sie ihm für sündige Dienste abknöpfen – ganz gleich, wie er aussah. Allerdings wusste sie, dass der Alte seinen Anteil abhaben wollte. Wenn er jedoch dachte, dass der Mann nur wenig hatte, würde der Anteil geringer ausfallen und sie könnte mehr für sich einstreichen. Darüber hinaus stimmte es, dass Gero ihr von dem mageren Inhalt der Geldkatze des Fremden berichtet hatte und auch, dass dieser eine Unterkunft brauchte. Wenn Gero der Wirtschaft Gäste zuführte, wollte er dafür einen verdünnten Wein und eine warme Mahlzeit – er war recht einfach zufriedenzustellen.

»Na, umso besser, wenn er eine Unterkunft sucht. Biete ihm unser freies Gastzimmer an und leiste ihm dort Gesellschaft«, griente der alte Wirt und die Magd sah ihm an, dass er sich schon jetzt darauf freute, durch das Astloch in der Tür zu spähen und auf seine Weise die Freuden zu teilen, die sie möglicherweise später dem Hamburger spendete. Ihr sollte es recht sein, sie hoffte sowieso darauf, dass er bei einer dieser Gelegenheiten zu starkes Herzklopfen bekam und daran verreckte. Als sie nun mit dem Bierkrug in der Hand zurück zum Tisch ging, drängte sie sich zwischen den Fremden und seinen Begleiter zur Rechten. Alle Männer waren in das Glücksspiel vertieft. Gerade war Klaus an der Reihe und er schenkte ihr nur einen verwunderten Blick, dann würfelte er und rief erneut »Hah!« aus, nachdem die Würfel ausgerollt hatten.

»Wenn ich es nicht besser wüsste, könnte ich denken, Ihr spielt mit gezinkten Würfeln!«, gab der Hamburger drohend von sich und seine beiden Kumpane stimmten ihm mit einem Nicken zu, wobei der eine dazu knurrte wie ein Hofhund, dem man seinen Knochen stehlen wollte.

»Aber Ihr wisst es besser«, lachte Klaus Störtebeker und freute sich offensichtlich über sein Glück im Spiel. »Noch eine Runde?«

»Nein, danke, ich hab genug«, bekam er zur Antwort. »Aber Euer Bier, das trinke ich gern.« Der Hamburger nahm den Krug auf und schenkte sich und seinen Begleitern ein. Klaus überging er, der dafür nur ein Lächeln übrig hatte, selbst nach dem wieder abgestellten Krug langte und sich ebenfalls nachschenkte. Nachdem sie alle stillschweigend getrunken hatten, ergriff der Hamburger abermals das Wort: »Man sagte mir, ich könnte hier ein günstiges Quartier für eine Nacht finden, ist dem so? Meine Freunde brauchen ebenfalls eines, doch sind sie nicht so wählerisch wie ich.«

»Hm«, machte Klaus. »Wenn dem so ist, können Eure Begleiter ihr Lager im Stall im Hof aufschlagen …«

»Und für Euch, werter Herr, steht unter dem Dach ein Gastzimmer zur Verfügung, das ich Euch gern herrichte«, unterbrach Trebele Klaus schnell und legte dabei ihre Hand auf den Oberschenkel des Hamburgers. »Ich zeig es Euch und Ihr könnt entscheiden, ob es Euch genehm ist. Dann können wir auch den Preis festlegen …«

»Da sag ich nicht Nein«, erwiderte der Hamburger mit einem Blitzen in den Augen, woraufhin Trebele sich erhob. Sie scheute sich, Klaus anzusehen, wandte den Kopf zur Wohnbereichstür und steuerte durch die anderen Tische und Gäste darauf zu – inzwischen war der Schankraum nahezu bis auf den letzten Platz besetzt. Der fremde Herr folgte ihr. Als sie angelangt war, blickte sie zu dem Alten hinüber, der die Gäste selbst bediente. Das macht er nur, weil sein Sohn eine Glückssträhne im Spiel hatte und er bei mir darauf hofft, heute noch ein paar Münzen extra einzustreichen, sonst würde er niemals unsere Arbeit übernehmen. Aber da hat er sich geschnitten, ich rück höchstens ein paar Taler heraus und behalte den Großteil für mich. Und wenn das kleine

Miststück Ava nicht bald auftaucht, muss er dazu auch noch hier unten bleiben und kommt nicht zu seinem Vergnügen, dachte sie verschlagen bei sich, setzte jedoch ein verschwörerisches Lächeln auf, als der Alte sie nun ebenfalls ansah und unmerklich nickte, um zu zeigen, dass er zufrieden mit ihr war. Gerade als sie die Tür öffnen wollte, wurde sie von der anderen Seite einen Spalt weit aufgezogen und Ava linste hindurch. Sie wirkte erschrocken, als sie sie erblickte. Fast angsterfüllt.

»Mach hinne, Nichtsnutz, du wirst da drinnen gebraucht. Wo warst du eigentlich so lange? Ach, auch egal, also los, rein mit dir!«, herrschte Trebele sie an und zog die Tür weiter auf, woraufhin das Mädchen sie aus einem von der einen zur anderen Sekunde blass gewordenen Gesicht entsetzt ansah, ein »Gleich« zwischen ihren Lippen hervorpresste, auf dem Absatz kehrtmachte und in den Hinterhof stürmte. Trebele schüttelte den Kopf. Sie nahm an, Ava müsste sich erleichtern. Hoffentlich hatte sie sich nichts eingefangen und Trebele angesteckt.

Kurz darauf im Gastzimmer

Als er ihr in das Gastzimmer gefolgt war, hatte er sich überhaupt nicht auf die für seinen Geschmack etwas zu üppige Schankmagd konzentrieren können. Er war noch zu überrascht gewesen und in seinem Kopf hatte es gearbeitet. Dann hatte sie jedoch die Tür hinter sich ins Schloss gezogen und ihm direkt in den Schritt gegriffen. Sofort war sein bereits in der Schankstube brodelndes Blut schier übergekocht und er hatte die chaotischen Gedanken und Erinnerungsfetzen bewusst weggedrückt – erst einmal das Blut beruhigen, dann lässt sich besser überlegen, hatte er gedacht, während das Weib an ihm herumknetete. Sie verstand ihr Handwerk und nach ein paar weiteren gezielten Attacken hatte er ihr den Rock hochgezogen und sie so hart wie lange keine Frau mehr drangenommen. Als er jetzt fertig war, sich erhob und im Begriff war, seine Beinkleider hochzuziehen, sah sie ihn nicht wie die meisten aus verängstigten Augen an, sondern grinste ihm im Gegenteil breit entgegen: »Du weißt, was du tust! Das gefällt mir. Falls es dir ein zweites Mal nach mir verlangt, mach ich dir einen Extrapreis.«

Christian bestätigte ihre Worte mit einem knappen Nicken und warf ihr drei Münzen hin. Ihn beschäftigte bereits wieder das andere Thema, mit dem er so gar nicht gerechnet hatte, als er am Abend die Wirtschaft betreten hatte. Noch nicht einmal seine immer magerer werdende Geldkatze machte ihm momentan Gedanken. Er hatte eine Fährte aufgenommen und in dieser Hinsicht war er wie ein schlecht erzogener Jagdhund, der kaum mehr abzurufen war, allerdings hatte das Nehmen dieser Dirne da vor ihm tatsächlich geholfen, nun etwas klarer zu denken.

»Wer war das junge Ding, das du da unten eben Nichtsnutz genannt hast?«, fragte er und bemühte sich, es nebensächlich klingen zu lassen.

»Die ist nichts für dich. Du würdest sie mit deinem guten Stück und deinen Vorlieben kaputt machen«, antwortete ihm die Magd, deren Namen er bereits wieder vergessen hatte.

»Was geht es dich an? Mir schien es nicht so, als würdest du sie besonders schätzen«, gab er gereizt zurück, obwohl er es gar nicht schlecht fand, dass das Luder auf dem Bett dachte, er wollte die Kleine besteigen.

»Sie ist zu jung, glaub mir. Und sie ist bestimmt noch Jungfrau. Sie wüsste gar nicht, was du brauchst. Und wozu willst du sie? Habe ich dir nicht gefallen?«

Daher wehte also der Wind. Das Weibsstück hatte Bedenken, dass ihm ein Verdienst durch die Lappen ging. »Keine Sorge, wenn sie die ist, die ich meine, und du sie mir zuführst, entlohne ich dich dafür«, sagte er verstehend.

»Na, dann«, war sie anscheinend zufrieden, reckte sich ausgiebig, um sich anschließend schwerfällig von dem Lager zu erheben und damit zu beginnen, ihre Röcke zu richten. »Wer, meinst du denn, ist sie? Sie ist irgendwann am Anfang des Sommers hier aufgetaucht. Ich weiß nichts über sie. Ich weiß noch nicht einmal, ob wir sie hier bei ihrem Geburtsnamen rufen. Wir nennen sie Ava. Ist es eine Ava, die du suchst? Kannst du mir mehr über sie erzählen?«, fragte die Frau neugierig, während sie sich gerade aufstellte und ihn fixierte.

Sie hasst das Mädchen, dachte er und wusste zugleich, dass das zu seinem Vorteil war. Ava hieß sie, das wusste er, aber konnte der Zufall wirklich so groß sein, dass ihm das Mädchen direkt in die Hände gespielt wurde? Ohne auf ihre Fragen einzugehen, stellte er seinerseits eine, die alles klären würde: »Hat sie irgendwo ein Mal?«

»Ein Mal? An ihrem Körper? Das heißt, du kennst sie doch schon genauer? Hattest du sie bereits? Spielt sie hier nur die Unschuld und ist gar nicht mehr jungfräulich?« Die Augen der Magd wurden groß. Dann schien ihr ein Gedanke zu kommen, denn ihre erstaunte Miene wechselte in ein boshaftes Grinsen: »Bist du etwa ein Frauenhändler und sie eine Hübschlerin, die dir weggelaufen ist? Oder hat sich da ein Kunde in die Dirne verliebt? Nein, ich weiß: Sie ist eine Unfreie und du ihr Herr, der sein Spielzeug wiederhaben möchte!«

»Glaub, was du willst«, entgegnete Christian. »Sie hat also ein Mal. Kannst du sie mir zuführen?«

»Das wird nicht einfach. Sie steht unter dem Schutz von Störtebeker.«

»Dann lass dir etwas einfallen. Wie gesagt, es soll dein Schaden nicht sein.«

6. Kapitel –
Herbst 1380 nach Christi

»Jemandem die Daumen drücken«

Der Daumen galt bei den Germanen als Glücksfinger mit übernatürlicher Kraft. Gleichzeitig wurde im Daumen ein Kobold gesehen. Wünschte man jemandem Glück, hielt man sicherheitshalber den Daumen mit den anderen Fingern fest – man drückte oder hielt auf diese Weise den Daumen, also den Kobold, damit der keinen Blödsinn machen konnte.

In der Schankstube, Hansestadt Wismar

Klaus Störtebeker spielte mit den Münzen in seiner Tasche. Er fühlte sich gut. Eine solche Glückssträhne hatte er schon länger nicht gehabt. Er hasste es, zu verlieren. Nicht nur im Spiel, auch sonst. Wenn er es tat, versuchte er, sich seinen Ärger darüber nicht anmerken zu lassen, was ihm auch meistens gelang, dennoch konnte er mit dem Gefühl nicht gut umgehen. Auch anderen ging es so, das wusste er aus leidlicher Erfahrung, denn es hatte schon zu mancher Prügelei nach einem Spiel geführt. Den Hamburger, dessen Namen er nicht kannte, weil er sich ihm nicht vorgestellt hatte, und der eben mit Trebele den Tisch verlassen hatte, hätte er ebenso eingeschätzt, doch scheinbar hatte er sich getäuscht. Vielleicht hatte auch Trebeles weiter Ausschnitt den Mann abgelenkt. Wer wusste das schon? Der Mann war ihm alles andere als sympathisch erschienen, doch gegen ein Spiel hatte Klaus nie etwas einzuwenden und wenn es dann auch noch so gut verlief, wie dieses eben und die davor, war es ihm gleichgültig, ob er jemanden mochte oder nicht. Noch einmal ließ er die Münzen in seiner Tasche durch die Finger gleiten. Dann nahm er die Hand hoch, griff nach seinem Bierkrug und trank ihn bis auf den letzten Tropfen leer. Im Anschluss wischte er sich den Schaum von den Lippen, die ein voller blonder Bart, den er unbedingt mal wieder stutzen musste, umrandete, stieß auf und ließ seinen Blick durch die Wirtschaft kreisen. Zwar waren um ihn herum die Plätze frei, da seine Tischgenossen gerade erst gegangen waren, um sich ihre Schlafplätze anzusehen, doch ansonsten hatte sich der Schankraum ziemlich gut gefüllt, seit er vorhin angefangen hatte, mit den Fremden zu spielen. Eigentlich sollte er seinem Vater, der von Tisch zu Tisch eilte und dem vor Anstrengung schon deutlich der Schweiß auf der Stirn stand, unterstützen, aber irgendetwas hielt ihn zurück. Es war nicht seine stets unterschwellig vorhandene Wut auf den Vater, auch keine Trägheit, vielmehr hatte er das Gefühl, er müsste an diesem Platz auf etwas warten. Er wusste nicht, worauf und wahrscheinlich war es einfach nur seinem Hochgefühl, gepaart mit einer gewissen Trunkenheit, geschuldet. Andererseits fand er bei näherer Überlegung, hatte er es sich gerade eben mit einer großen Portion Glück an der Seite verdient, für einen Moment innezuhalten. Darüber hinaus müsste Trebele jeden Moment zurückkommen, so lange dauerte es schließlich nicht, ein Zimmer zu zeigen. Und wo war Ava eigentlich? Er hatte die Kleine schon länger nicht gesehen. Im Grunde, seit er ihr zugerufen hatte, ihm die Würfel zu bringen. Das hatte dann nach einer Weile des Wartens Trebele gemacht. Ihn hatte es nicht weiter verwundert, denn Trebele versuchte, jede Gelegenheit im Keim zu ersticken, die in irgendeiner Form Nähe zwischen Ava und ihm schuf, und sei es nur, dass das junge Mädchen einer Bitte von ihm nachkam. In letzter Zeit war es sogar noch auffälliger geworden. Klaus Störtbeker beschlich ein ungutes Gefühl und er fing an, sich Sorgen zu machen. Ob Trebele wieder gemein zu Ava gewesen war? Erneut ließ er seinen Blick schweifen. In einer Ecke stand Gero, der ihm zuzwinkerte. Vielleicht hatte der etwas mitbekommen? Außerdem wollte er sich bei seinem Freund noch bedanken. Er bedeutete dem Knecht des Pfarrers mit einer Handbewegung, zu ihm an den Tisch zu kommen. In diesem Moment rutschte eine kleine Person auf seine Bank und drückte sich an ihn.

»Ava«, sagte Störtebeker erleichtert, »wo hast du dich denn die ganze Zeit versteckt? Ich habe dich gar nicht gesehen. Was ist mit dir? Du wirkst verstört. Hast du den Leibhaftigen gesehen? Hat Trebele irgendetwas getan?«

Ava schaute ihn mit ihren großen blauen Augen an und machte gerade den Mund auf, um ihm zu antworten, als Gero sich ihnen gegenüber auf der Bank niederließ. Störtebeker legte seine große Hand auf ihren schmalen Arm, sagte leise: »Gleich«, und wandte sich an Gero: »Danke, da hast du mir einen dicken Fisch beschert.«

»Und ich hab es nicht einmal geahnt. Er sagte mir, er hätte nicht mehr viele Münzen auf Tasche und suche eine günstige Unterkunft, hätte aber auch Lust auf ein Spiel. Da habe ich ihn zu euch geführt«, erwiderte Gero ohne Neid.

»Es soll dein Schaden nicht sein«, erklärte Störtebeker, griff ein paar Münzen heraus und legte sie vor den Knecht, der sie zusammenklaubte und wegsteckte: »Du bist großzügig, Klaus, so kenne ich dich.«

»Geteiltes Glück ist doppeltes Glück«, erwiderte er fröhlich und lachte schallend. In sein Lachen hinein hörte er eine Stimme sagen: »Ich merke, dass Ihr euch noch immer über Euren Gewinn freut.«

»Würdet Ihr das nicht?«, erwiderte Störtebeker, während er sich zu dem Mann umwandte, der direkt hinter ihm stand und dem er dessen Geld abgenommen hatte. »Ihr wart lange weg, sagt Euch die Unterkunft zu? Wollt Ihr Euch zu uns gesellen und ein weiteres Spiel wagen?«

Störtebeker bemerkte, wie Ava sich neben ihm für einen kurzen Moment versteifte und daraufhin abrupt von der Bank aufstand, irgendetwas von »erleichtern« murmelte und verschwand. Was sie nur hatte? Wahrscheinlich lag es tatsächlich an Trebele, die mit dem Mann zusammen zurückgekehrt war und sich jetzt auf den Platz setzte, den Ava eben noch eingenommen hatte. Weiber! Trebele bedeutete ihm nicht viel, vergnügte ihn jedoch auf diese ganz besondere Weise, auf die sie sich ziemlich gut verstand. So musste er nicht in der Gegend herumziehen, um seine Lust zu stillen. Und Ava war die Kleine, die er inzwischen wie eine Schwester liebte und deren kindliche Schwärmerei er genoss. Schon kurz nachdem er sie im Schuppen gefunden hatte und die beiden begannen, auf ihre jeweilige Weise um seine Gunst zu buhlen, hatte er beschlossen, so zu tun, als ob er ihre Rivalität nicht bemerken würde. Weitestgehend funktionierte es. Nur in manchen Fällen, wenn Trebele es als Ältere mit der Kleinen zu doll trieb, griff er ein. So wie heute Morgen. Als ihm jetzt der Morgen in den Sinn kam, erschien vor seinen Augen das Bild der nackten Ava. Er hatte seinen Blick nicht von ihr abwenden können, so ansehnlich war ihr Körper, der nicht mehr der eines kleinen Mädchens war, wie er es angenommen hatte. Schnell wischte er das Bild vor seinem inneren Auge fort. Es war nicht richtig, dass er Ava so gesehen hatte, und schon gar nicht richtig war es, dass er sie als Frau wahrnahm. Sie sollte immer seine kleine Schwester bleiben. Nicht mehr und nicht weniger! Er richtete seine

Aufmerksamkeit auf Trebele, die wiederum den Hamburger ansah. Sollte sie nur. Er hatte schon in jungen Jahren aufgegeben, die Weibsbilder verstehen zu wollen. Ihre Gefühlsaufwallungen waren für ihn ein Buch mit sieben Siegeln. Wahrscheinlich, so dachte er, war Ava eben so merkwürdig gewesen, weil sie ihn darauf aufmerksam machen wollte, dass Trebele sich um den Gast länger als notwendig gekümmert hatte, vielleicht sogar intensiver. Auch das war ihm – vor allem mit dessen Münzen in der Tasche – gleichgültig. Selbst wenn es so gewesen war, hatte er über den Mann, der sich inzwischen neben Gero gesetzt hatte, gesiegt, und er wollte sich jetzt auf keinen Fall die Blöße des Gehörnten geben.

»Gebt mir noch ein Bier aus und behaltet den restlichen Gewinn«, antwortete der Mann nun schmallippig in Störtebekers Gedanken hinein, woraufhin Trebele sich wieder erhob und mit den Worten: »Das ist nur ehrenhaft« weiteres Bier heranschaffte.

Wenige Zeit später in der Abseite im Lagerhaus

Sie war vollkommen außer Atem. Ava war den ganzen Weg zum Lagerhaus im Hafen gerannt. Jetzt stürmte sie die Leiter hinauf, die zum Dachboden führte. Oben angekommen, eilte sie gezielt zu der unscheinbaren Tür, die sie heute schon einmal geöffnet und hinter sich zugezogen hatte, und kroch abermals in den kleinen Raum, der sich dahinter verbarg. Dieses Mal machte ihr die Dunkelheit nichts aus. Ganz im Gegenteil empfand sie sie als schützenden Mantel, der sie komplett einhüllte und ihr Sicherheit spendete. Warum war sie vorhin bloß wieder zurück ins Wirtshaus gegangen? Warum hatte sie sich darauf verlassen, dass Störtebeker sie schützen würde? Wie dumm war sie nur gewesen. Sie hätte auf ihren Instinkt hören sollen und nicht auf ihr Herz. Ob der Mond sie durcheinandergebracht hatte? Von Edda wusste sie, dass der Vollmond eine eigentümliche Wirkung auf Menschen hatte. Warum und wieso, hatte Edda ihr nicht genau sagen können, sie hatte ihr nur von Mani, dem Mondgott der Alten erzählt, der mit seinen beiden Kindern Bil und Hjuki an der Seite den Streitwagen des Mondes lenkte. Bil und Hjuki waren für den abnehmenden und zunehmenden Mond zuständig. Mani übernahm es, den Mond regelmäßig zu erneuern, um ihn Tage danach in seiner ganzen runden und leuchtenden Pracht zu zeigen. Die Alten hatten an solchen Tagen ihre Versammlungen abgehalten, weil in Vollmondnächten eine ganz besondere Kraft lag. Sie selbst war während des Vollmondes geboren und inzwischen wusste sie, dass es der Mond war, der das Meer zu sich zog und wieder von sich gab. Das hatte Störtebeker ihr erzählt, als sie ihm ihre erste Begegnung mit dem offenen Meer geschildert hatte. Es war bei einem ihrer Gänge am Hafen gewesen und er hatte sie darauf aufmerksam gemacht, dass der Wasserspiegel mal höher und mal niedriger stand.

»Ist das denn hier die Nordsee?«, hatte sie ihn neugierig gefragt.

»Nein, das ist die Ostsee. Kennst du die Nordsee, kommst du von der Küste?«, hatte er sie zugleich informiert und eine Gegenfrage gestellt – er wusste aufgrund ihres Dialekts, dass sie aus Ostfriesland stammte, aber mehr auch nicht. Sie hatte zu erzählen begonnen. Nicht von Edda, Marten, der Höhle oder gar dem bösen Mann und ihrer Flucht vor ihm. Nur von ihrem Tag und der Nacht an der Nordsee und dass das Wasser verschwunden war, als sie erwachte.

Eben, als sie hierher gelaufen war, hatte sie den Mond bemerkt, jedoch in ihrer Angst nicht über sein sonderbares Aussehen nachgegrübelt. Jetzt schoss es ihr wieder in den Kopf und sie fragte sich bange, ob das Rot, in dem der volle Mond heute erstrahlte, ein Zeichen war. Das Rot ließ sie an Blut denken. Konnte es sein, dass die Welt im Begriff war unterzugehen und dass die Begegnung mit Eddas Mörder im Wirtshaus ein Vorzeichen gewesen war? Ein einziges Mal hatte ihr Edda von Ragnarök berichtet. Dem Ende der alten Götter. Vielleicht hatte der Christengott seine Herrschaft so weit ausgedehnt, dass es kein Platz mehr für das Göttervolk gab. Oder er hatte gar eine solche Macht, dass er die alten Götter nicht nur verdrängte, sondern sogar tötete. Die Christen hier auf Erden übten schließlich auch eine ziemliche Macht aus. Das hatte Ava in Wismar, aber auch schon vorher in Esens mitbekommen. Andersgläubige wurden kaum geduldet und allgemein geringschätzt. Wenn Ava sich richtig entsann, hatte Edda ihr damals erzählt, dass Mani zu Ragnarök von dem Wolf Hati eingeholt und gefressen wurde. War das in dieser Nacht geschehen? War es Manis Blut, das den Mond rot gefärbt hatte und würde Hati auch diesen noch verschlingen? Ava fröstelte. Sie wusste nicht, ob es an ihrer Angst vor Ragnarök, dem Mörder von Edda oder tatsächlich an der Kühle lag, die in der Abseite herrschte. Wahrscheinlich von allem ein bisschen. Sie versuchte, sich zu entsinnen, was genau Edda über Ragnarök erzählt hatte, bekam es jedoch nur bruchstückhaft zusammen. Auf jeden Fall hatte Edda gesagt, es würde sich ankündigen. Wie war das noch genau gewesen? Das Mädchen kramte in seiner Erinnerung. Richtig. Zunächst würden sich alle Menschen bekriegen. Ava wusste nicht genau, ob sie dies bereits getan hatten. Sie hatte von dem Krieg der Dänen mit dem Mecklenburger Herzog Albrecht III. gehört, doch der war inzwischen weitestgehend beigelegt und hatte auch nicht alle Menschen einbezogen. Allerdings hatte sie keine Ahnung, ob nicht auch andernorts Kriege ausgefochten worden waren. Oder war diese Voraussagung gar nicht wörtlich gemeint? Konnte es sein, dass es um die Gemeinheiten der Menschen untereinander ging? So wie Trebele sie ständig piesackte? Sicherlich gab es noch viele andere Leute, die überhaupt nicht nett waren und wie die Schankmagd ein schwarzes Herz hatten, das allein von Missgunst und schierer Bosheit beherrscht wurde. Nach dem Krieg der Menschen untereinander sollte der Erzählung nach das nächste Zeichen ein drei Jahre anhaltender Winter sein. Der hatte ganz gewiss nicht stattgefunden, denn noch immer herrschte recht angenehmes Wetter, obwohl bereits der Herbst Einzug hielt. Oder war auch der Winter im übertragenen Sinne zu sehen, fragte sich Ava. Konnte damit die Kälte, die immer mehr die Herzen der Menschen zu erfassen schien, gemeint sein? Sie hatte diese Kaltherzigkeit selbst erlebt, als sie hungrig durch Wismar gezogen war und ihr kaum jemand etwas zugesteckt hatte, bis sie auf Störtebeker gestoßen war. Vielleicht war es tatsächlich so gemeint, denn auf die Kälte sollte der Weltenbrand als Zeichen und danach die Überschwemmung der Welt folgen. Nur Menschen mit schwarzen Seelen sollten diese überstehen. Gehörten Trebele und Eddas Mörder dazu? Und auch Marten, der Verräter? Aber was war mit Störtebeker? Und mit ihr selbst? Sie fühlte nichts Böses in sich, wobei, wenn sie es sich recht überlegte, trug sie Rachlust in ihrem Herzen. Genauso wie Störtebeker gegenüber seinem Vater. Sie würde gern Eddas Mörder, seine Begleiter und auch Marten tot sehen. Den Gedanken hatte sie schon einige Male gehabt und er hatte ihr gefallen. Hatte sie deswegen eine schwarze Seele? Nach all diesen Geschehnissen sollte, wenn Ava sich an Eddas Worte richtig erinnerte, das Zeitalter des Wolfs heranbrechen. War das heute Nacht der Fall? Hatte der Wolf Hati Mani und den Mond gefressen und würde nun der Wolf Skoll die Sonne verschlingen, woraufhin bald komplette Finsternis herrschte? Ava wusste in diesem Moment nicht, welche Vorstellung schrecklicher für sie war: Ragnarök oder Eddas Mörder, der sich wieder zu Störtebeker an den Tisch gesetzt hatte, nachdem Trebele ihm das Gastzimmer gezeigt hatte. Das musste ziemlich ausführlich geschehen sein, denn die beiden hatten recht lange dafür gebraucht. Ava konnte sich denken, was die Schankmagd mit dem Mann getrieben hatte. Vor ihrem inneren Auge sah sie das Gesicht des Mannes wieder vor sich und unwillkürlich begann sie am ganzen Körper zu zittern. Ob er sie erkannt hatte? Sie wusste es nicht und wollte es auch nicht herausfinden. Möglich wäre es nur an der Tür gewesen, als sie sich für den Moment eines Augenaufschlags gegenübergestanden hatten. Sie hatte seine Verbrennungen gesehen, die sie ihm damals zugefügt haben musste und die über seine eine Gesichtshälfte bis hinauf in die Haare liefen. Am Tisch war sie neben Störtebeker nahezu sofort aufgesprungen, als sie seine Stimme wahrnahm, und hatte beim Weggehen das Gesicht von ihm abgewandt gehalten. Hier in der Abseite war sie erst einmal sicher vor dem Mann und seinen Helfershelfern, die vor dem Stall gestanden und sie nicht weiter beachtet hatten, als sie eben aus der Hintertür hinausgelaufen war, um in der schmalen Gasse zu verschwinden. Dieses Mal wirklich für immer, denn zurück in das Haus des alten Wirts und seines Sohns würde sie nicht gehen. Bei dem Gedanken daran, dass sie Störtebeker wohl nie wiedersehen würde, übermannte sie Traurigkeit und sie fühlte Tränen in sich aufsteigen. Sie schluckte sie hinunter. Sie wollte nicht weinen. Das würde nur ihre Sinne trüben. So schob sie auch die traurigen Gedanken aus ihrem Kopf und begann, einen Plan für ihre nächsten Schritte zu schmieden. In Wismar wollte sie nicht bleiben. Das Wirtshaus und Störtebeker gehörten seit dem Auftauchen des Bösen dort der Vergangenheit an und anderswo würde sie in der Stadt kaum Unterschlupf finden, abgesehen von der Nachbarin in der Speicherstraße, die für Ava aufgrund der Nähe zu Störtebeker sowieso nicht infrage kam. Und wenn doch, würde sie sicher über kurz oder lang Störtebeker über den Weg laufen. Im Grunde wäre das nicht weiter schlimm, er würde ihr ihr Verschwinden sicher nicht nachtragen, warum auch? Aber es ging um sie selbst. Sie hatte sich unter seinen Schutz begeben und sich dabei zu sehr auf ihn verlassen, was heute fast schiefgegangen wäre. Das lag natürlich auch zu einem großen Teil daran, dass sie sich Störtebeker nicht gänzlich geöffnet und nicht von den schlimmen Ereignissen in der Höhle erzählt hatte. Wie sollte er sie also vor etwas schützen, von dem er nicht wusste, dass es eine große Bedrohung für sie war? Aber für diese Einsicht war es jetzt zu spät. Sie musste wieder dazu übergehen, sich allein um sich zu kümmern und die Verantwortung für sich selbst nicht an jemand anderen abzutreten. Sie könnte versuchen, zurück nach Esens zu gelangen. Zu Adde. Doch ob die überhaupt noch dort war? Eher nicht. Viel wahrscheinlicher war ihre Freundin wieder zurück in Norden. Oder sie ging zurück in die Höhle. Ava fiel wieder ein, warum sie dies vorhin, als sie schon einmal hier gehockt hatte, für sich verworfen hatte: Der nahende Winter und die fehlende Zeit der Vorbereitung. Der bevorstehende Winter sprach auch gegen Esens oder Norden. Ostfriesland war weit und was wäre, wenn sie Adde aus irgendeinem

Grund nicht antreffen würde? Aber wohin konnte sie dann gehen? Hier in Wismar trieb sich derzeit Eddas Mörder herum, also könnte sie hier auch nicht auf der Straße leben. Über kurz oder lang würde er sie finden, wenn er es wollte, und das tat er allem Anschein nach, weshalb war er sonst im Wirtshaus aufgetaucht? Ava glaubte immer weniger an einen Zufall.

Sie kauerte sich noch mehr zusammen. Das Zittern und auch die Traurigkeit hatten nachgelassen. Dafür war ihr jetzt kalt. Sie überlegte, wie lange sie hier in der Abseite ausharren sollte. Bis morgen? Oder übermorgen? Wie weit wohl jetzt die Nacht vorangeschritten war? Sie hatte in der Dunkelheit des engen Raums jegliches Zeitgefühl verloren. Sie begann zu zählen. Von der Kerzenuhr im Wirtshaus wusste sie, dass sie ungefähr 36 Mal bis 100 zählen musste für eine Stunde. Sie hatte das oft nachts gemacht, wenn sie nicht schlafen konnte und in das flackernde Kerzenlicht geschaut hatte. Das Zählen lullte sie ein und beruhigte sie, zumal sie die Zahlen in ihrem Kopf fast sang, da sie sie nach der Melodie von Eddas Weise aufeinanderfolgen ließ. Bald merkte sie, wie ihre Glieder immer schwerer wurden und ihr Körper sich endlich wieder entspannte. Sie legte sich in ihrer üblichen Position – zusammengerollt wie eine Katze – auf den Boden und ließ den Schlaf zu. Hier konnte ihr schließlich nichts passieren.

Knapp eine Stunde später im Vorratsschuppen

Jemand rüttelte Störtebeker unsanft an den Schultern. Aber er wollte nicht aufwachen und wälzte sich auf die andere Seite. Weg von dem Rüttler.

»Hey, wach auf!«, klang die Stimme von Gero an sein Ohr, die sich sofort in seinem Kopf einnistete und langsam in ein hämmerndes Dröhnen überging, das seinen ganzen Schädel auszufüllen schien. Er stöhnte und versuchte, auf diese Weise das fürchterliche Geräusch aus seinem Kopf zu bekommen. »Lass mich«, setzte er noch hinzu, denn Gero hatte mit dem Rütteln weitergemacht.

»Nun komm schon, Klaus, steh auf. Dein Vater verlangt nach dir. Er ist fuchsteufelswild«, sagte dieser nun fast bittend.

Brummend drehte Störtebeker sich auf den Rücken und massierte sich den schmerzenden Kopf, ohne jedoch die Augen zu öffnen: »Herrje, so viel hab ich doch gar nicht gesoffen! Was will mein Alter denn von mir?«

»Er braucht dich im Schankraum. Gerade ist eine Meute Seeleute ins Wirtshaus gekommen. Die Kerle haben alle schon gut einen sitzen und wollen allesamt etwas essen und noch mehr trinken. Dein Vater kommt nicht hinterher. Trebele ist nicht aufzufinden, genauso wie Ava. Und du warst auch verschwunden. Ein Glück habe ich dich hier gefunden, sonst müsste ich jetzt noch selbst die Schankmagd spielen!«, erwiderte Gero in seiner gutmütigen Art.

»Trebele und Ava sind weg, aber wies…«, begann Störtebeker verschlafen, doch dann kam die Erinnerung wieder und er riss im Aufsetzen die Augen weit auf: »Trebele, dieses verdammte Weibsstück!«

Er war zu schnell hochgekommen und in seinem Kopf begann sich alles zu drehen, dennoch stellte er sich hin, anstatt wieder zurückzusinken. Er fingerte in seiner Tasche herum und fühlte die Münzen darin. Auf die hatte Trebele es also nicht abgesehen gehabt, als sie ihn in den Schuppen geführt hatte, nachdem sie ihm in der Schankstube ins Ohr geflüstert hatte, sie wolle mit ihm allein sein und dass er sie im Schuppen treffen sollte. Er sah an sich herunter. Seine Hose war zugeschnürt und er konnte sich auch nicht entsinnen, sich auf die übliche Weise mit ihr vergnügt zu haben. Dafür hatte sie ihm einen Becher Ziegenmilch mit Honig gereicht und ihn aufgefordert zu trinken: »Du hast zu viel Bier intus und solltest wieder einen klaren Kopf bekommen, falls der Hamburger doch noch ein Spiel mit dir machen möchte. Das hier wird dir helfen.«

»Ich wusste gar nicht, dass du dich mit solchen Mittelchen auskennst«, hatte er gelacht und den Becher mit einem Zug geleert. Sie hatte ebenfalls gelächelt und gemeint: »Du weißt eben nicht alles von mir.« Das war alles, woran er sich erinnern konnte. Sie musste ihm etwas in das Getränk gemischt haben. Mit fliehendem Blick schaute er sich um. Tatsächlich. Etwas abseits von der Stelle, an der er eben noch gelegen hatte, lag der Becher auf dem Boden. War er ihm aus der Hand gefallen? Sich jetzt darüber Gedanken zu machen war müßig. Trebele hatte ihn außer Gefecht gesetzt, aber warum? Hatte es etwas damit zu tun, was Ava ihm hatte erzählen wollen? War die Kleine deswegen so schnell verschwunden, als

Trebele zurückgekommen war? Störtebeker drückte sein Rückgrat durch: »Komm, Gero, wir müssen Trebele finden. Dieses Luder!«

»Aber was ist mit deinem Vater?«, fragte ihn der Knecht des Pfarrers, während er, der gut zwei Köpfe größer war, sich auf diesen stützte. Ein weiteres Mal hatte ihn Schwindel erfasst. Er versuchte, ihn durch Kopfschütteln loszuwerden, fast wie ein Pferd, das lästige Fliegen mit seiner Mähne verscheucht. Es gelang nicht. Gero hatte seine Bewegung, die seinem Zustand geschuldet war, jedoch als Antwort betrachtet: »Gut, dein Vater schert dich also nicht, aber ich versteh dich trotzdem nicht. Was ist mit Trebele?«

»Das erkläre ich dir auf dem Weg. Komm.«

»Du stinkst wie drei Fässer Bier. Iss erst einmal ein paar salzige Heringe, das macht mein Herr auch stets, wenn er zu viel Wein getrunken hat und am nächsten Morgen den Gottesdienst halten muss. Die Heringe wirken meist Wunder.«

»Na, wenn du es sagst«, meinte Störtebeker, nahm die Hand von Geros Schulter, strich sich damit kurz die schmerzende Stirn und machte den einen Schritt zum Topf mit den Heringen. Er langte hinein und griff einige der eingelegten Fische, die er sich nacheinander in den Mund schob, während er Gero mit einem Kopfnicken deutlich machte, dass er ihm folgen sollte.

»Wohin gehen wir?«, wollte Gero wissen.

»Ava suchen.«

»Nicht Trebele? Ich dachte …«

»Nein, ich habe es mir anders überlegt, Ava. Ich habe auch schon eine Ahnung, wo sie ist. Wo sie hoffentlich ist. Um Trebele kümmere ich mich später.«

Zeitgleich auf dem Lagerdachboden, Hafen Wismar

Ein lautes Krachen ließ Ava hochschrecken. Entsetzt riss sie die Augen auf. Ein greller Lichtpunkt stach ihr in die Augen und sie sah weiße tanzende Punkte anstelle dessen, was vor ihr geschah. Dafür merkte sie es: Sie wurde hart an ihren Unterschenkeln gegriffen und grob aus der Abseite herausgezerrt. Jetzt erst begann sie zu strampeln und zu schreien, doch die Klauen, die sie gepackt hatten, hielten sie nur noch fester. Der Leinenwickel um ihre Fessel wurde ihr abgerissen.

»Sie ist es«, sagte die Stimme, die sich für immer in ihr Gehirn gebrannt hatte und die sie abgrundtief hasste, in ihr Schreien hinein. Ava verstummte und wandte ihren Kopf in die Richtung, aus der gesprochen worden war, konnte jedoch nur einen Schemen ausmachen.

»Dann gebt mir jetzt meinen Lohn, den Ihr mir versprochen habt«, hörte sie Trebeles Stimme aus dem Hintergrund. Eine überwältigende Wut, die die Angst in ihr für einen Moment vollkommen überlagerte, stieg in Ava auf. Noch immer halb blind, spuckte sie aus und spie voll Abscheu: »Du räudige Hündin« heraus, was Gelächter hervorrief. Die verschiedenen Töne sagten ihr, dass mindestens drei Männer und eine Frau um sie versammelt waren – Trebele, Eddas Mörder und wahrscheinlich seine beiden Spießgesellen.

Langsam wurden die tanzenden Lichtpunkte vor

ihren Augen weniger und die Schemen nahmen Gestalt an, wobei Ava feststellen musste, dass die drei Männer ihre Gesichter mit dunklen Tüchern verdeckt hatten und nur ihre Augen hervorlugten, so wie bei dem Mann damals in der Höhle. Ein Mann war in Hockstellung und hielt nach wie vor ihre Beine auf dem Boden, so dass sie nicht aufstehen konnte. Die anderen standen und schauten auf sie herab, während Ava ihre Rücken- und Bauchmuskulatur anspannte und sich aufsetzte. Sie war ganz ruhig, als sie den Hamburger, den sie an seinen Augen eindeutig erkannte, fixierte und fragte: »Was wollt Ihr von mir?«

Die Antwort kam schnell und deutlich: »Deinen Tod.«

»Nimm den Sack dort«, wies Christian Lorentz an und zeigte in eine Ecke, in der zwischen ein paar Fässern ein Leinensack achtlos herumlag.

»Wozu?«, fragte Lorentz. »Wollen wir es nicht gleich hier erledigen? Im Sack wird sie zappeln und wenn wir ihn durch den Hafen schleppen, könnte das Aufsehen erregen.«

»Sie wird nicht mehr zappeln. Wir stecken sie hinein und schlagen sie darin tot. Der Sack wird ihr Blut aufsaugen. Ich möchte keine Blutspritzer abbekommen«, erwiderte Christian und schwang den eisernen Schürhaken, den er eben in der hinteren Ecke des Lagerhauses entdeckt hatte, als wäre er eigens für diesen Zweck dorthin gestellt worden, denn einen Ofen gab es hier oben im Dachgeschoss nicht. Er hatte ihn genommen und sofort die Macht gespürt, die ihm der Haken in seiner Hand verlieh. Sein Herz schlug heftig und er fühlte, wie sein Blut sich in der Körpermitte sammelte, so dass sein Gemächt hart wurde und sich hinter der Schnürung seines Beinkleids aufrichtete. Schade, dass er dem Mädchen nicht in die Augen blicken konnte, während das Leben sie verließ und ihr Blick langsam leer wurde. Das wäre sicherlich besser als alles, was er je getan hatte, um Lust zu verspüren. Allein bei dem Gedanken daran durchzuckten ihn kleine Stöße, die sich in herrlichen Schauern auflösten. Vielleicht sollte er sie doch ohne Sack töten, aber nein, er wollte tatsächlich keine Blutspritzer abbekommen, da er keine Wechselkleidung hatte und die Flecken neugierige Fragen nach sich ziehen könnten. Und es würde ordentlich spritzen. Natürlich könnte er es Lorentz machen lassen, bei dem war es ihm gleichgültig, wie er mit dem Blut, das dann an seinen Fingern und in seinem Gewand hängen würde, umging, aber er wollte das verdammte Mädchen selbst töten. Er könnte sie auch einfach mit dem Messer erstechen wie damals diese dumme alte Frau, doch das hatte er verworfen. Er wollte das Mädchen, das sich ihm entgegengestellt, sein Bein für immer lahm gemacht und sein Gesicht durch das Feuer entstellt hatte, prügeln und es sich vor Schmerz winden sehen. Selbst wenn es in einem Sack sein musste. Er bemerkte Trebeles Blick, die mit einer Mischung aus Neugier, Respekt, aber auch Furcht auf die deutliche Wölbung hinter seinen Beinkleidern sah. Auch sie musste seinen Blick gespürt haben, denn ihre Augen wanderten jetzt hoch zu seinen und für einen Moment starrten sie sich nur an. Christian begann zu grinsen. Ihre Unsicherheit ihm gegenüber war nahezu greifbar. Etwas schrill sagte die Schankmagd, nachdem sie sich geräuspert hatte: »Ich … ich will damit nichts zu tun haben. Ich hab Euch zu ihr geführt und gut. Gebt mir jetzt mein Geld, dann verschwinde ich. Störtebeker wird sicher auch bald wieder erwachen und dann sollte ich bei ihm sein, damit er nicht erst auf den Gedanken kommt, ich hätte ihm Mohnsaft zum Schlafen gegeben.«

Sie streckte ihm ihre Hand entgegen, hielt seinem Blick jedoch nicht mehr stand sondern verfolgte stattdessen, wie Lorentz den Sack über das inzwischen geknebelte Mädchen zog und Ullrych ihm dabei half.

»Komm näher, dann zähl ich dir die Münzen in die Hand«, entgegnete er und als sie es tat, ergriff er ihren Oberarm, zog sie dicht zu sich heran und flüsterte zischend in ihr Ohr: »Du gieriges Drecksstück. Glaubst du wirklich, ich gebe dir noch mehr? Du kannst froh sein, wenn du nicht auch in einem Sack landest, um Fischfutter zu werden. Du bleibst so lange hier, bis ich dir erlaube zu gehen, verstanden?«

»Verstanden«, hauchte die Magd verängstigt und so ließ er sie wieder los, schubste sie dann jedoch vor sich in eine Ecke: »Bleib da stehen und rühr dich nicht vom Fleck!«

Sie nickte ängstlich und sein Hochgefühl nahm weiter zu.

Sie hatte noch niemals zuvor dermaßen Angst um ihr Leben gehabt. Worauf hatte sie sich hier nur eingelassen? Dieser verunstaltete Mann, mit dem sie es vorhin noch auf dem Lager im Gastzimmer des Wirtshauses getrieben hatte, war grausamer als der Henker, dem sie bei der Ausübung seines brutalen Berufs schon einige Male auf dem großen Platz zugesehen hatte. Der Henker hatte bei den Hinrichtungen nie eine Miene verzogen und das war ihr schon mehr als kaltherzig vorgekommen. Der Hamburger jedoch schien geradezu Spaß am Töten zu haben. Auch auf dem Lager war er bereits sehr grob zu ihr gewesen, doch das hatte ihr gefallen. Als sie jetzt daran dachte, stellten sich die feinen Härchen auf ihren Unterarmen vor Grauen auf. Sie war so darauf aus gewesen, Ava loszuwerden, dass sie gern für ihn die Handlangerin gespielt und Klaus den Mohnsaft in seine Milch gegeben hatte, damit er »seiner Kleinen« nicht zu Hilfe eilen konnte. Jetzt verfluchte Trebele sich dafür, denn sie war sich inzwischen absolut nicht mehr sicher, heil aus dieser Geschichte herauszukommen. Ihre Entlohnung hatte sie gedanklich sowieso bereits gestrichen. Trotz ihrer Angst um sich selbst, oder gerade derentwegen, beobachtete Trebele gebannt, wie der Mann, den der Hamburger Lorentz genannt hatte, zusammen mit dem anderen den Sack, der sicherlich vormals der Aufbewahrung und dem Transport von Rüben gedient hatte und in dem jetzt Ava lag, zu verschnüren begann. Die beiden hatten ihre Mühe dabei, denn das Mädchen wehrte sich, soweit es seine Fesseln zuließen, durch krümmende Bewegungen, die denen eines Aals glichen, mit aller Kraft. Trebeles Blick wanderte verstohlen zurück zu Christian, der das Schauspiel mit sichtlichem Vergnügen beobachtete. Als unerwartet eine weitere Gestalt auf leisen Sohlen hinter dem Hamburger auftauchte, wurden Trebeles Augen groß. Die Gestalt überragte den Hamburger um mindestens einen Kopf. Der Schankmagd entfuhr ungewollt ein kleiner Juchzer der Erleichterung. Klaus! Und hinter ihm erschien jetzt Gero. Sie war gerettet! Dann ging alles ganz schnell: Bevor der Hamburger reagieren konnte, hatte Klaus ihn mit dem rechten Arm in den Schwitzkasten genommen und ihm gleichzeitig mit der linken Hand den Schürhaken entwendet. Der Hüne brachte den Mann zu Fall und nach einem kurzen Kampf am Boden hatte er ihn auf den Rücken gedreht und den Schürhaken fest an dessen Kehle gedrückt. Gero hatte unterdessen die anderen beiden Männer mithilfe eines drohend in die Höhe gehaltenen Dolchs davon abgehalten, ihrem Anführer zu Hilfe zu kommen. Gerade als er jetzt zurückwich, da der eine mit Namen Ullrych nach dem kurzen Überraschungsmoment und sicherlich einem Abwägen, ob er mit Störtebekers Freund fertig werden würde, auf diesen zuging und ebenso ein Messer zückte, dröhnte Klaus' Stimme durch den Raum: »Wenn ihr euch gegen uns zur Wehr setzt, wird der Hamburger sterben.« Um seine Worte zu bekräftigen, drückte er den Schürhaken tiefer in den Hals des Mannes unter ihm, der sofort den Mund aufriss, doch weder Luft einatmen noch einen Ton hervorbringen konnte. Zu Trebeles Erleichterung blieb Ullrych in einigem Abstand vor Gero stehen, ging langsam in die Hocke und legte den Dolch auf den Boden. Gleichzeitig drangen dumpfe Geräusche von der geknebelten Ava aus dem hinter ihm liegenden Sack, der sich bewegte wie eine dicke Raupe, die jedoch nicht von der Stelle kam. Eben noch wendiger Aal, jetzt behäbige Raupe, dachte Trebele widersinnigerweise in dieser angespannten Situation, während sie den Sack betrachtete, der an seiner

Öffnung inzwischen zugeschnürt war. Die Begleiter des Hamburgers waren dann doch schnell gewesen und Störtebeker keine Sekunde zu spät gekommen. Andererseits vielleicht auch ein bisschen zu früh, denn sie hatte keinerlei Interesse daran, dass die Kleine wieder lebend aus dem Sack herauskam. Ava wusste zu viel und sie würde sicher nicht zögern, Klaus Trebeles Rolle in dieser Nacht zu schildern. Die Lage war aber auch wirklich misslich. Am besten wäre es, wenn nur sie, Klaus und gegebenenfalls noch Gero das hier überlebten. Trebele überlegte fieberhaft, doch ihr fiel nicht ein, wie sie das bewerkstelligen konnte. Ohne dass er es auch nur ahnte, kam ihr Klaus zu Hilfe: »Du da am Sack, steh auf und geh zu ihm«, er machte eine Kopfbewegung zu Gero, »und du, Trebele, holst Ava da raus. Los, mach schon, beweg deinen Hintern!«

Trebele stutzte. Warum sprach Klaus so abfällig zu ihr? Ahnte er bereits, dass sie ihm einen Schlaftrunk gegeben hatte, damit sie Ava den fremden Männern ungestört in die Hände spielen konnte? Sie wartete ab, bis Lorentz bei Gero war, der ihn sofort neben Ullrych stellte, um dann dessen linken Unterschenkel mit dem rechten seines Kumpans zusammenzubinden. Hierfür benutzte er ein Seil, das lose auf einem der Fässer gelegen hatte. Was hier nicht alles so herumliegt, dachte Trebele, während sie wie geheißen an den Sack herantrat und sich danebenkniete. Sie war nur einmal zuvor hier im Lagerhaus gewesen. Klaus hatte es ihr gezeigt, ebenso wie sein Kindheitsversteck. Nach ein paar anderen Plätzen, an denen sie in der Nacht mit den Fremden nach Ava gesucht hatte, war ihr das Lagerhaus mit der Abseite eingefallen. Als sie Ava wenig später tatsächlich dort entdeckt hatten, hatte Trebele einen kurzen Stich des Ärgers verspürt, dass Klaus der Kleinen ebenso wie ihr diesen für ihn besonderen Ort gezeigt hatte, doch dann war sie wieder versöhnt gewesen – immerhin hatten sie Ava dadurch einigermaßen schnell gefunden.

Ava strampelte nicht mehr. Entweder hat sie mitbekommen, dass ich sie herausholen soll und ist beruhigt, oder ihre Kräfte haben nachgelassen. Vielleicht erstickt sie auch langsam, weil sie wegen des Mundknebels nur durch die Nase atmen kann und das Leinen nicht genug Luft durchlässt. Und wenn nicht, kann ich nachhelfen, dass es später so aussehen wird, überlegte Trebele, die sich am Ende des Sacks niedergelassen hatte, weil sie ihn ursprünglich hatte aufknoten wollen. Nun rutschte sie hoch zu Avas Kopf, legte ihre Hände darauf und beugte sich mit ihrem Oberkörper darüber. In dieser Position konnte keiner sehen, was sie trieb, und es schien, als würde sie dem Mädchen durch den Leinenstoff etwas zuflüstern. Prompt fragte Klaus auch: »Trebele, was machst du da? Du sollst sie rausholen! Schnür den Sack auf!«

»Ich beruhige sie nur, sie ist verängstigt«, antwortete Trebele laut, ohne sich jedoch von dem Sack abzuwenden, denn sie hatte Avas Nase ertastet und drückte jetzt ihre linke Hand darauf. Ava begann wieder, sich zu winden, so dass die Schankmagd sich bemüßigt fühlte, für alle hörbar zu sagen: »Liebes, nun beruhige dich doch, gleich ist alles vorbei.« Die unbeabsichtigte Doppeldeutigkeit in ihren Worten veranlasste Ava zu noch heftigeren Bewegungen als zuvor. Vielleicht war es aber auch schon der Todeskampf, Trebele wusste es nicht und drückte sicherheitshalber noch etwas fester zu.

»Jetzt mach und hol sie aus dem Sack!«, herrschte Klaus sie in dem Moment an, in dem Avas Bewegungen erst kraftloser wurden und dann ganz erstarben. Trebele konnte ihr Glück kaum fassen – sie hatte nicht gewusst, wie schnell der Erstickungstod eintrat, doch scheinbar dauerte es nicht lange. Während sie sich aufrichtete, sagte sie: »Sehr gut, Liebes, hab keine Angst mehr, ich schnüre dein Gefängnis jetzt auf.«

»Wieso bewegt sie sich nicht mehr?«, fragte Klaus besorgt, fuhr dann jedoch gebieterisch fort: »Gero, übernimm du den Kerl hier und ihr anderen rührt euch nicht vom Fleck, verstanden?«

Kaum hatte dieser Gero den Schürhaken an seiner Kehle übernommen, war der verdammte Wirtssohn mit wenigen großen Schritten zum Sack geeilt. Anstatt ihn unten aufzuknoten, hatte er ein Messer hervorgezogen und ihn der Länge nach aufgeschlitzt. Christian wusste nicht, ob er sich wünschen sollte, dass das kleine Miststück darin tot oder lebendig war. Aus welchen Gründen auch immer schien Störtebeker einen Narren an dem Mädchen gefressen zu haben. Das hatte die Hure schon erwähnt, die jetzt einfältig neben dem Sack stand und daraufstarrte. Wenn er das Mädchen tot im Sack vorfinden würde, würde er sicher nicht zögern und ihn ebenfalls töten. Hatte es überlebt, konnte ihn jedoch das gleiche Schicksal ereilen. Störtebeker wirkte nicht wie ein Mann, der lange Federlesen machte, und das Mädchen würde ihn gewiss gegenüber dem Hünen beschuldigen. Und selbst wenn es alles nicht so kommen würde und Störtebeker als Wismarer Bürger den Büttel holte und dieser ihn rechtmäßig anklagte, sähe seine Situation nicht unbedingt besser aus. Und Lust auf einen Kerker, in dem er auf seine Verhandlung wartete und am Ende vielleicht sogar auf den Henker traf, hatte Christian schon gar nicht. Er wägte seine Möglichkeiten ab. Störtebeker hatte nur Augen für das Mädchen im Sack – wenn überhaupt, dann war jetzt der richtige Augenblick, um seine Situation wieder zum Guten zu wenden. Dieser Gero, der in etwa so groß war wie er selbst, war im Gegensatz zu seinem Freund nicht gerade ein ernstzunehmender Gegner. Darüber hinaus hatte der Pfarrersknecht ihn aufgestellt, als er ihn von Störtebeker übernommen hatte. Und genau das könnte jetzt sein Glück im Unglück sein. Christian beschloss zu handeln. Was hatte er schon zu verlieren? Blitzschnell krümmte er seine frei hängenden Arme und rammte sie seinem Wächter in die Rippen. Wie erhofft, ließ dieser prompt den Schürhaken los und krümmte sich. Gero hatte keinen Ton von sich gegeben, da ihm von den Stößen die Luft weggeblieben war, dafür machte der Haken ein lautes, polterndes Geräusch, als er zu Boden fiel. Christian sah, wie Störtebeker zu ihnen herumschnellte, doch er eilte bereits zu der Leiter, die vom Dachboden hinunter in den Eingangsbereich der Lagerhalle führte. Auch Ullrych und Lorentz hatten seinen Befreiungsschlag genutzt und hüpften, noch immer miteinander verschnürt, dorthin. Genauso wie die Schankmagd. Alle drei erreichten die Leiter vor Christian, der aufgrund der weiteren Entfernung und vor allem wegen seines Beines nicht so schnell war. Die Schankmagd sogar als Erste, da sie am nächsten zur Leiter gestanden hatte. Sie war schon fast unten und auch seine beiden Kumpane, die ihre Fessel irgendwie hatten lösen können, waren bereits ein paar Sprossen herabgestiegen, als Christian dort ankam. Er selbst hatte gerade einen Fuß auf die oberste Sprosse gesetzt, als Störtebekers Befehl durch die Dachkammer dröhnte: »Gero, hinterher, sie dürfen nicht entkommen.« Christians Blick huschte zu dem Knecht. Der hatte sich anscheinend erholt und hechtete nun zu ihm an die Luke, an die die Leiter gelehnt war. Bevor Christian seinen zweiten lahmen Fuß nachsetzen konnte, hatte Gero diesen ergriffen und zog nun heftig daran. Christian versuchte, ihn abzuwehren, dabei geriet jedoch die Leiter unter ihm ins Wanken und sein bereits darauf stehender Fuß rutschte ab. Dann fühlte er keinen Halt mehr unter sich. Wenige Augenblicke später fiel die Leiter mit einem scheppernden Getöse in die Halle.

Ava wurde schier von ihrer Erleichterung überwältigt. Störtebeker war tatsächlich zu ihrer Rettung gekommen! Als er eben den Sack aufgeschnitten hatte, sie von ihren Fesseln und dem Mundknebel befreite und sie kurz darauf in seine wunderschönen Augen geblickt hatte, hatte sie nichts sagen können. Sie hatte einfach nur dankbar gelächelt. Auch Störtebeker hatte nichts gesagt. Dabei hatte er nicht gelächelt wie sie, sondern über das ganze Gesicht gestrahlt. Er hatte ihren Kopf sanft in seine groben, breiten Hände genommen, ihn leicht angehoben und einen Kuss auf ihre Stirn gedrückt. Dann hatte es irgendwo im Raum einen Aufprall gegeben und Störtebeker war herumgeschwenkt. Kurz darauf hatte er gebrüllt: »Gero, hinterher, sie dürfen nicht entkommen!«, und war selbst aufgesprungen. Mühsam hatte sie sich aufgerichtet. Ihr Mund war von dem Knebel noch immer trocken. Störtebeker war zur Luke gelaufen, neben der Gero mit dem Hamburger kämpfte. Dann war es also doch noch nicht vorbei! Wie ein gehetztes Tier sah Ava sich im Raum um. Außer ihnen vieren war niemand mehr hier oben. Erleichtert atmete sie aus. Niemand konnte Eddas Mörder mehr zu Hilfe kommen. Inzwischen wälzte er sich mit Störtebeker auf dem Boden. Gero lag schlaff daneben, doch sie verbot es sich, darüber nachzudenken, ob er vielleicht tot war. Das würde sie nur entmutigen, denn Störtebeker schien keinen leichten Kampf mit dem Hamburger zu haben. Oder doch? Sie beobachtete, wie der Wirtssohn seinen Gegner auf den Rücken warf und auf dessen Oberkörper eindrosch. Eddas Mörder stöhnte wie ein Tier und dann sah sie etwas aufblitzen. Er hatte ein Messer aus dem Schaft seines Stiefels gezogen. Entsetzt sah sie, wie der Mann seinen Arm über Störtebeker hob, während sie im gleichen Augenblick auf die beiden zukroch und mit krächzender Stimme rief: »Er hat ein Messer!«

Störtebeker reagierte umgehend. Er ließ von dem Mann ab und sprang auf. Dabei ritzte das Messer, das der Hamburger in diesem Moment heruntersausen ließ, Störtebekers Wade auf. Als Ava sah, dass Blut aus der Wunde herausquoll und sein Beinkleid rot färbte, stieß sie einen wilden Schrei aus, ergriff einen vor ihr auf dem Boden liegenden Schürhaken, sprang trotz ihrer Erschöpfung auf, hechtete sich zu den beiden Kämpfenden und versetzte Eddas Mörder einen Schlag auf den Kopf. Er war nicht besonders kräftig gewesen, dennoch erschlaffte Störtebekers Gegner sofort. Mit einer Mischung aus Glück und Überraschung blickte Ava zu Störtebeker, dessen Augen auf dem reglosen Fremden lagen.

»Hab ich ihn tot gemacht?«, fragte Ava und musste sich räuspern, da ihr Hals noch immer wie ausgetrocknet war.

»Hoffentlich«, antwortete Störtebeker ruhig und wandte sich jäh Gero zu. Nachdem er seinen Freund kurz abgetastet hatte, erklärte er erleichtert: »Gero lebt auf jeden Fall.«

Ava lächelte. Einen Moment herrschte Stille zwischen ihnen, die jedoch von dem Geräusch eiliger Schritte unterbrochen wurde, das von unten aus der Halle heraufdrang.

»Was war das?«, flüsterte Ava.

»Ich weiß es nicht. Seine Freunde?«

»Ich schau nach.«

»Sei vorsichtig«, wies Störtebeker sie besorgt an, während er Gero, der wieder zu sich gekommen war, beim Aufsitzen half.

Ava schlich zur Luke, kniete nieder und spähte vorsichtig hinunter. Sie erschrak, zog ihren Kopf schnell wieder zurück und raunte: »Es ist der Büttel!«

»Der Büttel?«, echote Störtebeker erstaunt. Er runzelte die Stirn. In seinem Kopf schien es zu arbeiten.

»Ist da wer?«, klang es da von unten hoch und die Leiter wurde wieder an die Luke gestellt.

»Wir müssen ihn verstecken«, flüsterte Störtebeker, »schnell!«

Hastig zogen sie Eddas Mörder in die Abseite, schlossen die kleine Tür hinter ihm und schoben eines der Fässer, das glücklicherweise leer und dadurch leichter zu handhaben war, davor. Kaum waren sie fertig, erschien das vor Anstrengung rote Gesicht des Büttels in der Dachbodenluke. Ächzend folgte sein vom Bier und dem vielen Essen runder Leib: »Was geht hier vor? Klaus Störtebeker, seid Ihr das etwa? Und ist das da der Knecht des Pfaffen?«

»Ludger Hansen, ein Glück, dass Ihr da seid«, erwiderte Störtebeker geistesgegenwärtig. Auch Ava kannte den Büttel, der sie nicht beachtet hatte. Er war ein häufiger Gast im Wirtshaus, von wo er auch einige Pfunde seiner erheblichen Leibesfülle hatte.

Ava senkte ihren Blick auf den Boden und zuckte zusammen, als sie die Blutspur auf den Dielen bemerkte, die zum Fass vor der Abseite führte. In diesem Moment war sie unglaublich erleichtert, dass der Büttel sie wie die meisten Männer als Mädchen für so unwichtig hielt, dass er ihr keine Beachtung schenkte, sonst hätte er sicher ihr entsetztes Gesicht bemerkt. Bedächtig, damit sie nicht doch noch die Aufmerksamkeit auf sich zog, setzte sie sich in Bewegung und ließ sich am Anfang der Spur nieder. Sie setzte sich genau auf die Stelle, wo das Blut eine Lache bildete, weil sie hier den Hamburger mit dem Schürhaken erschlagen hatte und von wo aus sie diesen in die Abseite gezogen hatten. Dann begann sie angelegentlich, ihr Bein zu untersuchen. Sie hoffte, dass sie auf diese Weise das meiste Blut vor den Augen des Büttels verdeckte. Störtebeker hatte unterdessen weitergeredet und dem Büttel erklärt, dass sie von zwei Männern überfallen worden waren, da er ihnen beim Spiel Geld abgenommen hatte, er und Gero die Männer aber in die Flucht schlagen konnten.

»Leider nicht unbeschadet. Ihr müsst sie eigentlich

noch gesehen haben«, schloss er jetzt seinen kurzen Bericht und deutete auf sein blutgetränktes Bein.

»In der Tat habe ich die beiden gesehen. Ich habe erst Trebele bemerkt. Sie ist an mir vorbeigehetzt, als wäre der Leibhaftige hinter ihr her. Ich habe sie aufgehalten. Sie schien mir ziemlich … ziemlich aufgelöst. Ehrlich gesagt dachte ich, sie hätte es hier irgendwo mit dir getrieben …«, der Büttel lachte anzüglich, »und wollte ihr gerade die Leviten lesen, als zwei Kerle aus diesem Lager gekommen sind und in die andere Richtung liefen, nachdem sie mich mit ihr gesehen haben. Eure … eure Schankmagd hat die kurze Ablenkung genutzt und ist mir abgehauen. Genauso wie die Kerle. Da bin ich hier rein, um meine Pflicht zu tun und nach dem Rechten zu schauen.«

»Und das keine Sekunde zu spät«, stellte Störtebeker fest, während er jetzt auf Gero zeigte, der wieder in sich zusammengesackt war. Ava wusste nicht, ob aus Schwäche oder absichtlich, um Störtebekers Geschichte noch glaubhafter zu machen. Es war ihr in diesem Moment auch gleichgültig, Hauptsache Ludger Hansen wurde nicht auf die Blutspur aufmerksam, deren Anfang sie zwar verdeckte, aber eben auch nur den. Der Büttel durfte auf keinen Fall den toten Hamburger finden, denn dann würde er die ganze Sache untersuchen und sie im Zweifel als Mörderin in der Fronerei landen. Avas Herz klopfte wild und sie hatte das Gefühl, jeder könnte es durch ihr Kleid hindurch sehen. Noch schaute der Büttel von der Luke aus nur zu Störtebeker und nahm keine Notiz von ihr, doch das konnte sich schnell ändern.

»Helft mir bitte mit Gero, er wird die Leiter nicht allein hinunterkommen und muss dringend zum Bader, damit der seine Wunden behandeln kann«, bat Störtebeker jetzt.

»Aber ja, sicher doch«, antwortete der Büttel und schickte sich an, die restlichen Sprossen der Leiter hinaufzuächzen.

»Lasst nur, ich bringe Gero zur Leiter. Wenn Ihr vor ihm hinunterklettert und ich nach ihm, um ihn zu halten und zu stützen, wird es gehen«, meinte Störtebeker, der kurz zu Ava gesehen hatte und dabei ebenfalls die Blutspur entdeckt hatte, wie das Mädchen an seinem Blick erkannte.

»Und was ist mit dir? Deinem Bein?«

»Sieht schlimmer aus, als es ist«, winkte Störtebeker ab.

»Sehr gut«, entfuhr es dem Büttel erleichtert, der in seiner Position auf der Leiter verharrt hatte. Störtebeker wandte sich Gero zu, half ihm hoch und stützte ihn auf dem Weg zur Luke. Gerade als sie dort angekommen waren, drehte Ludger Hansen seinen Kopf doch noch zu Ava und musterte sie mit gerunzelter Stirn. Ava erblasste unter seinem Blick, lächelte ihn jedoch an, wobei sie selbst merkte, wie verkrampft ihr Lächeln war. Hansen legte den Kopf schief und fragte: »Und was ist mit dem Mädchen? Sie scheint auch verletzt.«

»Nein«, sagten Störtebeker und Ava schnell wie aus einem Munde. »Nur ein Kratzer«, schickte Ava hinterher und rappelte sich langsam auf, während sie darauf achtete, dass Störtebeker und Gero sie so weit es ging verdeckten.

Es dauerte seine Zeit, bis sie alle unten waren. Als sie daraufhin aus dem Lagerhaus hinaustraten, war Ava überrascht, dass bereits der Morgen zu dämmern begann. Sie stellte sich hinter Störtebeker, der den wachsbleichen

Gero nach wie vor stützte, damit der Büttel nicht auf den großen Flecken Blut, der sicherlich auf ihrem Hinterteil prangte, aufmerksam wurde. Sie selbst spürte die Feuchtigkeit, die von ihm ausging, auf ihrer Haut, da das Blut durch den Stoff ihrer Gewandung gedrungen war. Und vor allen Dingen roch sie es. Übelkeit kroch in ihr hoch und setzte sich in ihrer Speiseröhre fest. Nicht so sehr wegen des Geruchs an sich, doch allein die Vorstellung, dass an ihr das Blut von Eddas Mörder haftete – sein Lebenssaft an ihrer Haut –, rief ein Gefühl des Ekels in ihr hervor.

»Dann lasst uns zum Bader gehen«, meinte Ludger Hansen jetzt und gähnte unterdrückt, doch Störtebeker wiegelte ab, nachdem er einen tiefen Blick mit Ava ausgetauscht hatte. »Ihr habt genug für uns getan, wir schaffen den Weg allein. Geht zu Eurem Weib und holt Euch die Wärme, die Ihr Euch verdient habt. Und morgen kommt ins Wirtshaus, dann wird es uns allen besser gehen und ich kann mich mit einem guten Bier und einem zünftigen Braten bei Euch gebührend bedanken. Immerhin habt Ihr die Kerle in die Flucht geschlagen.«

»Habe ich das?«, fragte Hansen verblüfft zurück, dachte kurz nach und gab sich dann selbst die Antwort: »Ja, habe ich wohl. Man gut, dass ich hier zur rechten Zeit meine Runde gedreht habe, aber Dienst ist Dienst, obwohl ich zugegebenermaßen schon auf dem Weg nach Hause war. Und wenn Ihr mich jetzt nicht mehr benötigt, nehme ich gern Euer Angebot an und werde diesen Weg jetzt fortsetzen. Ich werde dann nach einem kleinen Schläfchen gleich der Obrigkeit Bericht erstatten und zusehen, dass Euer Fall im Verfestungsbuch Eingang findet. Euch treffe ich dann am Abend im Wirtshaus.«

Er schlug die Hacken zusammen, nickte zum Gruß und zog davon. Gero rührte sich als Erster: »Puh, da sind wir noch einmal glimpflich davongekommen. So, mein Freund, und jetzt lass mich los. Ich bin doch kein Greis, dem man unter den Arm greifen muss.«

Störtebeker lachte auf: »Ich war mir nicht sicher, ob es dir wirklich so schlecht geht oder du es nur spielst. Aber jetzt bin ich beruhigt! Wenn du keine Lust mehr auf dein Dasein als Knecht hast, kannst du dich dem fahrenden Volk anschließen – deine Schauspielkunst wird dich sicher bestens ernähren.«

Ava verfolgte das Geplänkel mit gemischten Gefühlen. Natürlich freute sie sich sehr darüber, dass Gero nichts Ernstliches bei seinem Kampf davongetragen hatte, aber wollten sie jetzt wirklich so tun, als sei nichts vorgefallen, und einfach zurück in die Speicherstraße gehen?

»Was ist mit dem … mit dem Mann?«, fragte sie leise in Störtebekers Richtung, der sich sofort zu ihr umdrehte und mit sanfter Stimme sagte: »Ava, meine Kleine, erst einmal bist du wichtiger. Wie geht es dir?«

»Ich … ich weiß nicht. Ich glaube, gut, aber … aber habe ich ihn totgemacht?«, wiederholte sie ihre Frage von vorhin, bevor der Büttel aufgetaucht war.

»Na, das sah ganz so aus und recht geschieht es ihm. Er war mir vom ersten Augenblick an nicht geheuer, aber wer ahnt denn, dass er etwas Böses gegen dich im Schilde führt. Dann hätte ich ihn doch nie zu euch geschleppt«, antwortete Gero an Störtebekers Stelle, der Ava tröstend in seine Arme zog, seinem Freund brummend zustimmte und seinerseits fragte: »Was wollten diese Männer von dir? Haben sie dir etwas angetan? Ich meine, dir als … als Frau?«

Er konnte ihr bei seinen Worten nicht in die Augen sehen. Trotz seiner Umschreibung wusste das Mädchen, was er meinte: »Nein, so haben sie mich nicht angerührt. Sie wollten mich einfach nur tot sehen. Er wollte mich tot sehen.«

»Aber warum? Er kannte dich doch nicht. Was ist geschehen, als du weg warst? War es das, was du mir in der Schankstube erzählen wolltest? Hat es etwas mit Trebele zu tun?«

»Ja … nein … ich weiß auch nicht. Sie war länger mit Eddas M… mit ihm zusammen und hat dir einen Schlaftrunk gegeben, wenn ich das richtig mitbekommen habe …«

»Das habe ich mir schon gedacht«, zischte Störtebeker zwischen seinen Zähnen hervor. Seine Augen hatten sich dabei verdunkelt. Mit seinen vom Kampf zerrupften Haaren, dem dadurch ebenso zerzauselten Bart und den Blessuren im Gesicht, die bereits anzuschwellen begannen, machte er einen wilden Eindruck. Hätte sie ihn nicht gekannt, hätte er ihr Angst eingejagt.

»Aber warum?«, fragte er nach einer kurzen Pause ein weiteres Mal.

»Ich weiß es wirklich nicht, ich weiß nur, dass er auch Edda umgebracht hat!«, rief sie ihm mit einer Mischung aus Wut, Verzweiflung und Angst entgegen.

»Edda? Deine Großmutter?«

Sie nickte und dann kamen die Tränen.

Klaus Störtebeker fiel es schwer, die Geschehnisse richtig einzuordnen. Da hing seine kleine Ava wie ein

Häufchen Elend in seinen Armen und ihr liefen die Tränen herunter. Und das war auch seine Schuld. Wäre er nicht seinem Trieb erlegen und Trebele in den Schuppen gefolgt und hätte er nicht den Trunk von diesem Miststück angenommen, dann stünden sie jetzt nicht hier – blutend und voller Blessuren. Er hatte eben kurz seine Wade begutachtet und war erleichtert, dass sie tatsächlich nur einen oberflächlichen Schnitt davongetragen hatte. Auch Ava sah lediglich etwas zerrupft aus, hatte jedoch keine ernstzunehmenden Wunden. Plötzlich wurde ihm bewusst, dass er Ava fast verloren hätte, und er fühlte einen Kloß in seinem Hals. Unwillkürlich zog er das Mädchen noch enger an sich. Sie legte ihren Kopf schniefend an seine Brust und er strich ihr sachte über die Haare.

»Klaus, ich muss zurück. Mein Herr wird bald aufwachen«, tippte Gero ihn an der Schulter an.

»Schaffst du es allein?«, fragte Störtebeker. »Ich habe hier noch etwas zu erledigen.«

Gero nickte verständnisvoll und setzte sich langsam in Bewegung. Störtebeker blickte seinem Freund stumm nach. Erst als dieser um die nächste Ecke gebogen war, schob er Ava sanft von sich. Sie schaute mit verschleiertem Blick zu ihm auf.

»Wir müssen noch einmal hoch. Ich will wissen, wer dieser Fremde ist, vielleicht trägt er etwas bei sich, was uns Auskunft gibt. Schaffst du das?«, fragte er ruhig.

Das Mädchen straffte seine Schultern, wischte sich die Tränen fort und sagte schlicht: »Ja.« Sie machte sich von ihm los und ging voran. Was für eine Stärke in diesem jungen Menschen steckt, dachte er nicht zum ersten Mal und folgte ihr.

Nachdem sie die Leiter erklommen und das Fass beiseitegerückt hatten, war es Ava, die die Tür der Abseite öffnete. Der Mann lag noch immer so da, wie sie ihn vorhin hineingeschoben hatten.

»Wir müssen ihn rausziehen, damit wir ihn durchsuchen können«, sagte Störtebeker. Ava nickte und griff nach einem Bein des Mannes, doch als sie es berührte, zuckte ihre Hand zurück. Störtebeker verstand. »Ich mach das. Versuch du inzwischen, das Blut auf den Dielen wegzubekommen. Wir sollten so wenig Spuren wie möglich hier oben hinterlassen«, meinte er und sie lächelte ihm dankerfüllt zu.

Ava hatte ihre ganze Aufmerksamkeit auf das Säubern der Dielen gelenkt, damit sie ja nicht an den Toten, der keine zehn Schritte von ihr entfernt lag, denken musste. Um sich darüber hinaus zu beruhigen, summte sie leise die Weise vor sich hin, während sie mit Hilfe des Leinensacks äußerst sorgfältig versuchte, die bereits vom Holz eingesogenen Blutspuren vom Boden zu wischen. Da sie kein Wasser, geschweige denn Lauge zur Verfügung hatte, war es eine mühsame Arbeit, die auch nicht eben von Erfolg gekrönt war, wie sie jedes Mal wieder feststellte, wenn sie für einen Moment innehielt, um ihre vom kräftigen Wischen schmerzenden Arme kurz zu entspannen und ihren Fortschritt betrachtete. Zumindest blasse Schlieren würden verbleiben. Gerade hatte sie den Sack auf den nächsten Abschnitt gelegt, als sie vor Schreck zusammenzuckte. Störtebeker hatte das Wort an sie gerichtet. Er hatte es in normaler Lautstärke getan, doch sie war dermaßen in ihre Aufgabe vertieft gewesen, dass sie abgedriftet war und sich in ihrer Vorstellung wieder in der Höhle befand – gemeinsam mit Edda und Flocke. Sie musste sich sammeln, bevor sie fragte: »Was hast du gesagt?«

»Hier ist etwas Merkwürdiges.«

»Und was?«

»Am besten, du siehst es dir selbst an.«

Mit gemischten Gefühlen erhob Ava sich vom Boden und ging zu Störtebeker und dem Toten, dem der Wirtssohn inzwischen die Vermummung vom Gesicht gezogen hatte. Der Tote war eindeutig Eddas Mörder, sie hatte sich nicht getäuscht.

»Und? Weißt du, wer er ist?«, wollte sie wissen und bemühte sich, ihre Aufgeregtheit nicht zu zeigen. Nicht wegen Störtebeker, sondern vielmehr, um sich selbst zu schützen – aus irgendeinem Grund hatte sie Angst davor, zu erfahren, wer der Tote war.

»Seinen Namen weiß ich nicht. Er trägt nichts bei sich, was auf ihn schließen lässt, dafür habe ich das entdeckt.«

Störtebeker nahm den Kopf des Daliegenden in die Hand und drehte ihn nach rechts, so dass dessen linkes Ohr zu sehen war. Er klappte es zur Seite und da konnte Ava es sehen: Genau wie sie war der Mann durch ein Schmetterlingsmal gezeichnet.

7. Kapitel – Herbst 1380 nach Christi

»Um Kopf und Kragen«

Redet man sich oder geht es gar bereits um Kopf und Kragen, ist eine Situation brenzlig und es kann sogar die Existenz betreffen. Die Redewendung kommt aus der mittelalterlichen Rechtssprache: Bei Schwert-Hinrichtungen wurde der Kopf am Nacken, dem damals sogenannten Kragen, abgeschlagen.

Am Vormittag nach dem Überfall, Insel Poel, Ostsee

AVA BLINZELTE IN DIE SONNE und musste niesen.

»Na, auch endlich wach geworden?«, lachte Störtebeker, der an den Rudern des kleinen Fischerboots saß. Sie hatten es sich im Hafen von Wismar »ausgeliehen«, wie Störtebeker es augenzwinkernd Ava gegenüber genannt hatte, als sie beschlossen hatten, Wismar umgehend zu verlassen.

Nachdem Ava das Schmetterlingsmal hinter dem Ohr von Eddas Mörder gesehen hatte, war sie nahezu zusammengebrochen. Unter Schluchzen hatte sie Störtebeker noch auf dem Dachboden das Schreckliche, was in der Höhle geschehen war, erzählt. Der hatte schweigend zugehört, während er sie im Arm hielt und wie ein kleines Kind hin und her wiegte. Nachdem Ava geendet hatte, hatte er gesagt: »Wir können nicht in Wismar bleiben, wir müssen sofort hier weg.«

»Aber warum?«, hatte sie ihn gefragt – ihre Tränen waren inzwischen durch das Erzählen versiegt, dafür hatte ihr Kopf geschmerzt.

»Weil er allem Anschein nach tatsächlich hinter dir her war und nicht hinter deiner Großmutter. Falls er einen Auftraggeber hat, wird dieser keine Ruhe geben, bis du auch tot bist. Und selbst wenn nicht: Wir haben den Hamburger getötet. Über kurz oder lang wird das herauskommen. Trebele wird sicher dazu beitragen … dieses Miststück. Es tut mir so leid, Ava …«

Obwohl sie die Position in seinen Armen genossen hatte, weil sie in ihr ein lange nicht gespürtes Gefühl der Geborgenheit wachrief, hatte sie sich hochgerappelt und war aus Störtebekers Schoß hinunter auf den Boden gerutscht, so sehr hatten sie seine Worte überrascht, und sie hatte gefragt: »Warum redest du von ›wir‹? Ich habe ihn getötet und deswegen muss ich verschwinden. Du bist hier geboren, hast hier das Wirtshaus, das dir einmal gehören wird, Freunde wie Gero und … und Trebele …«

»Der Einzige, um den es schade ist, ist Gero«, hatte Störtebeker abgewinkt. »Und wer sagt mir, dass sie mir glauben würden, wenn ich denen erzähle, dass du diesem namenlosen Kerl den letzten Schlag versetzt hast? Ganz davon abgesehen, dass ich es auf keinen Fall sagen würde. Tja, und Trebele … Hältst du mich wirklich für so dämlich oder triebhaft, dass ich mich noch mit ihr abgeben würde?«

Hierzu hatte Ava ein Grinsen nicht unterdrücken können und dazu noch mit den Schultern gezuckt, was Störtebeker veranlasste, sie ebenfalls grinsend zu stupsen. Dann hatte er ihr erklärt, dass auch sein Vater und das Wirtshaus ihn nicht halten und er sowieso alles bei sich tragen würde, was für ihn wichtig war. »Schau, nicht nur mein Trinkhorn, selbst die Münzen, die ich diesem Fremden beim Spiel abgenommen habe, habe ich hier. Es waren wohl seine letzten, in seiner Geldkatze habe ich jedenfalls keine mehr gefunden. Leer. Und auch sonst nirgends. Ich frage mich, wie er das Zimmer hätte bezahlen wollen, wenn er es denn überhaupt vorhatte«, hatte Störtebeker das Gespräch über ihren gemeinsamen Aufbruch beendet, war aufgestanden, hatte ihr die Hand hingehalten, die sie zögernd ergriff, und sie vom

Boden hochgezogen. Unten auf der Straße waren bereits die ersten Leute unterwegs, um ihr Tagewerk anzugehen. Eilig war Störtebeker vorangegangen und sie war ihm blind gefolgt. Er war sehr zielstrebig gewesen und sie hatte bei sich gedacht, dass er schon wissen würde, wohin er sie führte. Sie hatte recht behalten: Versteckt in einem Winkel am hinteren Hafenbecken lag ein kleines Ruderboot vertäut. Nachdem er sich umgeschaut und festgestellt hatte, dass sie in der entlegenen Ecke niemand weiter beachtete, war er wortlos hineingesprungen und hatte Ava bedeutet, es ihm gleichzutun. Sie war ihm nur zu gern gefolgt, denn bereits in dem Moment, als er in das kleine Boot gesprungen war und sie noch am Hafenrand stand, hatte sie die plötzliche Trennung zwischen ihnen – er auf dem Wasser, sie an Land – geradezu körperlich gefühlt. Ihr Herz hatte sich zusammengekrampft. Sie hatte sich insgeheim gefreut, dass sie gemeinsam flüchteten, und allein die plötzliche Vorstellung, dass sie von ihm durch irgendetwas getrennt werden könnte und sie erneut ohne seinen Schutz wäre, hatte bedrohlich auf sie gewirkt. Schnell war sie ihm hinterhergesprungen, wodurch das Boot arg ins Schwanken geriet, so dass sie sich hastig hingesetzt hatte. Störtebeker hatte bereits die Vertäuung gelöst, sich an die Ruder gesetzt und dann waren sie wortlos auf die Ostsee hinausgefahren. Irgendwann musste sie eingeschlafen sein.

»Wohin bringst du uns?«, fragte Ava jetzt und wischte sich mit dem Handrücken über die Nase.

»Wir können uns nicht zu weit von der Küste entfernen, das wäre in dieser kleinen Nussschale zu gefährlich. Darum fahren wir erst einmal zur Insel Poel. Da holen wir uns Proviant, ich kenne auf Poel jemanden, der uns helfen und gleichzeitig darüber schweigen wird, und von Poel aus geht es Richtung Rügen. Dort werden wir dann weitersehen«, antwortete Störtebeker.

Bereits wenig später zogen sie ihr Boot unbehelligt auf den Poeler Strand. Trotzdem sie geschlafen hatte, merkte Ava, wie schlaff und erschöpft sie war. Wie musste es erst Störtebeker gehen. Freilich war er kein junges Mädchen wie sie, sondern ein kräftiger Mann, dennoch hatte er einen Kampf ausgetragen, nicht wie sie geruht und war bis eben gegen die Wellen angerudert. Sie musterte ihn von der Seite. Sein Gesicht war von den Faustschlägen geschwollen und die ersten blauen Flecke traten darauf hervor, aber irgendwie wirkte er dennoch voller Schwung.

»Was ist?« Störtebeker hatte ihren Blick bemerkt und trat auf sie zu, dabei lächelte er glücklich. »Ist das nicht herrlich? Wir sind frei, Ava, endlich frei!«

»Frei?«, wunderte sie sich, »aber du warst doch immer schon ein freier Bürger.«

»Ja, natürlich, da hast du recht, aber ich meine diese Freiheit hier«, er breitete die Arme aus und begann, sich auf der Stelle zu drehen, während er in den Himmel hinein rief: »Gehabt euch wohl, Verpflichtungen, gehabt euch wohl, tägliches Einerlei, gehabt euch wohl, verdammter Vater, gehabt euch wohl, dreckige Straßen, gehabt euch wohl, bürgerliche Erwartungen, grüß Euch, Leben, wie es mir gefällt!«

Er lachte aus vollem Hals und ließ sich in den Sand fallen. Dermaßen glücklich hatte Ava ihn noch nie gesehen. Er sah fast so aus, wie das Mädchen ihn sich immer mal als Jungen ihres Alters vorgestellt hatte. Sein Lachen wirkte ansteckend und sie stimmte mit ein. Nach einer

Weile erhob Störtebeker sich aus dem Sand, klopfte sich ab, strich sich über seine Haare und den Bart und fragte: »Wie sehe ich aus? Ich habe Hunger.«

»Seit wann achtest du darauf, wie du beim Essen aussiehst?«, grinste Ava.

Störtebeker grinste ebenfalls: »Ich habe dir doch gesagt, dass ich hier jemanden kenne, der uns helfen wird. Sie wird es lieber tun, wenn ich nicht ganz so zottelig bin.«

»Sie?«, hakte Ava nach und merkte selbst, wie spitz es klang. Ob Störtebeker es auch wahrgenommen hatte? Scheinbar nicht, denn unbedarft nickte er: »Ja, die Tochter von einer der Marktfrauen – Nienke. Wir haben uns ein paarmal getroffen, bevor sie verheiratet wurde. Ihr Ehemann ist Insulaner und sie leben hier.«

»Aha«, sagte Ava. »Und du weißt, wo sie wohnen? Wird ihr Gatte … ich mein … was wird er sagen, wenn du plötzlich auftauchst und seine Ehefrau sprechen möchtest?«

»Er wird es nicht mitbekommen«, zwinkerte Störtebeker ihr zu und wandte sich zum Gehen. Als Ava ihm folgen wollte, bestimmte er: »Du wartest hier auf mich.«

»Aber …«, begann das Mädchen zu widersprechen, denn sofort war wieder die Furcht vor der Trennung in ihr aufgestiegen, so wie sie sie auch am Hafenbecken empfunden hatte.

»Nichts aber, du wartest hier!«, unterbrach Störtebeker sie, »es wird nicht allzu lange dauern.«

Es dauerte doch um einiges länger. Störtebeker kam erst zurück, als es bereits zum Abend dämmerte. Er hatte zwei Bündel geschultert und einen Schinken unter seinen Arm geklemmt. Er steuerte direkt auf das Ruderboot zu.

Sie hatte es mit einiger Mühe herumgedreht und lag darunter, während sie durch den Schlitz zwischen Sand und Boot spähte, um ihn zu beobachten. Je näher Störtebeker kam, desto weniger konnte sie von ihm sehen. Jetzt sah sie nur noch seine Füße, die in neuen ledernen Halbstiefeln steckten und direkt vor ihren Augen standen.

»Glaubst du wirklich, das ist ein gutes Versteck?«, hörte sie ihn belustigt fragen.

»Ja, sonst hätte ich mich wohl kaum stundenlang hierher gelegt, während du mit dem Weib von einem anderen …«, gab sie zurück. Sie hatte ihren Satz bewusst unvollendet gelassen. Ava ärgerte sich, dass Störtebeker so lange verschwunden gewesen war und auch darüber, dass er sie sofort richtig unter dem Boot vermutet hatte. Sie lag erst ungefähr eine halbe Stunde hier. Vorher war sie am Strand herumgestrichen, hatte sich aus von den Wellen herangetragenem Holz und einem Fetzen ihres Gewands eine neue Schleuder gebaut, Steine gesammelt und endlich mal wieder geübt. Sie hatte den Umgang mit der Schleuder nicht verlernt. Es war ähnlich wie mit dem Schwimmen. Wenn man es einmal richtig konnte, dann gelang es immer. Nicht gleich perfekt, wenn man es länger nicht mehr getan hatte, aber nach ein paar Zügen fühlte man sich wieder wohl im Wasser und wurde eins mit dem Element. Auch das hatte sie heute wieder festgestellt, denn nachdem sie sich ausgiebig mit ihrer Schleuder beschäftigt hatte und Störtebeker immer noch nicht zurück gewesen war, hatte sie sich ausgezogen und war in das Meer hineingewatet. Zunächst nur, um sich zu waschen. Noch immer hatte Blut an ihr geklebt – ihr eigenes und auch das von Eddas Mörder. In ihren Wunden hatte das salzige Wasser gebrannt, doch gerade das war für sie eine Wohltat gewesen, da es kein extremer Schmerz war, sondern eher einer wie der, den kleine Nadelstiche auf der Haut hervorriefen und der noch eine Weile prickelnd nachklang, sich dann jedoch wieder verflüchtigte. Dieser sanfte Schmerz, wie sie ihn für sich in diesem Moment nannte, hatte in ihr das Gefühl hervorgerufen, zu leben und über den Bösen gesiegt zu haben. In diesem Bewusstsein war sie aus dem seichten Wasser hinaus in das Meer gewatet, bis es nicht nur ihre Beine, sondern auch ihren Oberkörper umspülte. Unter ihren Füßen hatte sie den harten und gleichzeitig formbaren Meeresboden gefühlt und ihr Glück kaum fassen können. Ja, Störtebeker hatte recht, obwohl er es anders gemeint hatte: Sie war frei! Sie hatte ihre Arme in die Höhe gestreckt, sich in die Wellen geworfen und war geschwommen. Als sie eine angenehme Müdigkeit verspürt hatte, war sie gemächlich zurück zum Strand gepaddelt, hatte sich wieder angezogen, das Boot umgedreht und war daruntergekrochen. Nicht nur, um sich zu verstecken, wie Störtebeker vermutete, sondern auch, um sich zu wärmen, denn mit dem nahenden Abend hatte auch der Wind zugenommen. Jetzt hob sie die eine Bootseite an und rollte sich darunter hervor. Störtebeker sah von Nahem betrachtet sehr verändert aus. Abgesehen von seiner neuen Fußbekleidung steckte er in einer frischen Gewandung, die ihm etwas zu klein war, und er schien sich wie sie auch gründlich gewaschen zu haben. Sein blonder Schopf, den er ordentlich zum Zopf gebunden hatte, glänzte sauber im roten Licht der untergehenden Sonne und sein Bart war gestutzt. Unbeabsichtigt zog Ava ihre Augenbraue bei seinem Anblick hoch. Störtebeker schien dies als Frage zu deuten, denn er sagte:

»Ja, ich habe gebadet – glaub mir, meine zerschundenen Knochen konnten das gut gebrauchen, abgesehen von dem Dreck aus dem Lagerhaus.«

»Ich hätte nicht gedacht, dass es hier auf der Insel ein Badehaus gibt«, entgegnete Ava mit schief gelegtem Kopf. Befriedigt sah sie, wie Störtebeker daraufhin von einem Fuß auf den anderen trat und ihrem Blick auswich. Sollte er sich ruhig ein bisschen winden, wenn er sie für dumm verkaufen wollte. Sie wusste genau, dass er nicht in einem Badehaus gewesen war, sondern bei dieser Frau von einem anderen, und das versetzte ihr einen Stich. Natürlich konnte er machen, was und mit wem er wollte, aber in dieser Situation, in der sie sich gerade befanden, hielt sie das nicht für angebracht. Und es störte sie enorm, dass er sie scheinbar über die Gunstbezeugungen einer anderen Frau vergessen und dadurch hatte warten lassen, zumal sie bisher zwar geahnt, jedoch nicht gewusst hatte, dass es in seinem Leben nicht nur Trebele gab, mit der er sich vergnügte.

»Nein, auf Poel ist kein Badehaus. Nienke … ich habe den Badezuber von Nienke nutzen dürfen …«, gab Störtebeker zu und Ava war froh, dass er wenigstens ehrlich war und keine Ausflüchte benutzte.

»Und jetzt?«, wollte sie etwas versöhnlicher wissen.

»Es ist zu spät, um heute noch aufs Meer hinauszufahren. Wir übernachten hier am Strand unter dem Boot, damit es nicht zu kalt wird, ein Feuer möchte ich ungern machen – übrigens ein guter Einfall, das Boot einfach umzudrehen –, und sobald die Sonne wieder am Horizont erscheint, stechen wir in See.«

»In See stechen ist wohl etwas übertrieben«, murmelte Ava in sich hinein, dann wandte sie sich wieder

Störtebeker zu und konnte sich nicht verkneifen zu sagen: »Wie schön, dass du mich nicht auch noch über Nacht hier am Strand allein lässt, sicherlich hätte diese Nienke dich auch gern in der Nacht gewärmt, ach nein, da liegt ja ihr Ehemann neben ihr.«

»Ach, Ava, nun hör auf. Es tut mir leid, dass ich dich so lang allein gelassen habe.«

»Als du gegangen bist, hast du gesagt, dass es nicht lange dauert …«

»Ja, ich weiß, aber Nienke … ach was, ich muss mich doch nicht rechtfertigen. Sei froh, dass es Nienke gibt, sie hat mir sogar etwas für dich mitgegeben, hier«, mit verärgerter Miene warf Störtebeker ein Stoffbündel vor Avas Füße.

»Was ist das?«

»Mach es auf, dann wirst du es sehen«, brummelte Störtebeker, stellte das zweite Bündel ab, das deutlich größer war und scheinbar auch schwerer, zog ein Handmesser unter seiner Kutte hervor sowie einen gefüllten Trinkschlauch und schnitt sich eine Scheibe vom Schinken ab, um sie sich in den Mund zu schieben und genüsslich zu kauen. Ava lief das Wasser im Mund zusammen. Sie hatte bis auf einige Blätter vom Meerfenchel, den sie am Rand des Strandes zwischen ein paar Steinen gefunden hatte, nichts gegessen, seit sie aus dem Wirtshaus geflüchtet war. Und sie hatte eine trockene Kehle, denn ebenso lange hatte sie fast nichts getrunken. Sie hatte vorhin Meerwasser probiert und ein paar Schluck genommen, doch ihr Durst war dadurch nur noch stärker geworden und das salzige Wasser hatte zudem Übelkeit in ihr hervorgerufen. In der Nähe des Meerfenchels war sie jedoch auf eine Pfütze gestoßen, in der sich Regenwasser angesammelt hatte. Sie hatte sie ausgeschöpft und wurde so wenigstens nicht mehr von einem quälenden Verlangen nach Wasser beherrscht. Dennoch wollte sie Störtebeker in diesem Moment um keines von beidem bitten – nicht um den Trinkschlauch und ebenso wenig um ein Stück Schinken. Sie gönnte ihm wider besseren Wissens die Genugtuung nicht. Nach dem hingeworfenen Bündel jedoch griff sie – das war schließlich für sie und zudem trieb die Neugierde sie an. Vielleicht war Brot darin? Ava knotete den Stoff auf und obwohl kein Brot oder etwas anderes zum Essen zum Vorschein gekommen war, freute sie sich wie lange nicht mehr: Das Bündel war auseinandergefallen und entpuppte sich als Tunika. Es hatte zwei weitere Stoffe beinhaltet, die, noch zusammengefaltet, in ihren Schoß fielen. Bestimmt waren es ein Unterkleid mit einem engeren Beinkleid und ein Überwurf – so, wie sie es jetzt auch trug. Es war noch immer die Gewandung, die Edda ihr genäht hatte und die inzwischen nicht nur enorm abgetragen, sondern etwas zu klein war. Abgesehen von einer Haube, die Störtebeker ihr gegeben hatte, hatte sie, seit ihr Adde in Esens das Kleid und die Schuhe geschenkt hatte, nichts Neues zum Anziehen bekommen. Und das Kleid hatte sie im Grunde nie getragen. Sie hatte es einige Male in der Nacht angezogen, wenn sie allein in der Schankstube gewesen war, kurz bevor sie sich schlafen gelegt hatte. Dann hatte sie sich im Tanz gedreht, so wie sie es bei den Frauen gesehen hatte, die sich im Wirtshaus amüsiert hatten. Das Kleid lag nun immer noch versteckt hinter dem losen Stein am Ofen. Flüchtig griff Ava sich an den Hals und befühlte das Medaillon an der Kette – wenigstens dieses Geschenk von Adde hatte sie nicht zurücklassen müssen und auch nicht die Wolfspfote. Sie wandte sich wieder den Stoffen in ihrem Schoß zu. Fast ehrfürchtig hob sie den ersten hoch. Er war grün eingefärbt und lange nicht so edel wie der des Kleids von Adde, aber das war auch gut so, denn sie würde es schließlich täglich tragen müssen und ein teuer anmutender Zwirn wäre auf ihrer Flucht nicht gerade angebracht, ging es ihr durch den Kopf, während sie den Stoff aufschlug. Sie stutzte vor Verwunderung und sah fragend zu Störtebeker, der sich inzwischen wieder zu ihr umgewandt hatte und sie erwartungsvoll beobachtete.

»Ein Beinkleid?«

»Ja, wie findest du es?«

»Hm, für dich ist es zu klein, also wird es für mich sein, aber ich … ich bin doch kein Mann«, erklärte Ava ihr Erstaunen und schüttelte gleichzeitig den anderen Stoff auseinander. Sie musterte das entfaltete Kleidungsstück in ihrer Hand. Mit viel Wohlwollen könnte es ein Untergewand sein, doch sie wusste es besser, es war ein Hemd. Ein Männerhemd, das zu dem Beinkleid passte. Sie begriff: »Ich soll mich als Junge verkleiden, oder?«

»Ganz genau«, nickte Störtebeker bestätigend. Wie ihre, schien auch seine Wut verraucht zu sein. »Es ist besser so, anders würden wir zu sehr auffallen. Du bist weder in dem Alter, dass du meine Tochter sein könntest, noch … noch in dem Alter einer … einer …«

»… einer, die mit dir das Lager teilt?«, sprach Ava das aus, was ihm anscheinend schwer über die Lippen zu gehen schien.

»Ja, einer, die mit mir das Lager teilt, meiner Gefährtin«, stimmte er zu. »Wenn uns jemand fragt, werden wir sagen, dass du mein Bruder bist. Das wird gehen, da du gerade eben noch so alt bist, in dem ein Junge keine Männerstimme hat und keinen wachsenden Bart. So, und jetzt hock dich zu mir. Ich schneide dir die Haare und dann wird gegessen.«

»Meine Haare?« Ava griff sich in ihre offenen Locken – nach dem Bad im Meer hatte sie sie nicht wieder zum Zopf zusammengebunden und auch nicht ihre Haube aufgesetzt. »Aber du trägst deine doch auch zum Zopf, warum kann ich das nicht … Und wir könnten doch auch sagen, dass ich deine Schwester bin. Wir sind beide blond und … und wenn ich dein Bruder sein kann, dann kann ich schon lange deine Schwester sein.«

»Glaub mir, es ist leichter für uns, wenn wir aus dir einen Jungen machen. Die Straßen und Meere sind rau und wir wissen noch nicht, wohin in die Fremde es uns verschlägt. Es wird Momente geben, die ich nicht bei dir bin und dich schützen kann und mit einem heimatlosen Mädchen machen manche Gesellen kein Federlesen«, erklärte Störtebeker ruhig, dann wurde sein Ton jedoch schroff: »Tut mir leid, es muss sein. Deine Haare müssen ab, es reicht nicht, wenn wir sie dir binden wie meine. Du hast die Haare eines Weibs, so wie sie glänzen und fallen. Das würde vielleicht sogar noch gehen, aber zusammen mit deinem Gesicht … nein. Und jetzt komm her.«

»Wieso, was ist mit meinem Gesicht?«, fragte Ava verwundert, sie verstand nicht, was Störtebeker meinte. Trotzdem erhob sie sich und trat zu ihm. Während sie sich mit dem Rücken zu ihm hinsetzte und aus den Augenwinkeln sah, dass er wieder das Messer zur Hand nahm, mit dem er eben den Schinken geschnitten hatte, sagte er: »Weil dein Gesicht immer wie das eines Engels aussehen wird.«

Zwei Tage später auf der Ostsee

Störtebeker liess das Boot auf dem angenehm ruhigen Meer treiben. Er hatte die Arme hinter dem Kopf verschränkt, die Augen geschlossen und seine langen Beine ausgestreckt, um sich etwas zu entspannen, bevor er gleich wieder die Ruder schwingen würde. Nachdem sie vorgestern Poel über das Meer verlassen hatten, war Störtebeker nahezu den ganzen Tag über gerudert. Nicht schnell, sondern gemächlich, dennoch war es auch für den kräftigen Hünen eine enorme Anstrengung gewesen – derartige ausdauernde körperliche Arbeit war er nicht gewohnt. Übernachtet hatten sie am Strand bei Dierhagen – Störtebeker hatte zumindest den Flecken so genannt, von dem sie nur den Feuerschein hatten ausmachen können, als es zu dämmern angefangen hatte und sie sich kurz darauf in den Sand unter das umgedrehte Ruderboot zum Schlafen gelegt hatten. Wie bereits am vorhergegangenen Morgen war Ava auch heute bei Sonnenaufgang erwacht und hatte sich eng in Störtebekers Armbeuge geschmiegt wiedergefunden, obgleich sie am Abend Rücken an Rücken eingeschlafen waren, ohne sich jedoch zu berühren. Das letzte Mal hatte sie mit Adde in dieser Form zusammengelegen und da hatte es ihr nichts ausgemacht. Bei Störtebeker hatte sie jedoch eine Scham in sich gespürt, die sie selbst nicht recht einordnen konnte. So hatte sie nicht in den kräftigen Armen ihres Beschützers den Augenblick der körperlichen Nähe genossen und verweilt, sondern sich vorsichtig aus der Umarmung des noch schlafenden Mannes herausgewunden. Kurz darauf war auch er erwacht und sie waren aufgebrochen.

Nach wie vor ruderten sie die Küste entlang. Eben so weit von ihr entfernt, dass sie von den Wellen nicht an die zum Teil felsige Küste gedrückt wurden, aber dennoch das Land auf ihrem Seeweg als Orientierung nutzen konnten. Ava fuhr sich durch ihren kurz geschnittenen Schopf. Es war ein ungewohntes Gefühl, aber irgendwie mochte sie es und deswegen griff sie sich zurzeit häufiger in ihre Haare. Inzwischen hatte sie sich mit dem Gedanken versöhnt, wie ein Junge auszusehen, vor allem, da sie eingesehen hatte, dass Störtebeker recht hatte: Als Mann oder eben wie sie als heranwachsender Junge hatte man es auf dieser Welt einfacher, das hatte sie in Esens und Wismar mitbekommen. Ava blickte wieder zu Störtebeker und musste lächeln – er war eingeschlafen. Sein Brustkorb hob und senkte sich in regelmäßigen Abständen und sein Mund, der einen kleinen Spalt offen stand, entließ kaum hörbare Schnarcher. Ava kam eine Idee und bedächtig, damit sie ihren Begleiter nicht weckte, angelte sie sich die Ruder, die auf dem Boden lagen, hievte sie rechts und links über den Bootsrand, tauchte sie ins Wasser ein und begann zu rudern. Anfänglich waren ihre Schläge noch ungleichmäßig, doch bald hatte sie den Rhythmus gefunden und schlug die Ruderblätter ruhig und gleichförmig in das Wasser. Sie wusste, dass sie es nicht mehr weit hatten. Störtebekers Ziel war die kleine Halbinsel Jasmund im Nordosten von Rügen. Das Mädchen hatte nicht gefragt, wieso er gerade dorthin wollte, nahm aber an, dass er auch auf Jasmund jemanden kannte, der ihnen wie Nienke weiterhelfen konnte. Wahrscheinlich wieder eine Frau, dachte sie jetzt bei sich und fühlte, wie sich ihr Brustkorb zusammenzog und ihre Laune sich verdüsterte. Fast so wie der Himmel, dachte sie grimmig mit einem Blick hinauf zu den grauen Wolken, die das eben noch strahlend blaue Firmament immer mehr überzogen. Bis nach Jasmund war es nicht mehr weit, das hatte Störtebeker gesagt. Nur noch am Kap Arkona vorbei und dann käme auch schon die Halbinsel. Das würde sie bestimmt schaffen, bevor Störtebeker wieder erwachte. Sie freute sich jetzt schon auf seinen erstaunten Blick, wenn sie ihn nachher weckte. Sie hoffte nur, dass ihre Arme, deren Muskeln jetzt bereits brannten, nicht schlappmachten. Und dass es nicht anfing zu regnen. Kaum hatte Ava das gedacht, fühlte sie einen Regentropfen auf ihrer Stirn, dem in immer kürzeren Abständen weitere folgten. Auch der Wind hatte zugenommen, so dass sich das Meer nicht mehr von seiner sanften Seite zeigte und ihre Ruder stoisch in sich aufnahm und wieder hergab, sondern an ihnen zu zerren begann. Darüber hinaus ließen die aufkommenden Wellen das Boot wie ein Blatt auf dem Wasser tanzen und sie musste dagegen ansteuern. Ava biss die Zähne zusammen. Sie wollte es so gern allein schaffen und da Störtebeker trotz der veränderten Wetterlage noch immer schlief, fühlte das Mädchen sich in seinem Wunsch bestärkt. Inzwischen war sie fast um die Spitze des Kaps herum, da passierte es und eine große Welle entzog ihrer kalten, vom dem Druck des Festhaltens bereits lahmen Hand das rechte Ruder. »Verflucht!«, schimpfte sie, zog das andere Ruder aus dem Wasser heraus, schwang es auf die rechte Seite und versuchte, mit ihm das verlorene aus dem Wasser wieder zu sich ans Boot heranzuziehen. Mittlerweile regnete es in Strömen und der Wind blies kalt von der Seite und peitschte regelrecht das Meer. Gischt spritzte Ava ins Gesicht, doch innerlich jubelte sie: Sie hatte es tatsächlich geschafft, das verlorene Ruder ans Boot heranzuholen. Sie beugte sich noch weiter über den Bootsrand und unternahm erfolglose Versuche, nach dem im Wasser auf und ab treibenden Ruder zu greifen. Sie war ein paarmal kurz davor, doch ihr Arm war einfach ein Stück zu kurz. Dann war Störtebeker plötzlich neben ihr: »Lass mich. Setz du dich auf die andere Seite, wir brauchen ein Gegengewicht, sonst kentern wir«, bestimmte er und sie tat sofort, wie ihr geheißen, reichte ihm zuvor jedoch das verbliebene Ruder. Kaum hatte sie den Bootsrand freigegeben, lehnte Störtebeker sich hinüber, angelte nach dem wichtigen Gerät und versuchte wie eben noch Ava, dieses zu greifen. Es gelang ihm nahezu sofort. Mit hoch erhobener Hand, in der er das Ruder schwang, drehte er sich freudestrahlend zu Ava um, die ihn ebenfalls erleichtert anstrahlte. Dann weiteten sich Störtebekers Augen und Entsetzen löste seinen begeisterten Gesichtsausdruck ab. Ava wollte durch den Regen rufen: »Was ist?«, doch kaum hatte sie den Mund geöffnet, spürte sie einen enormen Stoß in ihrem Rücken, der sie nach vorn kippen ließ. Sie hörte ein Klatschen und dann nur noch den prasselnden Regen auf dem Holzboot, das aufgeregt schwankte. Sie war mit ihrem Kopf nicht auf den blanken Boden, sondern glücklicherweise auf den Rest des Schinkens geknallt, den sie im Fußraum zusammen mit ihren anderen wenigen Habseligkeiten platziert hatten. So tat ihre Stirn nicht ganz so stark weh, als sie sich aufrichtete, kurz orientierte und dann bis ins Mark erschrak. Sie war allein in dem schaukelndem Boot. Ihr Blick huschte auf das Meer, in dem sie zwei Arme ausmachte, die aus den Wellen ragten und den Anschein machten, als wollten sie nach etwas in der Höhe greifen. Nur dass da bis auf den Himmel, von dem nur noch vereinzelte Regentropfen fielen, nichts war, an das sich die Arme hochziehen konnten. Dies alles registrierte Ava zwischen zwei aufgeregten Herzschlägen. Beim dritten Herzschlag wurde ihr bewusst: Störtebeker konnte nicht schwimmen! Ohne weiter darüber nachzudenken, sprang das Mädchen in die mächtigen Wellen der Ostsee.

Zur gleichen Zeit in einem Frauenhaus in Hamburg

Geske sass nun schon geraume Zeit an der Spindel. Trotz der Hornhaut, die sich in den letzten Tagen schnell dort gebildet hatte, taten ihr die Fingerkuppen von Daumen und Zeigefinger weh. Lieber hätte sie sich um die Wäsche gekümmert oder die Zimmer nach dem Gebrauch in der vorhergegangenen Nacht gesäubert, doch der Hurenwirt hatte bestimmt, dass sie heute morgen Wolle spinnen sollte.

Jeden Tag haderte Geske mit ihrem Schicksal. Sie war schon einmal so weit unten gewesen. Damals, nach Avas Geburt und ihrer Rückkehr nach Hamburg, als sie im Badehaus gearbeitet hatte. Dort war sie aber wenigstens wie ein Mensch behandelt worden. Hier im Frauenhaus in der kleinen schmutzigen Gasse Kattrepel nahe des Beginenkonvents und unweit des St. Marien Doms fühlte sie sich wie eine Schaustellerattraktion, die immer wieder aufs Neue vorgeführt und dem Publikum feilgeboten wurde, dabei jedoch auch jeden Tag mehr verkümmerte, sich selbst vergaß und nur noch auf das reagierte, was andere von ihr erwarteten. Natürlich, auch für Wilhelm Spiekermann hatte sie die Rolle gespielt, die er in ihr sehen wollte, doch hatte es ihr in dieser Zeit wenigstens an nichts gemangelt.

Wenn hier ein Mann das Haus betrat – eilig und das Gesicht unter einer Kapuze versteckt –, wurden alle

Frauen, die nicht gerade mit einem Kunden beschäftigt waren, vom Hurenwirt durch eine Seemannsglocke, die er läutete, zusammengerufen und mussten sich nebeneinander aufstellen. Der Wirt schritt daraufhin die Reihe ab, hob wortreich die Vorteile jeder einzelnen von ihnen hervor und nannte ihren Preis. Sie war »beschädigte Ware« und kaum etwas wert – nicht mehr jung und dazu noch gezeichnet von einer ausgetragenen Schwangerschaft und Geburt. Wie eine Birne auf dem Markt, die bereits weiche und braune Stellen hat und die nur derjenige mitnimmt, der großen Hunger hat und sich nichts Besseres leisten kann. Das war allerdings auch der Grund, weswegen sie im Vergleich zu den anderen Frauen hier am meisten zu tun hatte: Es hatte sich flugs herumgesprochen, dass das Vergnügen mit der Neuen kaum etwas kostete, und die Männer gaben sich vor allem am Abend nahezu den Türknauf in die Hand, um ihre Dienste zu nutzen. Dennoch brachte sie weniger Münzen zusammen als die anderen Huren, und so stand sie in der Gunst des Wirts nicht eben oben. Allerdings schätzte er zu ihrem Leidwesen ihre saubere Arbeit beim Spinnen. Sie entließ einen Seufzer. Wieso hatte sie bloß nicht besser achtgegeben bei ihren wenigen Besuchen beim Bader? Wilhelm Spiekermann hatte sie aus Eifersucht von seinem Knecht überwachen lassen. Nachdem dieser sie ein paarmal bis zum Badehaus verfolgt hatte, hatte Wilhelm angenommen, sie würde sich dort etwas nebenbei verdienen, und sie daraufhin unerbittlich fallen lassen. Kein Bitten, Schmeicheln oder gar Betteln hatte genutzt. Er hatte sie aus dem Brauhaus herausschmeißen lassen, genauso wie aus ihrem Quartier, und auf die Straße gesetzt – er hatte ihr schlichtweg nicht geglaubt, dass sie sich keinem anderen Mann neben ihm verkauft hatte. Sie hatte sich in ihrer Notlage nicht anders zu helfen gewusst, als sich daraufhin tatsächlich wieder dem Badehaus anzudienen. Der Bader hatte sie mitleidig angesehen und ihr erklärt, er könne sie nicht wieder bei sich aufnehmen. Er wusste inzwischen von ihr und Spiekermann – dessen Knecht Mathis hatte ihn aufgesucht und ihm nachdrücklich erklärt, dass es nicht im Sinne seines einflussreichen Herrn sei, wenn dieser seine ehemalige Konkubine im Badehaus antreffen würde. Der gute Bader hatte ihr einen Laib Brot mit auf den Weg gegeben, ihr gesagt, sie solle es einmal in der Bude hinter dem Dom versuchen, und sie dann auf die Gasse hinausgeschoben. Sie hatte sofort gewusst, dass er das Frauenhaus am Kattrepel meinte, und geschluckt. Die Leute redeten hinter vorgehaltener Hand über diese Einrichtung, die angeblich sogar nicht nur vom Rat geduldet wurde, sondern an diesen auch Abgaben zahlte. Sie hatte weinen müssen, dennoch hatten ihre Füße sie dorthin getragen. Und jetzt saß sie hier. Ihr Leben bestand nur noch aus Essen, Schlafen, Spinnen und körperlicher Sünde. In Sünde hatte sie auch mit Wilhelm Spiekermann gelebt, doch dafür hatte sie ein feines und angenehmes Dasein geführt. Jetzt wohnte sie in einem Bretterhaus, in dem es nur für den Wirt einigermaßen behaglich war. Es hatte zwei Eingänge – vorn einen recht schmucken für die Kunden und einen hinten, durch den die Bewohner des Hauses hinaus gelangten und der weiter hinein in eine noch engere Gasse als Kattrepel führte, wo sich die Menschen gern erleichterten und in die sie ihre Abfälle brachten. Ungeziefer und Ratten liebten diese Gasse, in der es dermaßen stank, dass Geske jedes Mal den Atem anhielt und mit geschlossenem Mund bis zur nächsten Ecke lief, damit sie sich nicht übergab. Vorn im Eingangsbereich, in dem sich die Dirnen für neue Kunden jedes Mal zeigen mussten, ging die Wohnung des Hurenwirts ab, die sie bis heute kein einziges Mal betreten hatte, außerdem ein Raum, in dem gekocht und gemeinsam gegessen wurde, und mehrere kleine Kammern, in denen die Dirnen die Kunden »beglückten«. Die Kammern hatten alle die gleiche Größe, waren jedoch unterschiedlich ausgestattet. In den ersten beiden brannten je zwei dicke Wachskerzen und die Strohlager waren nicht nur mit einem Leinentuch, sondern zusätzlich mit weichen Schaffellen bedeckt. Außerdem standen hier Waschschüsseln, in denen das Wasser nach jedem Besuch ausgetauscht wurde. In diesen Kammern arbeiteten die beiden hübschesten und jüngsten Frauen, die den Männern mit einem dickeren Geldbeutel vorbehalten waren und deren Dienste entsprechend viel kosteten. Die dahinterliegenden Kammern waren weniger gut, aber zweckmäßig bestückt, und dann gab es noch die letzte Kammer, in die Geske ihre Kunden führte. Hier fehlte nicht nur die Waschschüssel, sondern auch ein Laken auf dem Lager, dessen Stroh nur einmal in drei Monaten aufgefüllt wurde. Geske war noch nicht so lange hier, doch das hatte ihr die Hure erzählt, die vor ihr die Kammer hatte nutzen müssen und nun, da es Geske gab, in eine bessere durfte. Die neun Huren im Haus teilten sich einen Schlafraum, in dem fünf Betten standen, die sie sich ebenfalls teilten, was jedoch nicht weiter schlimm war, da es nur selten vorkam, dass mehr als fünf der Frauen zur gleichen Zeit ruhen wollten oder konnten.

Geske entließ einen erneuten Seufzer. Sollte das nun ihr weiteres Leben sein? Aber was hatte sie schon für Möglichkeiten? Sie war nicht mehr die Jüngste und als Magd würde sie wohl nie wieder in einem Haushalt unterkommen. Zumindest nicht in Hamburg, denn irgendjemand würde sie sicher erkennen. Entweder als ehemalige Waschfrau im Badehaus, als Geliebte von Wilhelm Spiekermann oder als Hure. Und selbst wenn sie nicht erkannt werden würde, müsste sie von ihrer ehemaligen Anstellung in der Brauerei berichten und man würde sie fragen, warum sie dort von einem auf den anderen Moment hinausgeschmissen worden war. Vielleicht sollte sie ihr Päckchen schnüren und zurück zu ihrer Mutter und Tochter in die Höhle nach Ostfriesland wandern. Ihr Inneres sträubte sich allein bei dem Gedanken daran. Schließlich war sie nicht ohne Grund dort weggegangen, dann konnte sie auch gleich sterben. Darüber hinaus hatte sie die Hoffnung noch nicht ganz aufgegeben. Es könnte immerhin sein, dass sie wieder einen Mann kennenlernte, der ihre weiblichen Dienste so sehr schätzte, dass er sie aus dem Hurenhaus heraus und zu sich holte. Sicherlich wäre das kein wohlhabender Kaufmann wie Spiekermann, aber vielleicht ein verwitweter Handwerker, der sie sogar zu seinem Weib machte. Oder ein Seemann. Geske merkte selbst, dass sie ins Träumen verfallen war und sich etwas vormachte, andererseits brauchte sie diese Vorstellung von einem schöneren Leben mit einem liebenden Mann an ihrer Seite, um ihren Dienst täglich aufs Neue angehen und verrichten zu können, ohne vollkommen zu verzweifeln. Natürlich könnte sie sich auch wie andere Huren ein eigenes Quartier suchen, am Tage auf den

Straßen und am Abend in Wirtshäusern nach Männern Ausschau halten und sich anbieten, um sie dann zur Verrichtung ihrer Dienste in offene Frauenhäuser zu führen. Dort war es dann gang und gäbe, ordentlich und für gute Münzen zu tafeln, damit der Hauswirt sein Auskommen hatte, bevor er ein Lustzimmer, wie diese Räume in einschlägigen Kreisen genannt wurden, zur Verfügung stellte, wofür er ebenfalls seinen Anteil abbekam. Trotz dieser Abgaben verdienten die Straßenhuren mehr als sie und sie waren ein Stück weit selbstbestimmter. Im Grunde wurde sie hier in diesem geschlossenen Haus wie eine Leibeigene gehalten. Sie bekam nur einen geringen Teil von dem, was sie dem Hurenwirt einbrachte. Dafür war sie jedoch sicherer vor Übergriffen von Männern. Und auch vor Krankheiten, das durfte sie nicht außer Acht lassen. Die andere Hure hatte ihr erzählt, dass sie regelmäßig ins Badehaus geschickt wurden – meist einmal in der Woche –, um sich ausgiebig zu reinigen. Danach wurde sie sogar mit Öl eingerieben, um damit die Schutzschicht aus Schweiß und Staub auf der Haut gegen Krankheiten zu ersetzen. Sie gingen zu Zeiten dorthin, wenn das Badehaus für die Bürger geschlossen hatte. Geske war bereits einmal dort gewesen und auf den Bader getroffen. Der hatte sie gefragt, wie es ihr ging. Sie hatte gelogen und »gut« geantwortet, wozu sollte sie auch gerade ihm ihr Herz ausschütten. Er würde ihr nicht helfen, sonst hätte er es getan, als sie ihn darum gebeten hatte.

Sie hatte auch schon überlegt, ein ganz neues Leben anzufangen und ins Kloster zu gehen – immerhin war der Beginenkonvent um die Ecke in der Steinstraße, gleich gegenüber der St. Jacobi Kirche. Die Beginen legten kein Gelübde ab und verstanden sich nicht als Bräute Christi, sondern als einfache Dienerinnen Gottes. Auch konnten sie jederzeit wieder den Konvent verlassen, was Geske gefiel, da sie sich dann bei passender Gelegenheit immer noch einem Mann anschließen konnte. Natürlich unterlagen auch die Blauen Schwestern, wie die Beginen aufgrund ihrer blauen Tracht von den Hamburgern genannt wurden, dem Keuschheitsgebot, aber das war schließlich kein Hindernis, einen tüchtigen Mann kennenzulernen. Vielleicht war es sogar ganz gut dafür. Als Geske vor etlichen Jahren nach Hamburg gekommen war, galt das Keuschheitsgebot noch nicht oder war gerade erst für den Beginenkonvent eingeführt worden, ganz genau erinnerte sie sich nicht mehr daran, nur noch, dass es damals ein Thema unter den Leuten gewesen war. Leider kostete der Eintritt in den Konvent einen Batzen Geld, den sie nicht hatte.

»Mach dich fertig, du hast einen Kunden.«

Geske zuckte zusammen. Sie war so gedankenverloren gewesen, dass sie nicht mitbekommen hatte, wie sich die Tür geöffnet hatte.

»Ja, ich komme«, erwiderte sie ernüchtert. »Wer ist es?«

Sie hatte bereits ein paar Stammkunden, doch um diese Zeit am Tage kam normalerweise niemand von ihnen vorbei, um ihre Dienste in Anspruch zu nehmen.

»Ich kenne ihn nicht, er war noch nie hier, aber er hat nach dir gefragt, also, beweg deinen Hintern und komm. Er hat für dich schon im Voraus bezahlt. Mehr als du wert bist, darum gehst du heute in die erste Kammer und nicht in deine übliche. Mach schon, lass den Mann nicht warten«, erklärte der Wirt.

Das Herz der Hure begann aufgeregt zu klopfen. Konnte das Wilhelm sein? Hatte er ihr verziehen? War Wilhelm Spiekermann gekommen, um sie hier herauszuholen? Der Wirt war bereits wieder gegangen und so nutzte Geske schnell den Moment für sich, um ihr Kleid glatt zu streichen, nachdem sie die Spindel beiseitegelegt und sich von ihrem Schemel erhoben hatte. Dann trat sie an die Waschschüssel heran und versuchte, ihr Abbild darin zu erkennen. Das Wasser war trübe, doch für ihren eiligen Zweck reichte es. Sie öffnete ihren geflochtenen Zopf und lockerte sich die langen Haare mit gespreizten Fingern auf – der Kaufmann hatte ihre blonde Mähne geliebt. Dann griff sie zu einem verkohlten Stück Holz, das bei der Feuerstelle lag, schaute erneut in das Wasser und umrandete ihre blauen Augen mit einem schwarzen Strich. Mehr konnte sie jetzt nicht tun. In der guten Kammer gab es zwar einen richtigen Spiegel, doch sie wollte sich nicht vor Wilhelm zurechtmachen. Bevor sie aus der Tür hinaustrat, roch sie noch einmal an ihren Achseln und war zufrieden. Was für ein Glück, dass sie ausgerechnet gestern im Badehaus gewesen war. Sie schritt den kleinen Gang entlang und lächelte bereits, bevor sie die Tür zur guten Kammer öffnete – es war ein echtes, freudiges Lächeln und nicht das, was sie sonst für die Männer aufsetzte. Das Lächeln gefror jedoch in ihrem Gesicht, als sie den Mann in der Kammer erblickte: Mathis.

Zeitgleich auf der Ostsee bei Jasmund

Ava schwenkte ihren rechten Arm in der Luft, während ihr linker sich an dem Ruderboot festklammerte. Es war gekentert und schwamm umgedreht auf dem Wasser. Wahrscheinlich war es eine der mächtigen Wellen gewesen, die das Boot in diese Lage gebracht hatte. Ava hatte versucht, es wieder herumzudrehen, es jedoch nicht geschafft, und so trieben sie und Störtebeker jetzt schon eine Weile im Wasser. Nachdem sie vom Boot ins Wasser gesprungen, zu ihm geschwommen war und ihn gepackt hatte, war sie irgendwie mit ihm in Richtung des Bootes zurückgeschwommen. Es war in der Zwischenzeit von der Stelle, an der es gegen einen aus dem Meer knapp herausragenden Felsen gestoßen war, abgetrieben. Der schlaffe Störtebeker war schwer gewesen. Sie hatte Mühe gehabt und erst die richtige Schwimmposition finden müssen, damit sie beide nicht von seinem Gewicht in die Tiefe gezogen wurden. Endlich am Boot angelangt, hatte das Meer sich von einem auf den anderen Moment beruhigt, der Wind sich gelegt und der Regen aufgehört. Auch der Himmel war wieder strahlend blau gewesen. Sie hatte sich in die Rückenlage gebracht und Störtebeker auf ihrem Oberkörper gelagert, während sie sich mit einer Hand an dem Holzkahn festhielt. Erst dann hatte sie ihn betrachtet. Vorher hatte sie es vermieden, um nicht in Panik zu geraten. Was, wenn Störtebeker tot war? Sie hatte keine Vorstellung davon, wie lange es dauerte, bis der Tod einen Ertrinkenden holte. Er hatte die Augen geschlossen. Erleichtert hatte sie »Danke, Hel« ausgestoßen, als sie festgestellt hatte, dass sein Brustkorb sich hob und senkte. Dann hatte sie die Kogge gesehen und ihren Arm sofort in die Höhe gerissen, um zu winken.

»Hier, hier sind wir!«, rief Ava über die Ostsee. Störtebeker regte sich auf ihr, doch darauf konnte sie jetzt nicht eingehen – sie musste unbedingt die Kogge hierher lotsen. Während sie weiter winkte und rief, starrte sie das Schiff unverwandt an, als könne sie es allein mit ihrem Willen zu ihnen lotsen. Und dann nahm es tatsächlich Kurs auf sie und Störtebeker. Sie konnte ihr Glück kaum fassen und flüsterte ergriffen: »Es kommt auf uns zu! Wir sind gerettet!«

»Danke«, raunte Klaus Störtebeker Ava zu. Sie saßen dicht nebeneinander in dem Beiboot, in dem noch drei andere Männer Platz gefunden hatten. Die Männer hatten sie schweigend aus dem Wasser gezogen und nun ruderten sie ebenso schweigend auf die Kogge zu. Eben im Wasser, nachdem er hineingefallen war, und auch noch, als Ava ihn zu ihrem Ruderboot geschleppt hatte, hatte er gedacht, er würde sterben. Und jetzt? Jetzt saß er sogar einigermaßen aufrecht neben der Kleinen, die er eigentlich hatte beschützen wollen. Ava sah ihn verwundert an und fragte: »Wofür bedankst du dich?«

»Du hast mir das Leben gerettet.«

»Oh«, machte Ava und nach einem kurzen Moment des Überlegens setzte sie hinzu: »Dann sind wir jetzt quitt.«

Er lächelte: »Ja, und nicht nur das. Wir sind uns ab jetzt auch auf Gedeih und Verderb ausgeliefert – dein Leben in meiner Hand und meines in deiner.«

Ava lächelte zurück und blieb still. Dazu musste nichts mehr gesagt werden.

Nachdem sie an der Kogge angelegt und diese über die Strickleiter erklommen hatten, bestätigte sich Störtebekers Ahnung, die er nicht weiter hätte erklären können: Die Kogge war kein Handelsschiff der Hanse, sondern ein Kaperer. Er machte das hier an Deck daran fest, dass er und Ava zwar aus dem Meer gefischt worden waren, die Besatzung ihnen aber misstrauisch gegenübertrat und sie argwöhnisch musterte – er zählte ungefähr 15 Männer. So wie bereits die Besatzungsmitglieder auf dem Beiboot, sprach niemand etwas, was die Stimmung nur noch bedrohlicher auf ihn wirken ließ. Auf einer Handelskogge hätte man sie auf andere Weise begrüßt. Immerhin waren sie Schiffbrüchige. Man hätte sie nicht nur aus dem Wasser geborgen, sondern sich umgehend um sie gekümmert, ihnen eine trockene Gewandung gegeben, eine warme Suppe und ordentlich etwas zu trinken.

Störtebeker merkte, wie schwach er auf den Beinen war. Er hätte sich gern hingesetzt, doch die Blöße wollte er sich nicht geben. Ava stand neben ihm auf den Planken. Plötzlich ertönte eine Stimme über ihren Köpfen. Sie kam vom Achterkastell und Störtebeker hob seinen Blick.

»Ich bin Gödeke Michels, der Schiffsführer. Willkommen an Bord.«

»Danke für die Aufnahme!«, rief Störtebeker dem Mann entgegen, der jetzt das Kastell herunterkam und durch seine Mannschaft hindurch auf ihn und Ava zuschritt.

»Wer seid ihr und was habt ihr im Wasser schwimmend am Kap gemacht?«, fragte Michels – er hörte sich dabei nicht feindselig, sondern eher interessiert, fast schon neugierig an. Störtebeker merkte, wie Ava neben ihm zitterte, aber noch war es nicht so weit, dass er den Schiffsführer, der breitbeinig vor ihm stand, um etwas Wärmendes bitten konnte. Der bärtige Michels war nur etwas kleiner als er selbst und mindestens ebenso kräftig im Körperbau. Er war vielleicht ein paar Jahre, höchstens fünf, älter als er und trug seine langen dunkelbraunen Haare offen. Wenn Störtebeker recht hatte und er hier mit Ava unter Kaperfahrern stand, dann wusste er, worauf die Frage von Michels abzielte. Der Pirat wollte herausfinden, ob es sich lohnte, sie als Geiseln zu nehmen, um dann bei ihrer vermeintlich wohlhabenden Familie Lösegeld für sie zu erpressen. Obwohl das bei ihnen nicht der Fall war, wollte er dem Piraten gegenüber dennoch seine wahre Herkunft verschweigen. Das lag weniger an den Kaperfahrern als vielmehr daran, dass der Tote in der Abseite über kurz oder lang entdeckt werden würde und man deswegen nach Ava und ihm suchen würde. Niemand musste also wissen, dass sie aus Wismar kamen – auch Kaperfahrer waren geschwätzig, wenn sie an Land waren. Ava und er müssten sich sowieso ein komplett neues Leben aufbauen, warum nicht auch gleich eine neue Abstammungsgeschichte?

»Wir sind Leibeigene vom Gut Ruschvitz«, erklärte Störtebeker mit fester Stimme. »Mein Bruder und ich mussten fliehen, da wir einen Schluck Met aus dem Krug unseres Herrn genommen haben. Man kam uns dahinter und ich wurde geprügelt. Seht meine Wunden hier im Gesicht«, er deutete auf die Verletzungen, die er im Kampf mit dem Hamburger davongetragen hatte, und fuhr fort: »Bei der Vorstellung, dass dies auch meinem Bruder angetan werden sollte, konnte ich nicht anders, als mich zu wehren und die Folterer niederzuschlagen. Wir wollten über das Meer fliehen, aber leider sind wir nicht weit gekommen, da unser Ruderboot kenterte. Tja, und jetzt stehen wir dank eurer Hilfe bei euch auf Deck.«

»Hm«, machte Michels und legte den Kopf schief. Er schien zu überlegen, was er jetzt mit ihnen machen sollte, da er sie nicht in Münzen vergolden konnte. Störtebeker wartete ab, was der Schiffsführer als Nächstes sagen würde, fasste dabei aber einen spontanen Entschluss.

»Und was schlagt Ihr vor, was wir jetzt mit euch machen?«, fragte Gödeke Michels wie von Störtebeker gehofft, und die Besatzung, die um sie drei herumstand, rückte geschlossen einen Schritt näher, um ihren Kreis enger zu ziehen. Dadurch verdeutlichten Michels Männer, dass sie nicht viel Federlesen machen und sie wieder zurück ins Meer schmeißen würden, wenn ihr Anführer es befahl.

»Gehe ich recht in der Annahme, dass ihr Kaperer seid?«

Alle Männer lachten auf, nur Michels blieb ernst und antwortete: »Das ist wohl wahr.«

»Gut, dann bitte ich um Aufnahme für mich und meinen Bruder auf eurer Kogge.«

»Störtebeker!«, entfuhr es Ava neben ihm entgeistert. Der Ausruf allein war es nicht, was ihn beunruhigte, sondern vielmehr, dass sie eben seinen Namen genannt hatte.

»Störtebeker heißt Ihr also und Ihr wollt zu uns gehören. Nun, warum nicht. Ihr seht kräftig aus und einen Kämpfer mehr können wir immer gebrauchen, aber Euer Bruder …«

»Mich gibt es nur mit meinem Bruder zusammen. Er sieht vielleicht nicht wie ein Kämpfer aus, aber er ist flink, glaubt mir. Er könnte auch kochen oder ihr setzt ihn ins Krähennest«, schlug Störtebeker mit fester Stimme vor, wobei er es vermied, Ava anzublicken. Michels wiegte seinen Kopf hin und her, doch Störtebeker sah ihm an, dass er damit nur seine Macht demonstrieren wollte, sich aber längst entschieden hatte. Dann endlich sagte er, an Ava gewandt: »Gut, gut, so machen wir es. Der Kleine hier kommt ins Krähennest. Wie wirst du gerufen?«

»Ich… ich… mein Name ist… Tomke«, radebrechte Ava leise und Störtebeker hätte sich ohrfeigen können. Warum hatten sie nicht früher daran gedacht, sich einen Jungennamen für sie zu überlegen.

»Tomke, aha«, wiederholte der Koggenhauptmann laut und wandte sich an seine Mannschaft: »Was meint ihr, Männer? Bevor wir die beiden bei uns aufnehmen, soll Störtebeker seine Kraft unter Beweis stellen und seinem Namen alle Ehre machen!«

Laute Pfiffe und Jubel folgten Michels Worten und wie von Zauberhand hatte Gödeke Michels plötzlich ein Hufeisen in der Hand, das er Störtebeker hinhielt. Der ergriff es wortlos, denn er wusste, was nun von ihm erwartet wurde. Er nahm je ein Ende in eine Hand und dann zog er unter Aufbringung all seiner Kraft das Eisen auseinander. Durch die Menge der Männer ging ein Raunen. Auch er war überrascht, dass er das Eisen hatte biegen können – er fühlte sich noch immer recht schlapp. Allerdings wusste er, dass es nicht allein auf den Kraftakt ankam, sondern vor allem auf die Methode und die kannte er, weil er sie im Hafen Wismars von den Seeleuten gelernt hatte. Auch Michels schien beeindruckt und zeigte das durch ein zufriedenes Lächeln. Einer seiner Männer reichte ihm einen großen Becher, den er wiederum Störtebeker hinhielt: »Und jetzt stürzt den Becher in einem Zug hinunter und macht Eurem Namen alle Ehre!«

»Nichts leichter als das«, meinte er siegessicher, knüpfte sich sein Trinkhorn vom Gürtel und reichte es Gödeke Michels im Tausch mit dem Becher, begleitet von den Worten: »Und wenn ich euren Becher ausgetrunken habe, dann füllt mir mein Trinkhorn noch zweimal mit eurem besten Met nach!«

In der Nacht auf der Kogge

Ava konnte das Kichern nicht unterdrücken, als Störtebeker sich abermals von seinem Lager erhob – er hatte sich in den letzten zwei Stunden bestimmt bereits fünfmal erleichtert.

»Wieso musstest du auch so angeben und noch zweimal dein Trinkhorn leeren? Das hast du nun davon«, wisperte sie ihm durch die Dunkelheit zu. Sie waren in einer Ecke der Kogge, um sich von ihren Strapazen auszuruhen, bis sie morgen anfingen, mit der Mannschaft ihren Dienst zu verrichten. Bis dahin hätten sie noch Schonfrist, hatte Gödeke Michels gemeint, nachdem er erst Störtebeker und dann Ava hart auf die Schulter geklopft hatte.

»Lach du nur«, erwiderte der Hüne jetzt gutmütig und ebenso leise wie Ava. »Wenn man solchen Burschen nicht gleich beim ersten Mal zeigt, was man kann, haben sie keinen Respekt vor einem, und glaub mir, der ist hier für uns auf dieser Kogge überlebensnotwendig.«

»Und ob ich dir das glaube. Ach, Störtebeker, was weben die Nornen nur für ein Netz für uns?«

»Die Nornen?«

»Die drei Schicksalsgöttinnen der Alten Götter. Warum haben sie uns bloß zu den Kaperfahrern geschickt?«

»Wer oder was uns hierher geschickt hat, ist mir gleichgültig. Wir leben und wir sind zusammen. Und ab morgen bist du meine kleine Piratin«, erwiderte Störtebeker sanft und strich ihr im Dunkeln flüchtig über die Wange. Dann verschwand er. Avas Herz klopfte. Sie spürte noch immer seine zärtliche Berührung auf ihrem Gesicht. Was für eine kühne Vorstellung – Störtebekers Piratin.

Nachwort

Wenn man wie ich in Hamburg geboren, aufgewachsen und nach ein paar Stippvisiten in anderen Städten zurückgekommen ist, um zu bleiben (dafür sind Hamburger ja bekannt!), der lebt auf die ein oder andere Weise auch mit dem sagenhaften Mythos Störtebeker. Mal weniger und mal mehr intensiv. In meinem Fall war es von Beginn meines Denkens an sehr intensiv. Diese Tatsache ist vor allem meinem Vater geschuldet, einem Hamburger Kaufmann wie aus dem Bilderbuch, dessen Steckenpferde die Weltgeschichte im allgemeinen und die Hamburger insbesondere waren. Sein Interesse und seine Gedanken hat er gern und bereits frühzeitig mit mir geteilt – was für ein Geschenk! Er war es auch, der mich abgesehen von den obligatorischen Besuchen mit der Schule dorthin, immer wieder ins Museum für Hamburgische Geschichte geführt hat, dem Museum, in dem Besucher unter vielen anderen beeindruckenden Exponaten den über 600 Jahre alten Schädel von Klaus Störtebeker vor Augen geführt bekommen. Gut, zugegeben, den mutmaßlichen Schädel. Denn bis auf die Tatsache, dass es sich um den Totenkopf eines auf dem Hamburger Grasbrook um das Jahr 1400 herum hingerichteten Piraten handelt – hier sind sich die Wissenschaftler einig – kann niemand sagen, ob es der von Klaus Störtebeker ist. Dass es den Piraten Störtebeker gab, ist demgegenüber ziemlich wahrscheinlich, da sein Name immer wieder in Chroniken seiner Zeit in Zusammenhang mit Schiffsüberfällen auftaucht. Doch welche Rolle er genau gespielt hat, kann niemand mit Sicherheit sagen. Genauso, wie niemand seinen Geburtsort kennt, den gleich ein paar Städte für sich beanspruchen. Ich habe mich für die Hansestadt Wismar entschieden, da hier im Verfestungsbuch von 1380 vermerkt steht, dass der Bürger Nikolao Störtebeker 1380 fast zu Tode geprügelt wurde. Natürlich müssen Nikolao und Klaus nicht ein und dieselbe Person gewesen sein, aber es ist eben denkbar.

Zu den wenigen offiziellen historischen Quellen, die dennoch Platz für Spekulationen lassen, kommen die Mythen und Sagen über den vom einfachen Volk geliebten Piraten mit dem Wahlspruch »Gottes Freund, der Welt Feind«. Während die Sage kurz gesagt eine volkstümliche Geschichte ist, die wahre Begebenheiten ausschmückt, geht es im Mythos nicht um nachprüfbare Wahrheiten, sondern um die Deutung der Welt. Das, was sich über die vielen Jahrhunderte hinweg zu Störtebeker erzählt wurde ist eine Sammlung und zum Teil auch ein Mix beider Erzählweisen und manches Mal könnte man meiner Meinung nach davon sprechen, dass gewisse sagenhafte Elemente sich in den Störtebeker-Mythen wiederfinden. Da dies jedoch keine Abhandlung zu Mythen und Sagen werden soll, belasse ich es an dieser Stelle einfach einmal dabei, denn gerade auch zu diesem Thema gibt es verschiedene Anschauungen. Eines ist jedoch allgemeingültig: Die Person Klaus Störtebeker fasziniert. Und hier schließt sich der Kreis meiner Worte und führt zu diesem Buch, denn schon immer habe ich mir die Frage gestellt: »Und was war vorher?« Als ich meiner Lektorin, der wunderbaren Claudia Senghaas, die aus dem Süden kommt, aber unsere Meere hier oben im Norden und alles was damit zusammenhängt liebt, von meiner Idee zu diesem Buch erzählte, hat sie sie sofort unterstützt und ich bin ihr und dem Gmeiner-Verlag sehr dankbar, dass sie es mich haben schreiben lassen. So habe ich meine über die vielen Jahre gewachsene Vorstellung von der »Legende vor der Legende« auf den vorhergegangenen Seiten erzählt, habe neben Störtebeker-Quellen, Mythen und Sagen über ihn eingebunden und mit den historischen Fakten der damaligen Zeit, insbesondere zur Hanse, und meiner Fantasie verwoben. Wobei, auch eine Ava wird – vielleicht mit einem anderen Namen – zu Zeiten Störtebekers in Ostfriesland geboren worden sein. Wer weiß das schon so genau? Als ich auf meiner Recherchereise zu diesem Buch in Ostfriesland war, bei deren Planung ich netterweise die Unterstützung eines echten Ostfriesen hatte, danke Claus, und auf die mich dann zu meiner großen Freude meine liebe Schwester Minette begleitet hat, und mich auf Avas Spuren begeben habe, konnte ich Avas Anwesenheit auf seltsame und inspirierende Weise spüren. Überhaupt habe ich Ostfriesland als magisch empfunden, trotzdem wir im Sommer während der Touristen-Hochsaison dort waren. Die Nordsee und sein Watt riefen ein Gefühl der grenzenlosen Freiheit in mir wach und gleichzeitig eine Demut vor der Welt, da einem dieser Naturraum auf ganz eigenartige Art in die Schranken weist und deutlich macht, dass man unter vielen nur ein winzig kleiner Teil eines großen Ganzen ist oder besser noch sein darf. Stark war dieser Eindruck auch am Ewigen Meer, ganz zu schweigen von der Moorlandschaft. Und in den Wäldern, besonders am Versammlungsplatz in Upstalsboom, hat die Sonne auf ganz eigentümliche Weise durch den dichten Baumwipfelteppich herabgestrahlt … Ähnlich ist es mir in der Natur Mecklenburg-Vorpommerns ergangen, auf deren Pfaden die Urtümlichkeit regelrecht zu greifen ist, während Wismar seine Besucher bereits verzaubert und in vergangene Zeiten entführt, wenn man einen Fuß auf das Altstadtpflaster setzt. Doch das Großartigste an meinen Ausflügen für dieses Buch waren die Menschen, die mir geplant oder zufällig begegnet sind: In beiden Landstrichen bin ich offen aufgenommen worden, auf meine vielen Fragen habe ich gern, bereitwillig und informativ Antworten bekommen. Danke. Und wenn ich jetzt schon beim bedanken bin, dann möchte ich mich ebenso bei Bodo bedanken, wofür, das weiß er selbst.